EL CANTAR DE LIÉBANA

Biografía

José María Pérez González, más conocido como Peridis, es arquitecto, dibujante, divulgador del patrimonio cultural y escritor. Además de las viñetas que publica en *El País* desde la fundación de este periódico, es colaborador en el programa *Aquí la Tierra* de TVE y en *A vivir que son dos días* de la Cadena Ser. También en TVE dirigió y presentó el documental *Las claves del románico*. Entre otras muchas distinciones, es doctor *honoris causa* por las universidades de Valladolid y Alcalá de Henares, y recibió el Premio Nacional de Restauración y Conservación de Bienes Culturales 2018. Es autor de diversos libros sobre humor, sátira política y divulgación de arte como *La luz y el misterio de las catedrales* (2012) y *Hasta una ruina puede ser una esperanza* (2017), entre otros. En 2014 obtuvo el Premio de Novela Histórica Alfonso X el Sabio con *Esperando al rey*. En 2016 publicó *La maldición de la reina Leonor* y en 2018 culminó su *Trilogía de la Reconquista* con *La reina sin reino*. En 2020 recibió el Premio Primavera de Novela por *El corazón con que vivo*.

EL CANTAR DE LIÉBANA

una novela de

Peridis

ESPASA

La lectura abre horizontes, iguala oportunidades y construye una sociedad mejor.
La propiedad intelectual es clave en la creación de contenidos culturales porque
sostiene el ecosistema de quienes escriben y de nuestras librerías.
Al comprar este libro estarás contribuyendo a mantener dicho ecosistema vivo y
en crecimiento.
En **Grupo Planeta** agradecemos que nos ayudes a apoyar así la autonomía creativa
de autoras y autores para que puedan seguir desempeñando su labor.
Dirígete a CEDRO (Centro Español de Derechos Reprográficos) si necesitas fotocopiar
o escanear algún fragmento de esta obra. Puedes contactar con CEDRO a través de la
web www.conlicencia.com o por teléfono en el 91 702 19 70 / 93 272 04 47

Ilustraciones del interior: © José María Pérez, 2023
Diseño de interiores: María Pitironte
Adaptación de la cubierta: Booket / Área Editorial Grupo Planeta
Imágenes de la cubierta: © Héctor Trunnec
Caligrafía de la cubierta: © Iván Castro
Primera edición en Colección Booket: febrero de 2024

Depósito legal: B. 20.513-2023
ISBN: 978-84-670-7234-1
Impresión y encuadernación: Liberdúplex, S. L.
Printed in Spain - Impreso en España

A mis editoras
Ana Rosa Semprún y Miryam
Galaz porque, al igual que hizo
mi hija Marta, me empujaron a
escribir novelas y no me han
dejado de la mano en este
maravilloso
oficio de escribidor.

Al igual que esta Eulalia,
la protagonista de esta novela, hay muchas señoras
anónimas y valerosas que, cuando el nido se queda
vacío y se evapora el trabajo, agarran la vida por las solapas,
estudian carreras, hacen planes, pintan sueños, pasean
maridos, cuentan cuentos, asisten a conciertos, fundan
empresas, escolarizan nietos, compran libros, organizan
viajes, llenan cafeterías, siguen series, cuidan enfermos,
se echan novio, escriben libros, recorren monumentos,
montan clubs de lectura, se suben a un escenario, visitan
exposiciones, salvan conferencias, organizan coloquios,
fundan asociaciones, apuntalan la cultura, y sostienen la
familia mientras van rellenando como buenamente pueden
los huecos de los seres queridos que se han ido
a lo largo de su vida. A todas ellas,
y a ti en particular, dedico este libro con todo
mi cariño, admiración y respeto.

Los beatos son las más prodigiosas
creaciones iconográficas de toda
la historia del arte occidental.

UMBERTO ECO

Índice

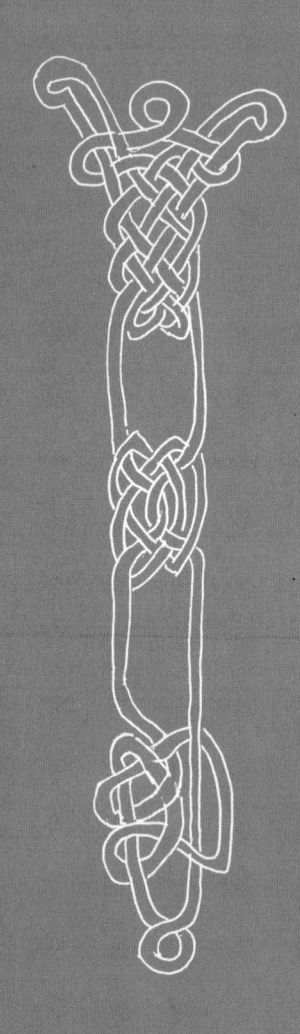

Prólogo

orría la primavera del año 2006 y mi amigo Ramón Teja no se anduvo con rodeos cuando me llamó por teléfono: «Contábamos con que viniera Umberto Eco. Le hemos llamado a París y nos han dicho que compromisos ineludibles le impiden acudir a Cantabria, que lo siente mucho porque le encanta Liébana, es un apasionado del Beato y tiene muy buenos amigos en España. Te toca a ti dar el pregón de la ceremonia de apertura del año santo en el paraninfo de la universidad. No puedes negarte porque eres lebaniego. Te recuerdo que el anterior jubileo se celebró en el año 2000 y el próximo será en 2017», concluyó el catedrático de Historia Antigua de la Universidad de Cantabria y director de los cursos de monacato del monasterio de Santa María la Real de Aguilar de Campoo.

Argumento inapelable, porque nací en Cabezón de Liébana, a solo dos leguas de distancia del monasterio de Santo Toribio de Liébana, llamado antiguamente San Martín de Turieno, del que el Beato fue abad medio siglo después de que los árabes se adueñaran de la Península Ibérica.

Poco después de acabada la Guerra Civil, a Froilán, que así se llamaba mi padre y era oriundo de La Pernía, en la Montaña Palentina, y guarda forestal, le trasladaron al valle de Liébana donde había muchos montes que guardar y mucha hambre que saciar, sobre todo para los perdedores de la guerra, muchos de los cuales se habían echado al monte.

Como la mayoría de los bucólicos pueblecitos lebaniegos, Cabezón de Liébana está situado en el fondo del valle, entre prados y montes, al borde de un río, en este caso el Bullón. Teníamos muy cerca de casa la aldea de Piasca, con su primorosa iglesia románica, y Torices, donde Alfonso I de Asturias tuvo su palacio y su capilla palatina. Y a poca distancia también la iglesia mozárabe de Santa María de Lebeña.

Cumplí con el honroso cometido de ser el pregonero suplente de Umberto Eco echando mano de mis primeros recuerdos, que alcanzan hasta los tres años, cuando la familia se trasladó a Aguilar, nuevo destino de mi padre. Sin embargo, no perdí el contacto con Liébana porque, desde que cumplí los doce años, regresaba a Potes cada verano para pasar el final de las vacaciones en casa de Manuel Gutiérrez, el de la ferretería Gutiérrez y Fernández, y mejor amigo de mi padre. Allí me quedaba hasta el inicio de las clases para cambiar de aires, decía mi familia. Yo creo más bien que para quitar una boca de en medio. Por lo que comía y por lo que parlaba.

Viajaba en un camión de Los Ruices de Aguilar de Campoo, transportando vino de Cigales y de Corcos, durante un trayecto interminable por el puerto de Piedrasluengas, que a mí me parecía mucho más largo que el Aubisque o el Tourmalet, que por aquellos años transitaba Bahamontes, mi ídolo de juventud. Parábamos para el control de avituallamiento en la Venta del Horquero, que era de unos amigos de mi padre.

Bajábamos el puerto con parsimonia, paladeando el recorrido, como si del buen vino que transportábamos se tratara, y el trayecto era como una etapa del Tour de Francia: Venta del Horquero, Venta de Pepín, Valdeprado y Pesaguero. Y por Cabezón… pasaba despacio el conductor para que yo pudiera identificar la casa donde nací. La iglesia a la izquierda y junto a ella la rectoral, donde vivía mi madrina, Socorro, la sobrina de don Victoriano, el obispillo de Liébana. Y enseguida Frama, donde nacen mis recuerdos. Casi sin darnos cuenta llegábamos a Ojedo. Al doblar la esquina, surgía la villa de POTES, toda con mayúsculas, y al fondo, escondido entre los montes, el monasterio de Santo Toribio de Liébana.

Alejado de la familia y de la meseta, en Potes me esperaban las fiestas, las frutas recién arrancadas de los árboles, la vendimia, los quesos, la ferretería Gutiérrez y Fernández, que todavía se mantiene exactamente igual a la que yo conocí tantos años ha, con el mismo aroma de trastienda, colgando esquilas y cencerros como estalactitas del techo, y una familia de amigos de mis padres, Manuel y María, que tenían cinco hijos: Manolo, Toño, Ceto, Luis y Loles, de edades parecidas a la mía y a la de mis hermanos, que me recibían con los brazos abiertos durante unas vacaciones libres de deberes y obligaciones, que se acababan el 14 de septiembre, la fiesta de la Exaltación de la Santa Cruz. Ese día se subía a Santo Toribio en romería para adorar el *lignum crucis,* besando arrodillados el más grande fragmento de la cruz de Cristo, que estaba detrás de un cristal, casi un brazo de la cruz…, me habían contado, y yo por más que me esforzaba en localizarlo no lo veía por ninguna parte, por las prisas del cura en darlo a besar y después en pasarle un paño por encima.

También recuerdo a aquellas mozas lebaniegas medio parientes que trataban en vano de enseñarme a bailar en la terraza de la casa al son de la música de la orquestina de turno que nos llegaba en directo desde el templete de la plaza, en esas horas de la noche en las que los niños no deben andar por la calle. Tiernos brazos, dulces horas.

Todo era nuevo para mí: más suave el clima, más frondosos los montes, más agitado el río, más hermosas las frutas, más abundantes las uvas, más diversos los olores, más novedosos los sabores.

Aquellas vacaciones infantiles, lejos de casa, eran como una embajada que renovaba año tras año el pacto de amistad entre nuestras respectivas familias, en el que yo, que al fin y al cabo era lebaniego, oficiaba de embajador. Mis cartas credenciales consistían en contar a nuestros amigos de Potes las vicisitudes de sus amigos de Aguilar de Campoo, y a mi vuelta, a los míos los avatares de nuestros amigos lebaniegos.

Legitimado por mi partida de nacimiento y estos recuerdos imborrables, acometí la escritura del pregón. Sin duda, ese fue el germen de esta novela, la quinta que doy a la imprenta en los últimos doce años. Siempre estamos a tiempo de comenzar algo nuevo en esta vida. Hay muchas personas mayores que empiezan una carrera cuando se jubilan. Todas ellas son objeto de mi admiración. Yo acababa de cumplir ochenta años cuando me puse a escribir esta novela sobre Beato de Liébana que me había rondado durante un tiempo en la cabeza, pero no sabía por dónde hincarle el diente. A cierta edad, no podemos perder el tiempo, que corre como el agua y se nos escapa a toda prisa entre los dedos.

Como de aquel valle tenía grabadas las primeras impresiones que había recibido al poco de nacer, recurrí a Proust para recuperar el tiempo perdido. Me animó lo que escribió al final de *El tiempo recobrado*: «Yo sabía muy bien que mi cerebro era una rica cuenca minera donde había una extensión inmensa y muy variada de yacimientos valiosos. Pero ¿tendría tiempo de explotarlos? Yo era la única persona capaz de hacerlo. Por dos razones: con mi muerte habría desaparecido no solo el único obrero capaz de extraer esos minerales, sino hasta el yacimiento mismo». De mi yacimiento lebaniego no solo he sacado los paisajes, la atmósfera, el ambiente, sino a personajes como don Exuperio, Paco Wences y Ceto, que juegan un papel muy importante en ella.

Por otra parte, la lectura de *El nombre de la rosa,* publicada en 1980, me había causado un gran impacto, porque la acción transcurría en un monasterio con una gran biblioteca, y me hizo sentir una sana envidia por la gran capacidad de Eco de hacer realidad la máxima de deleitar enseñando, y soñar que algún día yo mismo me atrevería a escribir novelas. Todas las vivencias duermen en mi corazón, que es donde aquellas gentes de tiempos de Beato de Liébana creían que se guardaban los recuerdos. He leído en algún sitio que para escribir una novela hay que hacerlo desde lo que se conoce, para poder descubrir lo que no se conoce. Para hacer esta novela, me he metido en el pellejo de Beato y en la Liébana de Beato desde mi infancia, y he escrito combinando recuerdos, como recomienda Bolaño. Lo he hecho documentándome, escribiendo y reescribiendo con mucho esfuerzo, siguiendo al pie de la letra los consejos que a Rafa Nadal le daba su tío Toni: entra en la pista con buen ánimo y no rompas nunca una raqueta.

A lo largo de mi vida, día tras día, he pasado muchas horas apoyado en un tablero de dibujo para realizar mi trabajo de arquitecto y humorista gráfico. En este oficio he sido un privilegiado, porque he tenido la suerte de publicar a diario un dibujo compuesto por tres o cuatro viñetas que, junto con la simbología que las acompañaba, trataba de trascender la realidad mediante la creación de un espacio alegórico simbólico, con códigos propios familiares al lector, para enriquecer el significado de la historieta. En resumen, explicar con dibujos lo que no se puede explicar con palabras. Además, los papeles que se amontonaban sobre mi tablero estaban llenos de personajes, personajillos o monigotes de seres diminutos o de políticos caricaturizados: Fragas, Adolfos, Leopoldos, Felipes, Josemaris o Zapateros, Marianos y Pedros, e incluso mi propia caricatura, que siempre han encontrado cobijo en mi tablero de dibujo.

Al igual que las novelas se pueblan con los personajes que las habitan, cuando dibujo la sección de un edificio, instalo de inmediato la imagen a sus moradores en el salón-comedor, en el dormitorio o subiendo de un piso a otro por la escalera. Así lo hice con las secciones del teatro Principal de Burgos, el Corral de Comedias de Alcalá de Henares y también con Blasillos y Conchas en el proyecto de la casa que rehabilitó Forges en Cadalso de los Vidrios. Los planos y la memoria incluían su caricatura y la mía dibujando en el tablero, sentado en una banqueta, según consta en el proyecto oficial visado por el Colegio de Arquitectos de Madrid. No hice nada nuevo, porque seguí el ejemplo de aquellos clérigos artistas que se autorretrataban en la imagen más antigua conocida de un *scriptorium* medieval europeo. Se trata de Magio y su discípulo Emeterio, que se representaron a sí mismos dibujando, uno enfrente del otro, sentados en sus respectivas banquetas, en el interior de una sección arquitectónica del anexo a la torre de la iglesia de Tábara en la que trabajaban.

Pero ¿quién era y de dónde venía, en aquellos tiempos procelosos de la invasión musulmana de Hispania, un monje llamado Beato, que escribió a Alcuino de York, ganándose su confianza, para llegar hasta el emperador Carlomagno y al papa León III con el fin de ponerlos de su parte en su confrontación con Elipando, arzobispo de Toledo y primado de España, que sostenía que Jesucristo solo era hijo adoptivo de Dios? ¿De qué pasta estaba hecho Beato, que aparte de promover el culto del apóstol Santiago y su patronazgo de España, acometió la batalla contra la herejía adopcionista, escribiendo los *Comentarios* desde ese rincón minúsculo de Hispania, perdido en el último recoveco de la cordillera Cantábrica?

Piso las huellas de Unamuno cuando escribe: «Aquellos paisajes que fueron la primera leche de nuestra alma, aquellas montañas, valles y llanuras en que se amamantó nuestro espíritu cuando aún no hablaba, todo esto nos acompaña hasta la muerte y forma como el meollo, el tuétano de los huesos del alma misma… Un tuétano que está hecho con las serenas y nobles visiones de la niñez lejana. Y, sobre todo, ¿qué puede competir con el arroyo de nuestra aldea natal, con aquel que bajaba cantando junto a nuestra cuna y brezó nuestros sueños de la infancia?»*.

Cuando me puse a escribir esta novela, el manantial de mis recuerdos brotó junto al arroyo que bajaba cantando junto a mi cuna en aquellos paisajes que fueron la primera leche de mi alma; engrosó durante mis breves estancias vacacionales durante mis posteriores visitas a Liébana; se hizo río con el caudal de vivencias y experiencias de una larga vida profesional, y para embalsar sus tumultuosas aguas he levantado una presa entre esa imponente montaña de humanidad y sabiduría que es Umberto Eco y la cordillera de cumbres iconográficas del arte occidental que surgió durante medio milenio gracias al empu-

---

* Miguel de Unamuno, *Andanzas y visiones españolas,* Espasa Calpe, Colección Austral, Madrid, 1959.

je del *Comentarios al Apocalipsis* de Beato. Porque la ficción, cuando se aproxima desde los documentos y los
hechos a los lugares, es el género que mejor nos
permite acercarnos a los personajes y sus
circunstancias, nos hace sentirnos
identificados con ellos y vivir
sus vidas como si fueran la
nuestra.

EL PRIMER SELLO

VI AL CORDERO QUE ABRÍA EL PRIMERO DE LOS SIETE SELLOS

y oí a uno de los cuatro vivientes que decía con voz de trueno: «Ven». Vi un caballo blanco y a su jinete con un arco, le pusieron una corona, y salió vencedor para seguir venciendo.

1

Nunca es tarde para Eulalia

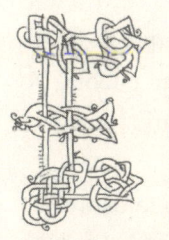ulalia, viuda reciente y sin ocupación, caminaba ensimismada, cabizbaja y triste hacia su domicilio en el que nadie la estaba esperando. Acababa de salir de la consulta y su psicoterapeuta había insistido una vez más en que, para salir del duelo y de la apatía que le robaba las fuerzas, se enrolara en una ONG, entrara en un club de lectura, buscase un *hobby* o realizara alguna actividad social que la tuviera entretenida, le permitiera relacionarse con personas diferentes y diera un sentido a su vida.

—Vives al lado de la universidad, allí hay una gran biblioteca. Me has dicho que siempre has tenido curiosidad por el arte y que es muy entretenido. Seguro que hay cursos y seminarios para personas mayores. ¿Por qué no te apuntas a alguno, aunque solo sea para probar? A lo mejor encuentras algo que te guste, unas buenas amigas o un novio en buen estado —le dijo bromeando.

La mujer analizaba los consejos de su terapeuta, pero no sabía por dónde empezar.

Nada habría cambiado en su vida si no hubiera llamado su atención la cola que había en el portalón de entrada del palacio de Santa Cruz, en pleno corazón de la antigua Universidad de Valladolid. También se fijó en el anuncio de una exposición sobre Beato de Liébana en un cartelón tan moderno que en un primer momento le recordó al *Guernica* de Picasso en colores.

—¿Hay hoy algún acontecimiento especial? —preguntó a una chica pecosa, menuda, alegre, de pelo rizado y muy natural.

—Que se cierra la exposición del Beato de Valcavado. Se dice que es de los más antiguos que se conocen y es la joya más preciada de la biblioteca. No creo que sea mejor que el Beato de Burgo de Osma que tenemos en la catedral de mi pueblo. Yo vengo a recoger información a propósito de un seminario sobre Beato de Liébana que dura todo el curso, ¿y usted?

—Yo vivo aquí al lado y me ha extrañado que estuviera abierto el portón a estas horas, pero me gustaría pasar para verlo. Mi marido era lebaniego, pero no me habló nunca de Beato de Liébana, ¿sabes? —exclamó Eulalia, y se quedó pensativa.

—Quiero estudiar Historia del Arte —le informó con desparpajo la muchacha—. Me interesa el mundo del cómic y las ilustraciones de los beatos me parecen lo más. Beato fue un monje del siglo VIII, en cuyo libro hay unas ilustraciones llenas de colorido y fantasía que acompañan al texto.

«Así que había un artista famoso en Liébana y mi marido no me dijo ni una palabra de ello —pensó Eulalia—. ¡Cómo era mi marido! Estaba totalmente entregado a sus pacientes. Por la mañana salía pronto hacia la clínica donde trabajaba mientras

LOS BEATOS DE LIÉBANA

yo me ocupaba de los asuntos de la casa, y por la tarde pasaba
consulta en nuestro domicilio, donde yo hacía de enfermera, que
para eso estudié esa carrera. Al poco de conocerme, me pidió en
matrimonio, y qué le iba a decir, si además era mi jefe. Desde
que comprobamos que no podíamos tener hijos, empezó a traerse
a la cama historiales de los enfermos que yo le preparaba para
la consulta del día siguiente. Así me tenía ocupada todo el día,
trabajando como una leona. Las pocas veces que me llevó a
Liébana, fuera por la niebla unas veces y otras porque llovía o
se había cortado la carretera por desprendimientos, no terminó
de gustarme aquella tierra. Además, me mareaban las curvas de
las carreteras de entonces y me daban todas las angustias cuando
íbamos por el desfiladero de la Hermida, todo el rato serpen-
teando junto al río Deva, sorteando camiones y autobuses que
te obligaban a meterte al escaso arcén, bajo aquellos precipicios
llenos de cabras que hacían rodar pedruscos hasta la carretera.
¡La cantidad de gente que se habrá matado en aquellas curvas!

¡Madre mía, qué miedo pasé las veces que me llevó!, que luego dejamos de ir, porque cuando murieron sus padres se quedó sin familia. Y a mí me tiraba más el sur. No todas las playas son de arena fina, pero siempre tienes sol para tostarte».

Eulalia y la chica estaban en el claustro cuando avisaron por megafonía de que cerraban en un cuarto de hora. Aquello fue visto y no visto, porque solo les dio tiempo a echar un vistazo a los paneles que mostraban unas imágenes fantásticas sacadas de beatos. El libro estaba dentro de una urna climatizada y no pudieron ver más que la doble página del mapamundi, porque un estrafalario personaje vestido a la antigua usanza, que gesticulaba en exceso, contaba una historia a un grupo de visitantes que seguían con gran atención sus explicaciones.

—Cuando yo era niño leíamos tebeos. Eran unos cuadernillos que contaban historias mediante textos breves y sencillos, ilustrados con viñetas de gran expresividad. Eran entretenidos y muy fáciles de leer. Ahora se les llama cómics. Este libro que ven ustedes en la urna es un cómic extraordinario. No se rían ustedes. Es un cómic de superlujo lleno de fantasía realizado a mediados del siglo X, inspirado en originales del siglo VIII. Se conservan más de treinta en todo el mundo, y al igual que a todos los códices de su especie, se les llama beatos porque sus, digamos, viñetas ilustran los *Comentarios al Apocalipsis* de un monje lebaniego llamado Beato. Según Umberto Eco, filósofo y semiólogo, autor de *El nombre de la rosa,* los beatos son las más prodigiosas creaciones iconográficas de toda la historia del arte occidental.

»Durante casi quinientos años, el libro de Beato se convirtió en el códice más suntuoso, prestigioso e iconográficamente

exuberante de todos los manuscritos hispanos de esos siglos...
Y lo sigue siendo porque una familia como la de nuestros beatos no tiene parangón en el mundo. Es muy diferente de todo lo que se produce fuera de nuestra península, tanto por el lenguaje como por las raíces. Para que observen lo fastuosos que son estos incunables, les vamos a mostrar el Beato de Valcavado, que es el principal protagonista de esta exposición. Es el ejemplar más antiguo y valioso de la colección de quinientos veintinueve volúmenes de textos clásicos que alberga esta biblioteca, entre biblias, ejemplares de historia y derecho. Es una lástima que nada sepamos ni conservemos de los primeros beatos del siglo VIII salidos del *scriptorium* lebaniego. En doce siglos pasan muchas cosas, por ello, no intenten llegar hasta el antiguo monasterio de Valcavado, levantado en tiempos del rey godo Chindasvinto, a pesar de que en él se refugiaron durante muchos años los obispos palentinos a partir de la destrucción de su ciudad por los musulmanes en el año 717. Todavía se erguía en el siglo XII, en un recodo del río Carrión, en las proximidades de la villa de Saldaña, pero como el tiempo revuelve todo lo que toca, a este monasterio se le fue acercando el río y, finalmente, terminó socavando el solar en que se asentaba y dejó el cenobio a merced de la corriente. Las piedras accesibles que estaban al alcance de la mano se las llevaron los vecinos de Valcavado para mejorar su iglesia. Como a Oveco o Vieco, autor del incunable, le confundían con Beato y le tenían por santo, trasladaron su sepulcro a la iglesia nueva y no olvidaron depositar en ella el beato, que era la joya del cenobio. Pero terminó en la biblioteca de esta universidad a mediados del siglo XVI gracias al erudito Ambrosio de Morales.

Eulalia se dio cuenta de que el personaje que ofrecía la explicación tenía grandes conocimientos sobre la materia, pero lo que más le había gustado era el entusiasmo que ponía en lo que contaba, lo asequibles que eran sus comentarios. Fascinada por el personaje, no pudo por menos que preguntarle a la chica por la identidad del mismo.

—Es don Crisógono —le dijo la joven en voz baja—. Si quieres enterarte de qué va el asunto, inscríbete en el seminario que dirige él mismo. Te divertirás mucho y aprenderás sin darte cuenta. Seguro que hay plazas libres, porque a ese seminario no se apunta casi nadie. Los alumnos tiran ahora por el arte contemporáneo, y el arte medieval les parece una antigualla. El profe es un tipo de otro tiempo. Hay gente que no le traga. ¡Fíjate si será excéntrico que hasta escribe novelas policiacas, viste como le da la gana y cambia a menudo de modelo tirando del fondo del armario de su abuelo! Es raro, pero sabio y un poco chiflado; tenía que estar jubilado, pero le dejan dar este seminario porque ha sido bibliotecario hasta hace poco y lleva toda su vida estudiando a Beato de Liébana. Anímate, que seguro que descubres cosas muy interesantes.

—Me da mucho corte. A mi edad, me da la sensación de que no encajaría en este sitio. Y no conozco a nadie.

—¡Qué tontería! Para aprender no hay edad que valga. Y aunque acabamos de encontrarnos, ya puedes decir que conoces a alguien. Porque yo voy a matricularme. Me interesa un montón el seminario. Esos dibujos son alucinantes y es increíble que los hayan hecho unos frailes hace más de mil años —dijo la chica con entusiasmo.

—Entonces, a lo mejor me animo y me inscribo. Por cierto, yo me llamo Eulalia, pero siempre me han llamado Lali. ¿Y tú? Si vamos a ser compañeras, tendremos que saber nuestros nombres.

—Aunque me llamo Eutiquia, llámame Tiqui —sonrió ella.

Salieron a la calle y Tiqui se despidió con un «espero verte pronto en el seminario de los beatos» que dejó a Eulalia pensativa y animada a la vez ante la nueva perspectiva.

Eulalia, que todavía estaba en pleno duelo, tenía sus dudas, pero se acordó del consejo de su terapeuta y pensó que nada perdía por intentarlo. Pensó que en casa se seguiría aburriendo, el asunto tenía que ver con Liébana y, alentada por la alegría y frescura de Tiqui, le pudo la curiosidad y se inscribió para darle una satisfacción a su terapeuta, pero el primer día de clase le sobrevino el miedo escénico y estuvo a punto de abandonar porque no veía a Tiqui por ninguna parte.

El ángel del miedo guardaba la puerta de la universidad. Se estuvo un buen rato viendo cómo entraban y salían aquellos estudiantes que habrían podido ser sus nietos, sin atreverse a cruzar el umbral. Ella era bien parecida y de notable estatura. Últimamente andaba encogida, a pesar de que tenía un porte distinguido. Aunque el día anterior había ido a la peluquería, sobre todo para disimular las canas, el abatimiento y el aburrimiento ya galopaban por su cabeza. Si se comparaba con los estudiantes, era una señora mayor… «Mayor, aburrida… y triste —pensó—, pero hoy toca disimular». Aquella mañana no había sabido qué ropa ponerse. «Aunque esto sea un acontecimiento en tu vida, recuerda que no vas a una boda. Procura no llamar la atención. Naturalidad y sencillez es lo que conviene. Ponte algo discreto y cómodo, como si fueras de excursión. Unos pantalones vaqueros y una generosa blusa blanca que esconda tus prominentes pechos. No te pintes para fardar, que hoy no toca, hazlo para disimular las arrugas, que siempre viene bien. Un poco de sombra de ojos, rímel para resaltar las pestañas, que siempre fueron tu fuerte, y discreción y silencio, que en todas partes son una buena carta de presentación».

Después de localizar el aula del seminario, muy grande para la docena y media de estudiantes que se habían inscrito, se sentó discretamente en la segunda fila de mesas. Enseguida llegó don Crisógono, que dio comienzo la lección haciendo como que leía el *The New York Times*:

—Noticia bomba: quien encuentre el códice que salió de las manos de Beato de Liébana ganará fama imperecedera y una fortuna considerable, sobre todo si se casa con un anticuario.

Sus alumnos se echaron a reír pensando que era una broma dirigida a las chicas.

Así empezó la clase don Crisógono ante el asombro de sus alumnos. Como estaba tan serio como Buster Keaton, aguantaron las risas como pudieron. Él dobló el periódico y empezó su disertación como si nada, pero como hablaba entre dientes era preciso estar muy atento para no perder el hilo de su discurso.

Don Crisógono explicó que había dedicado muchos años a investigar la vida, obra y milagros de Beato de Liébana —«que alguno hubo», aseguró—, al estudio de los beatos que todavía se conservan y a la búsqueda de códices, que muchos faltan por aparecer, añadió.

—Escuchen bien lo que les digo: después de la Biblia, el de Beato es el libro más copiado en la Alta Edad Media, y a estas alturas del siglo XXI se conservan treinta y un ejemplares, en su mayoría completos o casi. ¿Dónde se ha visto semejante proeza? Además, el misterio que rodeaba el Apocalipsis y la obligación de su lectura, impuesta por el IV Concilio de Toledo, hacían de él un libro muy solicitado.

»El ilustrador del Beato de Valcavado no solo se atrevió a estampar su firma, sino que nos dejó la fecha de su comienzo y también la de su final, ambas en el verano del año 970. Llegó a esta universidad a petición de Ambrosio de Morales. Se sabe que fue obra de Oveco, al que en Valcavado le tenían por santo, confundiéndole con Beato.

Don Crisógono hizo una pausa para mirar a Eulalia con cara de extrañeza. Eulalia recordó que Tiqui le había dicho que era un profesor raro.

«No oculta que le sorprende mi presencia —pensó ella—, pero lo peor es que me mira con mucho descaro».

Al saberse escrutada por el profesor, no sabía dónde meterse, porque sus compañeros también fijaron la atención en ella. «Era lo que me faltaba el primer día de clase».

—Es muy poco lo que se sabe de Beato de Liébana —continuó él—, a pesar de la enorme importancia que tuvo durante varios siglos… y la que sigue teniendo a estas alturas del siglo XXI. Y si no, que se lo pregunten a ese rosario de peregrinos que en estos momentos se dirigen o vuelven de Compostela. «Dichosos los que laven sus vestiduras, así podrán disponer del árbol de la vida y entrarán por las puertas en la ciudad. ¡Fuera los perros, los hechiceros, los impuros, los asesinos, los idólatras y todo el que ame y practique la mentira!». Evidentemente, no me dirijo a ustedes, sino que les he leído el principio del libro *Comentarios al Apocalipsis,* que escribió Beato en el siglo VIII. Presten atención a este dibujo que procede del Beato de Tábara y se halla en el Archivo Histórico Nacional. Lo he traído para que contemplen cómo era un *scriptorium* o cómo se veían a sí mismos Magio y su discípulo Emeterio, iluminadores de este beato, en esta sección arquitectónica de la torre del monasterio de San Salvador de Tábara. «Torre de Tábara, alta y de piedra, el primer sitio donde Emeterio llegó y se inclinó durante tres meses y con todas sus potencias manejó la pluma. Se terminó el códice el día sexto de las calendas de agosto de la era 1008 [27 de julio de 970], en la hora nona». Otros monjes-ilustradores posteriores hicieron lo mismo que ellos, dando noticias de sus vicisitudes vitales. De su júbilo dejó constancia Magio cuando finalizó su beato, que los expertos fechan entre el 940 y el 950. Se deduce que debía de ser bastante joven y era un artista excepcional. Tenía una imaginación desbordante y sumamente fértil, todo lo que hizo rezuma alegría, frescura y belleza: "Que resuene la voz fiel, que suene y resuene —exclamó don Crisógono alzando la voz y avanzando el brazo como si declamara—. Que Magio en verdad pequeño pero animoso, se alegre y cante, resuene y clame. Recordarme, pues, a mí, siervos de Cristo, los que moráis en el monasterio de San Miguel de Escalada. Escribo en honor de tan alto patrón por mandato del abad Víctor, y por amor al libro de la visión de Juan, el discípulo amado. A fin de embellecerlo, pinté una serie de miniaturas para las maravillosas palabras de sus *storiae*, para que los prudentes teman la llegada del juicio futuro". En el manuscrito se dice que la mayor parte de las miniaturas fueron realizas por el monje Magio, y que, a su muerte, el 30 de octubre del año 968, lo acabó Emeterio con la ayuda de Senior. En el texto se explaya y nos dice que tanto Emeterio como él son presbíteros, sacerdotes y monjes. Que a Magio le reclamaban los monasterios para que les hiciera la copia del beato.

»Magio era un maestro en el arte de la composición, de la simetría, del equilibrio y la entonación de los colores. Tengan en cuenta la dificultad que tenía expresar en imágenes lo invisible para hacerlo visible, ya fuera sublime o terrorífico. Contemplen este dibujo-alegoría de una Babilonia encastillada, a la espera de la ruina profetizada, rodeada por dos enormes serpientes-dragones. En el centro de la ilustración, bajo bóvedas en arco de herradura, aparecen los hornos en que fueron asados tres hebreos por orden de Nabucodonosor. En el sueño de ese rey, se le representa desnudo, en cuclillas, comiendo yerba, al igual que el buey que le acompaña, ambos al pie de un fantástico árbol en que hay aves de variados colores. Es una caricatura de este rey, al que rebaja al nivel de las bestias.

El profesor hizo una pequeña pausa para que pudieran apreciar lo que acababa de explicar en la diapositiva proyectada en la pantalla. Luego continuó con su cadenciosa voz:

—Viendo estas imágenes tan hermosas y fantásticas, se darán cuenta de que el cómic es un invento mucho más antiguo de lo que algunos suponen. —Pasó despacio las preciosas imágenes de los beatos y no pudo dejar de regocijarse con la cara de estupefacción de los alumnos, que abrían los ojos como platos a medida que apretaba el botón del proyector—. En los beatos la historia se complementa con unos dibujos muy expresivos que ayudan a entenderla, porque sus imágenes sirven de anclaje para conservarla en la memoria. Durante más de cuatro siglos, los iluminadores que copiaron e interpretaron el *Comentarios* realizaron unas miniaturas maravillosas, hoy diríamos que cuasi psicodélicas, ilustrando los pergaminos de los beatos en viñetas plenas de significado, que son un prodigio de imaginación, expresividad y fantasía. A mi modo de ver, la riqueza iconográfica del *Comentarios al Apocalipsis* no tiene parangón en su tiempo. Tal como escribe Umberto Eco: «Leído hoy, y por un lector obsesionado por la problemática de la comunicación, este texto da la impresión consoladora de ser un mensaje escrito en clave. Las imágenes desbordan, es verdad, y asaltan al lector con un vértigo de significantes abiertos a cualquier lectura, pero el autor se refería a correspondencias precisas que, en su tiempo, eran patrimonio común…». —Se levantó de su asiento al terminar la lección y exclamó—: Si alguno de ustedes se acerca a Liébana, cosa que me extrañaría mucho, que no deje de preguntar por don Exuperancio. ¡Díganle que van de mi parte! Es el que más sabe de Beato por aquellos pagos. Indaguen, pregunten, busquen y encuentren el beato perdido, y les cambiará la vida.

—¿Era lebaniego de nacimiento Beato? Porque parece que hay dudas al respecto —preguntó una alumna.

—Los especialistas que han estudiado a fondo los beatos y la vida de Beato coinciden en que venía de Córdoba y fue uno de tantos que se refugió en Liébana. ¿Qué hacía Beato de Liébana en Córdoba en tiempos de Abderramán I? De eso y de muchas otras cosas trataremos en este seminario, que espero que sea entretenido y les resulte de mucho provecho, porque les ayudará a conocer mejor un período desconocido de nuestra historia.

2

El espectáculo de una crucifixión

A la semana siguiente, don Crisógono empezó a contar a los alumnos de su seminario la historia de Beato y los orígenes de la herejía adopcionista, para ello se remontó a la crucifixión de los rebeldes de Toledo que tuvo lugar en Córdoba a mediados del siglo VIII, un aviso para navegantes que explicaba con toda crudeza a los cristianos los peligros que suponía no someterse a los dictados de las autoridades musulmanas en la España ocupada. La clase dio comienzo con el tono periodístico que a partir de ese momento iba a convertirse en algo recurrente.

—Noticia de España: la crucifixión de los rebeldes de Toledo se celebra en el teatro romano de Córdoba con gran asistencia de público y autoridades. A nadie le complace presenciar una crucifixión por obligación, y menos desde la *orchestra*.

»Allí estaban dos religiosos cristianos: Elipando de Toledo, director de su escuela catedralicia toledana, y su ayudante, el presbítero Beato, que no podían faltar al evento porque ambos estaban invitados exprofeso a contemplar aquella puesta en escena en el teatro romano de Córdoba. Un acontecimiento programado a conciencia por el emir Abderramán I, que presidía un acto de asistencia obligatoria para las autoridades civiles, militares y religiosas, tanto de la ciudad como de las limítrofes. Habían transcurrido solamente cincuenta y tres años desde el 711, cuando Tarik cruzó el estrecho para apoyar a una facción visigoda que disputaba el poder, y la mayoría de los asistentes a la crucifixión todavía eran cristianos.

»Las ejecuciones públicas han estado siempre muy concurridas a lo largo de la historia y esta de Córdoba no iba a ser menos. El público llenaba las sucesivas cáveas y las autoridades, invitadas una a una por el emir, habían sido colocadas intencionadamente en el ámbito de la *orchestra* para que presenciaran de cerca el ajusticiamiento de Hisham ben Urwa y sus lugartenientes, entre los que había algunos cristianos, porque se habían encastillado en Toledo y negado entregarle las llaves de la ciudad rebelde, en la que había mucho malestar desde que Abderramán trasladó la capital del emirato a Córdoba en detrimento de Toledo.

El profesor empezaba a gustarse y se le veía satisfecho por la atención con que le escuchaban Eulalia y el resto de estudiantes, en su mayoría chicas. Así que prosiguió narrando aquella interesante historia.

—El emir había sometido la ciudad a un férreo asedio, relevando a los sitiadores cada seis meses, de modo que los toledanos, cansados de resistir en vano, capturaron a Hisham ben Urwa y a sus lugartenientes y se los enviaron al emir a Córdoba para que dispusiese de sus vidas. El martirio con muerte se iba a desarrollar en presencia de los cordobeses para que aprendieran la lección con aquel castigo ejemplar. Entre los espectadores estaban Beato y Elipando. Aquella ceremonia pública tenía un especial significado para ambos, que se sabían de memoria la pasión y muerte de Jesucristo relatada pormenorizadamente en los Evangelios y que revivían en sus meditaciones, sobre todo en Semana Santa. Pero una cosa era vivirlo en el pensamiento y otra presenciar con los cinco sentidos la entrada de los reos con la cruz a cuestas, los clavos desgarrando la carne, taladrando los huesos, y el descoyuntamiento de las articulaciones de gentes conocidas de Toledo, y todo ello en primera fila sin poder cerrar los oídos para dejar de escuchar el chasquido de los latigazos, el llanto, el crujir de dientes y huesos de los crucificados, y sus gritos, lamentos y alaridos, viéndose obligados a soportar el olor del sudor y la sangre de los convecinos, sabiendo que ellos mismos podían verse pronto en aquella tesitura si las cosas se torcían en la carrera del emir Abderramán a la conquista de toda la Península Ibérica.

Era su segundo día de clase y, pasado el susto del primer día, Eulalia estaba encandilada con el relato. Había aprovechado la semana para entrar en Wikipedia y obtener alguna información sobre Liébana, sobre Beato y los beatos para que las explicaciones del profe no cayeran en saco roto, pero sobre todo había salido de compras. Ni quería llevar uniforme de excursionista ni quería hacer ostentación de fondo de armario. Evidentemente no iba de luto, pero de ningún modo quería parecer «la viuda alegre», y menos con aquel profesor tan ameno que no le quitaba la vista de encima. Tomaba apuntes incesantemente y, salvo en esporádicas circunstancias, no levantaba la vista del cuaderno.

—¡Duro de tragar el espectáculo para ambos religiosos cristianos, ¿eh?! —exclamó don Crisógono—. Vivir aquel castigo junto a los crucificados cuando, además, ellos podían ser los siguientes. —Y elevó la vista al cielo poniendo las manos en la garganta.

Tras este alarde de teatralidad, miró fijamente a Eulalia, que se concentró en sus apuntes como si le fuera la vida en ello. En el colegio había hecho ejercicios espirituales de San Ignacio de Loyola y meditado en ellos seriamente sobre la Pasión de Cristo, porque, de jovencita, perteneció a la Cofradía del Santísimo Cristo Despojado y hasta había participado en las procesiones de la Semana Santa de Valladolid.

—Una vez que, al cabo de cuatro horas, quebrantaron los huesos de los reos provocándoles la asfixia y acortando su agonía, se dio por finalizado el espectáculo —prosiguió don Crisógono—. Beato y Elipando permanecieron inmóviles en sus sitios, pero el emir hizo que su guardia personal fuera en su busca. Obedecieron a regañadientes, porque ambos sentían que llevaban la muerte a cuestas. Como habían tenido la muerte junto a ellos, rezumaban olor a muerte por los cabellos, transportaban el sudor a muerte por las manos y los hábitos, porque, durante un día que se les había hecho eterno, habían visto muerte, habían olido muerte y habían respirado muerte, sudado y transpirado muerte por todos los poros del cuerpo, sabiendo que les acechaba a pocos metros de donde se encontraban. Aunque no estaban presentables y ellos lo sabían, porque estaban empapados de sudor, los condujeron a los jardines donde les esperaba el emir con sus principales dignatarios. Allí había una inscripción que decía: «Toda esta belleza sirve para introducir a los creyentes y no creyentes en los jardines del paraíso, por cuyos bajos fluyen arroyos de agua cristalina, en los que estarán eternamente felices y servirán para borrarles sus malas obras».

—¡Encima con recochineo! —no pudo resistirse a soltar Eulalia, que hacía mucho tiempo que no estaba tan embebida en una historia que no fuera la de su propia soledad. Don Crisógono tenía el don de la elocuencia y narraba aquellos hechos tan lejanos de una forma que tenía cautivado a su auditorio. Más que en un aula en una mañana otoñal en Valladolid, Eulalia se sentía al lado de Beato y Elipando cuando, temblando, les condujeron en presencia de Abderramán.

Era absoluto el contraste entre el Gólgota en que habían convertido el teatro romano, que ya estaba en ruinas, y los jardines del palacio con sus fuentes, acequias y regatos. En aquella circunstancia, no tenían espíritu para admirar la belleza que extendía su reinado por todos los rincones en que fluía el agua, llevando la vida a todas partes con ella. El tiempo se había detenido en aquellos jardines, como si nada hubiese pasado hacía unos minutos. Precisamente, la vida que acababan de perder los condenados era la misma que se desparramaba por todas partes, marcaba el contraste entre el espacio de paz que era el paraíso que estaban recorriendo los dos eclesiásticos y el infierno que acababan de padecer los reos en el recinto de muerte que había sido para ellos el teatro romano.

Sabían que su aspecto era lamentable para presentarse ante el emir. Al horror que acababan de contemplar, que acongojaba su alma, se sumaba el cansancio evidente que les hacía caminar con lentitud a medida que iban recorriendo aquel palacio que se les antojaba irreal. Finalmente llegaron a su destino. Se quedaron de pie frente al emir, rodeado de cortesanos, lujos y manjares, y trataron de disimular la aprensión que sentían, pero fue en vano. Él los invitó con un gesto a tomar asiento.

—Os he estado observando durante toda la ceremonia y he podido comprobar que bajabais la cabeza para no mirar, ¿no es verdad? —preguntó el emir Abderramán dirigiéndose directamente a ellos—. Pero no podíais cerrar los oídos porque no obedecían a vuestra voluntad. No os habéis atrevido a taparlos porque sabíais que miles de ojos os vigilaban desde todos los puntos del teatro.

»Veo vuestros rostros demudados, estáis empapados de sudor y estáis temblando de miedo. Eso es señal de que os invade el temor. ¡Tranquilos! En principio, vosotros dos no tenéis nada que temer porque habéis cumplido escrupulosamente los pactos firmados por las autoridades cristianas representadas por Teodomiro, hijo de godos, y Abdelaziz Musa, hijo de Nusair, de obligado cumplimiento por ambas partes. En ese latín que tan bien sabéis vosotros se dice: «Pacta sunt servanda», que significa: los pactos hay que cumplirlos. Yo me los sé de memoria y me voy a permitir recitarlos para vosotros en esta solemne ocasión. "Teodomiro obtuvo la paz y recibió la promesa, bajo la garantía de Dios y su profeta, de que su situación y la de su pueblo no se alteraría; de que sus súbditos no serían muertos ni hechos prisioneros ni separados de sus esposas e hijos; de que no se les impediría la práctica de su religión, y de que sus iglesias no serían quemadas ni desposeídas de los objetos de culto que hubiera en ellas mientras cumplan las obligaciones que les imponemos. A Teodomiro se le concedió la paz con la entrega de las siguientes ciudades: Orihuela, Alicante, Mula, Villena y Lorca. Además, los cristianos se comprometieron a no dar asilo a nadie que huyera de nosotros o fuera enemigo nuestro, ni tampoco a producir daño a quien gozara de nuestra amistad, ni podrían ocultar ninguna información sobre nuestros enemigos que llegara a su conocimiento. Él y sus súbditos pagarían un tributo anual. Cada persona, un dinar en metálico, cuatro medidas de trigo, cebada, zumo de uva y vinagre, dos de miel y dos de aceite de oliva; para los siervos, solo una medida".

Elipando no osó contradecir a Abderramán, a pesar de que sabía perfectamente que Toledo no firmó semejante pacto, pero ¿quién se atrevía a corregir al emir en aquellas circunstancias? Siguió escuchando su discurso.

—Este es el pacto que hizo pregonar Abdelaziz Musa con un edicto y que vosotros no tenéis necesidad de renovar porque sois mis súbditos. Y ahora no puedo obviar las mínimas normas de la hospitalidad, así que comed.

Y señaló la comida que tenían delante invitándoles a que la probasen, pero ellos, guardando un respetuoso silencio, declinaron la oferta con un ligero movimiento de cabeza que era al mismo tiempo una señal de agradecimiento. Se daban cuenta de que el emir, aunque era de natural comedido, estaba eufórico. La crucifixión había desatado su lengua y necesitaba explayarse con sus cortesanos en presencia de unos clérigos cristianos, cuyo aspecto dejaba mucho que desear.

—No ignoro que sois cristianos y que para vosotros presenciar una crucifixión os retrotrae a los sufrimientos de vuestro Dios en la cruz y os descompone las vísceras, por ello entiendo perfectamente que hayáis perdido el apetito —exclamó el emir—. A mí, al contrario, se me ha despertado un hambre feroz. Y, si no os importa, voy a probar estos exquisitos manjares.

Beato y Elipando estaban horrorizados porque no sabían adónde quería ir a parar Abderramán con aquellas digresiones y se temían lo peor. Tras una breve pausa, el emir tomó de nuevo la palabra:

—Como sabéis de sobra, me llamo Abderramán, soy hijo del príncipe Mu'awiya ibn Hisham y nieto Hisham ibn Abd al-Malik, décimo califa omeya, y también soy el único superviviente de una matanza inmisericorde. Cuando los abasíes, después de la guerra, se apoderaron del califato, procedieron a asesinar al califa Marwan y a todos los miembros de mi familia, hombres, mujeres y niños, y a trasladar la capitalidad del imperio desde Damasco hasta Bagdad. Los soldados del califa nos alcanzaron cuando estábamos esperando una barca para cruzar el río Éufrates. Entonces, mi hermano Yahya, Badr y yo nos lanzamos al agua para atravesar a nado el río. Desde la distancia, fue horrible para Badr y para mí contemplar la captura de mi querido hermano y su inmediata decapitación ante nuestros ojos. Solo sobrevivió mi sobrino Suleimán, que no tenía más que cuatro años. Lo conseguimos huyendo desde Damasco al desierto. Durante la huida, nos acompañaba mi fiel esclavo griego Badr, después liberado por sus merecimientos. Ahí lo tenéis, es el mismo que ha conseguido liberar la ciudad de Toledo y que está presente en esta cena. Amparándonos en la noche, escapamos de nuestros perseguidores y huimos a Siria, Palestina, Egipto y el norte de África, pero en todas partes peligraban nuestras vidas, incluso en Marruecos, escondidos entre los familiares de la tribu de la que procedían mis antepasados por parte de madre.

Se notaba que el emir omeya estaba ufano de su valentía durante la peripecia, porque se dirigía a menudo a su compañero de huida.

—¿Es así, mi fiel Badr? ¡Corrígeme si me equivoco!

—Así es, como dice mi señor, pero con muchos otros peligros —respondió el aludido sacando pecho porque estaba orgulloso de su hazaña y de haber sido compañero imprescindible de aquella odisea que les había traído hasta Hispania y les había puesto en camino de recuperar el poder y de vengar a sus familiares.

Abderramán sonrió satisfecho y continuó su relato:

—Llegué a Ceuta en 755 con intención de pasar hasta Granada. Desembarqué en Almuñécar y en Archidona, me proclamé emir de toda Hispania, que me pertenecía como descendiente de mi abuelo, el califa. Después de aplastar unas cuantas traiciones, aprovechando la sublevación de Zaragoza contra sus autoridades, que mantenía ocupados a mis enemigos y desguarnecido el sur, llegué a las afueras de Sevilla, donde conseguí reclutar un pequeño ejército. Con una argucia crucé el río Guadalquivir y me apoderé de la ciudad. En ella me casé y en ella me reconocieron como emir independiente de Bagdad. Hace tres años me apoderé de la ciudad de Toledo. No habríamos presenciado estas crucifixiones si Hisham ben Urwa hubiese cumplido sus pactos y no hubiese desobedecido mis órdenes.

En el momento en que el emir interrumpió su discurso, todos dejaron de comer e hicieron una pausa. Al poco tiempo retomó su relato con un rictus melancólico:

—He llegado hasta aquí venciendo muchas adversidades y cortando muchas cabezas, porque, en medio de los mayores peligros, siempre recordaba lo que me decía mi tío abuelo Maslama: «¡Nunca olvides esto, Abderramán, hijo mío: tú devolverás a la familia todo lo que nos han quitado!». Solo siento que hay una cosa que nunca podré devolver a mi familia: ¡todas las vidas que nos arrebataron! —dijo con voz entrecortada y lágrimas en los ojos.

»Los cristianos decís que Jesús es hijo de Dios. Eso para nosotros es una enorme blasfemia. También afirmáis que Dios envió su hijo al mundo para salvarlo y redimirlo de sus pecados muriendo en la cruz. Pero Jesús dijo a las puertas de la muerte: "Dios mío, Dios mío, ¿por qué me has abandonado?". Y yo os pregunto, ¿cómo es posible que vuestro eterno y todopoderoso Dios, ante una crucifixión como la que acabáis de presenciar, deje torturar a su hijo hasta la muerte desoyendo su petición de socorro? ¿Qué clase de padre es? Yo he visto cómo degollaban a mi hermano Yahya y me moría de angustia porque no podía acudir en su socorro. De haber estado en mi mano, habría enviado un rayo del cielo para aniquilar en el acto a todos los que le apresaron, pero yo no tenía ese poder. Por eso os hago esta pregunta: ¿Jesús era hijo de Dios como decís o sencillamente era un servidor de Dios y este le rescató en el último momento?

Después de haber presenciado hacía solo un rato una crucifixión colectiva, aquella era una pregunta envenenada. Ambos eclesiásticos, que, aparte de monjes, eran reconocidos teólogos —Elipando con mucho más predicamento y oratoria porque era maestro de Beato en el monasterio agaliense de Toledo—, sabían que les había tendido una trampa saducea y que arriesgaban mucho si respondían, pero mucho más si callaban. Después de unos segundos de vacilación, Elipando se aventuró a replicar:

—Para nosotros, los cristianos, la filiación de Jesús es un gran misterio, el de la Santísima Trinidad. Con unos u otros matices, los santos padres de la Iglesia reconocen que, en cuanto Dios, Jesús es hijo natural de Dios, pero si se interpretan en otro sentido sus escritos, se puede deducir que es hijo adoptivo en cuanto hombre. Como Dios que es, no puede morir, pero como hijo adoptivo sí. Por eso resucitó al tercer día.

Al escuchar semejante blasfemia de su maestro, que era una autoridad eclesiástica, Beato tuvo que cerrar los ojos para evitar que su ira le delatara, porque la furia le estaba carcomiendo por dentro.

—Eso tampoco hay quien lo entienda, hermano Elipando —exclamó con sorna Abderramán—, pero se acerca bastante a lo que nos enseña el Corán, que Jesús, el siervo de Dios, es un gran profeta y como tal le consideramos en nuestra religión. ¿Y qué dice el papa de Roma al respecto del hijo adoptivo?

—El papa que diga lo que quiera en Roma, como si dice misa, pero para nosotros, en Toledo, Cristo es hijo adoptivo de Dios.

—¿Y tú qué dices al respecto? —El emir se dirigió a Beato.

—¿Yo? Nada. Ya ha respondido mi maestro. Doctores tiene la santa madre Iglesia —exclamó Beato tartamudeando.

—¿No te estarás burlando de mí? —preguntó el emir para provocarlo.

—¡Nooo, majeeeestad! Es que cuaaando estoooy muy nerviooooso tartaaamudeoo —trató de explicarse Beato, cabizbajo y rojo como una amapola.

Todos los presentes, empezando por Abderramán, soltaron una estruendosa carcajada, con lo cual el emir dio por terminado el interrogatorio. Beato y Elipando fueron eximidos de probar bocado, conducidos fuera del palacio y dejados en libertad.

Una vez allí, se palparon los hábitos celebrando su resurrección. Pero Beato se puso serio al recordar que acababan de renegar de Cristo, como Pedro hizo tres veces antes de que cantara el gallo.

—¡Oídme, maestro! —dijo Beato dirigiéndose a Elipando—. ¿Habéis dicho en serio que Cristo es hijo adoptivo de Dios en cuanto a su humanidad?

—Eso he dicho, hermano Beato, adoptivo en cuanto a la humanidad porque eso mismo dicen, aunque veladamente, muchos padres de la Iglesia.

—¿Está seguro su reverencia?

—Las Escrituras admiten interpretaciones, para eso estamos los teólogos.

—Supongo que el emir y sus ulemas han tomado nota.

—¿Y qué tiene eso de malo?

—¡Que lo que habéis dicho es una herejía y de una herejía se deriva siempre un cisma! Tendréis que sostenerlo de ahora en adelante porque, para el emir, vuestra palabra es un pacto y ya le habéis oído: «*Pacta sunt servanda*».

—¿Qué dices, mentecato? Todo el mundo sabe que la sede toledana brilló desde sus comienzos por las santas doctrinas y que de ella nunca salió ninguna corriente cismática.

—Pero su reverencia no es todavía el ocupante de la sede.

—El emir verá con buenos ojos nuestro ascenso, hermano Beato. Todavía no ha llegado mi hora, pero, por la cuenta que nos tiene, pronto ascenderé al trono episcopal y para entonces Cristo será, según la Iglesia, hijo adoptivo de Dios, y si no, al tiempo.

—Y si esto no ocurre, ¿qué pasará?

—Lo acabas de ver esta mañana. Que tú y tu ayudante Eterio subiréis conmigo al Gólgota que habrá instalado Abderramán en el escenario de lo que queda en pie del teatro romano. Con el norte de Hispania en rebeldía, los cristianos, sobre todo los eclesiásticos, somos rehenes del emir. Apréndete la lección. Este no es solo un asunto de teología, sino que es un problema de supervivencia para ti, para mí y para muchos de nosotros.

※※※※

Después de lo que había presenciado aquel día y habiendo escuchado a su maestro enfangarse en la herejía, Beato, que se veía en el infierno, era preso de una angustia que le impedía respirar y, por ello, conciliar el sueño. Se revolvía en su lecho, le crujían los dientes, tiritaba y lloraba con desconsuelo. Cambiaba de postura una y otra vez y trataba de limpiarse el sudor frío que le corría por todo el cuerpo. Por fin logró dormirse, pero cuando cantó el gallo tres veces, se despertó. Olía a sangre y sudor, recordaba perfectamente que había soñado con la crucifixión de Cristo y los dos ladrones, pero el escenario no era el Gólgota, sino el teatro romano de Córdoba. Elipando y él asistían escondidos entre la multitud. Jesús les había reconocido y les llamaba por su nombre. Elipando se escabulló enseguida, le dejó solo y desapareció, pero él permaneció a pie firme donde estaba. La gente se movía, Jesús todavía le llamaba: «¡Beato, Beato! ¿Dónde estás? ¿Por qué me has abandonado?».

Se quedó un rato tratando de recordar todo lo posible de aquel extraño sueño, pero, de pronto, Eterio, su ayudante, entró dando voces y sin llamar a la puerta de la habitación.

—¿Todavía en la cama, maestro? Y esto sin ventilar. ¡Abramos las ventanas de par en par, que aquí huele a muerto!

—Si no has bebido de mañana, ¿a qué se debe ese contento, Eterio?

—Elipando me ha prometido darme el obispado de Osma y a vuestra reverencia, maestro, el de Oviedo, si le somos fieles.

Aún no es obispo. Todavía no puede imponernos las manos ni aplicarnos los santos óleos ni entregarnos los santos Evangelios.

—Me juró que lo haría en cuanto le consagren como arzobispo de Toledo.

—Algo te habrá pedido a cambio.

—Que le sea fiel hasta la muerte y que me comprometa a hacerme de los suyos.

Beato dio un respingo y de un salto se sentó en la cama y exclamó en tono conminatorio:

—No puedes porque he visto a Jesús en la cruz y me ha recordado que le hemos negado tres veces como Pedro. San Juan me ha pedido que comente el Apocalipsis y lo ilustre con imágenes en un libro, y lo tengo que hacer cuanto antes para combatir la herejía de Elipando.

—¿Habéis tenido un mal sueño?

—¿Quién tiene buen sueño después de presenciar, que digo presenciar, vivir en primera fila una crucifixión, y de paso revivir la pasión y muerte de Nuestro Señor, y después escuchar por boca de nuestro maestro, delante del emir Abderramán y su corte, que Jesús de Nazaret solo era hijo adoptivo de Dios? Tenías que haber visto cómo sonreían el emir, los ulemas y los cortesanos…

—¿Qué más dará que sea hijo de Dios o hijo adoptivo si eso no hay manera de averiguarlo a estas alturas? Seguro que lo dijo por salir del paso delante del emir Abderramán. Pronto veremos cómo se le olvida lo que ha dicho y no vuelve a hablar del asunto. Así que dejemos a un lado el sueño de vuestra reverencia, que ahora viene lo mejor de todo. Elipando me ha contado que Abderramán le llamó a primera hora para que le informara sobre la situación en Toledo, porque es la persona que mejor conoce los entresijos de la ciudad y le necesita para calmar las aguas antes de que sobrevenga la próxima tempestad. Le dijo que quiere tenerle cerca de él, que está harto del estado de permanente agitación que hay en Toledo y quiere resolverlo por las buenas.

—Es una buena noticia, podíamos estar mucho peor.

—Pues no os he dicho lo mejor.

—Ardo en deseos de saberlo, porque Elipando es capaz de cualquier cosa con tal de estar al lado de los que mandan.

—Me ha dicho, como un gran secreto, que como él es uno de los pocos, por no decir el único, que conoce el árabe, el latín y el griego a la perfección, aparte de la lengua que habla el pueblo llano, el emir quiere que se ocupe de enseñarles a sus tres hijos esos idiomas, ahora que están tiernos y se les puede moldear como cera caliente, y pueden aprender las lenguas sin gran esfuerzo si su maestro sabe hacerlo a base de juegos y entretenimientos, con dulzura e inteligencia.

—Difícil tarea tiene Elipando para educar a esas bestezuelas que, hartas de mimos, habrán sido criadas a su libre albedrío. A ver quién le pone ahora el cascabel al gato…

—Pues eso nos toca a nosotros. A vuestra reverencia y a mí. Porque Elipando quiere que, mientras él enseña, nosotros sujetemos a los gatos y les pongamos el cascabel…, y nos llevemos los arañazos.

—¿De quién ha sido esa peregrina idea? —quiso saber Beato, con una sombra de consternación en su rostro.

—Del mismísimo Abderramán, que también ha exigido que participéis vos mismo, porque tenéis mucha inteligencia y un gran sentido del humor, sobre todo cuando tartamudeáis. Elipando presumió de que erais discípulo suyo y que además tenéis una memoria prodigiosa. Y que eso os puede servir para jugar con ellos a las adivinanzas.

—Lo estoy viendo. Elipando ha distribuido en su provecho los papeles en esta comedia —replicó Beato con cierto fastidio—. Él será el sabio, yo seré el adivino y a ti te tocará hacer el tonto, o sea el onagro, un burro de piel fina con buena alzada. Como eres un grandullón, vete preparándote para llevar a los tres príncipes a tus espaldas y recibir los palos de ellos. Y, para mayor escarnio, te vestirás de obispo y así, de paso, ridiculiza a nuestra religión y a sus pastores.

Llegados a este punto, don Crisógono detuvo su relato para concluir por aquel día con las siguientes palabras:

—Como pueden ustedes imaginar —precisó—, el objetivo de Elipando era sentarse en la silla episcopal de Toledo y estaba entusiasmado con el papel de sabio y educador. Además, de paso, salvaba el pellejo. Nada más por hoy. La próxima clase la tendremos en la biblioteca del palacio de Santa Cruz, donde les daremos una sorpresa.

3

Si quieres llegar lejos, busca compañía

uando Eulalia salió de clase la esperaba Tiqui, que no se había sentado a su lado porque llegó un poco tarde. La invitó a la cafetería. Mientras tomaban un café con leche, estuvieron charlando un rato.

—Tenías razón. Este profe es muy particular. Algo extravagante y exhibicionista, pero se nota que conoce al dedillo todo lo que respecta a los beatos y que disfruta enseñando lo mucho que sabe, ¿no te parece?

—Eso dicen en la facultad y eso me parece también. Cuenta conmigo para lo que necesites, si algún día no puedes venir a clase —se ofreció Tiqui.

—No creo que haga falta, pero no sabes cuánto te lo agradezco. Los primeros días se siente una tan sola… Además, con mi edad… No sé qué pinto yo con todos vosotros. —Eulalia suspiró.

—Estás en tu derecho. ¡Haz lo que te salga de las narices! En la vida nunca es tarde para empezar algo nuevo o para hacer lo que te dé la gana.

—Muchas gracias, Tiqui, no sabes los ánimos que me dan tus palabras. Creía encontrarme sola entre alumnos que podrían ser mis nietos, de haber tenido hijos. Empezar algo nuevo a mi edad es para mí como subir una montaña. Nunca imaginé que volvería a pisar las aulas.

—Ya conoces el dicho: «Si quieres ir deprisa, vete sola, pero si quieres llegar lejos, busca compañía». Yo prefiero ir acompañada, pero mira…, no soy de Valladolid, soy de pueblo, y necesito ganarme la vida, vengo de modo intermitente, y no tengo tiempo de alternar con los compañeros.

—En mi caso, por el modo en que me miran, me doy cuenta de que no saben cómo clasificarme —admitió Eulalia con cierta resignación—. Se ve que me tienen respeto, casi no se atreven ni a dirigirme la palabra…, y mantienen las distancias porque esperan a que yo dé el primer paso. Pero tú eres distinta, como mucho más franca y cercana, y me inspiras mucha confianza.

—La cafetería empezó a llenarse y el bullicio se hizo intenso.

Tiqui hizo ademán de levantarse—. ¿Vas muy lejos? ¿Quieres que te acompañe? —preguntó Eulalia.

—Tengo aquí la burra, que me lleva a todas partes. Además, la necesito para el reparto de paquetería.

—¿No me digas que tienes una burra? —Eulalia no pudo evitar la cara de sorpresa.

—La bicicleta, boba —se rio Tiqui—. Mi abuelo fue ciclista y a la bici la llamaban la burra.

Eulalia estuvo a punto de contarle su vida, pero se contuvo y decidió dejarlo para más adelante si se hacían amigas de verdad, que era lo que le había recomendado su terapeuta y lo que necesitaba realmente. Se despidieron con una sonrisa, emplazándose para la siguiente clase.

El seminario de don Crisógono, un tipo raro donde los haya, y sobre todo el reencuentro con Tiqui fueron balsámicos para Eulalia. Se había apuntado a aquellas clases solo para complacer a su terapeuta, pero ya tenía un profesor interesante, una amiga muy espontánea y por delante una tarea que podía tenerla ocupada. Por ello, al salir del palacio de Santa Cruz, estaba tan contenta como no recordaba haberlo estado desde la muerte de Hermenegildo, hacía ya más de un año. Por fin, había novedades en su vida. Se sorprendió a sí misma sintiendo de nuevo la alegría de vivir y las ganas de tomar las riendas de su existencia. Había tenido una gran desgracia, sí, pero tenía razón Tiqui, también era una gran oportunidad. No todo era la rutina diaria del pasado, la misma agenda, los mismos pacientes, las mismas dolencias, el aburrimiento de recorrer todos los días el mismo camino, un camino seguro, sí, pero corto como el vuelo de los gorriones. Sentía el anhelo de ser golondrina, de volar más alto y conocer otros horizontes. Volvía a sentir el cosquilleo de la juventud. Notaba que la sangre corría de nuevo por sus venas. Tenía razón su terapeuta: emprender una actividad novedosa en un ambiente juvenil le iba a proporcionar la energía que necesitaba para cerrar el capítulo de su pasado como enfermera y esposa de un médico, y le daría el empujón que necesitaba su ánimo para separarse de las cenizas del pasado. Concretamente, de las cenizas de Hermenegildo.

Un trámite doloroso pero necesario que llevaba retrasando demasiado tiempo.

«De hoy no pasa que resuelva el "asunto" —pensó—. Nos ha recomendado el profe viajar a Liébana y hablar con don Exuperancio, un buen pretexto para cerrar ese capítulo de mi vida y coger yo misma las riendas de mi destino».

Cuando llegó a casa, lo primero que hizo fue buscar la dirección de la funeraria de Potes para contratar un nicho en el cementerio y dejar que Hermenegildo se fuera definitivamente. Con la nueva energía que la invadía, se sintió resolutiva, no se lo pensó más y marcó el teléfono.

—Le habla Ceto, ¿en qué podemos servirle? —le respondió una amable voz al otro lado.

—Necesito un nicho en el cementerio de Potes, a ser posible en alto y con vistas a los Picos de Europa. No escatime, que es para depositar la urna con las cenizas de mi marido, que era lebaniego y falleció el año pasado. Quiero que descanse en su tierra y necesito resolver el asunto este fin de semana.

—No se preocupe, señora. Eso está hecho. Le reservamos uno ahora mismo porque tenemos varios disponibles. Me manda los datos de ustedes, me dice el día y la hora y nosotros nos ocupamos de tenerlo todo preparado. Para todo lo que necesite, pregunte por Ceto.

—Estupendo. Le agradezco mucho su amabilidad —dijo Eulalia, y se despidió hasta el fin de semana.

Eulalia se pasó la mano por la frente, suspiró hondo y exclamó en voz alta: «¡Qué peso me voy a quitar de encima!». Y, decidida, se dirigió directamente a la estantería donde todavía estaba la urna con las cenizas y las llevó hasta la mesita de la entrada de la casa.

Durante muchos años se había dejado llevar por la comodidad de ser la mujer de un médico y, confiada en él, había vivido sumida en la ignorancia. Había estado todo el año aplazando la revisión del estado de las cuentas. «Para cuando tenga fuerzas», se decía. Pero ahora, como estaba iniciando una nueva vida, tenía que ponerse a ello de inmediato. Solo sabía que tenían una cuenta conjunta de la que sacaba todo lo que necesitaban para vivir sin ahogos. Desde la muerte de Hermenegildo, cada vez que pasaba por delante de su despacho-consulta, se le encogía el corazón. Penetrar en aquel ámbito era profanar un santuario. Nunca había hurgado en sus papeles ni escudriñado la estantería donde tenía sus carpetas ni tampoco había abierto los cajones de su mesa, pero, afortunadamente, Hermenegildo era una persona meticulosa y lo tenía todo apuntado en una guía a modo de índice, por si llegaba el caso, que, desgraciadamente, llegó.

Eulalia sabía que tenía derecho a la jubilación por haber cumplido sesenta y cinco años y porque había cotizado a la Seguridad Social durante mucho tiempo. Quizás le correspondía la pensión de viudedad, más el seguro que habían suscrito con la aseguradora del banco que le había proporcionado una cierta tranquilidad durante el año y pico que había necesitado para asumir su pérdida, llevar a cabo el duelo y reponerse de la desgracia. Pero ahora que se veía con fuerzas para iniciar una nueva vida, necesitaba saber el suelo que pisaba y si, a su edad, podía permitirse el lujo de emprender tranquilamente una carrera durante varios años.

Al no tener hijos, Eulalia ya sabía por el testamento que era heredera de todos los bienes de Hermenegildo. Como habían vivido con cierta austeridad, porque el difunto había mirado la peseta, aparte del piso, que estaba totalmente pagado y que le correspondía por entero, había una cuenta corriente muy bien surtida, un seguro de vida con ella como única beneficiaria, también un fondo de pensiones y un buen paquete de acciones de Inditex que suscribió Hermenegildo cuando Amancio Ortega sacó a bolsa su empresa. La casa de Valladolid estaba ya a su nombre, lo mismo que una propiedad en Potes que había comprado Hermenegildo a sus primos de improviso muy poco antes de morir. Se lo había contado por encima a Eulalia, a la que le pilló por sorpresa esta muestra de amor por el terruño de su marido, quien, desde que ella lo conociera, había demostrado poco interés por sus raíces. No tuvo tiempo para indagar más porque a las pocas semanas de cerrarse el trato, Hermenegildo falleció llevándose con él a la tumba el secreto de aquel extraño impulso. Durante los meses de luto, Eulalia había pensado poco en la casita (o «casucha», como la llamaba su marido), así que aquel día fue el primero que estudió con interés las escrituras y la fotografía que las acompañaba de la fachada de una casita que tenía un letrero que decía «se vende», y otra en la que se veía una preciosa panorámica de los Picos de Europa.

«¡Ay, Gildo, querido mío! ¡Cómo eras a veces! —exclamó para sus adentros—. Hermético como una pared, que ni me consultaste ni me lo dijiste. Querías darte un capricho o a mí una sorpresa. ¡Me la regalaste justo antes de morir, como si supieras que me iba a matricular en un seminario sobre Beato de Liébana!». Miró con mucho detenimiento las fotos. Le pareció una casa preciosa, con muchas posibilidades. Empezó a fantasear con que era solo suya y ya se vio tomando el sol en aquella balconada, disfrutando de aquellas maravillosas vistas. Bajó un poco de las nubes y pensó que necesitaría saber en qué estado se encontraba. Quizás tuviera que hacer obras, ya se sabe cómo se deterioran las casas de los pueblos si no se habitan. Y de pronto se encontró pensando en restaurarla, y sin calibrar lo que podía costarle la obra, se dijo: «No te vas a arruinar por ello». Y pensando que Hermenegildo le había hecho un regalo inesperado, le dio tanta alegría y, después, tanta lástima de él que estuvo llorando hasta que se hartó. Vertió todas las lágrimas que no había logrado soltar en los últimos meses y cuando se calmó la tempestad, pensó que ya podía tomar decisiones importantes por sí misma. Se fue a la cama y durmió a pierna suelta sin necesidad de tomar la pastilla.

Se despertó más contenta que unas pascuas, y como aquel fin de semana había un puente largo, lo aprovecharía para llevar las cenizas de Hermenegildo, entrar en la casa y, tal como había recomendado don Crisógono, hablar con don Exuperancio y conocer el mundo de Beato. Así que metió en una bolsa algo de ropa, un cuaderno de notas y una cámara fotográfica, y sin pararse a reservar habitación en un hotel, se puso en camino hacia Liébana con unos nervios de colegiala. Hacía muchos años que no se sentía tan bien, porque se le estaban pasando las angustias que la aprisionaban. No sabía a qué se debía aquel estado de euforia contenida, pero sospechaba que el encuentro con don Crisógono, el despertar de la curiosidad y la emoción de emprender a solas la aventura de conocer mundo y realizar descubrimientos eran toda una novedad para ella que la estaba cambiando.

«¡Serás pánfila! —pensaba—. ¡Con qué poco te llenas de ilusión y fantasía!». Aunque enseguida se respondía: «¿Poco? ¿Te parece poco lo que te ha dejado el pobre Hermenegildo? ¿Llamas poco a una pequeña fortuna que bien administrada me da para vivir sin preocupaciones el resto de mi vida y una casita en Potes con vistas a los Picos de Europa de regalo para mí?».

Imaginando viajes y soñando cuentas, se le hizo corto el viaje desde Valladolid hasta la Montaña Palentina. Se reía sola pensando que no solo había sido la enfermera de Hermenegildo, sino también la choferesa. Esa era una de sus funciones. Las revisiones, el seguro a todo riesgo, los partes por accidente, el cambio de modelo por razones de seguridad y economía, etc., etc. Eso no solo le permitía a Hermenegildo dormir mientras viajaban, sino quitarse las preocupaciones inútiles. Era la primera vez que viajaba sola durante un trayecto de más de cuatro horas y ahora precisamente veía las cosas de otra manera, porque la mirada y la curiosidad también viajaban por su cuenta.

En Alar del Rey tomó el desvío hasta Cervera y, al atravesar el valle de la Ojeda, se quedó pasmada al contemplar los campos, que regalaban a sus ojos todas las tonalidades cálidas de los suelos, cuyo colorido se correspondía con el de la arcilla que transitaban los arados pintando los paisajes de amarillo, naranja, ocre o cualquiera de los matices de las tierras. Al llegar a Moarves, se detuvo a contemplar el asombroso apostolado que coronaba la portada de una pequeña iglesia y que tenía el mismo color de las tierras que acababa de dejar a sus espaldas. Las esculturas se daban un aire a las alargadas figuras de los beatos. Si el Verbo se hizo carne, en Moarves la carne se había hecho piedra, y la piedra se había transmutado en poesía, como los apóstoles tirándoles besos a las palomas de los aleros. Tal era el mimetismo de la piedra con la tierra. No recordaba haber visto nada parecido en sus viajes anteriores. «Estaré yendo por otra carretera —se dijo—, porque esta no la recuerdo. ¿O será que tengo la sensibilidad a flor de piel y ahora miro las cosas de otra manera?».

Al poco se acabaron los campos y empezaron los montes, los riscos y, pasando por Cervera, se encontró de pronto con la cordillera Cantábrica, muralla geográfica y barrera defensiva de los cristianos contra los nuevos dueños de Hispania. Eran las estribaciones del puerto de Piedrasluengas, un pequeño desfiladero que dificulta el acceso franco a la Liébana. Una vez superado, después de unos cuantos vaivenes de la carretera, se ofreció a su vista, ocupando todo el horizonte, una panorámica majestuosa del valle de Liébana, con los Picos de Europa erguidos como un valladar infranqueable. Era el momento de hacer un alto en el camino y dejar a la naturaleza que contara sus maravillas. Ella esperaba que allá abajo estuviera el monasterio de San Martín de Turieno, con las puertas abiertas para enseñarle sus tesoros y contarle sus secretos.

Dejando ventas y pueblecitos recostados en laderas, bajó entre montes, prados y peñas hasta el fondo del valle por una carretera interminable y, al llegar a Ojedo, giró a su izquierda con Potes a la vista. Nada más cruzar el puente y justo detrás de la iglesia, había un aparcamiento público que estaba completo. El pueblo estaba a reventar de gente, pero Eulalia tuvo suerte, porque se fue un todoterreno y dejó una plaza libre. Ella pasó por delante de la mole de la iglesia y entró en la oficina de turismo, en un templo recién adaptado para ese uso, y allí preguntó por el monasterio de San Martín de Turieno.

—No existe ningún monasterio con ese nombre —la informó una amable joven—. Querrá usted decir Santo Toribio de Liébana.

—Busco el monasterio del que fue abad Beato.

—Querrá usted decir san Beato —la corrigió ella.

—Perdone, señorita —se asombró Eulalia—. No sabía que Beato fuera santo y que hubieran cambiado de nombre al monasterio.

—Eso fue hace unos cuantos siglos. Aquí y en todas partes se le conoce como monasterio de Santo Toribio de Liébana.

—Ya que es usted tan amable, podría darme noticia de don Exuperancio. Me han recomendado que pregunte por él.

—No es don Exuperancio, es don Exuperio —volvió a corregirla la chica, y luego le advirtió—: Y no le gusta nada que le confundan el nombre. Es un poco mayor, pero está bien.

Ahora sale poco porque vive en esa residencia de ancianos que ha dejado usted atrás y que promovió él precisamente. Pero si tiene bien aparcado el coche, le recomiendo que lo deje tranquilo en el aparcamiento, porque hoy está todo imposible. Si va dando un paseo hacia Ojedo, por la izquierda al final del pueblo, se encontrará con un edificio de piedra con balconada corrida de madera. No tiene pérdida. Seguro que allí le dan razón de don Exuperio. Es muy querido en toda Liébana por todo lo que ha hecho por la gente. Por eso le llaman don Xuper. ¿Es usted familiar suyo?

—No tengo esa suerte. Pero vengo en viaje de estudios y el profesor me ha recomendado que hable con él.

—Nadie mejor para esos asuntos. Lo sabe todo sobre Liébana —le sonrió—. Ha removido muchas piedras en su vida, ha entrado en todas las casas y conoce a todas las familias.

Eulalia le dio las gracias a la joven y se dispuso a seguir sus indicaciones. La residencia estaba al otro lado de la villa y durante el camino, como si visitara aquellos lugares por primera vez, se fue fijando en las montañas, las casonas, el río saltando en un barranco que partía en dos el casco urbano y se salvaba con un robusto y airoso puente de los de después de la guerra; en la Torre del Infantado, montando guardia en medio del caserío y vigilando el templete de hierro. Recorrió los soportales de la plaza admirando las casonas de piedra con balconada y el resto de los edificios que jalonaban la carrera de salida de la villa hacia el Cantábrico o el puerto de Piedrasluengas. Al fin, torció a su izquierda y pudo ver la residencia, que era tal y como le habían contado en Turismo. La puerta estaba abierta y la gente entraba y salía. Preguntó por don Exu… perio en la recepción.

—Dígale que vengo de parte de don Crisógono.

El sacerdote no se hizo esperar, pero se veía que andaba como si se resistiera, y mirando a todas partes con aspecto de despistado. El profesor le enviaba todos los años a algún estudiante y seguro que el cura se esperaba a alguna jovencita. Entrado en años. Mediana estatura, mirada franca y sotana negra bien limpia.

Eulalia se dio cuenta de que se sorprendía de que esa señora mayor fuera la enviada de don Crisógono. El sacerdote se acercó a ella, la miró de los pies a la cabeza y preguntó cortésmente:

—¿Viene usted de parte de don…?

—Efectivamente, y usted es don Exuperio, sin duda. Muchas gracias por ser tan amable y recibirme de inmediato.

—Pase a mi despacho, que estaremos más cómodos. Usted no es estudiante. Profesora, ¿verdad?

—Participo en un seminario.

—Cuando he oído que venía de parte de don Crisógono he estado a punto de hacerme el enfermo y meterme en la cama —admitió el cura ladeando la cabeza—. Pero mira que es pesado este Crisógono, que todos los años manda una recua de estudiantes a buscar el primer beato, lo que utiliza como señuelo para que vengan a Liébana, porque supone que Beato no les interesa para nada. Yo los envío a adorar el *lignum crucis* allá arriba, en el monasterio, a ver si el Señor los ilumina. Algunos ni se molestan. Allí van a estar los beatos…, si los rojos lo destruyeron todo cuando la guerra, que quemaron medio pueblo cuando se retiraron a Santander. Dar con ese primer beato es tan imposible como encontrar una aguja en un pajar, y don Crisógono lo sabe de sobra. Esas cosas aparecen por casualidad… cuando aparecen. Con la edad que tengo, estoy yo bueno para andar cuesta arriba y cuesta abajo husmeando beatos para ellos. Sabe Dios qué ha pasado con aquel libro…, si ha transcurrido casi una eternidad. Y todos los que vienen a buscarlo hacen lo mismo al marchar: si te he visto, no me acuerdo, empezando por don Crisógono, al que hace tiempo que no veo el pelo. Ni una nota de agradecimiento ni un testimonio de lo que han encontrado. ¡Hágame caso! Si usted descubre algo notable o extraño, no le diga nada a nadie, y menos a don Crisógono, que ese va a lo suyo. Cuéntemelo a mí, que yo le ayudaré en lo que haga falta. Hay que hablar con la gente de otras cosas y estar muy atentos a lo que cuentan, porque tengo comprobado que aquí, en Liébana, la tradición oral vale tanto como si hubiera estado escrita. En Torices hay una finca que llaman «del Palacio», y debe de ser el del rey Alfonso I, porque arando apareció una columna que es de ese tiempo. Los caminos antiguos llevan a un sitio que llaman «del Hospital». Como allí suelen aparecer piedras labradas, yo doy por seguro que en aquel lugar hubo un hospital, quizás de peregrinos.

Eulalia se quedó sorprendida con la locuacidad de don Exuperio, y aunque seguía con interés las explicaciones, tenía un poco de prisa y temía que se fuera el resto de la mañana en la conversación, porque el cura seguía lo suyo.

—Los antiguos creían que la memoria habitaba en el corazón. En los Evangelios se dice que la Virgen María guardaba todas las cosas en su corazón. Es muy poético, pero el evangelista nos está diciendo que se acordaba de cosas de Jesús cuando era niño. Aquí, en Liébana, algo puede no estar negro sobre blanco, pero todo queda escrito en la memoria de la gente.

Mostraba a las claras que estaba descontento con don Crisógono y sus alumnos, y Eulalia tomó buena nota de ello. No era solo cuestión de falta de educación, el cura estaba molesto porque invadían su territorio para nada. Extremaría con él sus atenciones y actuaría con mucho tacto preguntándole su parecer antes de actuar, porque él sabía muy bien el terreno que pisaba. Pero fue el sacerdote mismo quien rompió el hielo.

—¿Conocía Potes? ¿Había estado en Liébana anteriormente?

—Algunas veces me trajo mi marido. Él era lebaniego. Se llamaba Hermenegildo Gutiérrez.

—¿Murió hace mucho?

—Hace poco más de un año.

—Hermenegildo Gutiérrez —repitió pensativo—. ¡Claro! Gildo, como su padre y su abuelo. Pero, mujer, ¡haberlo dicho desde el principio!

—¿Lo conocía usted?

—Pero cómo no lo iba a conocer. Seguro que lo bauticé yo. Conozco a toda su familia. Se fueron a Madrid, pero él no venía mucho por aquí. Así que es usted la viuda de Gildo. —Se santiguó y dijo—: Vaya por Dios, ¡qué le vamos a hacer! Le doy mi más sentido pésame. Designios del Señor. Vayamos a lo práctico. ¿Ha reservado alojamiento?

—No esperaba que esto estuviera completo. Lo primero que he hecho ha sido preguntar por usted; después, tengo que ver la casita que, sin decirme nada, compró mi marido poco antes de morir y cuyos dueños, a juzgar por los apellidos, me imagino que eran unos parientes de la familia. Pero vengo sobre todo a dejar sus cenizas en el camposanto. Traigo los papeles y ya he concertado con la funeraria de Ceto el nicho mirando a los Picos de Europa.

—Eso lo primero. Y respecto al alojamiento, no tenga cuidado, que enseguida le buscamos acomodo en alguno de los hoteles de la villa. Puede darse un paseo por el pueblo mientras tanto. Así se va orientando para próximas visitas y conoce un poco más la zona para ambientarse, porque supongo que no espera encontrar el beato a la primera de cambio —dijo riendo con ganas.

4

Una casita con vistas a los Picos de Europa

ulalia salió de la residencia de don Exuperio dispuesta a localizar la casita, y como aquello parecía un mercadillo medieval, se metió en el barrio que llaman la Solana para callejear sin prisa porque su instinto le decía que la casa la llamaría. Estaba todo precioso. Desde un rincón de la plazuela se divisaban los Picos de Europa con tal nitidez y tal definición del relieve que alargó la mano haciendo ademán de tocar sus crestas nevadas con la punta de los dedos. Se sentó un rato para contemplar el paisaje a sus anchas. Estaba la poyata llena de tiestos de flores, sobre todo geranios y begonias. Recipientes de todo tipo acunaban petunias y camelias floridas que también poblaban las balconadas, los pasadizos, las aceras empedradas y las puertas de las casas con su colorido alegrando el barrio más antiguo del casco de Potes.

«¡Qué sitio tan tranquilo y acogedor para venir de vez en cuando! ¡Gildo, Gildo! ¿Por qué nunca me trajiste aquí, un lugar tan auténtico y bonito, que casi siempre me llevabas a Santander capital?».

En estos pensamientos estaba cuando observó un cartel en la balconada de un edificio deshabitado que decía: «Se vende esta casa», y debajo ponía el teléfono de contacto. Pues era esa misma. El número de la escritura era el mismo que el de la puerta y la fachada coincidía con la foto que Eulalia traía consigo. Le extrañó que no hubiesen quitado el letrero. «Supongo que estará hecha una pena, pero tiene unas vistas formidables sobre los Picos de Europa». De tanto estar sola, se había acostumbrado a hablar consigo misma. «¿Te imaginas amanecer asomándote al balcón con los Picos de Europa dándote los buenos días?». Se lo imaginó y llamó al teléfono del letrero, le contestó una señora y le dijo que cogía las llaves de la puerta y venía enseguida a enseñarla. Debía de vivir muy cerca, porque llegó en cinco minutos.

—No se asuste usted. Por dentro no está tan mal como parece. Eso sí, tiene algunas goteras, pero estamos de suerte porque estos días no ha llovido nada.

—¿Podría verla por dentro y me dejará sacar un croquis para hacerme una idea de los espacios?

—Faltaría más, para eso estamos. Mientras yo abro las contraventanas para que se vea algo, cierre usted la puerta no vaya a ser que se metan los gatos, después voy a ver si acierto a encender la luz, para que no tropecemos con alguno de los cachivaches que hay tirados por el suelo.

En cuanto Eulalia se acostumbró a la semioscuridad, hizo un croquis a toda prisa, echó un vistazo a las estancias, subió por una escalera que crujía para asomarse a la balconada, salió a la calle para ver detenidamente la fachada y calculó por encima lo que le podía costar la obra.

La señora se adelantó y avanzó el precio de la casa tirando hacia arriba. Eulalia pensó que sería lo que costaría la obra.

—Es un precio muy alto. Tal y como está la casa, hay que gastar una fortuna para dejar esto vividero.

—Puede que tenga razón, pero la casa tiene muy buenas vistas.

—Las vistas las pone Dios.

—Sí, pero las ventanas son nuestras.

—¿Cuándo me entregaría las llaves?

—Pero ¡qué decidida es esta mujer, casi no ha visto la casa y ya quiere traer los muebles!

Eulalia se dio cuenta de que allí había un equívoco y estaban hablando de cosas distintas. A ella le había intrigado el letrero y la señora pensaba que era una clienta.

—Perdone que no me haya presentado antes. Me llamo Eulalia y soy la viuda de Hermenegildo Gutiérrez, y tengo entendido que era el propietario de la casa, a juzgar por la escritura que obra en mi poder.

—Y yo me llamo Eladia y soy prima de Gildo. ¡Haber dicho antes que es su viuda, y no haber andado con rodeos! ¡La acompaño en el sentimiento! La casa nos la dejó una tía nuestra a todos los sobrinos. Gildo nos compró nuestra parte. Dijo que se iba a jubilar pronto, pero nos dejó las llaves para que cuidáramos la casa por un tiempo. Como después no dio señales de vida, pensamos que a lo mejor la había comprado para especular, y por eso no quitamos el letrero. De sobra sabe usted que las casas vacías durante mucho tiempo terminan viniéndose abajo y si hay una desgracia…, todos pagamos las consecuencias. Suponíamos que en cuanto se enterara de que teníamos comprador se interesaría por la propiedad y vendría a Potes, y mira por dónde… —Eladia entregó las llaves a Eulalia diciendo—: Pues quitemos el letrero. Ahora que sabemos que usted es la propietaria ya decidirá qué hacer con ella. ¡Que disfrute la casa con salud! Aquí nos tiene para lo que necesite, que al fin y al cabo seguimos siendo parientes —dijo Eladia al despedirse.

Ya con las llaves en el bolso, Eulalia regresó a la residencia de mayores para hablar con don Exuperio y saber si había conseguido reservarle alojamiento en la villa. Tan pronto la vio aparecer, le informó al respecto:

—Ya tiene usted donde pasar la noche. Paco Wences le tiene preparada una buena habitación en el hotel Picos de Valdecoro. ¡Faltaría más! Porque, aparte de ser la viuda de Hermenegildo, que eso cuenta, y mucho, supe desde un principio que se merece usted toda la información y todo el apoyo que yo pueda darle. Por eso, antes de que se vaya, me veo en la obligación de decirle que no se fíe de don Crisógono. Será mucho profesor, pero me temo que ese hombre no es trigo limpio. ¿A quién se le ocurre mandar a sus discípulos a cuerpo gentil a estos confines de España en pos de un imposible? ¿Qué busca con tanto ahínco en estos valles? Usted estudie a fondo a Beato, su tiempo, su obra y sus códices, eso le dará placer y le será de mucha utilidad para conocer el mundo y el arte de aquel tiempo. Y si, por un milagro de los cielos, tiene la suerte de encontrar algo de interés, actúe con arreglo a su conciencia y siempre dentro de lo que marcan el Código Civil y la ley de Patrimonio, que es lo primero que les tendría que haberles enseñado don Crisógono. Y dígame, Eulalia, ¿ha encontrado algo de lo que buscaba?

—¡Pues sí, mire usted! ¡He encontrado un tesoro! —Metió la mano en el bolso y la sacó agitando unas llaves a modo de trofeo—. He encontrado el paraíso terrenal en esta Liébana desconocida para mí y entrañable para mi marido. Tal es así, que he localizado la casita con balconada que me dejó en herencia en un rincón muy tranquilo de la Solana, con unas vistas increíbles a los Picos de Europa.

—Eso es una noticia bomba para mí. Don Crisógono no andaba tan descaminado al recomendarle a usted que se acercara a Liébana.

—Sí, don Xuper. A partir de mañana, Hermenegildo ya puede descansar en paz. Yo tendré las llaves de mi casita, y ambos tendremos vistas a los Picos de Europa.

—Tan pronto como amanezca, acérquese con el coche a la ermita de San Miguel, que queda al fondo de la carretera, allí se asomaba Beato para inspirarse al amanecer y despedirse al anochecer. Póngase en el pellejo del santo y no se pierda el espectáculo. Aparte del monasterio de Santo Toribio, hay a su alrededor seis ermitas y la cueva santa, señal inequívoca de que un conjunto eremítico estuvo en el origen del monasterio. Estoy seguro de que a esas horas no se pueden visitar. Fíjese en la ermita de Santa Catalina, que está en el cerro y asoma por encima de los árboles, que le estará dando el sol de amanecida, pídale que le otorgue el don de la sabiduría, que para eso está allí. La de San Miguel estará cerrada. Abríguese y estese un rato sin prisa mientras se levanta el sol. Espabile los sentidos y abra bien todos los poros del cuerpo contemplando la inolvidable panorámica que se ofrece a su vista y disfrute de las sensaciones que le regalará la mañana.

Había estado lloviendo toda la noche en el valle de Liébana, pero escampó al amanecer. A Eulalia le había costado mucho conciliar el sueño por la emoción de encontrar la casa.

Sin embargo, a primera hora ya estaba en pie. No solo decidió seguir la recomendación que le dio el cura, sino que una corazonada le decía que debía permitir que Hermenegildo se despidiera de Liébana con todos los honores. Así que, como tenía tiempo hasta la cita con el personal de la funeraria, se subió al coche, acomodó la urna con las cenizas de su marido en el asiento trasero y ascendió la empinada carretera que llevaba a Santo Toribio, pero se detuvo a medio kilómetro del monasterio, justo en la ermita de San Miguel.

Se quedó sobrecogida e imaginó que ese mismo espectáculo era el que veía Beato casi a diario. La naturaleza majestuosa se desperezaba ante sus ojos. Un manto de fina seda que todo lo cubría hacía resplandecer el terciopelo de los prados y las hojas de los árboles brillaban con luz propia desde la explanada sobre la que se asienta la ermita de San Miguel, que a esas horas permanecía cerrada, pero le hacía guiños desde las cuencas vacías de su espadaña. Tomó la urna de las cenizas con un poco de prevención y mucha pena por Hermenegildo, porque él ya nunca podría contemplar aquellas vistas tan hermosas. Estaba compungida, pero las lágrimas no acudieron a la cita con la pesadumbre. Se bajó del coche, se acercó al cobertizo que protegía la entrada de la ermita y, a través de la mirilla que horadaba los casetones de la puerta del minúsculo templo, echó un vistazo para ver lo que divisaba en su interior. Después, llevando en brazos la urna para enseñarle a su marido cómo amanecía en los Picos de Europa, se aproximó al borde de la explanada para contemplar el paisaje y se sentó en un banco de piedra que hacía las veces de quitamiedos.

El panorama que se ofreció a su vista era incomparable. Todas las neblinas mañaneras se habían disipado; habitaba en el aire una luminosidad nunca vista, y los Picos de Europa estaban al alcance de su mano como una corona de diamantes que, asomada detrás de los montes, remataba una naturaleza exuberante. La vida se desperezaba en aquellos confines. Los ruiseñores se turnaban para hacerle compañía con sus diálogos a distancia. El azul del cielo se transparentaba y casi se veían las estrellas bajo la tenue veladura de una atmósfera cristalina. A pocos kilómetros de su nacimiento, un juvenil río Deva exhibía su formidable energía recién descubierta, se agitaba con furia y golpeaba las peñas de su cauce buscando con impaciencia mal reprimida una pronta salida al mar, y a falta de olas echaba espuma por la boca. En la otra linde del río, las casas de Mogrovejo, un pueblecito digno de un belén navideño, al igual que hacían cuando Beato se asomaba de madrugada, enviaban al cielo sus plegarias de humo blanco para comunicarle que se disponían a comenzar el nuevo día con el ánimo bien dispuesto para el combate cotidiano con la vida. Aquel lugar, tan solitario y hermoso, tan lleno de vida, era el más apropiado para despedir a Hermenegildo.

«No te quejarás, marido. Aunque nunca hablamos de ello, te he traído hasta Liébana para devolverte a tu tierra. Ahora hace un poco de frío, pero estas montañas te harán siempre compañía. ¡Descansa en paz, querido mío! Como decían los romanos: que la tierra te sea leve. En unos momentos te dejaré en el cementerio, cobijado por estas montañas majestuosas».

Le costaba marcharse porque, a pesar de la fresca de la mañana, allí se estaba de mil amores y el tiempo se había detenido para darle la oportunidad de despedirse de Hermenegildo sin prisas, sentada en el mismo lugar en que, a buen seguro, habría visto muchos amaneceres Beato, en aquellas soledades esplendorosas que proyectaban la sombra de las montañas en los valles, mientras los Picos de Europa exhibían sus crestas encanecidas gracias a que el nuevo día estrenaba para ella las primeras pinceladas de una mañana que se anunciaba luminosa. «Así veré muchos días amanecer desde mi casa», pensó. Pero tenía que ponerse en camino y arrancarse de aquel sitio para dejar las cenizas en el cementerio de Potes y después regresar a Valladolid. Sin embargo, un pensamiento turbador con la palabra «nada» se coló en su cabeza. Su marido no había tenido ningún hijo; tampoco había escrito un libro. Artículos, muchos, sí, pero no los había recopilado. Que ella supiera, tampoco había plantado ningún árbol. Dedujo que cuando dejara sus cenizas en el cementerio no quedaría nada de él. Solo la casita de Potes y algunas prendas en casa todavía, pero de vida, nada. Ya ni latía ni respiraba. Ni pensaba ni existía. Nada. Recuerdos que se dispersaban y desaparecían con el tiempo como el humo de las chimeneas de Mogrovejo. Y eso mismo le ocurriría a ella, más pronto que tarde, porque la vida había pasado como un soplo. Nada. El vacío. No quería seguir adelante con aquellas reflexiones que la devolvían a la nada. Hacía tiempo que había dejado de creer en la otra vida tal como la describe la religión. Sin darse cuenta ni planteárselo siquiera, había perdido la fe. Había tomado conciencia plena de ello precisamente en Santo Toribio de Liébana, mientras amanecía en aquel lugar sagrado. Y allí mismo, sentada en aquel banco de piedra, regresó de golpe la angustia que la atenazaba. Además, se estaba quedando fría. Hizo amago de incorporarse y no pudo, porque se le habían dormido las piernas. El corazón empezó a latirle muy deprisa y se asustó porque le pareció oír una respiración a sus espaldas. No se atrevía a mirar atrás. Respiró hondo tres veces seguidas y se giró. Estaba completamente sola. Entonces sintió la necesidad imperiosa de alejarse de aquel lugar al borde del abismo y refugiarse en el monasterio.

Eulalia no recordaba haber estado antes en el monasterio de Santo Toribio y le sorprendió comprobar que el cenobio, que se había imaginado vetusto y venerable, estaba nuevecito, porque había sido reconstruido para reparar los enormes daños sufridos durante la Guerra Civil. Cuando le informaron de este pormenor y de que allí no había ni rastro de ningún beato original, desistió de indagar ante los frailes que, al parecer, eran muy pocos y estaban reunidos con las autoridades que preparaban el jubileo, que daría comienzo en unos pocos meses. Pasó un tiempo mirando el exterior con detenimiento, entró en el templo y guardó cola para venerar el *lignum crucis*. Las cosas no fueron como ella esperaba. La ceremonia de la adoración fue una decepción. Ella se había imaginado un brazo de la cruz como un leño, como Dios manda, pero solo pudo barruntar un trocito de madera detrás de un cristal de un ostentoso relicario que le dieron a besar tan rápido como veloz fue su limpieza con un paño blanco. Después, salió al claustro, completamente rehecho, para contemplar la exposición sobre Beato y ver si aquello le daba alguna pista para localizar el códice desaparecido, pero solo vio paneles con información gráfica y fotográfica que era muy parecida a la que había visitado con Tiqui en el palacio de Santa Cruz. Encabezaba una leyenda que rezaba: «Los beatos son las más fantásticas creaciones iconográficas de todo el arte medieval occidental. Umberto Eco».

Contemplando la belleza y el colorido de aquellos paneles, dio la razón a don Exuperio: «¿Cómo pueden permanecer ocultos durante siglos semejantes tesoros esperando que lleguemos los alumnos de don Crisógono para sacarlos a la luz?».

Su difunto marido solía decir que «los esfuerzos inútiles conducen a la melancolía», pero Eulalia observó, gracias a aquella locura de don Crisógono, que desde allí arriba los Picos de Europa se tocaban con la mano, y contempló las cosas de otra manera, y le picó la curiosidad por conocer más acerca de la vida y obras de aquel monje que dio comienzo a aquella cordillera de beatos, cumbres de la iconografía medieval que dijera Eco. Pensó que, teniendo una casita en Potes, el estudio de la vida y obra de Beato le daban el pretexto y la oportunidad de viajar a Liébana a menudo.

Para hacer tiempo hasta la cita con la funeraria, volvió a Potes y dejó el coche en el aparcamiento junto a la iglesia. Entró en ella porque estaba abierta y, pensando en el códice original de Beato que había mencionado don Crisógono, se puso a examinar la iglesia mirando a un lado y a otro, aunque, evidentemente, no estaba en su ánimo encontrar el beato perdido en aquella iglesia enorme y vacía.

Aunque no estaba tan vacía como parecía porque un ruido le descubrió que había un hombre enfundado en un mono de trabajo sacando brillo a los candelabros del altar. Y este, al verla despistada mirando hacia todos los lados, pensó: «Otra que viene buscando beatos», y como era un hombre muy jovial y dichara-chero se tomó el asunto con sorna.

—¿Qué se le ha perdido por aquí, señora? ¿Viene por curiosidad? ¿Necesita confesión…? ¿Otro tipo de auxilios espirituales?

—Necesito de todo, porque esta tarde dejaré en el cementerio las cenizas de mi marido, pero para ese menester me acompañará don Exuperio.

El hombre se acercó a ella, sonrió con amabilidad y, con los mejores modales, dijo:

—Yo también soy sacerdote, me llaman don Amancio, y ya me ve, desde por la mañana con el mono puesto. Los pocos curas que quedamos no damos abasto. Pero en los pueblos pequeños están peor. Ya no quedan curas para atenderlos. Tampoco hay trabajo para los laicos y el campo genera poco empleo. Mire cómo está la situación en mi familia: mi hermano mayor es profesor de instituto; el segundo, cantautor, y el pequeño, periodista, y yo me pregunto: ¿quién cuida las vacas de mi padre? Se lo digo a la gente en el sermón, y encima se ríen. Como esto no lo arregle el turismo, aquí no va a quedar nadie. Menos mal que tenemos jubileo dentro de poco y esto se va a poner de bote en bote. Aquí todo el mundo, y sobre todo los extranjeros, me preguntan por Beato de Liébana y San Martín de Turieno, porque no saben que ahora se llama Santo Toribio. También quieren que les enseñe el Beato de Liébana. Se creen que hay muchos beatos y que todos los escribió y dibujó Beato, como si tuviera una imprenta. Fíjese usted lo que son las cosas. Ni aquí en Potes ni en toda Liébana hay ninguno. En esta iglesia tampoco podría haber alguno, porque la hizo nueva el Servicio Nacional de Regiones Devastadas por orden de Franco, que primero empezó la guerra y después levantó las iglesias que quemaron los rojos o bombardearon los nacionales. El beato más cercano, que yo sepa, estaba en San Andrés de Arroyo y lo tuvieron que vender las monjas porque se morían de hambre. —Volvió a los candelabros para sacarles brillo y continuó—: Usted no tiene pinta de ser una de esas que viene preguntando dónde tenemos el Beato de Liébana. A todos los que buscan ese incunable les digo: lo tenemos en Nueva

York, en la Biblioteca Morgan. Si les pilla lejos, pregunten en la Biblioteca Nacional de París. Y si los veo muy disgustados, les digo que en el palacio de Santa Cruz de Valladolid hay uno, pero no lo enseñan porque es muy delicado, se estropea con el toqueteo y con la luz.

A don Amancio, que era muy locuaz y se aburría cuando no estaba haciendo o contando algo, no hizo falta hacerle preguntas, porque las había respondido todas. El cura fue tan amable y le dio tanta información que ella quiso corresponder de alguna manera. Abrió el bolso y echó mano al monedero.

—Todo es bueno para el convento y hay muchas necesidades que atender —dijo el cura—. El cepillo está junto a la puerta, y que Dios se lo pague, tenga muy buena estancia y encuentre lo que busca. Bueno…, digo yo que eso está difícil si tiene que pasar el trago de depositar las cenizas de su esposo… Le rezaré un responso en la próxima misa pidiendo a Dios que le dé descanso eterno y a usted paz y resignación, mucha resignación, pero sin olvidarse de la vida, que hay que vivirla con alegría, confiando en el Señor, que alegra los corazones. ¿Es usted creyente? ¿Practicante?

—Soy enfermera —bromeó Eulalia evitando entrar en profundidades—, pero desde que murió mi marido ya no practico. Y lo siento mucho, porque necesitaría creer en algo.

—Crea en las personas o en la naturaleza, que seguro que la necesitan a usted. Aunque no tenga nada que darles, regáleles una mirada y una sonrisa, que la suya es una bendición.

Se despidió del cura con una sonrisa, como no podía ser de otra manera, y salió de la iglesia más contenta que unas pascuas. El beato no estaba ni se le esperaba y a ella la aguardaban las ce-

nizas de Hermenegildo en el coche, pero con ese sutil e inesperado piropo con que le obsequió el cura, que para ella fue como un
guiño de los ángeles, se le alegró el corazón. Como tenía mucho
tiempo libre, se dedicó a callejear entreteniéndose en todas las
tiendas que encontraba a su paso. Subió y bajo escalinatas, cruzó
puentes, paseó bajo los arcos y casas del barrio del Sol, se acercó
hasta la Torre del Infantado, se dio un capricho gastronómico en
una terraza, sacó un montón de fotografías y se echó una larga
siesta. Después de una buena ducha, se vistió sobriamente para
la ocasión y volvió a recorrer la villa por el otro lado del río. Y
cuando se acercaba la hora, recogió el coche, se cercioró de que
las cenizas no se habían movido del asiento y fue en busca de
don Xuper para acercarse con él al cementerio de Potes.

Le habían entrado las prisas por resolver definitivamente el
asunto y, a pesar de que tenía a don Exuperio a su lado, estaba
un poco nerviosa, pero sintió un gran alivio cuando comprobó
que estaban esperando el que supuso que era Ceto, el dueño de
la funeraria, con dos trabajadores y algunos curiosos.

«Con la cantidad de pacientes que atendía Hermenegildo,
va a ser una despedida en la intimidad», pensó Eulalia. En ese
momento, oyó a sus espaldas la voz de don Exuperio:

—Hermenegildo está de suerte, porque vuelve a la tierra
de sus antepasados para descansar en lugar sagrado durante el
sueño eterno, y ha escogido usted una tarde luminosa para dejar
en este nicho sus cenizas, precisamente en un año muy especial,
porque celebraremos el jubileo el próximo 16 de abril, que cae
en domingo y es la fiesta de Santo Toribio.

El sacerdote se colocó una estola y recitó unos salmos llenos
de poesía.

Por ser un Dios fiel a sus promesas,
me guía por el sendero recto.
Así, aunque camine por cañadas oscuras,
nada temo, porque tú estás conmigo.
Tu vara y tu cayado me dan seguridad.
Tu bondad y tu misericordia me acompañarán
todos los días de mi vida,
y viviré en la casa del Señor
por años sin término.

«¡Amén!», respondieron los asistentes a la ceremonia íntima, y se santiguaron.

Como en esos cuadros que representan a Dios todopoderoso, los rayos de sol se colaban entre las nubes y perfilaban los Picos. El perfume de los prados inundaba el cementerio. Eulalia estaba contenta porque los cielos y la tierra se habían engalanado para despedir a Hermenegildo de este mundo. Había tardado más de un año en dar ese paso, pero había valido la pena hacerlo en semejante escenario, y esto le había permitido quedar en paz consigo misma y con Hermenegildo. Ya podía enfrentarse al futuro con su propia voz y asumir los retos que la vida le planteara.

—Gracias a Dios, ha sido una buena despedida —precisó don Xuper—, porque los cielos le han acompañado en los últimos instantes y han desplegado toda la belleza de la que son capaces. La tarde no podía ser más hermosa para una ceremonia como esta.

—Si hubiéramos venido un poco más tarde, la niebla lo habría fastidiado todo —añadió Ceto mirando hacia el monasterio.

Una vez que cerraron el nicho, Eulalia tomó del brazo a don Xuper y se dirigieron a la puerta de salida. No había manera de arrancar de allí, porque el cura se paraba a rezar ante las tumbas que encontraba en su camino. Mientras el sacerdote escudriñaba los cielos, Eulalia se entretuvo leyendo la inscripción de una sepultura que rezaba: «Aquí yacen los restos mortales de Enrique Herreros, o sea, don Enrique García-Herreros Codesido, que murió en la montaña, y hombre de bien. *Sit tibi terra levis*».

—Curioso epitafio, ¿verdad, Ceto? —preguntó Eulalia.

—Y tanto que curioso, porque lo escribió Camilo José Cela para su amigo Enrique. Y la tumba la escogió su hijo con vistas a los Picos de Europa.

En esto estaban cuando les dio alcance don Xuper, que se había quedado rezagado.

—¡Qué lugar tan hermoso es este cementerio para el eterno reposo de los seres queridos y para que honremos su recuerdo los que todavía estamos en este valle de lágrimas! ¿No le parece a usted, Eulalia?

—Un buen sitio también para dejar mis cenizas algún día. Difícilmente encontraría un lugar más apropiado, don Xuper, pero no comulgo con la idea de que Liébana sea un valle de lágrimas, sino un paraíso terrenal.

—¿Hermenegildo era creyente?

—Ni creyente ni practicante, era médico, y solo creía en la ciencia a pies juntillas y en el ser humano con muchas reservas. Supongo que usted cree en la resurrección de los muertos, ¿verdad, don Xuper?

—Firmemente. Jesucristo era hijo de Dios, resucitó y nos prometió la vida eterna.

Después de despedirse de Ceto, Eulalia, que respiraba hondo porque se había quitado un gran peso de encima, se dispuso a

emprender el camino de regreso. Don Exuperio subió al coche
y justo cuando ella puso el motor en marcha, le dijo:

—Si sale a estas horas de Potes, llegará de noche a Valladolid
y tendrá todo el domingo para aburrirse. Si se queda un rato, le
podría relatar un suceso que a don Crisógono no se le ocurriría
contárselo ni por asomo. Usted dice que Liébana es un paraíso
en la tierra, y por ello no es este un mal lugar para esperar
el fin del mundo y la segunda llegada de Cristo, ¿verdad, Eulalia? ¿Sabía usted que Beato profetizó
que el fin del mundo tendría lugar en estos
parajes, en la vigilia de resurrección
del año 800?

EL
SEGUNDO
SELLO

CUANDO ABRIÓ EL SEGUNDO SELLO,
OÍ AL SEGUNDO VIVIENTE QUE DECÍA:
«Ven». Salió un caballo color fuego, al jinete le encargaron
que retirase la paz de la tierra, de modo que los hombres
se matasen. Le entregaron una
espada enorme.

5

Después del cementerio, un viaje al fin del mundo

uando salieron del cementerio, Eulalia cayó en la cuenta de que el nicho en que descansaban las cenizas de Hermenegildo estaba muy cerca de la casa. ¿Habría tenido algún funesto presentimiento de su próximo fallecimiento cuando decidió comprar la casa tan próxima al cementerio? Él era médico y quizá observó algunos síntomas que le tendrían preocupado, pero tampoco le había dicho nada. No era nada hipocondríaco, pero tal vez supo de qué se trataba. Eulalia no escuchaba lo que le decía don Exuperio porque estaba absorta en sus cavilaciones. En aquel momento el sol se había ocultado tras las nubes y empezaba a oscurecer. Con estos pensamientos y con el ruido de la arrancada del motor, Eulalia entendió que don Xuper le había pedido que le llevara al fin del mundo, y se lo tomó a broma. Cuando alcanzaron la carretera que circunvala el barrio de la Solana y llegaron al *stop*, Eulalia detuvo el coche, miró a derecha e izquierda, se hizo a un lado y apagó el motor.

—A estas horas de la tarde, después de dejar las cenizas de mi marido en un nicho del cementerio, que un sacerdote le pida a una viuda que le lleve al fin del mundo no me parece una propuesta muy tentadora —precisó Eulalia sin poder contener la risa y mirando con asombro a don Xuper.

—No se ría, que es muy serio lo que voy a contarle a usted. Beato profetizó que, cerca de aquí, durante la vigilia de Pascua del año 800, tendría lugar el fin del mundo.

—Beato estaría loco o sería ya muy mayor cuando le puso fecha al asunto.

—Puede que un poco sí, y sin duda se pasó de adivino, pero con la Biblia en la mano Beato había calculado años y días con una precisión de reloj suizo y así lo había argumentado ante los religiosos lebaniegos: los seis días en que realizó su obra el Señor son seis edades, con un total de 6.000 años. Eso, 6.000. Según San Jerónimo, Cristo nació 5.200 años después de la creación. Desde Adán hasta Noé pasaron 2.242 años, primera edad. Desde Noé hasta Abraham transcurrieron 942 años. Es la segunda edad. En la tercera edad, que va de Abraham a Moisés, pasaron 505 años. Desde Moisés a la construcción del Templo de Jerusalén pasaron 478 años, que es lo que duró la cuarta edad. En la quinta edad, que transcurre entre la edificación del Templo y el nacimiento de Cristo, pasaron 1.060 años. O sea, que si sumamos los años que pasaron de Adán a Cristo y desde Cristo hasta el tiempo de Beato, veremos que se cumplen los 6.000 años de las seis edades del hombre. Beato estimó que había llegado la última hora y tocaba esperar a que se cumpliera el destino de los hombres.

—Pero aquello era incomprensible para los pobres y temerosos lebaniegos —argumentó Eulalia.

—Está usted en lo cierto. Pero aquellos eran tiempos de fe por encima de toda razón, y las gentes eran crédulas. Subieron hasta aquí dejando atrás toda su vida, incluso los animales a sus espaldas, porque creían lo que les había predicado Beato.

—¿Cómo podían ser crédulos hasta ese punto?

—A Beato le tenían por profeta, porque predecía el tiempo. Era como ese frailecillo con capucha y puntero que cuelga en muchos establecimientos y en algunas casas.

—Lo recuerdo perfectamente. Teníamos uno hace años en la consulta de mi marido, que señalaba si el tiempo iba a ser seco, revuelto, ventoso, inseguro, húmedo o lluvioso, y no fallaba nunca. Mi marido decía que el primer higrómetro lo inventó Leonardo da Vinci, pero resulta que fue Beato.

—Imagínese a Beato en su ancianidad, encerrado en su celda en lo alto del campanario mirando el cielo horas y horas, esperando la llegada de Jesús. Por eso se hizo experto en higrometría, como Burt Lancaster, que recibió la visita de un gorrioncillo en su celda en *El hombre de Alcatraz* y que, a fuerza de observar a los pájaros, se convirtió en ornitólogo. Ese era Beato, que nada más llegar a Liébana comprobó que la meteorología aquí era muy distinta de la de Córdoba o Toledo. Y como estaba seguro de que Dios también nos hablaba a través de la naturaleza, que al fin y al cabo era una creación divina, recordaba perfectamente que, a la muerte de Jesús en la cruz, «era casi la sexta hora, y había oscuridad en toda la tierra hasta la novena hora, el sol se oscurecía; y el velo del Templo se rasgó en dos». Es decir, que la naturaleza protestó enviando a Jerusalén un eclipse y un terremoto. De ello dedujo Beato que, cuando Jesús volviera a la Tierra, la naturaleza enviaría señales de alegría. Para estar sobre aviso de esta segunda venida, al poco de llegar al monasterio se aposentó en el campanario y dispuso de un observatorio perfecto. Como tenía una memoria prodigiosa, apuntaba todas las incidencias del tiempo en una pizarra y sacaba sus conclusiones. Debía de ser un meteorólogo excepcional.

—¿No me diga que Beato era un genio?

—A juzgar por los beatos, sí que lo era, pero sobre todo era un gran comunicador y tenía a mano una torre de comunicaciones. ¿Qué mejor que el toque de campana para avisar de las inclemencias del tiempo a los lebaniegos, que, como todo el mundo, hasta hace poco, dependían del cielo para subsistir? A los toques de campana usuales, como rebato, gloria, incendio, huebra, que consiste en llamar a los vecinos para la mejora y el mantenimiento de los espacios comunes, o toque de difuntos, incorporó el toque de segunda venida, solo para clérigos, para avisarles de la inminente llegada de Jesús. Y otros que indicaban el cambio de tiempo. Como no fallaba una, se ganó la fama de profeta.

—¡Muy ingenioso y muy astuto por parte de Beato! —exclamó Eulalia.

—Efectivamente, pero usted querrá saber qué ocurrió a continuación y cómo se desarrolló aquel acontecimiento.

—Es evidente que fue un fiasco. Que yo sepa, todavía no ha llegado el fin del mundo, pero supongo que ocurrió todo no muy lejos del camposanto.

—Está usted en lo cierto porque todo ocurrió allá arriba, en los lugares que visitó usted esta mañana.

—Don Xuper, le repito que no me pida que le lleve al fin del mundo.

—Eso es exactamente lo que les proponía Beato a los lebaniegos en aquella Pascua Florida del año 800. Imagínese usted que, en una mañana luminosa como la de hoy, a primera hora, una muchedumbre convocada por el abad subía en procesión por un camino pedregoso, precursor de esta carretera que recorremos, con destino a la iglesia del monasterio de San Martín de Turieno. La mayoría de los convocados no pudo llegar hasta arriba, porque el claustro e incluso los exteriores del templo estaban abarrotados de lebaniegos que habían subido anticipadamente hasta el sagrado recinto. Familias enteras habían acudido desde todos los confines de los valles de Liébana porque querían acogerse a sagrado en un asunto tan trascendental como la segunda venida de Cristo y el fin del mundo anunciados por Beato durante los últimos meses: «Tenemos que vivir como si hubiésemos de morir esta noche. Trabajar como si hubiésemos de vivir eternamente en este mundo».

»Los lebaniegos estaban de acuerdo en que era un honor y una suerte para todos que Cristo hubiera escogido Liébana para volver a la Tierra con gran poder y majestad al final de los tiempos, pero pensaban que era una pena tener que pasar por la experiencia de la muerte de sus seres queridos y la propia. "Podríamos aceptarlo gustosos si fuera un día de crudo invierno", murmuraban los vecinos de Cahecho y de Valdeprado. Otros opinaban que si resucitaban todos los muertos con los cuerpos y almas que tuvieron, no habría modo de alojarlos a todos en Liébana. Todos estaban confusos porque nadie sabía exactamente cómo iba a discurrir el anunciado acontecimiento y la mayoría decía que era una pena tener que morirse dejando las uvas en las viñas, las mieses sin recoger y las hijas sin casar.

—El apocalipsis ha llevado a la locura a muchos iluminados a lo largo de la historia —señaló Eulalia interrumpiendo al cura—. Supongo que la convocatoria de Beato no terminaría como la masacre de Waco, aquello que ocurrió en Estados Unidos...

—Refrésqueme la memoria y cuénteme qué ocurrió en Waco, porque, que yo sepa, aquí no hubo ninguna masacre. En ese caso, a Beato no le habrían hecho santo.

—Lo recuerdo perfectamente porque a mi marido le interesó mucho el apocalipsis de Waco y coleccionó todo lo que apareció en la prensa al respecto.

—Ardo en deseos de conocer el suceso.

—Ocurrió al año siguiente de las Olimpiadas de Barcelona. Un individuo de treinta y tres años que se hacía llamar David Koresh por lo visto tenía mucho encanto y mucha facilidad de palabra. Alegando que había recibido una misión de Dios, se autoproclamó mesías, lideró a los fieles de su secta, hombres, mujeres y niños, a los que preparaba para el apocalipsis, profetizó que sería atacado por el Anticristo, o sea, el Gobierno de Estados Unidos.

—Es lo malo que tiene el Apocalipsis, que por su carácter profético se presta a muchas interpretaciones —argumentó don Xuper.

—El supuesto mesías —continuó Eulalia—, que estaba fuera de la ley por abusos a niños y por tenencia ilícita de armas, para hacer frente a un hipotético ataque policial, adquirió de modo ilegal gran cantidad de ametralladoras y fusiles de todo tipo, y se atrincheró con sus seguidores en el Monte Carmelo Center, donde vivían, a pocos kilómetros de la ciudad de Waco. Después de liberar mediante negociaciones a una veintena de niños, las autoridades procedieron al desalojo de los davidianos utilizando armas y gases lacrimógenos, pero se produjeron varios incendios simultáneos que, junto con los tiroteos, acabaron con la vida de casi un centenar de personas, entre davidianos y policías. Se informó de que «el profeta David» tenía un disparo en la cabeza.

—¡Qué horror, qué locura! —exclamó don Xuper.

—Aquello no fue nada en comparación con lo que ocurrió hace unos treinta años cuando, inducidos por el reverendo Jim Jones, casi un millar de miembros de la secta estadounidense Templo del Pueblo, entre los que había bastantes niños, murieron en la selva de Guyana en un suicidio colectivo. Antes de darles a beber zumo de fruta con cianuro, les dijo desde el altar de su templo: «Debemos suicidarnos… Nos volveremos a encontrar en el otro lado».

Don Exuperio estaba incómodo y no ocultaba su malestar porque Eulalia estaba reventando su puesta en escena al comparar el comportamiento de unos locos fanáticos con las acciones de Beato, y por eso le dio un giro a la conversación.

—Dejemos Waco y volvamos a Beato, que es lo que nos ocupa. Póngase en marcha, que yo le sigo explicando la historia. Vaya hacia la derecha. Teniendo en cuenta la religiosidad que había en aquellos tiempos, la creencia en los milagros y la credulidad de las gentes, es razonable pensar que la opinión mayoritaria fuera ponerse a cubierto bajo el manto milagroso de la Iglesia. No en vano, Jesucristo había dicho a los apóstoles en una ocasión en que flaqueaban sus ánimos: «Estad ciertos de que yo estaré con vosotros hasta la consumación de los siglos».

Cuando subían la pendiente de la carretera que conducía al monasterio, la niebla se les echó encima, Eulalia tuvo que reducir la velocidad y poner las luces antiniebla. La visibilidad era muy escasa y la carretera se difuminaba, pero escuchaba con mucha atención lo que decía don Xuper.

—¿Se da cuenta de que, con la niebla, los objetos se desvanecen y nos da la sensación de que entramos en un mundo desconocido? Beato creía a pies juntillas lo que al respecto de la segunda venida de Cristo había escrito san Pablo: «Porque el Señor mismo, con voz de mando, con voz de arcángel y con trompeta de Dios, descenderá del cielo, y los muertos en Cristo resucitarán primero. Luego, nosotros, los que vivimos, los que hayamos quedado, seremos arrebatados juntamente con ellos en las nubes para recibir al Señor en el aire, y así estaremos siempre con el Señor».

Eulalia le miró con una sonrisa llena de picardía y preguntó:

—¿Cómo sabía san Pablo que les iban a arrebatar en las nubes para recibir al Señor en el aire? Tendremos que bajar la ventanilla para no perdérnoslo, por si suena la trompeta.

—¿No ha comprobado usted que, en ciertos días, las nieblas se agarran a las faldas de las montañas hasta que llega el sol y las dispersa? —prosiguió el cura ignorando la broma de Eulalia—. No solo los profetas, la naturaleza era también el modo en que Dios hablaba a los hombres. Todo depende del cómo y hacia dónde se mire. Pablo miraba al cielo y veía en este fenómeno meteorológico un anticipo de la segunda llegada de Cristo. Conocía al dedillo la descripción de la desaparición del profeta Elías «arrebatado» por un carro de fuego y, por ello, en los Hechos de los Apóstoles nos dice: «Después de su pasión, Jesús se presentó vivo con muchas pruebas evidentes, apareciéndose a ellos durante cuarenta días y hablando de las cosas del reino de Dios. "Recibiréis la fuerza del Espíritu Santo, que vendrá sobre vosotros, y seréis mis testigos en Jerusalén, en toda Judea, en Samaria y hasta en los confines de la Tierra". Después de esto, le vieron elevarse y una nube lo ocultó de su vista. Y como se quedasen mirando atentamente al cielo mientras él se iba, aparecieron dos varones con vestidos blancos que les dijeron: "Varones galileos, ¿a qué seguís mirando al cielo? Este Jesús que os ha sido arrebatado al cielo vendrá así tal como le habéis visto elevarse al cielo"». No podía ser de otra manera —argumentó don Xuper—. Beato lo entendía al pie de la letra. Como lo había escrito san Pablo, Beato creía que Jesús se fue al cielo en una nube y por ello, en su segunda venida, regresaría en otra nube.

—Ignoro si la nube en la que se fue Jesús a los cielos era blanca como el algodón o negra y espesa como la niebla que se nos ha echado encima. El parabrisas está empañado y no se ve ni a jurar —respondió Eulalia, que se tomaba todo a broma—. No sé si seguir o echarme a la cuneta, aunque esta carretera no la conozco y temo que haya un precipicio a la derecha.

A pesar del miedo que le daba conducir en medio de una niebla tan espesa, o quizás por eso, y sobre todo por el alivio que le había producido liberarse de las cenizas de Hermenegildo, Eulalia encaró la difícil situación en que se encontraba y recurrió al humor para descargarse de la tensión que le producía conducir a ciegas por la ladera de un cerro en aquellas condiciones tan adversas.

—Yo no veo nada de nada. Sea prudente, Eulalia, y no se precipite. Déjese de bromas y mejor detenga el coche. No creo que nadie se atreva a subir con esta niebla y nos embista por detrás —replicó el sacerdote.

Hubo un pequeño claro en la niebla que Eulalia aprovechó para avanzar un poco. Don Xuper, más tranquilo, siguió con su relato:

—A medida que se iba acercando la Pascua de Resurrección del año 800, Beato, como si fuera un vigía, se subía a lo alto de la torre del convento y pasaba los días enteros oteando el horizonte e inspeccionando las nubes para discernir cuál era la más adecuada y poder situarse lo más cerca de ella. Pablo no había especificado de cuánto tiempo disponían para encaramarse a la nube y una multitud tarda mucho en acomodarse. Es evidente que las nubes suelen subirse a las montañas, eso lo sabe cualquiera, pero la nube en la que regresaría Jesús con gran poder y majestad no podía ser una cualquiera, tenía que ser especial, luminosa y bastante accesible.

Eulalia detuvo el coche de nuevo y don Xuper hizo una pequeña digresión esperando que aclarara un poco la niebla.

—A veces los días se tuercen y después de una mañana luminosa, como la que hemos tenido hoy, baja la temperatura y aparece una niebla pertinaz que desdibuja el perfil de las cosas y se adueña del paisaje. Durante la tarde anterior al día de la vigilia de Pascua, los cielos se abrieron para dejar paso a los rayos de sol, que ofrecieron un espectáculo pirotécnico nunca visto por estas tierras. Mucho más prolongado y vistoso que el que hemos contemplado esta tarde en el cementerio. El día siguiente, fecha señalada como segura en el calendario de Beato, amaneció con una luminosidad sorprendente y durante toda la mañana lució el sol como se merece la vigilia de Pascua, porque fue cuando resucitó Jesús. Una espesa niebla, que desde lejos se veía formando varias lenguas blancas, lamía las montañas y tardaba mucho en convertirse en jirones, pero en un momento se juntaron las lenguas de la nube, que tomó cuerpo y se deslizó desde las cumbres dirigiéndose lenta, pero directamente, hacia el lugar en que estamos. Era la señal que esperaba Beato. Si Jesús venía en esa nube, los lebaniegos se subirían a ella, como hizo Jesús en Betania, y Él se llevaría consigo a los cielos a todos los que consiguieran un sitio allí.

»Al igual que hizo Rodrigo de Triana cuando Colón y sus carabelas divisaron en el horizonte la isla de Guanahani, gritando "¡tierra!", Beato gritó a sus monjes: "¡Nube! Nube a la vista y llega puntualmente. Corred todos a la iglesia y cantemos un tedeum", y se lanzó a toda prisa escaleras abajo. "¡Aleluya, aleluya! El Señor está con nosotros. ¡Tocad a rebato y estad preparados porque han llegado el día y la hora esperados, anunciados por la Biblia y los Evangelios!".

Eulalia, aunque escuchaba atentamente, estaba muy pendiente del coche, que avanzaba muy lento. La niebla era impenetrable y ella estaba muerta de miedo.

—Tengo que parar donde sea —le dijo a don Xuper—. Es imposible seguir. Ya no se ve nada y nos podemos despeñar. No se le ocurra salir del coche, aunque Jesucristo le llame a la ventana.

Pero el sacerdote estaba poseído por su propio relato, hizo como que no oía la ironía de Eulalia y siguió contando:

—A la llamada de las campanas de San Martín de Turieno, los curas y frailes de las iglesias de todos los valles de Liébana que escucharon la señal esperada repitieron el toque a rebato y convocaron ante su iglesia a los feligreses, que ya estaban sobre aviso. Siguiendo las instrucciones de Beato, y hechos algunos ensayos de vigilia, ayunos incluidos, aunque algunos desertaron porque ya era tarde y no eran horas, todos juntos, mujeres y niños incluidos, se dirigieron al monasterio. Desde lejos veían claramente cómo una nube blanca formada por rizos, como la clara del huevo cuando se hace suflé, se deslizaba desde las montañas hacia el monasterio y un manto de lana blanca caía desde el monte sobre él, engullendo a la multitud que estaba formando una piña en la subida y la explanada.

A Eulalia, que no estaba acostumbrada a bregar con esa clase de fenómenos atmosféricos, se le borró de su vista la carretera, no se distinguían los bordes de la calzada, y apenas pudo acercar el coche a la cuneta conteniendo el miedo a caerse al barranco. Entró en pánico y le dijo a don Xuper:

—¡Qué miedo estoy pasando! ¡Imagínese usted cómo reaccionaría la multitud ante un fenómeno semejante!

—Supongo que como los rebaños de ovejas. Las familias se agruparían y los padres agarrarían a sus hijos de la mano. Porque, después de la segunda venida, tendría lugar el solemne juicio final. Recuerde lo que dijo Jesús y que se tiene usted que saber de memoria: «Entonces dirá a los de su derecha: "Venid, benditos de mi Padre, heredad el reino preparado para vosotros desde la fundación del mundo. Porque tuve hambre, y me disteis de comer; tuve sed, y me disteis de beber, etc., etc.". Y a los que estaban a su izquierda les dirá: "Apartaos de mí, malditos, id al fuego eterno que ha sido preparado para el diablo y sus ángeles. Porque tuve hambre, y no me disteis de comer; tuve sed, y no me disteis de beber, etcétera, etcétera, etcétera"».

Eulalia, muerta de miedo, para no pensar en la niebla, el barranco y todos los peligros que los rodeaban, después de haber estado vacilando a don Exuperio, admiraba ahora su temple y su capacidad para abstraerse y, movida por la curiosidad, le dijo al cura:

—No sé cómo saldremos de esta, pero cuénteme cómo salió Beato del atolladero.

—Comprenderá usted, Eulalia, que todos querrían colocarse a la derecha, pero en medio de la niebla no habría modo de saber dónde estaba la derecha y dónde la izquierda, muchos querrían colarse. Y que en aquella multitud también habría ricos y pobres, dolor y sufrimiento, pero los pobres alegaban que ya habían tenido bastante con lo que habían sufrido en esta vida.

Aclaró algo la niebla y Eulalia avanzó un poco con el coche.

—¿Cómo se las apañaron los monjes para gestionar semejante avalancha de gente temerosa? Me imagino que no recurrirían a los gases lacrimógenos —preguntó Eulalia.

Don Xuper le siguió la corriente y entró en el juego.

—No necesitaron llegar tan lejos porque los fieles lloraban de hambre. Los monjes lo hicieron como pudieron, hija mía, como pudieron, a pesar de que flaqueaban las fuerzas y las convicciones. Beato les había sometido durante la cuaresma a un ayuno riguroso, y llevaban años preparándose para gestionar la recepción de Cristo en majestad en su segunda venida sin saber cómo hacer de anfitriones en el magno acontecimiento que se avecinaba. Como Beato llevaba cierto tiempo predicando la inminente venida de Cristo y semejante suceso se iba posponiendo *sine die,* ellos ya estaban desengañados, pero Beato les juró y perjuró que esta vez iba a ser la definitiva y trató de tranquilizarlos diciendo: «Hombres de poca fe, ¿por qué teméis? Dejad los asuntos de intendencia en manos de los ángeles. Ellos están acostumbrados a servir a Nuestro Señor a diario, y sabrán cómo manejar el asunto. Solo os pido limpieza, orden y contención. Comportaos como si estuvieseis celebrando la santa misa, pero absteneos de cantar, porque desafináis. No queráis hacer la competencia a los ángeles en su especialidad. Guardad silencio con la mejor de vuestras sonrisas». Pero ellos no acababan de entender los complicados cálculos de Beato para fijar en ese día de Pascua la fecha exacta del fin del mundo, como había dicho el propio Beato: «Ni siquiera Jesucristo había aventurado una fecha aproximada porque les dijo a sus discípulos que aquel día y aquella hora nadie los conoce. Ni los ángeles del cielo ni el Hijo, sino el Padre».

Volvió a cerrarse totalmente la niebla y Eulalia paró de nuevo el vehículo.

—Lo hago por seguridad —interrumpió Eulalia—, aunque sea en medio de la carretera, no vaya a ser que atropellemos a alguno de los ángeles que a buen seguro acompañarán al mismísimo Jesucristo en su segunda venida. Por si acaso, ya tengo puestas las luces de emergencia, y puedo tocar el claxon para que se aparten, pero yo no me bajo del coche, aunque me maten, hasta que despeje la niebla lo suficiente para avanzar o dar la vuelta.

Don Xuper siguió a lo suyo, sin prestar atención al lenguaje cáustico de Eulalia.

—Aunque eran muy pocos los que le podían oír, Beato percibía el malestar de los fieles y dijo: «El fin de los tiempos y la segunda llegada del Señor están a punto de producirse. ¡Vigilad y orad para que no caigáis en la tentación y perdáis la fe! A los incrédulos que han subido hasta aquí os recuerdo lo que dijo san Juan en el Apocalipsis: "Mirad, viene acompañado de nubes;

todo ojo le verá". Y ahora tenéis dudas, pero yo os pregunto: ¿lo que hemos visto estos días no os conmueve? ¿Qué significa esa señal de la cruz dibujada en el cielo? ¿La lluvia de estrellas no os dice nada? ¿Los dragones que aparecen echando rayos por la boca entre las nubes durante las tormentas os dejan tranquilos? ¿Las calamidades que estamos sufriendo desde la llegada de los infieles no os parecen un aviso? Tan pronto los ríos se salen de madre como la nieve huye de las montañas. Los montes arden sin que nadie los atice. Las vacas y las ovejas abortan. Las pestes se llevan a los niños y la guerra sigue llamando a nuestras puertas. Y, sin embargo, los cielos se han engalanado y hemos tenido una mañana de primavera como nunca se ha visto. ¿Os parece eso gratuito? ¿No estamos viendo señales inequívocas de que estamos a las puertas de la parusía?».

—Pues puestos a hacer milagros, podría aclararse un poco el cielo y despejar la niebla o aquí nos vamos a quedar hasta que veamos un poco más —soltó Eulalia.

Pero don Xuper proseguía con su relato como si el asunto de la niebla no fuese con él.

—Se estaba haciendo de noche y allí no ocurría nada especial. El gentío se impacientaba, y como nadie daba por terminado el evento, comenzaron a oírse murmullos de protesta, no sin razón, porque el hambre empezaba a hacer mella en los más débiles, y a las ocho de la tarde los niños ya desfallecían, y sin aguantar más, un grupo de los pequeños dejó oír su voz: «¡Tenemos mucha hambre y queremos comer, pero ahora mismo!». Contagiaron a sus mayores y enseguida se produjo un alboroto. Ante este conato de rebelión de los fieles, Beato, que en situaciones difíciles tartamudeaba, no fue capaz de articular palabra. Solo pudo balbucear una disculpa ininteligible, circunstancia que aprovechó Ordoño, hombre de gran corpulencia que tenía un hambre de lobo, para decir en voz bien alta para que le oyera todo el mundo: «Que él haga lo que quiera, pero diga lo que diga Beato, comamos y bebamos, y si tenemos que morir, ¡muramos con la tripa llena! Qué venga la muerte, pues, pero que nos coja hartos».

»El interpelado, que no se esperaba esta intervención de Ordoño, reaccionó como pudo y dictó una solución salomónica con una voz que venía de otro mundo: "Se suspende el ayuno hasta que un ángel del Señor nos traiga señales ciertas de que es inminente la segunda venida de Cristo. Entonces haremos sonar las campanas de las iglesias tocando a rebato. ¡Perdonadme, hermanos! Porque, a causa de mis muchos años, he debido de cometer un error de cálculo. Os aconsejo que volváis a vuestras casas y comáis y deis de comer a los hambrientos, sobre todo a los que hayan venido de lejos". Y volvieron muy contentos porque no se había cumplido la profecía de Beato.

También estaban contentos don Exuperio y Eulalia porque la niebla se había disipado milagrosamente. Don Exuperio había subido muchos enteros para ella con aquella asombrosa historia.

—No me fío un pelo de esta niebla que es muy traicionera —receló Eulalia—. Lo mismo va que viene. ¿Le parece bien que regresemos a Potes?

—Es lo mejor que podemos hacer dada la hora y las circunstancias.

—Le agradezco mucho la lección de historia y de meteorología que me ha dado, de verdad, pero ¿cómo ha sabido usted estas cosas? ¿Por tradición oral?

—No, hija mía. Yo no entendía cómo Beato había arriesgado tanto precisando el día exacto de la segunda venida de Cristo y, al igual que hizo él mismo, he analizado lo que los Evangelios dicen al respecto. Siguiendo su ejemplo, he investigado el comportamiento de nubes y nieblas a lo largo de los años para entender qué fue lo que impulsó a Beato a convocar a la multitud. Cuando, a la salida del cementerio, he visto que la niebla se cernía sobre el monasterio, he querido que usted viviera una situación semejante, pensando que don Crisógono en el aula no puede contarles las cosas de la misma manera. La protesta de Ordoño había sido alentada por Elipando, su antiguo maestro, para desacreditar a Beato, pero nos ayuda a entender el ambiente apocalíptico que había a finales del siglo VIII.

—Esta historia me la cuenta en el próximo viaje. Quiero regresar a Valladolid para ver qué sorpresa nos prepara don Crisógono el próximo lunes. Saldré mañana, hoy se me ha hecho muy tarde y no quiero viajar de noche, que tengo miedo a que se me eche encima la niebla y sea esta mi última venida a Potes.

—Hablando del viaje de vuelta, no deje de visitar el monasterio de San Andrés de Arroyo, que está camino de Alar del Rey, una vez pasado Cervera de Pisuerga. De allí procede un beato que tiene a sus espaldas una triste historia y que lleva más de un siglo en la Biblioteca Nacional de Francia. Al igual que el beato de Las Huelgas, ha sido realizado en un cenobio femenino. Son los dos únicos que se conocen con esta particularidad. Este monasterio cisterciense de San Andrés es de obligada visita, porque tiene un claustro con unos capiteles de una belleza y una delicadeza de labra incomparables. Se encuentra en la carretera de la Ojeda, que a partir del desvío antes de Alar del Rey le lleva hasta Valladolid. No se olvide de preguntar por el facsímil del beato, conocerlo le será muy útil para su trabajo en el seminario.

Hicieron el viaje de vuelta a Potes en silencio, más tranquilos y con casi plena visibilidad al haberse disipado completamente la amenazadora niebla.

6

Donde había un beato puede haber un facsímil

l día siguiente, Eulalia se levantó temprano para visitar San Andrés de Arroyo. Siguió el consejo del cura y puso mucha atención para no perderse el desvío al monasterio, pero al llegar al valle de la Ojeda se distrajo contemplando el cromatismo de las tierras con las heridas del arado sangrando todavía y el color de la pana de aquellos campos con vocación de trigales abiertos sus surcos al sol y a la lluvia, que corrían paralelos al lado mayor del cuadrilátero que circunscribía unas tierras llenas de promesas de un futuro maná. Una de ellas era amarillenta porque estaría en barbecho y todavía no había sentido el empuje del bisturí; otra era roja cobriza; su hermana, bermellón, y en la tierra de al lado, como si fuera de oro viejo, brillaba el ocre. Todas ellas hijas naturales de una pertinaz arcilla y de una arenisca amarillenta que permanecían abrazadas desde tiempo inmemorial en ese juego de encuentros y desencuentros de los montes y los ríos. Para entonces Eulalia ya iba hablando en voz alta, cosa que hacía con frecuencia cuando viajaba sola.

«¡Qué festín de dibujos y colores tengo a la vista que, para no turbar la quietud y el silencio de los campos de Castilla, esperan callados la sementera! ¡Y cuánta belleza en las tierras! Iré un poco más despacio para poder apreciar los colores mejor y contemplar los surcos uno a uno».

En un momento no supo qué camino llevaba el coche y estuvo a punto de pasarse. Menos mal que el monasterio se encontraba al borde de la carretera y estaba bien señalizado. Torció a la derecha cruzando un puentecillo para salvar el arroyo y enseguida llegó al portón de entrada que, afortunadamente, estaba abierto, lo que le permitió dejar el vehículo a las puertas del convento. Allí había un letrero que decía: «Peligro. Obra en restauración». Pasó al zaguán del torno, tocó el timbre y agitó la campanilla. Tardaron en contestar diciéndole que tuviera un poco de paciencia, que enseguida le abriría la puerta sor Angustias para enseñarle el claustro y la sala capitular.

Pasar de la oscuridad y la penumbra de las bóvedas del zaguán a aquel espacio sobrenatural de paz y de luz, ni muy grande ni muy pequeño, donde se había detenido el tiempo en estado puro, le produjo a Eulalia una sensación inenarrable. Sor Angustias se había apartado prudentemente para dejarle contemplar a sus anchas la belleza que se desplegaba ante sus ojos y disfrutar del silencio de un claustro que semejaba un acueducto perfecto, realizado con la misma piedra amarilla de los muros, con dobles columnas lisas sobre las que apoyaban unos esbeltos capiteles vegetales geminados, todos diferentes, que eran pura belleza hecha rizos y hojas. Sobre los capiteles flotaban las arquerías como por arte de magia. Todo ello, adornado por el susurro del chorrito de agua pura y cristalina que cantaba gregoriano en el rincón del claustro, diciéndole: «¡Eulalia, la vida no cesa dentro de este conjunto conventual escondido entre cerros y rastrojos».

Ante aquella sensación de vida eterna que recibió al notar latir su corazón en un espacio inmortal e inmaterial por el que resbalaban los siglos, a Eulalia, que no había experimentado en su vida nada parecido, porque Hermenegildo y ella siempre visitaban los monumentos en grupo, no le quedó más remedio que sentarse en el zócalo del claustro para no caerse. Sor Angustias se acercó a ella para indicarle que lo que hacía estaba prohibido, pero al ver que tenía las lágrimas a punto de saltársele de los ojos, dijo en tono compasivo:

—¿Le ocurre algo, señora?

—¡Estoy bien, hermana! No se preocupe, me he emocionado. Nunca había visto la belleza y la eternidad reflejadas con tanta sencillez y tanta poesía. Solo orden, ritmo, piedra, agua y silencio.

La monja sonrió y le apretó el brazo cariñosamente.

—Si le parece puedo acompañarla, y con mucho gusto contestaré a sus preguntas. Esta mañana también tengo que atender al arquitecto al que hemos llamado, porque estamos pendientes de hacer unos arreglillos. Esto es precioso, efectivamente, pero el mantenimiento es indispensable.

Sor Angustias la tomó por el brazo y juntas atravesaron el patio escuchando el susurro del agua que brotaba de una pileta de piedra con forma de rosetón, hasta que entraron en la sala capitular, que estaba en penumbra. Al pasar a un nuevo espacio, sintió de modo brusco el juego de los claroscuros y, deslumbrada su vista, se encontró con un caballero de pelo blanco de elevada estatura que vestía un elegante traje claro, pajarita en la camisa y calzaba brillantes zapatos. Debía de ser el facultativo porque, tal como recomendaba el profesor en la clase de Construcción de la Escuela de Arquitectura de Madrid: «El arquitecto debe ir a la obra vestido de tal guisa que en cualquier momento pueda ser objeto de un homenaje».

El caballero era de carne y hueso, pero a Eulalia se le había trastocado el sentido de la percepción y lo veía todo de otro color; su visión se tiñó de azul, un purísimo azul líquido, fluido y espeso a la vez que transparente, hecho de la tinta con la que Dios iba a dibujar todas las cosas con el dedo en el momento de la creación. No era azul ultramar, sino azul instantáneo y eterno, como se imaginaba que fue el instante en que el Creador dijo: «Hágase la luz», y la luz se hizo. A partir de aquel momento, el resto era sencillo, porque en aquella tinta estaban contenidas todas las cosas y Dios solo tenía que mover el dedo en la dirección deseada para que aparecieran, como tan bien supo verlo y realizarlo Miguel Ángel en la Capilla Sixtina al alumbrar al hombre y a Dios con la punta de sus dedos, a nuestra imagen y semejanza.

Eulalia escuchaba a su lado a sor Angustias, con una voz que venía de muy lejos y decía en ese momento:

—Este espacio, al igual que todo el monasterio, tiene coherencia, simplicidad y luminosidad, no solo por la arquitectura que nos cobija, sino también por la vida que llevamos.

El elegante caballero, que no era un espejismo, interrumpió el discurso de la hermana:

—Si me permite, sor Angustias, me gustaría recordar lo que decía Le Corbusier al respecto: la arquitectura son los espacios bajo la luz. Pero en este monasterio hay mucho más, porque domina la idea de unidad. La unidad de material. Esta piedra no reluce como el mármol de Carrara. Es mucho más humilde y, como ven, es la misma piedra que hay en todas partes. Procede de la cantera vecina y es infinitamente más barata que la italiana.

—Es exactamente como dice, don Aurelio. Lo mismo ocurre con las hermanas, que todas somos de esta comarca. Estás donde te toca y haces lo que te toca o lo que te mandan, sin rechistar. Y sabes que lo tienes que hacer bien.

¡Qué bien le sonaban a Eulalia estas palabras!

—Las piedras son todas iguales —prosiguió la monja su discurso—, pero a distinta función le corresponde una labra diferente, y no protestan, sino que con mucha disciplina hacen humildemente su trabajo. Y tienen fe porque confían en que sus hermanas hagan lo mismo, y no se agrietan, especialmente las de más rica labra, que son las más delicadas y las que más sufren con los avatares. Sobre todo, la clave, que está hueca por dentro y con entrelazos por fuera. A sabiendas de su belleza y de que todo el peso de la bóveda pasa por ella, ya no se ensoberbece. Sigue en su sitio a pesar de estar mutilada, porque los operarios picaron los yesos que la protegían durante unas obras que se hicieron hace muchos años y se llevaron por delante una parte de los entrelazos. Menos mal que una hermana guardó los fragmentos que habían quedado por el suelo pegados en el yeso y está aquí don Aurelio para restaurarla, al igual que los tejados, que ya no aguantan más. —Sonrió al hombre de la pajarita—. ¡Fíjese que tengo un recipiente en mi celda porque en cuanto llueve un poquito hay goteras, el agua corre hasta el pasillo y no hay quien duerma con la dichosa gota cayendo cada doce segundos en el caldero!

Se notaba que había complicidad entre ellos y que don Aurelio era importante en el convento, porque interrumpió a su vez a sor Angustias:

—Decía que este monasterio está hecho de piedra, pero además de la piedra, hay maestría en la ejecución, sabiduría en el proyecto, y en todo ello también hay amor y luz. Pero no una luz uniforme. Hay plena luz en el jardín, penumbra a la entrada del claustro y semioscuridad bajo las bóvedas de la entrada. Pero no es eso solo. Hay tiempo, y cuidados durante ocho siglos, ahora que solo se hacen cosas para usar y tirar.

Sor Angustias tomó el relevo de don Aurelio y siguió con su discurso:

—Sobre todo resplandece el orden, porque del orden se derivan la paz y la armonía…, la belleza… y otras muchas otras cosas que no es momento de enumerar porque se nos hace tarde.

Después, hizo una pausa para tomarse un respiro. Respiro que aprovechó Eulalia para decirle:

—¡Qué bien lo han explicado ustedes! Yo no me había fijado en tantas cosas, ni en que todas estuvieran relacionadas entre ellas ni que tuvieran un significado tan profundo.

En un monasterio tan retirado del mundanal ruido, las visitas son escasas a diario. El arquitecto, que se movía por el edificio como Pedro por su casa, estaba inspeccionando la obra y a sor Angustias le gustaba darle palique.

—Depende de la mirada y del tiempo que se dedica —replicó don Aurelio—. Yo me he dado cuenta de que todo está en la mirada. De su profundidad y del punto desde el que se mira, y también de la limpieza de los ojos y de que no haya prejuicios.

—Por eso decía Nuestro Señor —intervino la hermana—: «Bienaventurados los limpios de corazón porque ellos verán a Dios». La vida es como es, pero hay que disfrutar con ella, a pesar de los disgustos que nos llevamos y de las desgracias que nos persiguen, porque sabemos que Jesucristo nos espera al otro lado de la muerte para llevarnos a la vida eterna.

Sor Angustias, aparte de ir al fondo de las cosas, también estaba a lo que estaba, esto es, a Dios rogando y con el mazo dando, por eso concluyó:

—Mucho me temo que en breve tendremos que ir terminando la visita, ya lo lamento, pero la comunidad tiene sus normas, como usted comprenderá. Si le ha gustado lo que ha visto y oído, invite a sus amigos y compañeros a que se acerquen a este monasterio escondido entre lomas en el valle de la Ojeda. Quién diría, cuando pasa por esta carretera, que detrás de la tapia de barro se esconde semejante tesoro, ¿verdad? Pues cuéntenselo con entusiasmo, y como mejor argumento, lléveles unas cajitas de pastas de té o los raquelitos de nuestra tienda elaborados por nosotras, y dígales que con el mismo primor están hechos los rizos y los entrelazos de nuestros capiteles. De paso, nos ayudará a sobrevivir cuidando este monasterio mientras tengamos vocaciones. Y cuando no las haya, pues Dios dirá.

Y con estas palabras fue acompañando a Eulalia hacia el claustro para indicarle el camino a la tienda del monasterio donde adquirir las delicias que había mencionado. Eulalia se extrañó de que el elegante caballero de la pajarita al que la hermana llamaba don Aurelio hubiese desaparecido sin que ella se diera cuenta. Y aún estaba intentando averiguar por dónde se había marchado cuando recordó uno de los principales objetivos de su visita, que no era otro que el beato del que le había hablado don Exuperio y que, según él, tenía una triste historia. La monja no lo había mencionado en ningún momento. Se sobresaltó un poco con la voz de sor Angustias.

—Puede quedarse un poco más si lo desea —susurró la monja, que seguía a su lado—. No es normal que un visitante, a la primera de cambio, escuche con esa atención, mire las cosas en profundidad y deje que la belleza le traspase el alma. Usted se ha hecho piedra y silencio en cuanto ha cruzado la puerta de este convento. ¿No habrá sentido aquí la llamada del Señor?

Eulalia contestó como con cierta desgana:

—Desgraciadamente, no, hermana. Quizás más adelante. Mi vida transcurre por otros derroteros. Ahora mismo soy una viuda curiosa en busca del tiempo perdido que trata de encontrarse a sí misma en el estudio y en el amor, porque está desorientada en la vida. Si no le molesta la indiscreción, hermana, ¿suele acompañarle el restaurador en las visitas guiadas?

—No, claro que no —sonrió la monja—. Don Aurelio se ocupa ahora de la restauración de los tejados, que buena falta nos hace. Pero siempre que viene de visita de obra recorre el monasterio para ver si avanzan las patologías y las humedades, de paso se da una vuelta por la iglesia, el claustro y la sala capitular, y se enrolla con los turistas. No puede remediarlo.

—Me ha entusiasmado la visita. Es la primera vez que vengo a este monasterio. Fíjese si soy rara, hermana, que desde que he vuelto a Liébana, la tierra de mi marido, llevo a san Beato de lazarillo para que me guíe en estos apocalípticos tiempos, y él me ha traído hasta San Andrés de Arroyo.

La hermana picó en el anzuelo que Eulalia le había lanzado y respondió:

—Su lazarillo ha hecho bien trayéndola hasta nosotras, pero ¡qué pena que no podamos enseñarle nuestro beato! Fíjese usted que teníamos un ejemplar del libro de ese santo y que, para no morirse de hambre, lo tuvieron que vender las hermanas hace más de un siglo y ahora está en la Biblioteca Nacional de Francia.

—¡Vaya, qué pena! ¿Y cómo fue a parar a París?

—Pues muy sencillo. Estos monasterios son muy grandes, los tejados sufren las inclemencias del tiempo, los vendavales remueven las tejas y se cuela la lluvia que pudre la tablazón y las armaduras. La carcoma hace su trabajo de zapa en la madera mojada. Eso es lo que necesitan las nevadas para hundir los tejados. Las aves que están a la espera en busca de cobijo entran en los desvanes para anidar. Estos se llenan de goteras y se hunden en algunas partes. Así empieza la ruina si no se la ataja a tiempo. Con los desvanes arruinados, el viento y el frío se cuelan por todas partes. Las enfermedades acechan a las madres, que tienen hábitos, pero carecen de plumas, y allí no hay quien viva. Además, en aquellos años las monjas ya no disponían de rentas porque no recibían las pensiones del Gobierno, que estaba lidiando con la guerra de Cuba. Por ello, aparte del frío y la humedad, pasaban hambre, mucha hambre.

—¡Qué situación más espantosa! —se condolió Eulalia—. Me hago cargo de semejante circunstancia y me entra una angustia… ¿Y qué hicieron ellas?

—Tratar de sobrevivir con lo que tenían a mano. La superiora escribía cartas pidiendo ayuda: «No me queda otro recurso que implorar la caridad, a fin de que no les falte a las religiosas un bocado de pan». Como no llegó la ayuda necesaria, y hay que comer todos los días, convocó a las monjas a capítulo, salieron al claustro y miraron al cielo. Debía de haber unos cuantos buitres sobrevolando el monasterio, cayeron sobre el beato y se lo llevaron a París. Mucho lloraron su venta las hermanas y nuestros vecinos del norte de Palencia, porque formaba parte de su historia y era una de las joyas del románico de la Montaña Palentina.

»Y todavía lloramos su pérdida en este convento. Era un manuscrito precioso, y el nuestro era un caso único, porque el libro y el monasterio son de principios del siglo XIII más o menos. ¡El románico en piedra y el libro en pergamino! Los dos nacieron juntos y vivieron juntos durante muchos siglos, aquí donde estamos. Aunque el libro no se pudiera enseñar, nos daría mucha fama y eso traería muchas visitas. Menos mal que tenemos una copia muy buena en facsímil que podría dar el pego, pero no es lo mismo, ¡qué va! Ni por asomo. ¿Quiere usted verlo? Porque se lo enseño ahora mismo.

—Nada me gustaría tanto como contemplar esa copia fidedigna del Beato de San Andrés de Arroyo, precisamente en el monasterio para el que se encargó y en el que estuvo hasta hace poco, pero me da apuro entretenerla.

—Aún tengo un poco de tiempo. Es una delicia cuando viene gente como usted que sabe apreciar lo que tenemos aquí y encima se emociona, que eso lo hacen muy pocos. Se lo traigo de inmediato. Espere un poco aquí, sentada en la sala capitular, no sea que vaya a darle a usted otro mareo.

No tardó nada. Después de acercar una mesita plegable, lo trajo envuelto en un paño blanco que las hermanas habían iluminado con miniaturas primorosamente bordadas que componían una hoja doble del beato copiada del propio libro en torno al cordero, y con las letras alfa y omega bien destacadas en el envés del mantelillo.

—¡Qué hermosura! —exclamó Eulalia sin contenerse. La hermana había abierto el beato, profusa y lujosamente ilustrado, de una finura y una belleza semejantes a las del monasterio que lo albergaba—. Es increíble que se pudiera hacer en aquellos tiempos semejante incunable. Al abrirlo exhala la misma atmósfera que nos envuelve en este monasterio. Solo nos ha faltado que la música de aquel tiempo nos hubiera acompañado cuando usted desplegó el mantelillo para enseñármelo. Habría sido formidable conservar el beato original.

—Eso pensamos nosotras y nos consolamos con el facsímil, pero le tenemos muy llorado —repitió la hermana.

—Es sorprendente la semejanza que hay entre este beato y el monasterio que lo custodia, entre la arquitectura, la escultura y la pintura.

—Calle, mujer, si todavía no ha visto lo principal, que hasta tiene un mapamundi que está publicado en todas partes. Es muy exhaustivo y tan entretenido que se puede pasar una las horas contemplándolo y buscando el nombre de las cosas. Verá que la tierra, de color marrón, es un círculo perfecto y el mar que la circunda por completo está lleno de islas, de barcos con pescadores, de peces, pulpos e incluso sirenas. Fíjese que la tierra está llena de ríos que surgen en montañas y separan los continentes. No falta el paraíso, del que nace un río que divide la tierra por la mitad. En la parte de arriba han dibujado a Adán y Eva desnudos, pero con las hojas de parra. En la parte de abajo, estos dos castillos representan Sevilla y Toledo, tal como indican los rótulos escritos con tinta roja. Mire qué claro pone Jerusalén, Judea, Monte Carmelo, Jordán y Babilonia justo debajo del paraíso. No creo que ningún otro beato tenga un mapamundi tan completo y expresivo, ¿no le parece a usted?

—Claro que me parece —replicó Eulalia con un gesto de sorpresa en su rostro ante tanta belleza—, pero se me saltan las lágrimas sabiendo que semejante joya se fuera volando y no forme parte del tesoro de este monasterio.

—Consuélese pensando que no se ha perdido del todo. —Sor Angustias pasó página y le mostró una lámina con cuatro escenas horizontales superpuestas representando el juicio final—. En el primer nivel están los bienaventurados, pero observe qué atrevimiento, porque, en el segundo nivel, un demonio que señala con el dedo los infiernos arrastra al tormento eterno a una fila de personas de toda condición encabezada por un obispo y un abad seguidos de monjes, y que termina con mujeres de alta alcurnia. Todos ellos van atados con una soga al cuello. Podría considerarse irreverente, pero como los beatos se dirigían a los nobles y a los frailes, que eran los que sabían leer, era un aviso de las consecuencias que acarreaban los pecados y las herejías.

Eulalia, maravillada por la expresiva complejidad de la composición de la página, asentía con la cabeza, pero sor Angustias cerró de golpe el facsímil y, después de darle la vuelta, lo volvió a abrir por el mismo sitio, dejando a los personajes cabeza abajo.

—Observe detenidamente la página y dígame lo que se ve en ella.

—Una cabeza de demonio monstruoso y muy fiero que abre desmesuradamente su boca a toda página hasta los bordes del dibujo. En estas fauces de dientes afilados se atormenta a los condenados en el fuego eterno y también en una rueda que descoyunta sus miembros, tarea de la que se ocupan cuatro demonios de aspecto horroroso.

Sor Angustias volvió a voltear el libro para que los personajes de las historias estuvieran con la cabeza hacia arriba y mostró una página bellamente pintada y dibujada:

—Mire cómo aquí se representa el momento en el que el segundo ángel hace sonar su trompeta, tal como lo narra el Apocalipsis: «Del cielo cae al mar una montaña ardiendo y la tercera parte de aquel se tiñe de sangre, y muere la tercera parte de los seres que pueblen el mar y se destruye la tercera parte de las naves». ¿No le parece magnífico y muy natural ese ángel que aparece en el cielo desplegando las alas? También es muy expresiva la llamarada roja y el oleaje encendido que provoca la montaña ardiendo. Podría ser un meteorito, digo yo. ¿Qué me dice de los tres barcos que hay dibujados en el mar? Observe que uno todavía flota, el otro está partido y se va a pique y el tercero está hundido en el fondo y se ha llevado consigo a sus tripulantes. Compare la serenidad de la parte superior sobre fondo azul con el dramatismo y la agitación del oleaje, peces incluidos, en la parte inferior. Han dibujado al pie de la letra lo que dice el apóstol.

Aun a sabiendas de que se trataba de un facsímil, Eulalia lo comparaba con el de Valcavado y no podía por menos de admirarse de la riqueza, la fastuosidad de la ornamentación y la expresividad y el naturalismo de aquellas representaciones.

—Supongo que este monasterio no debía de ser muy rico. ¿Cómo pudo hacerse con una joya tan costosa?

—Tenga en cuenta que era un monasterio cisterciense, hermano del de Las Huelgas Reales de Burgos, que también dejó salir otro beato parecido a este. Supongo que el rey Fernando III el Santo bien pudo regalar uno al nuestro. Pero no lo diga por ahí, porque me puede la pasión, y esto que le cuento a usted pueden ser ensoñaciones mías. —Hizo un alto antes de rematar la conversación—: Me estaría todo el rato con usted, y siento interrumpir este coloquio, pero tengo quehaceres pendientes y usted querrá ver más iglesias románicas por esta zona.

—De buena gana me quedaría contemplando este beato toda la mañana, pero yo también tengo que seguir viaje a Valladolid, aunque espero volver pronto a estudiar más detenidamente esta magnífica obra.

—Solo es un pobre facsímil. ¡Cómo será el original! —exclamó sor Angustias

—Será para desmayarse del dolor por haberlo perdido.

Eulalia le dio las gracias a la monja por su amabilidad y cuando salió al exterior, tras comprar unos dulces y deslumbrada por el paso de la oscuridad a la luz, se sorprendió de encontrarse en el compás de entrada al gigante de la pajarita, que estaba a punto de subir al coche y, sin motivo alguno, se acercó a ella y le dijo:

—Es usted una mujer afortunada, señora mía, porque tiene el don de disfrutar de la belleza escondida en los pliegues de la piedra que ha sido extraída de los recónditos rincones de los cerros de nuestra tierra. ¡Que Dios le conserve el buen gusto por mucho tiempo! Y para que recuerde el sabor de esta visita, tenga esta caja de hojaldres que elaboran las hermanas para, junto con los visitantes, ganarse la vida.

Dicho lo cual, le entregó el regalo, le besó la mano, se subió al coche y se marchó.

Eulalia, que no imaginaba que aquel hombre la estuviera esperando, que le entregara aquel obsequio ni que le dijera nada semejante, se quedó obnubilada. Ni siquiera reaccionó cuando cogió la cajita, ni le dio las gracias, ni le vio partir, porque se quedó como una estatua de sal, impresionada por la galantería del caballero de la pajarita. Se le nubló la vista de la emoción, se le tiñó la mirada de azul y le dio un vuelco el corazón.

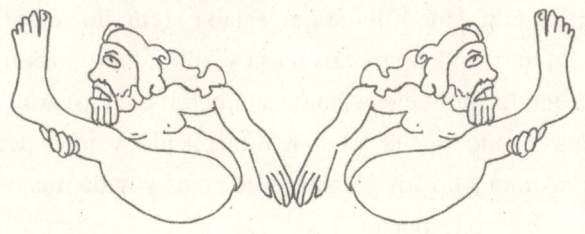

7

El Beato de Valcavado, un original al alcance de sus ojos

urante el viaje de regreso a Valladolid, Eulalia se entretuvo en hacer un repaso de las vivencias de los últimos días. Estaba entusiasmada por poseer una casita en Potes, impresionada por la sabiduría de don Exuperio, admirada de la osadía de Beato, obnubilada por la belleza del monasterio de San Andrés, descorazonada por la pérdida de su códice, sorprendida por los conocimientos de sor Angustias, cautivada por la galantería de don Aurelio y, sobre todo, encantada de haberse encontrado con otra Eulalia desconocida para ella. Una Eulalia que estaba escondida en alguna parte. Se notaba mucho menos tensa y, sobre todo, más ligera. Al igual que los polluelos cuando se liberan del cascarón y las serpientes cuando mudan, ya no le tiraba la piel y había perdido rigidez. «Ahora solo soy Eulalia. Nada más y nada menos que Eulalia…, que no es poco».

Su mirada resbaló al asiento lateral y vio la cajita de hojaldres que le había regalado el arquitecto de la pajarita al que sor Angustias llamaba don Aurelio.

¡Qué detalle tan estupendo, y además sin venir a cuento! Vaya usted a saber si tendría segundas intenciones, que con los hombres ya se sabe… Siempre quieren algo. «Hermenegildo me pilló al primer vuelo y me quedé enredada como un pajarillo en sus redes». Y se puso contenta, muy contenta, tan contenta que le dio la risa. Se reía sola en el coche recordando que había estado vacilando a don Exuperio diciéndole que con aquella niebla tan espesa podían atropellar al mismo Jesucristo o a alguno de sus ángeles. ¡Qué ocurrencia! «Con lo prudente que tú eras, ¡cómo te pudiste atrever a decirle semejante disparate a un sacerdote al que acababas de conocer! Cuando vuelvas a clase ten cuidado y no te vayas de la lengua, te hagas la chistosa y vaciles a don Crisógono delante de todo el mundo, ¡que la líes parda!».

Ya de vuelta a la universidad, Eulalia recordó que don Crisógono los había convocado en la sala principal de la biblioteca y estaba muy intrigada porque sabía que de él se podía esperar cualquier cosa.

—Lo que hace matricularse en la Universidad de Valladolid —le dijo Eulalia a Tiqui cuando, después de subir por la monumental escalera cuyo zócalo está cubierto de hermosos azulejos azules, pasaron a la sala de lectura en la que los libros antiguos estaban distribuidos primorosamente por las estanterías perimetrales—. Somos unas afortunadas por asistir a este seminario en estos lugares tan cargados de historia. La otra vez entramos haciendo cola para ver la exposición y aquello fue visto y no visto, hoy hemos subido por una escalera monumental para escuchar las explicaciones de don Crisógono en exclusiva para nosotras.

—¡Qué bien que veas las cosas de esta manera! Estoy segura de que los compañeros vienen aburridos pensando en los créditos que nos van a dar por acudir al seminario y que don Crisógono nos va a encasquetar un rollo de los suyos. Por cierto, te veo muy contenta y como mucho más… joven. No me atrevía a decírtelo. ¿Te has hecho algo? —Y al ver a Eulalia reír con ganas, Tiqui añadió—: ¡A mí no me engañas! ¡Tú te has ligado a un tío este finde!

—Más sencillo todavía. Dejé las cenizas de mi marido en Potes y tomé posesión de una casita que me había comprado él sin decirme nada.

—Eso es tener mucha suerte. Cuéntame cómo es la casita, ¿tiene buenas vistas? —se interesó Tiqui, curiosa, pero ya estaban dentro de la sala de lectura rodeando a don Crisógono.

—Luego nos vemos y te lo cuento —le dijo Eulalia bajando la voz.

—Me gustaría que en el seminario que estamos desarrollando, ustedes tuvieran una participación activa —comenzó don Crisógono—, se lo tomaran como un juego e investigaran conjuntamente quién era Beato: cuál fue su trayectoria vital, por qué y para qué escribió el *Comentarios al Apocalipsis*, qué hizo para mover la voluntad de Carlomagno y del papa, por qué dictaminó que Santiago era el patrón de España y qué le movió a realizar o inspirar esos fantásticos dibujos para estos incunables que son el orgullo de los monasterios, bibliotecas o museos que los poseen, y la envidia de todos los que carecen de ellos. Y, sobre todo, que conozcan el lugar donde se escribieron los beatos y hagan el milagro de descubrir alguno de los originales salidos del *scriptorium* lebaniego.

»Tenemos noticia de las vicisitudes del Beato de Valcavado gracias a que Felipe II, emulando al faraón Ptolomeo con la de Alejandría, recurrió a Ambrosio de Morales, cronista regio, historiador, arqueólogo, monje jerónimo y polifacético humanista, cuando quiso dotar a El Escorial de una biblioteca sin paragon. Con el fin de alhajarla debidamente, el monarca envió al estudioso a los reinos de León, Galicia y al Principado de Asturias con el objeto de recoger reliquias, libros, documentos, objetos artísticos y manuscritos en catedrales y monasterios para las colecciones reales de El Escorial. Para este trabajo urgente y titánico, Ambrosio de Morales dispuso de comisarios que viajaron por todos los rincones de los reinos, seleccionó a los informadores y encarga-

dos de las inspecciones y de las requisas *in situ*. Eso sin contar con la red de amigos y colaboradores amantes de la historia y de las antigüedades que logró que se sumaran a la empresa.

Don Crisógono les relató entonces la interesante vida de Ambrosio de Morales, el historiador que elaboró la *Crónica de España*. Había nacido en Córdoba, tenía una de las mejores colecciones de monedas de España y era uno de los hombres más sabios del reino. Para escribir la historia se sirvió de las fuentes escritas clásicas y tardoantiguas, como Estrabón, Tito Livio, Plinio, Plutarco e incluso San Isidoro de León. El mismo valor que daba al documento se lo daba a lo que decían las monedas, porque «lo mucho que estas monedas descubren y averiguan en la historia y en las antigüedades, todos los hombres doctos lo entienden». También valoraba mucho las inscripciones porque, contrastando lo uno y lo otro, el historiador se acerca a los acontecimientos de forma mucho más segura. Para él, era de mucha utilidad conocer, pisar y vivir el lugar para tener información de primera mano, y para describir las antigüedades de España procuró estudiarlas él mismo, *in situ*, examinando con todo detalle las piezas.

—Así lo hizo cuando pidió ver el Beato de Valcavado para cotejarlo con el de San Isidoro. Que es este incunable que les estoy mostrando a ustedes. Allí verificó que sus medidas eran aproximadamente 36 × 24 centímetros. Contó 230 folios y 87 miniaturas, y aseguró que el incunable se encontraba en buen estado. Consta que se realizó entre el 8 de junio y el 9 de septiembre del año 970, y que el abad era Sempronio y que lo pintó el indigno Oveco —explicó don Crisógono—. Estudios recientes nos indican que el pergamino está barnizado a la cera y sus vivos colores se han conseguido con pigmentos de azurita, cinabrio y malaquita aglutinados con mezcla de huevo, miel y cola. Destaca la expresividad de los personajes que Oveco consigue con una sencilla línea envolvente y unos ojos muy abiertos con forma de almendra y dilatadas pupilas.

Don Crisógono, que daba su charla de modo informal paseando por la biblioteca y dirigiéndose ora a uno ora a otra, sin perder de vista a Eulalia, hizo un alto en su relato y levantando los brazos exclamó:

—¡Un ejemplo para todos ustedes si quieren ser historiadores de verdad y no de pacotilla! Igual que los físicos pesan y miden buscando pruebas, ustedes tienen que hacer de detectives como Ambrosio. Ir al lugar del crimen y buscar y contrastar las pruebas. Atar cabos. Sacar conclusiones con fundamento. Las conjeturas déjenlas para la literatura, ustedes no hacen ficción, hacen ciencia. Bien es cierto que no exacta del todo, pero hay que aproximarse lo más posible a la materia, medir, pesar, hacer análisis en el laboratorio con los métodos que tenemos a nuestra disposición hoy en día. Pero tienen que viajar al lugar de los hechos y meterse en el fragor de la batalla. En sus numerosos viajes por España, Ambrosio de Morales recopiló crónicas, anales y otros documentos históricos de gran valía, y no solo eso, porque destacó asimismo por su método de abordar las inscripciones, esto es, la epigrafía, que es imprescindible para el estudio de la historia. Escribió: «Todos los que tienen ingenio, y saben algo, se huelgan mucho con una piedra antigua y con su escritura, mas pocos entienden cómo pueden servirse de ella para las buenas cosas que muchas de ellas pueden enseñar». Por ello Morales concedía gran valor al soporte epigráfico: material, color, aspec-

to, procedencia e incluso contexto del hallazgo, que para él era una fuente de información complementaria al texto. Sus dibujos eran la seña de identidad de su modo de actuar.

Tras esta introducción sobre Ambrosio de Morales, don Crisógono miró a los alumnos y dijo muy serio:

—Para este oficio de historiador del arte, con mayúsculas, hay que tener vocación… y, ojo, porque hay mucho que investigar y publicar. Tomen como ejemplo y santo patrón de este seminario a Ambrosio de Morales, que fue un hombre de enorme cultura y muchos saberes, un sabio del Renacimiento. Tendríamos que hacerle un himno y cantarle todos juntos cuando flaqueen nuestras fuerzas. Él no se conformó con buscar libros para la biblioteca de El Escorial, sino que fue mucho más lejos, al fondo de las cosas, puesto que no solo salvó del olvido al Beato de Valcavado, sino que atribuyó los *Comentarios* a Beato en cuanto leyó la dedicatoria en el incunable que le hizo a Eterio: «Todo esto, por tanto, santo padre Eterio, a petición tuya, para la edificación de la instrucción de los hermanos, te lo he dedicado a ti, de forma que a aquel de cuya compañía gozo como religioso le haré coheredero también de mi trabajo».

Luego les explicó que Ambrosio de Morales se interesó por la controversia del adopcionismo cuando, en 1572, tuvo en su mano, en la ciudad de León, los Beatos de San Isidoro y de Valcavado para contrastarlos, y buceó en los escritos que se arrojaron a la cara Beato y Elipando. Dejó constancia de aquella visita en un informe que se conserva en la Real Academia de la Historia y que fue dado a la imprenta dos siglos más tarde por Enrique Flórez. Sobre los dos beatos, escribió: «Valcabado es un lugar pequeño, en este obispado de León, cerca de Saldaña, y allí veneran un santo por nombre san Viezo, cuyo brazo tienen. Tienen también un libro semejante al que ya he dicho, sobre el apocalipsis, y afirman allí que lo escribió aquel santo. Este códice, en la prefación, tiene el nombre de la persona a quien se dirige (lo cual no tiene el de san Isidoro) y es Etherio. Por solo esto se podría rastrear quién es el autor... Este libro de Valcabado habían traído agora aquí a León, para cotejarlo con estotro de San Isidoro, y así yo le vi. Esta obra, a mi pobre juicio, es excelente, y dignísima de andar impresa».

Probablemente el libro no regresó a su lugar de origen, aunque, al cabo de algunos años, los vecinos de Valcavado lo reclamaron a las autoridades eclesiásticas, pero Francisco de Trujillo, obispo de León en aquel tiempo, escribió que este incunable no aparecía por ninguna parte, añadiendo que había sido llevado a León en tiempos de su antecesor, Juan de San Millán.

—Todo pasa y todo queda, dice el poeta. Pero hay que saber encontrarlo y leerlo. Nuestros amigos los arqueólogos no se cansan de decirnos que el monumento también es un documento y tan importante como el monumento es el documento —se enredó don Crisógono—. Pero hay que educar la mirada. Todo está escrito, pero no todos sabemos leer. Cuando yo era niño me maravillaban los médicos, que sabían leer en las radiografías. Hasta que no apareció la Piedra de Rosetta no se pudieron descifrar los jeroglíficos egipcios... Pero no nos perdamos, hijos míos, y volvamos a lo nuestro. ¡Pues miren lo que son las cosas! —exclamó exultante el profesor—. Los beatos que no se destruyen terminan apareciendo, como el de Valcavado que ahora tienen delante, porque el beato que buscaba el obispo de León estaba aquí, oculto por este sudario. Supongo que lo trajo consigo Ambrosio de Morales y lo depositó en el colegio jesuítico de San Ambrosio, que se acababa de fundar en esta ciudad por aquellos años. Allí estuvo hasta la expulsión de los jesuitas en 1767, cuando buena parte de las librerías de los colegios vallisoletanos de San Ambrosio y San Ignacio se integraron en la biblioteca de esta universidad.

Ante el asombro de todos, sacó el original del sudario, lo levantó por encima de la cabeza como hacen los futbolistas con los trofeos que conquistan y exclamó:

—Imagínense la emoción de los copistas cuando tenían a la vista los primeros beatos, y pónganse en el pellejo de Ambrosio de Morales cuando le trajeron el Beato de Valcavado para que lo cotejara con el de San Isidoro de León y lo contempló como ustedes, aunque sin tanto respeto, pero dedicándole mucho más tiempo. Lo pueden mirar y lo pueden oler, pero no se les ocurra tocarlo, no vaya a ser que se envenenen como los frailes de la novela de Umberto Eco titulada *El nombre de la rosa,* que supongo que, si no la han leído, al menos habrán visto la película que protagonizaba Sean Connery.

Después de mostrarles ilustraciones tan destacadas como la del tercer ángel tocando la trompeta, el anciano de la luz blanca, la ramera de Babilonia y los reyes de la tierra y el arca de Noé, don Crisógono, viendo que sus alumnos abrían desmesuradamente los ojos, sonrió y prosiguió sus explicaciones:

—No estamos en tiempos de Ambrosio de Morales. Este incunable tiene muchos años, está muy delicado, le fatigan las visitas y está deseando retirarse a sus aposentos. Pero tiene un sosias que es exhibicionista y estará encantado de mostrarles sus interioridades cuando lo exija el guion. —Rieron todos la comparación—. Supongo que después de contemplar la belleza del original y de apreciar su valor material y cultural, estarán deseando viajar cuanto antes a Liébana para ganar fama imperecedera en los libros de Historia del Arte. No me pongan esa cara. Porque no es prudente sacar el original de su sitio, y para esta clase con el facsímil es más que suficiente —se disculpó don Crisógono—. Es un lujo al alcance de muy pocos, diría yo, y hoy quiero que sepan que, aparte del monasterio lebaniego donde Beato escribiría el primer *Comentarios al Apocalipsis,* todas las miradas de los investigadores confluyen en el monasterio de Albelda, de donde proceden las primeras copias que se hicieron de los originales de Beato. Bien es cierto que cada artista que lo copiaba hacía sus propias aportaciones en función de sus conocimientos y del lenguaje gráfico que era común en el arte hispano del siglo en que vivían. —Hizo una pausa y luego continuó—: A estas alturas de la vida, yo me pregunto, ¿dónde están los originales que ilustraron el primer *Comentarios al Apocalipsis* que, al parecer, estaban inspirados en un comentario de Ticonio, teólogo romano del siglo IV que influyó en san Agustín y sobre todo en Beato? ¿Cómo encontrar las joyas bibliográficas que salieron del *scriptorium* lebaniego, con las que sueñan todas las bibliotecas del mundo y por las que se matan los anticuarios y los coleccionistas privados, sobre todo rusos? Quizás aparezca algún fragmento o quiera Dios que algún libro entero. ¿Se imaginan que alguno de ustedes es el privilegiado? Pero, para eso, tienen que saber esperar activamente con los ojos y los oídos bien abiertos.

Eulalia estaba asombrada del esmero con que don Crisógono había preparado la clase, por sus rarezas, por las preguntas que se hacía, pero acababa de venir de Liébana y había comprobado en sus visitas a las iglesias lebaniegas y en sus conversaciones con dos experimentados sacerdotes como don Exuperio y don Amancio que no había ni rastro de semejantes antigüedades, y eso don Crisógono lo sabía. Por ello, no podía entender que pretendiera que ella o alguno de sus compañeros descubrieran no ya un beato perdido en la noche de los tiempos, ni siquiera un fragmento, de ahí que se atreviera a preguntar:

—Perdone, don Crisógono. Si no he entendido mal, usted se pregunta cómo encontrar las joyas bibliográficas que salieron del *scriptorium* lebaniego y nos traslada a nosotros esa incógnita a sabiendas de que no podemos averiguarlo. —Revisó sus apuntes y añadió—: Al principio comentó que en el seminario trataba de que supiéramos quién era Beato, cuál fue su trayectoria vital, por qué y para qué escribió el *Comentarios al Apocalipsis*, qué hizo para mover la voluntad de Carlomagno y del papa… Deduzco que esta es la finalidad del seminario y lo otro es el señuelo que nos lanza para picar nuestra curiosidad y que recabemos toda la información posible acerca de Liébana, Beato y su tiempo, etc. Por favor, corríjame si me equivoco.

Al comprobar que al menos había una persona que tomaba apuntes y atendía al fondo, a la forma y a la intención de sus explicaciones, le gustó, sonrió satisfecho y se dirigió directamente a ella:

—Eulogia, ha interpretado usted perfectamente mis intenciones y veo con agrado que sigue usted las clases con mucho interés; espero, por tanto, que no se desanime y siga asistiendo a este seminario durante todo este curso con esa atención y esa curiosidad suya tan poco común en estos tiempos.

Sus compañeros se volvieron y pudieron comprobar que, a pesar de su edad, se había puesto roja de vergüenza. Pero ella, como eran pocos en el aula y ya había superado su timidez inicial, se sobrepuso y le interpeló.

—Perdone, don Crisógono, pero no me llamo Eulogia, mi nombre es Eulalia. Eu-la-lia, y me apellido Fernández —replicó con contenido enojo porque había equivocado su nombre.

—Lo siento, Eulalia, pero si mal no recuerdo, en su ficha pone Eulogia. Cuando termine esta clase sacamos la ficha suya, que me he tomado la molestia de imprimir, y comprobamos si estoy en lo cierto.

—No estoy segura de lo que pone en la ficha… Si usted dice que pone Eulogia, pues pondrá Eulogia y tendremos que corregirla. Pero yo estoy segura de que me llamo Eulalia, como mi madre y como mi abuela, y que de niña me llamaban Lali.

—El arte puede ser un juguete o un tormento, depende de cómo se lo tome uno —continuó don Crisógono dejando a Eulalia con la palabra en la boca—, porque si de algo estoy seguro, es de que para Beato el arte no fue un juguete, sino una formidable herramienta de combate. Y volviendo al tema que nos ocupa, tengo que decirles que no pienso dar lecciones magistrales, para eso están los textos de Echegaray, mi maestro, los escritos de Sánchez Albornoz, el libro de Yarza o el de Stierlin, que son dos clásicos y, sobre todo, Umberto Eco, que es un maestro en todo lo que escribe. No se olviden del señor internet, siempre a nuestra disposición con infinidad de estudios sobre la materia. Allí les están esperando Beato de Liébana, Eterio de Osma, Elipando de Toledo, Alcuino de York, sin olvidarnos de Abderramán I, Carlomagno y los papas Adriano y León y el mismísimo Umberto Eco. ¡Viajen, indaguen, investiguen! —exclamó recorriendo el grupo con la mirada, y concluyó—: ¡Sigan el ejemplo de Beato, que supo esperar estudiando a los santos padres de la Iglesia, investigando y escribiendo hasta que llegó su hora de salir a combatir la herejía adopcionista a pecho descubierto! Pero no se queden quietos. Vayan a los lugares donde se desarrolló la historia. Viajen a Liébana, donde se refugiaron los visigodos que huían de los musulmanes. Conozcan aquellos lugares, disfruten con sus paisajes… y, por qué no, también con el cocido lebaniego.

Eulalia estaba arrepentida del pronto que había tenido dirigiéndose a don Crisógono en tono desabrido por haber confundido su nombre y, sin darle mayor importancia, él seguía a lo suyo dando por hecho que viajarían a Liébana.

Ella se calló y no dijo que estaba de vuelta de allí y que había trabado amistad con don Exuperio. El profesor dio por terminada la clase sin corregir la ficha de Eulalia, metió los papeles en la cartera y se dirigió hacia la puerta con aire decidido, pero ella, que estaba muy enojada, se armó de valor y le cortó el paso.

—¡Perdone, don Crisóstomo! Si no le importa, antes de que se vaya, me gustaría poner en claro lo de mi nombre, no vaya a ser que al final de este seminario, o al final de la carrera, si la hago, tenga problemas con mi expediente.

—¡Cómo me va a molestar, señora mía! Aunque es un asunto baladí, está usted en su derecho.

Sacó de su voluminosa cartera un puñado de fotocopias. Como era torpe con las nuevas tecnologías, todavía manejaba las fichas en papel. Daba la impresión de que se había entretenido husmeando en los datos de los alumnos. No tuvo que revolver mucho porque la de Eulalia estaba la primera. Le echó una mirada por encima y después de exhibir una triunfante sonrisa, exclamó:

—¿Ve, Eulogia? Aquí pone bien claro lo de Eulogia.

—No, don Crisóstomo. Perdone usted que le diga que aquí pone Eulalia y no Eulogia. —Ella había rellenado la maldita ficha con desgana y a toda prisa y firmado de cualquier manera sin pensar que iba a ser sometida a un riguroso escrutinio—. Ya lo ve. Pone Eulalia —repitió aparentando una seguridad que no tenía.

A ella no le gustaba nada de lo que veía en la ficha, porque tenía una enmienda a la totalidad. Ni la foto ni la edad. Ni que era viuda…, ni el nombre, y ni siquiera la firma. Definitivamente, aquella no era ella. O no se identificaba con ella. ¿De dónde había sacado aquella triste mujer la determinación que acababa de exhibir? Desde que murió su marido de infarto y se quedó colgada de la brocha pintando el techo, como suele decirse, ya no sabía quién era… Se quedó en blanco, con la ficha temblando en su mano, hasta que el profesor la interpeló:

—¡No es necesario que corrija el nombre ahora mismo! Tómese el tiempo que necesite… Lo que me importa es encontrar ese beato primerizo y, de paso, que averigüe por qué demonios estando Beato en Liébana casi de obispo, ejerciendo tan ricamente de abad en San Martín de Turieno, se enfrenta con Elipando, que era nada menos que el arzobispo de Toledo y primado de España. Y yo me pregunto: ¿quién le manda a Beato meterse en ese jardín y complicarse la vida embarcándose en semejante disputa teológica, si a él no le iba ni le venía? ¿Qué pasó entre ellos para iniciar aquella pelea que zanjaron Carlomagno y el papa León al cabo de varios concilios universales? ¡Con lo difícil que era reunir a los obispos en aquellos lejanos tiempos de finales del siglo VIII! ¿Es que Beato no tenía otra cosa mejor que hacer, teniendo a los musulmanes a las puertas de Liébana? Este es el meollo del problema, Elvira. Olvídese de todo lo demás, averigüe esta cuestión trascendental y, de paso, encuentre el beato.

A Eulalia le contrarió que de nuevo equivocara su nombre. Estaba segura de que, en vez de aprendérselo, había leído y releído su ficha y se habría preguntado qué demonios hacía en este curso una viuda de sesenta y cinco años.

—Mire, don Crisóstomo. Me olvido de todo lo demás, pero no puedo olvidarme de que yo me llamo Eulalia. Para mí, y más ahora en mis circunstancias, es muy importante saber quién soy y cómo me llamo, y por ello necesito que los demás me llamen por mi nombre, porque para todo el mundo solo he sido la señora de Gutiérrez. ¿Tan difícil es llamarme Eulalia? —le preguntó.

—Debe de ser tan difícil como que usted me llame Crisógono, que es mi nombre, en vez de Crisóstomo, como ya ha ocurrido cuatro veces. No tiene la menor importancia. Estas cosas ocurren a menudo, sobre todo con los nombres antiguos que tanto se parecen unos a otros. Eulalia, Eutiquia, Elvira, Eulogia, Eudosia, Eutimia, Eufrasia…, y no hay manera de acordarse. De todas formas, pásese por secretaría y compruebe minuciosamente que sus datos están correctamente reflejados en la matrícula.

—Perdone mi vehemencia, don Crisógono. Me doy cuenta de que me he pasado con el tono y que ha sido una descortesía por mi parte confundir su nombre.

—¡Está usted perdonada, señora! Entiendo cómo se siente alguien al que le cambian el nombre de la noche a la mañana. A mí me suele ocurrir a menudo.

Con el carné de identidad por delante, Eulalia acudió a secretaría, arrancó la fotografía de la ficha y rellenó una nueva estampando el nombre de Eulalia con letras mayúsculas bien grandes para que se leyera a la primera y de lejos. Dejó en blanco el estado civil porque a nadie le importaba saber si estaba viuda, casada, soltera, divorciada o vaya usted a saber, y la entregó en ventanilla junto al carné de identidad.

—Parece que don Crisógono no ha descifrado mi nombre y necesito que queden claros mis datos.

Y una vez que el funcionario selló la ficha debidamente corregida, salió de la facultad tan contenta. El sol brillaba con fuerza, los pajaritos cantaban a coro. Una mañana radiante la esperaba a la puerta para darle la bienvenida a una nueva vida.

Y Tiqui, que estaba esperando, hizo un aparte con ella y le dijo:

—Ese Crisóstomo, o como se llame, es un borde y un machista. Se notaba que quería ligar contigo. Tienes mi solidaridad. Yo también me he dado por aludida. Me pusieron Eutiquia por darle una alegría a mi abuela, que era de pueblo, para que no se perdiera ese nombre en la familia. Pero siempre me han llamado Tiqui. Cuenta conmigo si esto se repite.

—No creo que haga falta, pero no sabes cuánto te lo agradezco.

—Has estado de puta madre. Le has plantado cara y el tío ha tenido que achantarse. Si todas las tías fueran como tú, ganaríamos esta guerra contra los machistas.

—Muchas gracias, Tiqui, no sabes los ánimos que me dan tus palabras. Creía hallarme sola y ya tengo una compañera y amiga, si a ti no te parece mal.

—Es un lujo y una suerte para mí, que también estoy un poco perdida.

8

Abderramán encomienda a Elipando la educación de sus hijos

a siguiente clase de don Crisógono dio comienzo con su habitual tono periodístico:

—Noticia de España: el emir de Córdoba encomienda la educación de sus hijos a unos monjes cristianos. Desconcierto entre los musulmanes españoles. Es una noticia insólita, pero no podemos revelar nuestras fuentes. Puede ser falsa, pero es una información muy destacada y creará controversia, que es lo que andamos buscando. Elipando es nombrado arzobispo de Toledo y Eterio, obispo de Osma.

Luego se centró en explicar cómo Elipando, ayudado por Beato y Eterio, se convirtió en preceptor de los tres hijos de Abderramán I. En la primera lección que impartió Elipando a sus nuevos pupilos, y ante la presencia de Abderramán, que quería saber cómo procedería el religioso, les contó el relato del burro que llevaba el tesoro al emir. Don Crisógono adoptó el papel de Elipando asumiendo el relato, que adornó exagerando los gestos: hacía como que tiraba de una cuerda, daba coces a diestro y siniestro para regocijo de los alumnos, especialmente de Tiqui, que no podía tomar apuntes a causa de la risa y que empezó a ver al profesor de otra forma.

—Mola este tío… —le dijo a Eulalia al oído—. Y ya no me parece tan facha como aparentaba…

Don Crisógono empezó su relato de la misma forma que lo habría hecho Elipando varios siglos atrás y en el que participaban Beato y Eterio.

—Érase una vez tres sabios que tenían que llevar un tesoro a un emir —dijo Elipando—, pero solo tenían un burro, precisamente un onagro que, como deberíais saber, es un *Equus hemionus*, asno salvaje de pelo fino y plateado. Pronto llegaron a un río que solo se podía vadear a través de un estrecho puente de madera, pero el burro se resistía a cruzarlo. El primer sabio —salió Beato a escena— agarró su bastón y empezó a golpear al burro —Eterio adoptó el papel de burro—, este dio unos cuantos brincos —hizo que soltaba coces al primer sabio—, perdió las alforjas y dio con los tesoros en el suelo. Había despertado el odio del asno. El segundo sabio —Elipando se señaló a sí mismo— sujetó la cuerda del burro y le amenazó con un palo. El burro se alejó del puente todo lo que le permitía la cuerda, pero ni colaboró ni se enfrentó con el sabio. Este había despertado el miedo del burro. El tercer sabio —se señaló de nuevo— dejó el palo en el suelo, amarró la cuerda a un árbol para que no se escapara, pero dejó al onagro —apuntó a Eterio— beber agua del río y también pastar durante un rato. Después se acercó al burro —se aproximó a Eterio—, le dio unos besos en los carrillos y, mientras le acariciaba el lomo, le habló de esa manera: «¡Amigo mío! Tenemos que cruzar este puente, si me obedeces y te portas bien, te dejaré pastar a tu gusto, beberás agua y tendrás al otro lado una buena ración del forraje que más te guste…». El asno echó a andar, atravesó el puente con el tercer sabio pegado a su cuerpo y se fueron tan contentos a la ciudad con el tesoro para el emir, porque el sabio se había ganado el cariño del asno.

Después aparecieron en escena Suleimán, Hisham y Almóndzir, por este orden. Convenientemente disfrazados de sabios, los hijos legítimos del emir subieron primero juntos y después de uno en uno a lomos de Eterio, que hizo todo el tiempo de pollino. Se bamboleó. Rebuznó que daba gusto oírle. Dio algunos saltos. Hizo que soltaba coces a diestro y siniestro. Amagó con lanzarles por la cabeza, pero teniéndoles bien sujetos con las manos, e hizo todo lo necesario para entretener a los niños, poniendo mucho cuidado en sus bamboleos para no lastimarlos si caían al suelo. Al final de la representación, los tres se sentaron en una alfombra desplegada en el suelo y Elipando recitó la moraleja del cuento.

—El primer sabio despertó el odio del burro, que se negó en redondo a obedecer. El segundo sabio suscitó el miedo del animal y no logró que se moviera de su sitio por más que tirase de la cuerda. Pero el tercer sabio dejó comer y beber al jumento; con sus promesas y caricias se ganó la simpatía del animal, que le acompañó de inmediato a lo largo de todo el puente. La lección que debéis extraer para cuando tengáis responsabilidades de gobierno es la siguiente —prosiguió Elipando—: los reinos son de Dios, que los da y los quita a quien quiere. Haced justicia igual a pobres y ricos; sed benignos y clementes con todos los que dependan de vosotros, que todos somos criaturas de Dios. Castigad sin compasión a los ministros que opriman a vuestros pueblos y no os canséis de granjearos la voluntad de vuestros vasallos, pues en su amor consiste la seguridad del Estado; en el miedo, el peligro y el odio, su ruina cierta.

—Todos los cuentos tienen un significado —explicó don Crisógono—. Resumamos el episodio para extraer todas las lecciones que se derivan de aquella sibilina puesta en escena de Elipando: las dos orillas eran la religión cristiana y la mahometana, el río que los separaba era la divinidad de Jesucristo. El puente era el adopcionismo, el tesoro del emir era tener un reino unido y pacificado. Abderramán o sus hijos necesitaban un sabio y un asno para facilitar el tránsito por el puente. Abderramán supo esperar un tiempo para confirmar, a través de la educación de sus hijos, que Elipando era el hombre que precisaba para pacificar Toledo y aprovecharse de las divisiones de los rebeldes cristianos, que se habían refugiado en las montañas del norte.

»Os preguntaréis si tuvo algo que ver Abderramán en el nombramiento de Elipando como arzobispo de Toledo. Sería muy interesante conocer la respuesta, porque ahí está la solución al enigma de Beato y los beatos. Si no lo nombró él mismo, al menos tuvo que dar su beneplácito. Era lo usual con los reyes visigodos, y como emir era la máxima autoridad civil en la parte de la península que gobernaba. Por ello, me atrevo a afirmar que cuando se quedó vacante la silla toledana por el fallecimiento de Cixila, Abderramán dio su aprobación para que Elipando se encargara de la sede toledana. Una vez ocupada la silla episcopal, Elipando se dedicó con todo su entusiasmo a hacer proselitismo de su "innovación teológica", pero eso llevaba mucho trabajo, y por ello tentó a muchos clérigos para hacerlos adeptos a la causa adopcionista, situándolos en puestos clave para construir una estructura jerárquica de poder con él mismo, como primado de Hispania, en el vértice de la pirámide, ayudado por unos cuantos obispos con los que pretendía cambiar de modo astuto y sutil el andamiaje doctrinal de la Iglesia peninsular, la mozárabe y, sobre todo, la del reino de Asturias.

Don Crisógono hizo una pequeña pausa para tomar aliento al tiempo que miraba a sus estudiantes, que, atentos, no perdían palabra de lo que decía. Luego, prosiguió aquel fascinante relato que tenía a los alumnos del seminario con los ojos como platos.

—¡Tenemos que exterminar a los herejes! —había dicho el arzobispo a modo de amenaza a los que no se plegaran a sus intereses. A Beato y Eterio les había ofrecido hacer valer sus influencias para que ocuparan las sillas episcopales de Oviedo y Osma, que les había prometido con lisonjas. Pero ambos querían escapar al reino asturiano lo antes posible. Sabían que el arzobispo estaba extendiendo sus tentáculos por las tierras del norte, aunque, antes de presentar batalla, tenían que pertrecharse argumentalmente. Elipando sabía que el miedo guarda la viña, y aunque los conocía bien y no se fiaba de ellos, esperaba ganarlos para su causa. En cuanto le nombraron arzobispo de Toledo, tuvo que dedicarse a pacificar la ciudad y la diócesis, y para no perderle de vista, nombró a Beato adjunto de la dirección de la Escuela de Teología. Pero a Beato no le gustó nada que insistiera especialmente en predicar como dogma de fe la doctrina adopcionista, que tanto para él como para algunos obispos era claramente una herejía. Para preparar la pedagogía de tan espinoso asunto y estudiar a fondo lo escrito al respecto por los padres de la Iglesia, Beato exigió tiempo y la ayuda y colaboración de Eterio, y actuó con disimulo para tener más margen de maniobra.

—Nosotros somos dos simples clérigos —se desesperó Beato usando a Eterio de paño de lágrimas—. No tenemos autoridad. La silla episcopal de Oviedo va para largo. Yo le he rebatido sus argumentaciones y le he avisado con cierta vehemencia de que corre peligro de condenarse eternamente y, por eso, de mí ya no se fía. A mí se me nota demasiado que no comulgo con su doctrina. No lo puedo remediar. Tú eres más dócil y disimulas mejor. Necesitamos que consigas la diócesis de Osma para tener alguna influencia.

—Mientras tanto, ¿qué hacemos? —preguntó Eterio.

—Trabajar muy duro y con mucha fe, apoyándonos en el Apocalipsis, que se refiere a menudo al Anticristo y es un libro de obligada lectura para los clérigos, pero difícil de entender para los no iniciados. Lo haremos buscando el apoyo de las más altas autoridades en cuanto a la doctrina de la Iglesia se refiere, y son nada menos que los santos padres de la Iglesia, con san Gregorio Magno, san Agustín y san Isidoro a la cabeza, porque sus textos, al respecto de la filiación de Cristo, los tenemos a nuestra disposición en la biblioteca de la catedral. Pero tenemos que recopilarlos.

—¿Eso es todo?

—Solo el principio, porque tendremos que dejar claro que los herejes son los testículos del Anticristo, de cuyo semen es engendrada la perversa prole que es copulada en la boca del Anticristo.

—Es muy fuerte lo que dice su reverencia. Espero que no lo ponga por escrito.

—No te lo tomes al pie de la letra. Solo lo haremos cuando estemos a salvo y no quede más remedio que decir bien a las claras que Elipando es el testículo del Anticristo.

—¿Cómo transportar por tierras de moros, desde Toledo hasta Liébana, una biblioteca con las obras de aquellos autores sin ser detenidos nosotros y robados o confiscados esos libros, si es que conseguimos hacernos con ellos, cosa nada fácil? —preguntó Eterio desolado.

—Pues muy sencillo, querido hermano. La escritura es sierva de la memoria. Los llevaremos escondidos en lugar seguro al que nosotros tengamos acceso inmediato y donde nadie los pueda descubrir.

—¿Dónde se halla tan milagroso escondrijo?

—De sobra lo sabes, hermano. En los recuerdos, y los llevaremos en el corazón, que es el cofre en el que se guardan las caricias de nuestras madres, los regalos de nuestros abuelos y también los tesoros de nuestra sabiduría, para que no nos los robe el olvido. El saber verdadero es el que está custodiado en lo más profundo de nuestro corazón. Ahí es precisamente donde descansa la memoria que, aunque parezca adormecida, siempre debe estar en guardia, presta a sacar al exterior el documento que se le solicita.

Don Crisógono contaba la historia como si la hubiese presenciado él mismo, pero ese esfuerzo le fatigaba. Tomó unos sorbos de agua de su botella, hizo una pausa para recobrar el aliento y continuó:

—Lo que planteaba Beato era similar a lo que hacían los protagonistas de *Fahrenheit 451*, cada uno de los cuales se había aprendido de memoria un libro para que no se perdiera su contenido. Solo que aquí, los dos disidentes, en vez de libros enteros en el corazón, se llevarían fragmentos significativos de textos para pegarlos todos en uno nuevo lleno de ilustraciones entreveradas con comentarios. Antaño casi nadie sabía leer y los libros eran objetos muy valiosos que debían guardarse en el corazón, que era el órgano de la memoria para ellos. Volvamos con Beato y Eterio si les parece.

—¿No pretenderéis que nos aprendamos de memoria las obras de los santos padres? —preguntó Eterio—. Para ello haría falta un ejército de avezados lectores.

—No te alarmes, hermano. Nos bastamos nosotros si hacemos previamente la selección de lo que viene al caso, que es lo que de verdad importa. Tendremos que aprendernos de memoria las citas de esos santos varones que afirman taxativamente que Cristo es hijo verdadero y propio de Dios, no adoptivo. Para mayor garantía lo llevaremos todo bien ordenado en dos libros vivos, por si cualquiera de ellos se pierde, se estropea o nos lo roban. —Al ver que Eterio ponía cara de extrañeza, Beato explicó—: Esos libros vivos somos tú y yo, y bajo ninguna circunstancia podemos poner en peligro nuestras vidas. Tampoco perder la llave del armario ni dejar que se oxide la cerradura, por lo tanto, tenemos que probarla a menudo y ejercitarnos mutuamente en el uso de la llave maestra.

—¿Cómo haremos para proteger la historia que se quiere guardar?

—Es necesario dar tres pasos. El primero es la *divisio,* hay que trocear la materia que se estudia en pequeñas unidades. En el segundo paso, la *locatio,* hay que colocar cada fragmento en el lugar que le corresponde para saber siempre dónde encontrarlo. Y en tercer lugar la *collatio*: cogeremos una a una las piezas para ir pegándolas y recomponer la información cuando la necesitemos.

—Lo que proponía Beato —aclaró don Crisógono— era hacer un sencillo corta y pega, tan socorrido hasta hace poco con tijera, papel y pegamento, y tan fácil, como todos ustedes saben hacer hoy en día en sus ordenadores. —Miró el reloj y concluyó—: Qué duda cabe que si nos buscamos frases cortas como eslóganes y nos apoyamos en elementos que faciliten la asociación de ideas, sensaciones o de emociones para contribuir al recuerdo, facilitaremos la recuperación del mismo. La musicalidad, las rimas, las canciones, la versificación son elementos auxiliares de gran eficacia para recordar. Por todo ello, Beato y Eterio tenían que estar cerca el uno del otro a la hora de memorizar para tomarse la lección mutuamente, y reunirse para recitarlo de corrido en la *collatio.* Además, tengo la impresión de que, salvando las distancias, Beato y Eterio formaban un equipo similar al de Moisés, que tenía serios problemas de pronunciación y necesitaba a su hermano Aarón a su lado para que hiciera de intérprete. En una palabra, que Beato era tartamudo, vaya.

Había terminado la clase, recogido sus papeles, tenía en la mano la cartera y aunque hacía ya el ademán de marcharse, se resistía más que el burro de Eterio a la hora de cruzar el puente. Algo le retenía en el aula, que ya habían abandonado todos los estudiantes, salvo Eulalia, que se había quedado haciendo en caliente un croquis de la parábola del tesoro del emir, dibujando el burro, el puente y el río mediante un esquema de la situación de los personajes, explicitando su papel y significado en la historia.

—Eso está muy bien, Eu-la-lia —exclamó don Crisógono a su espalda, enfatizando las sílabas de su nombre—. Está haciendo usted un beato… con el mismo afán de síntesis que ponía Beato en su *Comentarios*. Un breve texto, sencillo de aprender y recitar en los sermones, y un dibujo explicativo de gran claridad y significado. Se ve que se ha tomado muy en serio este seminario. Va usted a por nota.

Eulalia no lo pudo remediar y su rostro se convirtió en un campo de amapolas, pero imaginó al profesor como el burro que no se atrevía a cruzar el puente. «Es un tímido», pensó, reaccionando de inmediato, porque veía a aquel hombre muerto de vergüenza.

—Le felicito, don Crisógono. La metáfora del burro, el puente y el río me ha parecido genial. ¿Cómo se le ha podido ocurrir una parábola tan sencilla y tan ilustrativa para explicar el conflicto que suponía la doctrina del adopcionismo?

—Pues dándole vueltas a la cabeza para ponérselo fácil a ustedes, porque reconozco que el asunto de naturaleza teológica puede resultarles muy aburrido. Esto de la teología es para especialistas que no tengan otra cosa que hacer… Pero, mire usted, en la Edad Media los misterios de la religión y las creencias marcaban las diferencias entre los pueblos y también las costumbres, les tenían muy entretenidos, como a nosotros la escritura y la mayor parte de la historia del arte, que se basan en la explicación de los mitos, empezando por los idolillos de las culturas primitivas… Eso es lo que quiero que entiendan ustedes para que puedan moverse a sus anchas en el caudaloso río de la vida.

Mientras esto ocurría, Tiqui, desde la puerta del aula, le hacía señas a Eulalia de que cortara.

—No sabe cuánto le agradezco el esfuerzo que hace para explicarnos los misterios de la religión de esta forma tan amena, pero si me disculpa…, el próximo día hablamos un rato más largo… Me están esperando las compañeras a la puerta. —Eulalia se dio cuenta de que el profesor buscaba palique porque no se movía del sitio; ella se levantó, cerró la carpeta y echó a andar—: La verdad, don Crisógono, es que este seminario suyo es muy interesante, y usted lo hace tan divertido que venimos a sus clases con mucho gusto. Me habían dicho que era usted escritor, pero veo que es también un consumado actor. No estoy muy versada en teología y yo temía tener que dejarlo porque no entendería nada de nada, pero ha ocurrido todo lo contrario y estoy totalmente enganchada a las clases. No sabe usted cuánto se lo agradezco.

—Me llena de satisfacción lo que me dice porque se nota que le sale del corazón, máxime teniendo en cuenta que en los tiempos que corren, por mucho que se esfuerce uno, lo suyo es la excepción y no la regla. Hasta la próxima clase.

Eulalia se despidió con una amplia sonrisa que al profesor le supo a gloria.

—Parece un cura —le dijo Tiqui—, pero salta a la vista que este tío está colado por ti. Y ya no lo disimula. Ándate con cuidado, que a lo mejor viene buscando la dote.

A Eulalia le dio una risa tonta y no supo qué contestar a su amiga, que preguntó:

—¿Te importaría que fuéramos a la cafetería y mientras me como un bocata me explicas unas cuantas cosas que no he entendido? Sobre todo, lo de la *divisio*, la *locatio* y la *collatio*. Parece un trabalenguas.

—Lo acaba de decir él mismo. ¿En qué estarías pensando? Es un sencillo corta y pega, pero sabiendo dónde hay que almacenar lo que se corta, para poder encontrarlo a su debido tiempo.

—Eso de la memoria es un galimatías. Yo me pierdo en la *divisio*. ¿Dónde corto y con qué pego?

Aunque podía ser la abuela de la muchacha, a Eulalia le encantaba ese encuentro con Tiqui para, con el pretexto del bocadillo, hacer los «comentarios» a las lecciones de don Crisógono. Pensaba que era una suerte haberse echado una amiga porque, además, le permitía repasar los apuntes cuando estaban todavía vivos, y así memorizaba mejor los conocimientos adquiridos en la clase.

—¿De qué va el rollo ese del hijo verdadero y propio o hijo adoptivo de Dios?

—¿Te sabes lo del misterio de la Santísima Trinidad? Lo del Padre, el Hijo y el Espíritu Santo. Amén.

—Eso es lo que dice la gente cuando se santigua. Pero ¿qué más les daba a Beato y a Elipando que fuera hijo natural o adoptado por Dios?

—Claro que les afectaba. El adopcionismo era un truco de Elipando. Lo dice claro la moraleja que ha contado don Crisógono —comentó mostrándole el dibujo—. Si los cristianos, a través de esa doctrina, aceptaban que Jesús solo era hijo adoptivo de Dios y pasaban por encima del río cruzando el puente, las dos religiones se parecerían mucho más. Pero Beato y Eterio tenían fe, lo que quiere decir que creían firmemente en los dogmas del cristianismo. Como eran clérigos cristianos, ese asunto era la clave de la bóveda de su religión, que consiste en creer que Dios se hizo hombre en la persona de Jesucristo, que murió para salvarnos y que al tercer día resucitó y nos prometió que resucitaríamos como él, que nos estaría esperando en el reino de los cielos, cosa que solo podría hacer si era el Hijo verdadero de Dios.

—¿Y eso es lo que cree la gente que va a la iglesia?, porque yo de eso no tengo ni la más remota idea. Ni estoy bautizada ni sé mucho de religión, y la iglesia solo la piso para bautizos, comuniones, bodas y funerales. ¿Y tú?

—Algo parecido hago yo, pero en mi familia eran muy creyentes y me educaron en un colegio de monjas, y aparte de Historia del Arte nos enseñaron la historia sagrada y dábamos religión, mucha religión, misas, rosarios y eso. Te lo puedes imaginar. Y ya que hablamos de ello, perdona que te diga, Tiqui: si estás estudiando Historia del Arte, te convendría aprender un poco de la religión, sobre todo por la iconografía, máxime estando en Valladolid. Tienes que ver las procesiones de Semana Santa. Están llenas de escenas de la pasión y muerte de Jesucristo. Yo te puedo acompañar y te cuento lo que representan. El arte, en nuestra cultura, ha sido religioso por encima de todo. Durante siglos, la Iglesia ha dado trabajo a los mejores artistas, y no solo en arquitectura, encargándoles catedrales, sino también en pintura y escultura, como la Capilla Sixtina o el Moisés, que se los encomendó el papa Julio II al gran Miguel Ángel, que hizo la mayor parte de los encargos de ese papa y todos ellos eran sobre tema religioso. Beato era un clérigo cuyos *Comentarios,* copiados e iluminados durante cinco siglos, van a ser la única asignatura de este seminario. Todo lo que nos cuenta don Crisógono gira alrededor del bien, del mal y de la otra vida.

Tiqui era una chica extraña para Eulalia. Ignoraba los cimientos y principios de la religión católica y pretendía hacer historia del arte en España, martillo de herejes, luz de Trento, espada de Roma, cuna de san Ignacio, cosas de las que la chica no tenía ni idea, e incluso a veces se las tomaba a chacota, pero acudía a clase siempre que podía y se bebía las explicaciones del profesor. Eulalia no pudo reprimir su curiosidad.

—Si no es indiscreción, ¿tú de dónde vienes? ¿Por qué estudias Historia del Arte?

—Soy de la provincia de Soria. Y el arte me parece lo más. No entiendo mucho, pero me gusta pintar…, dibujar, recortar… Me gustaría ser diseñadora, o algo parecido. Hacer grafitis, cómics, carteles. Yo qué sé… Podía haber hecho Bellas Artes, que he dejado para más adelante, ahora prefiero entender.

—¿Entender qué?

—Entender al hombre y el mundo este. Si hemos sido capaces de hacer y conservar cosas maravillosas, ¿cómo podemos ser tan necios de contemplar impasibles la destrucción de esta casa nuestra que es la Tierra? ¿Por qué seguimos con las guerras y no paramos el desastre medioambiental que estamos provocando con nuestra forma de vida? ¿Es este el mundo que nos dejáis en herencia? Eso me pregunto a diario cuando veo la velocidad con que nos dirigimos al desastre. ¿No te parece una necedad que enviemos naves de observación a lugares remotos del espacio y no seamos capaces de poner los pies en el suelo y cambiar el rumbo de nuestras vidas? Decía un profesor del instituto que solo el necio confunde valor y precio. Yo creo que damos valor a lo que no lo tiene y que por ello tendremos que pagar un precio muy alto. Tan alto que puede ser el precio de nuestras vidas y de la vida de nuestro planeta.

—¿Y tú qué haces para evitarlo?

—De momento, ando en bicicleta, controlo el gasto de la luz y procuro evitar los plásticos, no fumo, reciclo y no tiro papeles al suelo. Por algo se empieza. También me manifiesto cuando voy a Madrid y me pinto las tetas para protestar montando un pollo. ¿Te parece mal? Y ya que me has preguntado a mí, ¿qué haces tú al respecto?

A Eulalia le pilló por sorpresa la pregunta y no le quedó más remedio que ser sincera con la respuesta.

—Mira, Tiqui, lo que haces no me parece mal, al contrario. Si yo tuviera tu edad, puede que hiciera lo mismo, pero, de momento, mi preocupación es tenerme en pie. Aunque no tengo hijos, me he quedado viuda hace poco y en Valladolid no puedo salir con las tetas al aire porque me conoce mucha gente de la consulta de mi marido y se iban a partir de la risa si me vieran en las fotos de *El Norte de Castilla*. Estoy sola y todavía no sé muy bien qué hacer con mi existencia. Pero aquí me tienes, con vosotras las jóvenes, intentando aprender a vivir una nueva vida en lo que me quede de esta. Y, para empezar, voy a arreglar una casita medio en ruinas en Liébana para estar cerca del Beato y de las cenizas de mi marido, que acabo de dejar en el camposanto de Potes contemplando el amanecer, mirando a los Picos de Europa.

—Yo nunca he estado en Liébana y me gustaría conocerlo. Si no te importa, te acompaño un día que vayas y así no se te hace tan pesado el viaje.

—¿Vendrías conmigo a Liébana?

—Me encantaría conocer esa parte de España y sobre todo tu casa. Podría ayudarte a arreglarla un poco.

—Falta le hace porque está medio en ruinas.

—¿Tiene tejado?

—Claro, aunque con goteras, pero tiene puerta con cerradura, ventanas con cristales y una balconada muy mona mirando a los Picos de Europa. Mi marido la compró antes de morir, pero me ha costado casi un año ponerme a mirar la escritura de la casa.

—No se hable más del asunto, que se me ponen los dientes largos. A la primera ocasión que se presente, nos vamos a Liébana para inaugurar tu mansión.

—No te vuelvas atrás, que te tomo la palabra.

EL TERCER SELLO

CUANDO ABRIÓ EL TERCER SELLO,
OÍ AL TERCER VIVIENTE QUE DECÍA:
«Ven». Vi salir un caballo negro y su jinete llevaba una balanza
en la mano. Oí una voz que salía de entre los cuatro vivientes:
«Se vende una ración de trigo por una moneda de plata
y tres raciones de cebada también por una moneda de plata,
pero no hagas daño al aceite ni al vino».

9

Habitando con Tiqui
la casita de Potes

omo Eulalia deseaba acometer cuanto antes la reha-
bilitación de su casa, llamó al ayuntamiento de
Potes para enterarse de los documentos que necesitaba para conseguir la licencia y si había algún
tipo de subvenciones para esa clase de obras.

«Depende de si es obra mayor u obra menor; en todo caso,
le recomendamos que busque a un arquitecto que inspeccione el
edificio, evalúe las patologías, levante los planos, que siempre
es de mucha utilidad disponer de ellos, sobre todo por la estructura y las instalaciones, y prepare un expediente de solicitud
como Dios manda. Porque esos edificios tan antiguos suelen dar
muchas sorpresas. Si no tiene ningún arquitecto de su confianza, puede llamar al Colegio de Arquitectos de Cantabria y le fa-
cilitarán un listado de los colegiados que viven en Potes».

La amable contestación del funcionario cambió sus planes. Aquello era más complicado de lo que ella había imaginado al principio, pero se dio cuenta de que tenía que aprovechar muy bien los viajes porque, en caso contrario, todo se iría retrasando. Decidió recurrir a don Exuperio y le llamó para preguntarle por algún arquitecto de su confianza y por un constructor que limpiara aquello a fondo e hiciera las reparaciones más urgentes para dejar su casita mínimamente habitable.

—Arquitecto tengo uno que ni pintado, y lo del maestro de obras está difícil porque aquí en Liébana están muy solicitados, pero estoy seguro de que, si yo se lo pido, Gaudencio se ocupará de adecentar la casa por tratarse de usted.

—A ver si hay suerte y tengo la casa mínimamente habitable cuando llegue, aunque solo sea para pasar un rato charlando en ella.

—Haremos lo que podamos, Eulalia, que yo no estoy para muchos trotes. Son muchas cosas las que me pide usted en una sola llamada. Milagros no podemos hacer todos los días, pero de vez en cuando lo intentamos.

Al cabo de dos semanas, aprovechando los días que no había clase, Eulalia decidió viajar a Potes de nuevo. Recogió a Tiqui cuando amanecía. Ella, que apenas conocía Cantabria, exclamó:

—¡Qué bien que me lleves contigo de excursión! Ahora que estoy en Valladolid aprovecharé para viajar todo lo que pueda, sobre todo al norte. Supongo que nos podremos quedar en tu casa, ¿verdad?

—Tendremos que ir a un hotel, porque la casa no está habitable, pero quiero meterme con las obras enseguida.

—¿Tan mal está? ¿No decías que tenía tejado?

—Tiene tejado, claro, pero con goteras. Lleva años deshabitada. Vete a saber cómo me la han dejado los sobrinos de la difunta tía de mi marido.

—Si tiene tejado, no te preocupes. He traído un macuto en la mochila y saco de dormir. Y por la comida tampoco, que no soy escrupulosa y como de todo. Te ayudo a dejar la casa en condiciones si nos arremangamos y nos ponemos tú y yo manos a la obra. Tenemos cuatro días por delante, ¿no? No te prives de darte el gusto de estrenar tu casa hoy mismo.

—Te lo agradezco mucho, Tiqui, pero no te he invitado para tenerte todo el día trabajando, que viajamos para disfrutar.

Tres horas de viaje dan para mucho. Y el encierro en un coche es propicio para las confidencias. Tiqui era charlatana y franca hasta decir basta. De momento, vivía con una hermana de su madre, empleada del ayuntamiento, casada con un policía nacional, pero estaban un poco apretados y ella tenía que dormir en un sofá cama. Buscaba habitación por no molestar y porque quería ser independiente. También le contó que ahora no tenía novio. Tuvo uno que trabajaba en la Renault y lo dejaron porque solo la quería para ir con ella a la cama a todas horas, y como ninguno tenía cama propia, se lo hacían en el coche, y eso no puede ser más incómodo. Los chicos de Valladolid le parecían muy finos. Le dijo que ella trabajaba en lo que le salía, un poco a salto de mata… No hacía falta tirarle de la lengua y, como le daba muchos detalles de su vida, a Eulalia le entró preocupación. «¡En buen lío me he metido con esta chica! —pensó—. ¡Madre mía, esta le cuenta a toda la clase que tengo una casa en Potes!».

Con la cháchara y los bocadillos que había preparado ella, el viaje se les hizo corto. El aparcamiento estaba casi vacío, se detuvieron justo enfrente de la funeraria de Ceto, que, ya se había enterado por don Xuper, era también el dueño de la ferretería contigua. Eulalia entró a saludarle.

—Todavía está por aquí. Se ve que le ha gustado Liébana —le dijo Ceto sonriendo.

—Me ha gustado tanto que ya estoy otra vez de vuelta, y me he traído conmigo a una amiga. ¿Qué le parece?

—Es lo mejor que pueden hacer. Aquí lo que nos hace falta es gente que venga a vivir y que tarde muchos años en morirse. Y se lo digo yo, que tengo una funeraria. ¿Vienen para mucho?

—Ya quisiéramos, pero el lunes tenemos que volver a Valladolid, que hemos de asistir a clase de nuevo en la universidad.

—Pues espero que usted y su amiga disfruten de unos días de vacaciones, aunque sean pocos.

—Ojalá —replicó Eulalia—. Aunque también venimos a trabajar. A ver si conseguimos acondicionar una casita que tengo, y vamos a necesitar cachivaches, menaje del hogar y unas escobas y fregona, y a lo mejor hasta una nevera y algunos electrodomésticos.

—Aquí tenemos de todo y estamos para servirlas en lo que haga falta. Ya lo sabe usted por su experiencia con nosotros. Aunque nos ponemos más contentos ayudando a acondicionar casas que nichos del cementerio.

Se despidieron y salieron de la ferretería muy contentas por las facilidades que les había dado Ceto.

Eulalia había quedado en la puerta de la casa con Gaudencio, que se había ocupado de dejarla habitable por encargo de don Xuper. El cambio era espectacular y tanto el interior como el exterior estaban irreconocibles. Aparte de quitar todas las telarañas que había en la visita anterior, habían hecho limpieza a fondo, barrido y fregado los suelos. El personal de Gaudencio había sustituido las viejas bombillas y colocado en su lugar otras más luminosas. Habían puesto tiestos de geranios y begonias en los alféizares de las ventanas y jardineras con tomillo, romero, lavanda y salvia en la balconada del exterior. Y, a modo de centinelas, a nivel de calle, sendos tiestos de gran tamaño con laureles muy crecidos flanqueando la puerta de entrada de la casa. Se notaba que habían regado puntualmente flores y plantas. Tiqui le guiñó un ojo a Eulalia y levantó los pulgares.

También habían colocado una vieja alfombra en el zaguán. Habían lavado a conciencia una mesa de comedor y las sillas, que eran seis, cada una hija de su padre y de su madre. La cocina disponía de una cacharrería de barro en una alacena y el hogar tenía morrillos, fuelle y paleta...

—Está todo precioso, lo han dejado de museo. Se habrán matado a trabajar —se maravilló Eulalia, que no le quitaba ojo a Tiqui para ver qué cara ponía.

—Está de puta madre, tía. Hasta tiene agua corriente. ¡Hazme caso! Nos podemos quedar aquí. Le damos un repasillo y compramos una regadera para las plantas; toallas, jabón y papel higiénico y unas botellas de agua y también unos vasos de cristal. No tenemos colchones, pero podemos comprar un saco de dormir y una colchoneta para ti. Yo los traigo en el macuto y podemos dormir en el suelo...

—Hemos retejado la casa por encima para que no haya goteras —informó Gaudencio—. En cuanto pueda, le conviene reparar a fondo el tejado. Verá que en el interior lo hemos dejado todo tal cual estaba, con el mobiliario que tenía, porque es antiguo y tiene su gracia, y por si quiere celebrar algo con los amigos. No le dé apuro ir al piso de arriba, porque hemos apeado bien la escalera, que estaba un poco pachucha, así puede asomarse a la solana y comprobar cómo los Picos de Europa la saludan por la mañana en cuanto la vean, y cómo la acompañan por la tarde cuando se pone el sol. Las camas son antiguas, pero todavía sirven. Necesitan colchón y lencería. Hay un retrete con ducha y lavabo de los de después de la guerra. Los hemos probado y funcionan todavía, porque el inodoro traga. A todo le han metido estropajo y lejía, también hemos tenido la casa ventilando todo el tiempo.

Gaudencio las acompañó en un recorrido pormenorizado por la casa, las dejó instaladas a sus anchas en la balconada y se marchó. Al cabo de un rato, vieron a don Exuperio, que, renqueando un poco y apoyándose en el bastón, se dirigía hacia allí. Tiqui estaba deseando conocerle porque Eulalia le había contado con pelos y señales la aventura de la segunda venida de Cristo en Santo Toribio. Bajaron rápido para recibirle.

—¡Dios bendiga cada rincón de esta casa! —exclamó cuando traspasó el umbral de la puerta, que habían dejado abierta exprofeso para que ventilara y se calentara con los rayos del sol.

—Dios les bendiga a usted y a Gaudencio, que con su gente ha dejado esto como los chorros del oro.

—Bien, bien, bien. Veo que hemos traído compañía. Hace usted bien, Eulalia. Así no se duerme en el coche. ¿Es hija o sobrina suya?

—¡Qué más quisiera, don Exuperio! Es otra alumna de don Crisógono que viene conmigo para conocer Liébana. Se llama Eutiquia, pero la llamamos Tiqui.

—Buena compañía. Hace usted muy bien viniendo, señorita. Le gustará mucho esta tierra. Ya tenemos arquitecto y encargado para la obra, los dos son de toda confianza. Así que solicitemos licencia; después… manos a la obra.

—No tan deprisa. Primero que levanten los planos; me los envían para que los estudie, y cuando sepa bien lo que quiero, se lo cuento al arquitecto y él me dice lo que le parece, o al revés.

—Ustedes tendrán que comer en alguna parte.

—Donde usted nos diga, don Exuperio.

—Vamos primero a Los Llanos, cerca de Cosgaya. Así les puedo enseñar sobre el terreno qué fue lo que impidió a los musulmanes la conquista de toda la Península Ibérica. En el norte llueve mucho y, al ser tan montañoso, es muy propicio para las emboscadas, si no que se lo pregunten a Roma, que no podía con los cántabros y tuvo que venir Augusto a someterlos. En la *Crónica de Alfonso III*, del 880, se narra que, tras la derrota de Covadonga, uno de los dos cuerpos en que se dividió el ejército musulmán se dirigió a los lagos y después sus tropas descendieron hasta el Cares; desde este río tuvieron que subir a los puertos de Amuesa y, por una pronunciada ladera, bajaron a la tierra de los lebaniegos por el collado de Cámara, pero al atravesar una cumbre situada junto al río Deva, en el lugar llamado Cosgaya, los atónitos fugitivos de Covadonga fueron lan-

zados al río y aplastados por el derrumbe de una parte de la ladera del monte Subiedes.

Subiedes, peña fragosa,
sobre los moros cayó,
a los cristianos salvó.
Ved qué cosa milagrosa.

Tiqui estaba asombrada de las cosas que sabía don Exuperio y ponía toda su atención tratando de memorizar aquella información.

Aparcaron en la margen derecha del río Deva, junto al caserío de Los Llanos. Don Exuperio estaba eufórico.

—Aquí la leyenda y la historia se hacen realidad. Este es el lugar que señala la *Crónica de Alfonso III*. Veréis que hay un vacío en la ladera del monte Subiedes, que cambia la dirección y la pendiente del río Deva. Se aprecia perfectamente que piedras de gran tamaño se amontonan en la base del acantilado y llegan hasta la otra orilla del río. Además, el arroyo que estaba encajonado arriba se precipita en forma de cascada desde una altura de ciento setenta y cinco metros. Eso significa que el derrumbe se llevó consigo el arroyo que lo coronaba. En mi modesta opinión, unas lluvias torrenciales reblandecieron las tierras de la montaña y socavaron la base del monte. La caída de este formó una presa que desvió el cauce de un Deva muy crecido y embravecido, cuya riada destruyó el campamento de los musulmanes.

Estuvieron inspeccionando y fotografiando el enclave hasta que don Exuperio interrumpió su tarea diciendo:

—Se nos va a hacer tarde, señoritas. Mientras les cuento el triste final de don Rodrigo, comerán divinamente un cocido lebaniego en el mesón del Oso, de Cosgaya, que está a diez minutos de aquí.

—Solo si tiene la bondad de acompañarnos.

—Lo haría de mil amores, pero el cocido lebaniego me lo ha prohibido el médico. Por la tensión…

—Si no es obligatorio, tomamos otra comida más llevadera. Así no nos dormimos y podemos conversar a nuestras anchas.

Una vez convencido el cura y ya en el mesón, don Exuperio siguió contando la historia durante el almuerzo:

—Los reyes visigodos no transmitían la corona de padres a hijos, sino que, cuando moría el rey, los notables, principalmente los familiares, elegían al sucesor. Es seguro que Witiza reinó hasta el 710. No cumplió los treinta años, es decir, que reinó poco tiempo y es muy probable que fuera asesinado. Le sucedió don Rodrigo, que fue elegido rey con el apoyo del clero y la nobleza. Supongo que habría más aspirantes al trono. No todos los nobles apoyaron a Rodrigo y tampoco le reconocieron en sus respectivos territorios. Un tal Agila II acuñó monedas en Cataluña y Languedoc, señal de que se proclamó rey en esos territorios. Se preguntarán cómo llegaron hasta aquí los musulmanes después de haber conquistado el norte de África a pesar de la resistencia de los bereberes. Pues hubo una desgraciada división entre los cristianos. En franca expansión por el Mediterráneo, los musulmanes veían la Península Ibérica al alcance de la mano desde el otro lado del Estrecho. Muza, gobernador del califato en el norte de África, envió a su lugarteniente Tarik a pescar en río vuelto. Se enfrentaron a don Rodrigo y los suyos en Guadalete, y se saldó con una estrepitosa derrota de los godos y la muerte del rey don Rodrigo. Tanto en las crónicas árabes como en las mozárabes se hace mención a una traición de los partidarios de Witiza, que abandonaron el combate al inicio con la esperanza de que los árabes volvieran sobre sus pasos una vez derrocado Rodrigo. Aquí paz y después gloria, pensarían. Pero murieron en la batalla o en otra posterior, en Écija, donde sufrieron otra derrota que dejó a los hispanos sin rey, sin ejército y descabezada toda la jerarquía visigoda. A los que sobrevivieron no les quedó más remedio que huir hacia el norte o claudicar, y por ello firmaron lo que les pusieron delante los vencedores. Estos se encontraron de la noche a la mañana siendo dueños y señores de la mayor parte de la Península Ibérica.

Don Exuperio hizo una pausa para atender a unos conocidos que se acercaron a saludarle, y cuando se marcharon continuó:

—En estos sitios nos conocemos todos. ¿Por dónde iba? Ya me acuerdo. Se adueñaron de la Península Ibérica.

Tiqui no se perdía palabra mientras el cura seguía contándoles historias de aquellas tierras y daban cuenta de la estupenda comida, que, aunque habían descartado el cocido lebaniego para no perjudicar la salud de don Exuperio, les supo a gloria.

Cuando estaban acabando, el sacerdote les propuso subir a Fuente Dé antes de que se les echara encima la niebla y les velara la visión de aquellas ciclópeas fauces de los Picos. Pero Eulalia estaba impaciente por estrenar su casa, no quería perderse la experiencia de ver anochecer y amanecer desde la balconada, ni el placer de regar las plantas a su vuelta, por eso no hubo postre e invitó a sus acompañantes a subir al coche con tiempo suficiente para regresar a Potes y comprar en la ferretería de Ceto la regadera y demás utensilios de la casa, y la colchoneta y el saco de dormir para ella misma.

La casa era especial y a ambas les daba buenas vibraciones. Tiqui tenía razón, dormir en una casa propia, aunque fuera en el suelo y en un saco de dormir, molaba mucho, y para Eulalia era una experiencia única, no cabía en sí de contenta, porque las vistas desde la balconada eran maravillosas. Allí se quedaron charlando hasta las tantas y ella pudo contemplar las estrellas, tal como hacía Beato desde la ventana de su celda en el monasterio de Turieno.

—Lo mejor que ha hecho don Crisógono ha sido recomendarnos a don Exuperio.

—Pues tú te lo has debido de ganar a las primeras de cambio. Mira que es atento y servicial, y ¡cuánto sabe! —se maravilló Tiqui.

—De aquí, de Liébana, y de Beato lo sabe todo, y como le caigas bien se desvive por ayudarte en lo que haga falta, dentro de sus fuerzas, porque ya tiene unos años —se mostró de acuerdo Eulalia.

—Solo se le nota cuando anda, porque de cabeza no puede estar mejor.

—Es cierto, pero se le ha atragantado don Crisógono, porque todos los años envía a los participantes del seminario en busca del beato perdido y eso le saca de quicio. Considera que es una tomadura de pelo para ellos y un trastorno para él y para los guías de las iglesias, que están hasta el gorro de nosotros. Que lo sepas para que no lo menciones ni en broma —le recomendó Eulalia a su amiga.

Poco a poco se fueron apagando las luces de la población. La noche guardaba en silencio sus secretos para dejar todo el protagonismo a los astros colgados en el infinito. No había luna y se había adueñado de la noche el fulgor de las estrellas, palpitando a su aire en una bóveda recortada por el perfil de las montañas. Hacía muchos años que Eulalia y sobre todo Tiqui no veían de esta manera y con tanta tranquilidad el espectáculo del misterio del universo. Eulalia sintió de golpe que, junto con su casa, había tomado posesión del cielo y de la tierra. Una paz, una alegría y una felicidad como nunca había sentido inundaron su espíritu. Entonces una idea luminosa se apoderó de ella: «¡Qué misterio es este de la vida dentro de un universo que se contempla y se piensa a sí mismo a través de nuestros ojos! ¿No seremos nosotros la conciencia del universo?». Estaba segura de que siempre habría seres en alguna parte del mismo haciéndose la misma pregunta. «¡Qué gran suerte nos depara la vida ofreciéndonos el privilegio de hacernos esa pregunta a lo largo de los siglos!».

Debía de estar hablando en voz alta, porque Tiqui rompió el silencio:

—Esto es mucho mejor que lo de las estrellas de Cosmo-Caixa: respiramos aire puro lleno de aromas de los prados y los montes, escuchamos el silencio de la noche y además estamos viendo las estrellas en directo y sin interferencias. ¿No te parece que con su palpitar nos mandan señales de que hay vida más allá de la Tierra?

—Eso sería muy hermoso, pero hay algo mejor, Tiqui, hija mía. Somos las únicas espectadoras sentadas en este palco para asistir a estas horas, con ese fondo de montañas veladas por la noche, a un espectáculo proyectado y construido especialmente para nuestra contemplación y disfrute, ese espectáculo es el pálpito del universo y la respiración de las estrellas, o viceversa.

—Ay, Eulalia, no sabes la suerte que tienes. No me extraña que con estas vistas te pongas a filosofar. Da susto pensar dónde empieza y dónde termina. A lo mejor el universo, las estrellas y el mundo se terminan cuando se acaba la vida de cada uno de nosotros. Y todo vuelve a la nada o al vacío absoluto, como se quiera llamar. No puedo imaginarme lo que es eso. Porque ¿cómo puede haber vacío si hay espacio? Yo me pregunto, ¿de dónde sale toda la energía para mantener encendidas tantas luminarias y cuándo terminarán por apagarse? —musitó Tiqui con un temblor de voz—. ¿Cuándo se acabará todo esto?

—Beato de Liébana dijo que tendría lugar en la vigilia del día de la Pascua Florida del año 800 y convocó a los lebaniegos a esperar el acontecimiento en la explanada de su monasterio, pero ese día no ocurrió nada especial.

—Déjate de Beato y del año catapún y vayamos a lo que nos afecta directamente. Es muy bonito lo que dices, pero ¿no te parece una barbaridad que estemos alterando de modo irreversible el equilibrio de la naturaleza y que, al paso que vamos, acabemos con la vida en la Tierra en unas pocas generaciones? ¿No te preocupa que estemos cerrando para siempre los ojos que contemplan las estrellas haciéndose las preguntas que tú te haces? ¿Queremos obligar a que empiece de nuevo la creación del mundo para ver si, al cabo de media eternidad, seres parecidos a nosotros levantan la vista hacia las estrellas mientras se hacen las mismas preguntas que tú te planteas en esta balconada? Digo yo que si hemos comprobado que el coche sigue a toda velocidad y que con el rumbo que lleva por esa carretera terminará por estrellarse, ¿no crees que sería preciso frenar y cambiar la dirección cuanto antes e ir por una carretera más segura? ¿No te parece que ya va siendo hora de parar esta locura que nos lleva hacia la nada?

Eulalia no se esperaba unas preguntas tan sensatas y prácticas como las que le había formulado Tiqui, pero ya no eran horas de profundizar en ese asunto.

—Eso requiere de una larga conversación. Tiempo tendremos de tenerla más adelante. Hace un rato que ha empezado a refrescar. Si seguimos aquí hasta que amanezca, podemos pillar una pulmonía y mañana vendría don Exuperio a cantarnos los funerales. ¡Entiéndelo, Tiqui! Quiero disfrutar de esta casita y de este lugar por lo menos unos pocos años.

10

La visión de Eulalia
y el molesto ratón

 a casa llevaba mucho tiempo sin habitar y hacía un poco de frío. «¿Hará frío en el vacío? —se preguntaba Eulalia—, porque las casas vacías están siempre frías. A mí no me cabe el vacío en la cabeza. ¡Qué maravilla la visión que hemos tenido de las estrellas en la balconada de mi casa! ¿Qué visión tuvo san Juan antes de escribir el Apocalipsis? ¿Qué vio Beato antes de iluminar su libro? Porque en los beatos hay muchas estrellas pintadas, y son preciosas. ¿Y qué veían en el *Comentarios* los nobles y clérigos que se entretenían ojeándolo?».

A Eulalia le costó tiempo conciliar el sueño porque nunca había dormido en un saco y las estrecheces de este le agobiaban; se sentía atada de pies y manos, pero, sobre todo, tenía miedo de los ratones que corrían en el desván. Por su cabeza corrían también las estrellas cuando, estando su alma sosegada, se quedó en una apacible duermevela; pensó en las estrellas y en el vacío, renunció al intento de dormirse a la fuerza y de preguntarse si estaba dormida o despierta. Se olvidó de sí misma y dejó de recordar, de entender y de desear. Debía de estar despierta porque se daba cuenta de que Tiqui no daba señales de vida. Se acordó de Beato y le imaginó contemplando el firmamento como habían hecho ellas dejándose guiar por el palpitar de las estrellas. Al poco empezó a respirar acompasadamente con una paz y una bonanza como nunca había sentido y lentamente iba entrando en su propio interior, llevando la energía de su respiración a lugares que le eran familiares, pero en los que creía no haber estado nunca jamás. Sin darse cuenta, se encontró siendo la observadora y la observada; ella misma y la otra. De vez en cuando, respiraba profundamente y percibía que ella era la respiración y la que respiraba, pero no dejaba de oír las carreras de los ratones allá arriba sobre su cabeza, y eso la distraía y la incomodaba. Cuando el ratón descansaba, volvía a meterse dentro de la respiración y se relajaba profundamente. En la retina de su cerebro seguía palpitando el cielo estrellado que acababa de contemplar y le daba la sensación de que el firmamento habitaba dentro de ella...

Al cabo de unos minutos, escuchó claramente la voz de Beato, que anunciaba: «*Caí en éxtasis el día del Señor. Y oí detrás de la suya una gran voz, como de trompeta, que decía: "Lo que veas escríbelo en un gran libro. Escribe, pues, lo que has visto. Lo que es y lo que va a suceder más tarde"*».

A partir de aquel momento, comenzó una experiencia sorprendente para ella. Por una especie de telescopio de infinita profundidad de campo estaba atravesando hacia atrás el espacio y el tiempo y le era dado contemplar, con los ojos cerrados, el grandioso espectáculo de la creación del mundo, justo en aquellos tiempos fundacionales en que todo el protagonismo pertenecía a la luz primigenia. Era una luz azul purísima que se generaba en una serie de explosiones silenciosas producidas por una tormenta, cuyos resplandores revelaban los relieves de una multitud de nubes blanquecinas y espesas como copos de algodón, de perfiles cambiantes.

«Esto no es normal —pensó Eulalia—. En esta casa pasan cosas muy raras y en mi cabeza también». Veía con toda nitidez que aquellas nubes sin forma definida se juntaban y se convertían en unas ondas circulares, como de arcoíris, similares a las que se producen en la superficie de un estanque cuando arrojas una piedra, rebotando en el borde y volviendo chocando entre sí en oleadas sucesivas que van y vienen ordenadamente tomando el relevo las unas de las otras…

Después de un descanso para acompasar la agitada respiración y un pequeño sopor para reponer fuerzas, se le despertó un fuego en las entrañas que también producía oleadas de color que recorrían todo su cuerpo en forma de ondas de los pies a la cabeza. Los sentidos estaban presentes en el festín de las ondas y ella misma gozaba de las emociones y las efusiones corporales…

En esos momentos, oyó una voz que le decía: «Mantén la firmeza».

Todo ello ocurría en silencio, con un orden, una fluidez y un ritmo perfectos; nada que ver con castillos de fuegos artificiales donde hay muchas explosiones y mucho decaimiento, porque en aquellos fuegos interiores, como llama que arde sin consumirse, nada menguaba, sino que fluía, y nada desaparecía, sino que se transformaba. Aquellos deleites corporales nunca sentidos consistían en minúsculas sensaciones suaves y agradables; no había ni órgano ni parte del cuerpo, por modesto o alejado que estuviese, que no fuera servido en aquella mesa con tal prontitud y esmero que no se quedara saciado con esos inesperados manjares…

Entre plato y plato, había ciertos descansos en los que los sueños reparadores relevaban a las visiones abrasadoras. Allí no había nada que decir, nada que hacer ni nada que pensar. Solamente dejarse llevar por Beato, dejarse hacer, contemplar y disfrutar. Se estaba muy bien en aquel lugar. Aquello le parecía el paraíso terrenal, el reino de los cielos dentro de ella misma, y acontecía por no hacer y tampoco estorbar, sin ella promoverlo ni rechazarlo, pero lo ansiaba porque era extremadamente placentero… Después de la luz, llegaron unos celajes inmensos que apagaron lentamente los resplandores y, aunque estos porfiasen e hiciesen varios intentos por volver a escena, no sin protesta se retiraron. Llegaron las tinieblas y entró en escena la noche oscura. Duraba tanto esta que pensó que había finalizado la experiencia.

Como Tiqui y ella habían estado largo rato contemplando el firmamento y pensando en su inmensidad y hablando del fin del mundo, Eulalia supuso que habitaba dentro ella misma la creación de mundo, tal como se refiere en la Biblia, desde que surgió la luz primigenia hasta la separación de las aguas superiores de las inferiores, primero como nubes que estallaban, finalmente juntándose el cielo y la tierra cuando las aguas todo lo anegaron y cubrieron. Al pensar esto se asustó, porque se sentía sumergida como Jonás en el vientre de la ballena. Pero, en este caso, ella era el líquido y estaba en el líquido, agente y paciente, siendo y estando, todo y parte del todo. Su respiración había cambiado drásticamente. De aquel suave ritmo, flujo y reflujo casi silencioso y placentero del momento precedente, se había pasado de golpe a una respiración absurda, con profundas exhalaciones y larguísimas retenciones que, a su parecer, duraban siglos y estaban fuera de las leyes de la naturaleza. El corazón, que primero había funcionado como un péndulo de puntualidad milimétrica, tan pronto se paraba por completo como se ponía al galope como caballo desbocado. Cuando se encontraba en el interior de las aguas, pensaba que, de continuar mucho rato con la respiración en suspenso, el corazón entre paréntesis y el sueño prolongado indefinidamente, llegaría de un momento a otro una muerte inminente o un letargo inacabable…

Se cercioró de que no estaba muerta porque escuchó al ratón moverse en el desván en la vertical de su cabeza, y entonces ocurrió algo sorprendente. Un ser diminuto estaba escondido en alguna parte de su cuerpo, primero nadaba en las profundidades y salía de vez en cuando a la superficie para tomar un poco de aire, pero cuando vio que la luz había despejado las tinieblas, después de una respiración en toda regla, se decidió finalmente a salir a tierra. Cuando el animal empezó a arrastrarse, Eulalia se acordó del Génesis y la aparición de los reptiles, pero el reptil era ella. Sentía que se le habían acortado las piernas y los brazos, o que apenas los tenía porque disponía de unas patitas de nada. Le dio tanto miedo que no se atrevía a palparse el cuerpo para comprobarlo, por si al despertar del ensueño lo hacía en aquella forma monstruosa, que tendría que llevar consigo para siempre como el Gregorio Samsa de Kafka. Al poco, comprobó con satisfacción que los letargos se acortaban y que la vista se le iba aclarando; que al animal se le alargaban las extremidades y trataba de erguirse de vez en cuando. No sabía qué clase de bestia era, solo que andaba a cuatro patas y que era muy peludo. De pronto se difuminó y ella entró en un profundo sopor…

Cuando despertó, notó que algo se movía dentro de ella y le llenaba poco a poco como el agua llena un recipiente hasta que desborda, y que ese algo finalmente encajaba en su cuerpo como una mano en un guante hecho a su medida y se apoderaba por completo de su ser. Entonces pensó que había sido poseída por el mismísimo Beato… o por el demonio, porque no había perdido la conciencia en ningún momento y se daba cuenta de lo que le ocurría, pero no sabía cómo explicarlo. Era una experiencia absolutamente preocupante. Volvió a tener la respiración acompasada y comprobó que el corazón latía con firmeza y además con un ritmo perfecto. Abrió los ojos del animal, que eran sus propios ojos, movió las manos del animal, que eran sus propias manos, giró el cuello del animal, que era su propio cuello, respiró con los pulmones del animal, que eran sus propios pulmones, y pensó con el cerebro del animal, que era su propio cerebro, y se dijo: «¿Será posible? Pero soy yo misma. Y yo que me creía de pie y sigo tumbada. ¿Quién soy? ¿Dónde estoy?». Por el olor, sabía que no estaba en su casa habitual ni en un hotel, sino que estaba debajo del desván de una casa de pueblo. Entonces se llevó un gran susto porque notó que algo que estaba fuera de ella se movía por la superficie de su cuerpo buscando las axilas.

—¡El maldito ratón que no ha parado en toda la noche! ¡Tiqui, Tiqui! —gritó—. ¡Ayúdame, por favor, que se me ha metido un ratón en la colchoneta y me anda hurgando por todas partes! ¡Qué asco, qué asco! ¡Sácame de aquí, sácame de aquí! Pero no lo mates, que a lo mejor es el espíritu de Beato, que era un ratón de biblioteca.

La chica encendió la luz como pudo y de inmediato acudió a socorrerla. La ayudó a salir del saco y procedió a sacudirlo y golpearlo, pero allí no apareció el ratón por ninguna parte. Tiqui se caía de sueño. Eulalia se había desvelado y todavía eran las tantas. No le quedaba más remedio que volver a la colchoneta y al saco para pasar como fuera lo que quedaba de noche. Pero ¡cómo iba a conciliar el sueño sin explicarse racionalmente lo que acababa de sucederle! Tenía tanta curiosidad y tanta ansiedad en saberlo que su entendimiento se puso a trabajar frenéticamente.

Le parecía que aquel ordenado tropel de visiones, sensaciones y vivencias que le había traído Beato era como una película hecha de fotogramas sensoriales tomados en momentos sucesivos por una cámara rapidísima situada en cada uno de los sentidos o lugares del cuerpo. E incluso iba más lejos porque, a falta de información en sentido contrario, estaba convencida de que ahora el universo en persona había venido a posarse dentro de ella, habitándola como ella habitaba la casa, en Eulalia Fernández, una pobre viuda desorientada que había estado en la balconada tranquilamente sentada, contemplando el latido de las estrellas y empapándose de los olores, silencios y temblores de la noche, preguntándose: «Si el universo se piensa a través de nosotros, ¿no será Dios la materia y la energía que se piensa a sí misma?». Pero no mirando hacia afuera, sino viviéndolo y sintiéndolo en el interior de ella misma. Viendo y sintiendo algo que no se había hecho presente hasta aquel momento, aunque hubiese estado allí dentro desde el día de su nacimiento o desde sus propios orígenes. ¿Era el momento de la creación del mundo o la expresión de su propio crecimiento? ¿Sería que las células corporales tienen memoria y, por una razón que no podía conocer, iban mandando señales de posición de lugares que han ido ocupando a lo largo de la vida y ahora se habían alineado para funcionar como un escáner en movimiento que radiografía experiencias pasadas? ¿Cómo podría ver y sentir aquello si no hubiera estado allí desde el mismo momento del inicio del mundo, participando en vivo y en directo en todas y cada una de las fases de la creación, desde el origen de la luz hasta el nacimiento de la vida, continuando a través de la evolución de las especies, siendo sucesivamente luz, nube, agua, ameba, gusano, pez acuático, pez terrestre, grosero reptil que se arrastra por una cueva, para después de pasar por una serie indeterminada de animales peludos que andaban a cuatro patas, convertirse en sucesivos simios feroces que se levantaban amenazadores y que poco a poco se irguieron buscando la verticalidad hasta llegar a lo que era ella en aquel momento? Eso significaba para ella que formaba parte y contenía todo el universo. Que era una estrella y todas las estrellas…

Durante aquella extraordinaria vivencia, la presencia de Dios o la conciencia del absoluto eran una realidad incontrovertible para ella, puesto que a lo largo de toda esa eternidad comprimida que era el tiempo que había durado su posesión por el pálpito del universo o el murmullo de la vida, Eulalia había sentido que aquellos seres y ella eran una misma cosa. Por eso pensaba que la experiencia que había tenido era lo más parecido a un éxtasis como los de santa Teresa, pero a cámara lenta, muy lenta.

La voz que le hablaba resonó en su interior: «¡Mantén la firmeza!».

Este pensamiento turbador le produjo mucho miedo, porque «aquello», que podía ser Beato o vaya usted a saber, volvía a la carga; las fuerzas que la habían poseído o arrebatado atacaban de nuevo, pero además con mucho más brío que anteriormente. «Mira que si ahora me da un ataque epiléptico en esta casa, a estas horas de la noche, dentro de un saco de dormir y me quedo tiesa…», pensó. Le entraron ganas de llamar a gritos a Tiqui en petición de socorro, pero no tuvo ni tiempo, porque las fuerzas que se habían apoderado de ella la acometían con tanta bravura que, en vez de ofrecerles resistencia, optó por rendirse de antemano y abandonarse por completo, pensando que estarían de su parte y que, tarde o temprano, la sacarían del atolladero.

En aquel trance notó físicamente el tirón de un cable que pasaba por el eje de su cuerpo, y que ese cable era también el eje del universo. Cuando se tensó, dejó como ensartado su esqueleto desde los pies hasta la nuca, de modo que quedó apoyada solamente en los talones y en la coronilla. Después de destensar el cable, aquellas fuerzas se dispersaron y, como si se tratara de un virtuoso masajista, se dedicaron durante un buen rato a estirar, a doblar, a retorcer, uno por uno, sus huesos hasta límites inverosímiles, de tal modo que más parecían estar hechos de plastilina o fina arcilla que de piedra caliza. Cuando las fuerzas acabaron con los huesos, la tomaron con los músculos, con las vísceras, con la cara e incluso con los ojos. Y del mismo modo que se torcían, doblaban y descoyuntaban músculos y huesos, también lo hizo la lengua que, sin que nadie le diera permiso, giraba en la boca, buscaba y tocaba los dientes, cada uno de los rincones de las mucosas sin morderse. Al final del recorrido, aquello más que boca eran fauces, y peor todavía, los ojos le daban vueltas en las órbitas hasta casi girarse del revés, abría y cerraba la boca como los leones hasta límites inconcebibles; qué miedo le daba que se le descoyuntara y más miedo todavía que continuara por ese camino la experiencia, adentrándola en el mundo de lo terrorífico, similar al que había experimentado Beato cuando meditaba sobre el Apocalipsis buscando imágenes de bestias para ilustrar sus *Comentarios*. Eulalia concluyó que, como no podía controlar aquello, lo mejor sería dar por terminada una experiencia en la que se sentía poseída. ¿Por quién? No podía ser otro que Beato.

En aquellas circunstancias, pensó que haberse dejado ir era una locura y tuvo un ataque de angustia, pero no sabiendo qué hacer, como en el verso de san Juan de la Cruz, quedose dejando su cuidado entre las azucenas olvidado. ¡Qué remedio le quedaba! Menos mal que se vio sumida en un nuevo sopor, y como tenía el corazón de vacaciones pensó que a lo mejor estaba muerta…

Después de este sopor, cesó el trabajo de los solistas, entró en acción la orquesta al completo y comenzaron los movimientos corporales, empezando por los de la pelvis y las caderas, incluyendo gemidos y suspiros. Temerosa de despertar a Tiqui, que acaso se hacía la dormida, se salió del saco para quedarse encima de la colchoneta porque pasaba sin solución de continuidad de una postura a otra recorriendo todas las intermedias, como esas fotografías en serie que dejan el recuerdo de cada una de las posturas y de toda la trayectoria, desde el principio hasta el final…

Uno de aquellos sopores se convirtió en sueño verdadero y profundo, como de muerte. Sueño de dormir y no de soñar, pero sueño reparador al fin y al cabo. Y al abrir los ojos y los oídos, disfrutó de la luz del día y de los sonidos de la mañana, y por ello se alegró mucho de volver a la vida normal. ¡Qué alivio haber podido salir de aquello, escapar del dictado de un mando a distancia de alguien desconocido, recobrar la autoridad sobre su propio cuerpo para llevar el timón de su vida y volver a la normalidad! Pero ni supo cómo interpretarlo ni se esforzó mucho por hacerlo, porque había amanecido y no estaba sola. Tenía a

Tiqui sentadita a su vera, esperándola con una sonrisa de ángel, y le contagió su alegría.

No obstante, se sentía mucho más joven y vigorosa al despertar que cuando comenzó aquel imprevisto trance, porque estaba plena de fuerzas, de vitalidad y de ganas de vivir. En definitiva, que había rejuvenecido mucho durante la noche. La euforia se le había subido a la cabeza porque se sentía lúcida y clarividente como un filósofo, sensible e intuitiva como un artista, valiente y fiera como un guerrero, dulce y bondadosa como una santa y con tanta fuerza en los ojos que, de haber tenido un espejo para comprobarlo, lo habría taladrado con el brillo de la mirada. Una exageración. A nadie envidiaba. Se gustaba a sí misma tal como era. Limpia y hermosa como la Venus de Botticelli saliendo de las aguas; fuerte y enérgica como el David de Miguel Ángel. Un ser perfecto en la plenitud, convencido absolutamente de su fuerza y su dignidad porque se sabía única e irrepetible, porque ella misma era todo el universo. Solo le faltaba darse a sí misma besos en la frente y levitar. Por eso se dijo: «¡Para, para cuanto antes, Eulalia, que desbarras! Vuelve a la tierra ahora mismo porque es hora de desayunar, sigues en las nubes y tienes que ir al aseo. Deja "eso" para las monjas de clausura o terminarás en un manicomio. Otro día vuelves a la balconada a contemplar el firmamento a ver qué te dice». Estaba como pasmada y en las nubes, pero Tiqui la ayudó a aterrizar cuando le tiró de la manga y exclamó:

—Tenías que haber visto al dichoso ratón, por poco lo piso cuando me despertó al amanecer. Menuda noche toledana que te ha dado. Has estado revolviéndote todo el tiempo. Supongo que estarás hecha papilla.

—No creas. Me encuentro estupendamente, pero tengo mucha confusión porque he soñado que estaba contigo en una manifestación y llevaba una pancarta que decía «Salvad a los ratones y salvaréis la tierra».

—El eslogan no es una genialidad. Déjalo para más adelante porque a nadie le interesan los ratones. Lo primero de todo es detener la contaminación, el cambio climático y el aniquilamiento de las especies. No sé si llegaremos a tiempo de salvar a los ratones, pero, además, no creo que eso le importe a mucha gente.

—Por algo se empieza, Tiqui, por algo se empieza.

Como consecuencia de todo aquello, Eulalia tenía un hambre de lobo. Bajaron a la calle y en la primera cafetería que encontraron pidieron un desayuno para cuatro y se plantearon emprender una larga excursión por Cantabria para que Tiqui conociera Comillas, Santillana del Mar y la propia capital. Después de ponerse en camino, Eulalia pensó que habría necesitado hablar con don Exuperio y pedirle explicación acerca de su experiencia con el ratón y de las extrañas vivencias de la noche para saber si era normal lo que le había ocurrido en su casita.

A pesar de que apenas había pegado ojo en toda la noche, Eulalia se aventuró por el desfiladero de la Hermida, por una carretera que, durante todo el trayecto, iba haciendo travesuras con el río —que ahora te paso yo, que ahora me pasas tú— a través de un imprevisto puente con curva de entrada y curva de salida.

—¡Es impresionante! —exclamó Tiqui—. Da miedo ponerse al volante. Si ni siquiera hay sitio para que se crucen dos camiones. Tiene que haber muchísimos accidentes. En estas estrechuras no sé cómo se las pueden apañar la grúa y las ambulancias para socorrer a los accidentados. Si esto es así ahora, imagínate en tiempos de Beato, que lo más que podía haber aquí sería un camino carretero. ¡Cómo se iba a aventurar un ejército con lo adecuado que es este sitio para las emboscadas!

—Como todos los accesos a estos valles sean así, serían muy difíciles de conquistar. Igual que el acceso al conocimiento, tiene muchas dificultades. Está todo lleno de estrecheces hasta que no entras de verdad en materia. Sobre todo como me ha pasado a mí, que desde que acabé la carrera de enfermera no había vuelto a pisar un aula. Pero mira tú, ahora, de regreso a la universidad, me he sentido rejuvenecer. Eso de estar en casa, sin mucho horizonte año tras año, te empequeñece. Especialmente a mí, que vivía la vida de mi marido y para mi marido. Nos pasa a muchas.

—¿Por qué no tuvisteis hijos?

—Los buscamos al principio, pero al final nos cansamos y dejamos aquella carrera que nos llenaba de angustia y culpabilidad. Te aseguro que me quité un peso de encima cuando el sexo dejó de ser una obligación y dije: ¡dejemos de preocuparnos, si no quieren venir que no vengan, ellos se lo pierden!

—Pues en mi caso fue todo lo contrario. Yo no tenía que venir y llegué, pero a qué precio… Nací con fórceps y mi madre murió de parto. Era madre soltera, así que mi abuela se hizo cargo de mí, con ayuda de mi tía, la mujer del policía, que es la que me tiene en su casa, pero creo que por poco tiempo, porque él lleva muy mal las apreturas de la casa conmigo dentro. Ya escucho más voces de lo normal. Así que ando buscando un trabajo para irme de su casa, que no quiero cargar con las culpas si se rompe ese matrimonio.

—¿Por qué se van a separar, mujer?

—No sería raro, porque la gente de hoy ya no aguantamos nada… y, además, ahora mismo los matrimonios, salvo unos pocos, tienen fecha de caducidad.

—¿Llegaste a conocer a tu padre?

—No tengo ni idea de quién es, dónde vive y qué hace de su vida, si es que vive. Mi abuela no quiso conocerlo. ¡Oye, tú, que veo que te me duermes! —exclamó Tiqui al pasar Unquera.

—No te preocupes, que ya llegamos a la autopista.

En la primera gasolinera que encontraron, Eulalia dejó a Tiqui al volante y le preguntó:

—Con tantos encargos que tienes que atender, ¿te sigue interesando el seminario de Beato?

—Después de conocerte a ti y haber estado en Liébana, los beatos me interesan mucho más que cuando me matriculé —admitió Tiqui—. No me podía imaginar que ese tío era tan bueno dibujando. Bueno, él y sus seguidores. Para su tiempo era un visionario y un *crack*. El libro que nos enseñó el profe en la biblioteca es alucinante. No nos ha dicho si el artista andaba fumado o se ponía ciego de orujo. Pero hay que tener imaginación y pulso para pintar esas miniaturas en pergamino sin ninguna posibilidad de rectificar si te equivocas.

—Eso creo yo también. Pero recuerda que el Beato de Valcavado no lo pintó Beato, sino un fraile llamado Oveco dos siglos después de morir Beato —señaló Eulalia—. A mí me parece interesantísimo. Don Crisógono sabe mucho y don Exuperio otro tanto, y explican las cosas de modo muy natural y ameno con ejemplos que vienen al pelo. Fíjate lo bien que explicó don Crisógono lo que significaba el adopcionismo para Beato con el ejemplo del burro, el puente y el río.

—A mí esas cosas me dan igual, ¿qué quieres que te diga? Que si hijo verdadero o adoptivo. Ganas de comerse el coco. ¿Es que no tenían otras cosas en qué pensar? Lo que me mola son los dibujos y las letras, que es- tán hechos con mucho pulso y mucho cuidado, y eso que no tenían gafas como nosotros.

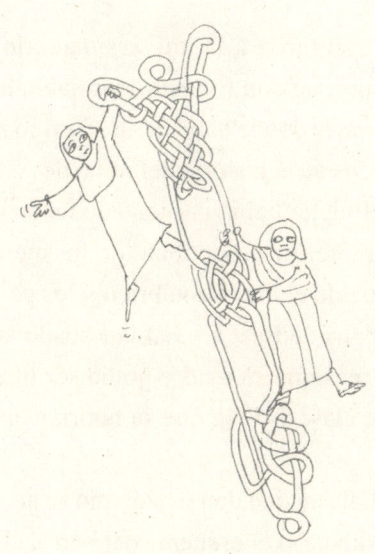

11

La huida a Liébana
de Beato y Eterio

egresaron a la universidad con mucho ánimo porque don Exuperio las había llevado a los lugares donde habían transcurrido momentos críticos de la historia del reino de Asturias. Además, Eulalia había pernoctado en su casita viviendo una experiencia interior desconocida e inesperada para ella y Tiqui había conocido el mar Cantábrico y los paisajes incomparables de la Liébana de Beato, y había trabado amistad con una compañera que más que su madre podía ser incluso su abuela, que tenía mucha clase y de la que se podrían aprender muchas cosas.

Después del día en que don Crisógono se acercó hasta el pupitre donde ella dibujaba el esquema del burro, el puente y el río, Eulalia estaba muy pendiente de lo que dijera e hiciera el profesor, e incluso de cómo apareciera «disfrazado».

No decepcionó, porque llevaba pajarita roja sobre una camisa de rayas azules y americana también azul de solapas anchas en la que destacaba un pañuelo blanco con puntos rojos que colgaba del bolsillo del pecho. Pantalón ocre y zapatos marrones con correa y hebilla lateral completaban su atuendo.

—Recordarán que los abasíes exterminaron a los omeyas y solo Abderramán sobrevivió a la matanza… —explicó don Crisógono, que ese día no comenzó la clase con ninguna noticia bomba, sino con semblante fúnebre—. Ya habían pasado veinte años desde su llegada a España, pero Abderramán no podía dormir tranquilo, porque en el año 777 los abasíes volvieron a la carga y enviaron desde Bagdad a un notable que llegó hasta Zaragoza, donde consiguió que el gobernador se pusiera de su parte. El propio Abderramán trató de revertir la situación, pero fracasó en el primer intento de recuperar una ciudad cuyos dirigentes mandaron una embajada a Carlomagno en busca de ayuda, porque preferían depender de un emperador lejano que de un emir que estaba a las puertas de su urbe dispuesto a un nuevo asedio y a cortar las cabezas que hiciera falta.

»Carlomagno, con la visita de aquella embajada, comprendió que era una ocasión única de apoderarse del norte de Hispania, rescatarla para la cristiandad e integrarla en su imperio. En poco tiempo, montó dos ejércitos y, en el año 778, cruzó los Pirineos por Navarra.

»Las cosas no marcharon como esperaba el rey de los francos en su incursión por el valle del Ebro para conquistar Zaragoza. De repente, tuvo que cambiar sus planes porque la sublevación de los sajones, aprovechando que él estaba con el grueso de sus huestes en Hispania, le obligó a deshacer lo andado y a regresar a Francia a toda prisa para reforzar su ejército y desde allí combatir a los rebeldes. Pero vayamos a Toledo para ver qué sucede allí con nuestros tres protagonistas: Elipando, Beato y Eterio.

Corría el verano del año 778. En Toledo, Elipando y Beato acababan de recibir unas preocupantes noticias. La destrucción de Pamplona por Carlomagno y, poco después, el desastre de la retaguardia de su ejército en Roncesvalles. Incluso se dijo que había muerto el rey de los francos.

—Llevan siglos intentando apoderarse de Zaragoza, y esta vez han fracasado de nuevo —señaló Elipando, jubiloso, mientras Beato disimulaba como podía su contrariedad—. Los francos nunca han sido santos de mi devoción. No se conformaron con el reino que tenían en la Galia, al norte del río Loira. A principios del siglo VI, Clodoveo, incumpliendo el pacto con Alarico, cruzó con un potente ejército el río Loira para apoderarse del reino visigodo de Tolosa. En la batalla de Vouillé, en el 507, mató al rey, que había salido a su encuentro con un ejército improvisado, porque ambos monarcas habían acordado la paz recientemente. De este modo descabezó Clodoveo al ejército oponente y procedió a su exterminio. Con este golpe de fortuna, solo los Pirineos detuvieron a los francos, de modo que el reino visigodo solo conservó hasta el final una amplia franja de terreno al norte de los Pirineos, la Septimania. Perdimos Tolosa como capital y, como no hay bien que por mal no venga, Toledo se convirtió en la capital de Hispania. Pero no fue esta la única incursión que yo recuerde. A mediados del siglo VI, reinando Tudis, los francos, después de asolar la Tarraconense, cercaron Zaragoza. Solo desistieron cuando entre la túnica milagrosa de san Vicente Mártir y el general visigodo Teudigiselo los derrotaron. Pero un siglo después, se apoderaron del Rosellón, que dejó de pertenecer a la diócesis de Toledo.

»Eso demuestra que para nosotros, los visigodos, nada que venga de los francos puede ser bueno, y mucho menos cuando se alían con el papa de Roma que, dos siglos después de que Recaredo abjurara del arrianismo, piensa que todavía seguimos siendo herejes.

Las palabras de Elipando confirmaron a Beato la urgencia de escapar de Toledo cuanto antes y encontrarse con Eterio, el obispo de Osma, que, al igual que él mismo, a buen seguro habría interpretado el fracaso de Carlomagno como una gran victoria del Anticristo.

Beato se temió lo peor para la fe que sustentaba, y como hacía tiempo que estaba preparado para fugarse, salió de madrugada de Toledo a lomos de un burro joven y bien dispuesto para aquel viaje hasta Osma, que debía ocuparle algo menos de una semana. Como ignoraba el grado de suficiencia del *scriptorium* del monasterio de San Martín de Turieno, llevaba a cuestas un zurrón con bolsitas de pigmentos de colores diversos y plumas de distintos grosores, las alforjas bien provistas de comida y, en la faltriquera, una bolsa con monedas, suficientes incluso para socorrer a los pobres que encontrara en el camino.

Eterio, al igual que Beato, entendió que la derrota de Carlomagno dificultaba para la cristiandad durante mucho tiempo la comunicación por tierra, es decir, la del reino asturiano con la

Marca Hispánica, y supuso que Beato había pensado lo mismo que él, por ello, esperaba su llegada sin mucha dilación. Cuando Elipando le hizo obispo, se comprometió con su maestro a estar preparado para partir de inmediato cuando se encontraran en Osma, donde hubo en su día un obispado, aunque, después de la invasión, había quedado destruida la ciudad y solo vivían cuatro gatos, por lo que aquel era un obispado de pacotilla, más honorífico que otra cosa. De todas formas, la consagración era canónica y Beato sabía que Eterio sería obispo *in aeternum*.

Ambos habían convenido de antemano cómo sería su fuga hacia Liébana. Beato había anticipado a su discípulo Eterio que llegaría a pie al atardecer acompañado de un burro, dos perros y unas cuantas ovejas y cabras, y que le esperaría fuera de la muralla. Que saldrían al despuntar el alba como si fueran un par de pastores. Le pidió que llevara comida para una semana. Que tuviera preparado un rebaño no muy numeroso de ovejas y cabras, que siguiera en todo lo posible las recomendaciones de Dios para el Éxodo: ceñidos los lomos, calzados los pies y báculo en mano.

Eterio repetía siempre la misma rutina. Todas las tardes salía a dar un paseo a las afueras de Osma y se acercaba hasta la atalaya para ver la caída del sol en aquellos campos silenciosos. Desde allí arriba deseaba fervientemente que Beato llegara de una vez para partir de inmediato hacia la tierra prometida fuera del alcance de Abderramán y de la mano de hierro de Elipando. Aquello empezaba a aburrirle. Todos los días la misma historia. Paseíto vespertino extramuros, subida a la atalaya y vista al sur al atardecer eran las «manías» del obispo recién nombrado por el primado de España para una diócesis que, en tiempos de Roma, había tenido cierta importancia, pero que estaba prácticamente despoblada dado que se encontraba en tierra de nadie, porque un desierto es la mejor frontera entre reinos que se combaten.

«Este obispado más que un premio es un destierro», pensaba Eterio desde su mirador privilegiado, viendo levantarse una nubecilla de polvo en el horizonte anunciando la llegada del último rebaño vespertino para acogerse a los maltrechos muros de la ciudad de Uxama Argaela, saqueada y esquilmada por visigodos y musulmanes. Allá arriba, mientras se ponía el sol detrás de los rastrojos, recitaba de memoria los pasajes de la Biblia que le había recomendado recordar Beato: «*Se comerá la carne asada al fuego, con panes ácimos y hierbas amargas. No se comerá nada crudo ni cocido al agua, todo ha de ser asado a fuego, cabeza, patas y entrañas. No dejaréis nada de él para la mañana, si queda algo, lo quemaréis*».

«Aquí hay poco cordero que matar, poca harina que amasar, menos diezmos y primicias que recaudar y nada de comida que dejar para mañana, porque, por no haber, no hay ni feligreses. Esto se empieza a parecer al desierto del Sinaí. Lo único que tenemos son pobres, y donde estos abundan los acompaña el hambre. A ver si llega Beato de una vez y nos escapamos a Liébana», no dejaba de repetirse Eterio.

Y por fin llegó el día del éxodo. Primero surgió la corazonada. Aquel pastor de unas pocas ovejas acompañado de dos mastines y montado en un burro de buena alzada no podía ser otro que Beato, y por eso Eterio le silbó de un modo que solo Beato podía responder. No hizo ningún tipo de aspavientos, porque se temía que Elipando hubiese puesto espías y no quería hacer nada que pudiera delatarles. Por ello, cuando comprobó que Beato detenía la marcha para que el rebaño pastara a sus anchas y que al cabo de un rato lo recogía al socaire de un paño de la muralla, buscando resguardarse del viento y pasar la noche al raso, silbó de nuevo. Sin esperar respuesta, descendió de la atalaya, se dirigió al humilde caserío que se levantaba entre las ruinas de la ciudad de Uxama, entró en su desangelada casona-palacio, abandonada hasta hacía poco, para pasar la noche y partir al amanecer.

Antes de salir el sol, ladraron los mastines y Beato salió a su encuentro. Este se extrañó de que Eterio llegara con lo puesto cuando aún no había señales de la amanecida. Ni ovejas ni conejos ni gallinas y tampoco dinero.

—¿Qué clase de obispo es su eminencia? Más bien parece un mendigo.

—Eso es lo que soy, un obispo pobre. Ni tengo fieles ni tengo ovejas descarriadas o sin descarriar. Aquí todo está deshecho y todo por hacer.

—¿Es esto todo lo que le prometió Elipando?

—Cumplió lo principal. Me dio los santos óleos. Me impuso las manos y soy tan obispo como el que más. Puedo consagrar sacerdotes. ¿Os parece poco? Seguro que en Liébana nos sirve de mucho. Un obispo da mucho lustre a una ceremonia y mucha solvencia a una causa.

Sin muchos más preámbulos, al iniciar el camino en dirección noroeste y ponerse en marcha, no solo ejercitaron el cuerpo, sino también la memoria repasando los versículos del Apocalipsis y los escritos de los santos padres que habían guardado previamente en el corazón. Se alternaban en tomarse la lección, ayudándose mutuamente a rellenar las lagunas, buscando en la memoria los pasajes de la *storia*, haciendo diversos intentos de

collatio para que sonara bien y redondear el resultado de sus postulados teológicos. Todo aquello les sirvió de gran distracción durante el trayecto. En este sentido, el viaje fue muy fructífero y adelantaron mucho el trabajo futuro y el camino presente, que realizaron sin estorbos ni incidentes dignos de mención. Ya fuera por lo menguado del rebaño, por el tamaño de los mastines o porque peregrinaban a Liébana por una buena causa, caminaron tan rápido que, al cabo de una semana, divisaron en el horizonte las cumbres de la cordillera cantábrica. Se notaba el efecto protector de aquellas cumbres nevadas porque paulatinamente iban encontrando pruebas inequívocas de actividad humana: allá el humo incierto de una casa, más cerca un sembrado protegido por una cerca de ramas, unos huertecillos junto a un arroyo… Pero no se detenían porque temían que Elipando tuviera noticia de su desaparición y hubiera mandado esbirros en su busca. Tenían una misión sagrada: combatir al Anticristo, y por ello necesitaban ponerse lo antes posible a resguardo en las montañas que tenían a su vista. Aquella incipiente actividad humana que llegaba hasta la meseta era una señal inequívoca de que el reino de Asturias seguía vivo. Habían dejado a su derecha la Peña Amaya. Avanzaban a contracorriente de un río bastante caudaloso que en cierto modo les recordaba al Guadalquivir, y buscaban el modo de vadearlo con cierta comodidad para estar a salvo de los tentáculos de Elipando. Retrocedieron cuando se toparon con una garganta del río que horadaba la montaña y era de difícil paso y propicia para las emboscadas. Al rodear aquella elevación, tuvieron la sorpresa y la alegría de toparse de repente con un enjambre de niños que jugaban en las cercanías de unos eremitorios excavados en una roca de arenisca y que se arremolinaron a su alrededor pugnando por subirse a lomos del burro. En una pradera cercana había ollas, pucheros y platos secándose al sol. A aquel paraje lo llamaron Olleros.

En el centro de aquellas cuevas estaban ampliando una de estas para que sirviera de iglesia. Cerca de la puerta había un cementerio de tumbas excavadas en la roca que emergía de la superficie del prado. Todo el conjunto, excepto la parte que cerraba casi en vertical la roca de la montaña, estaba muy cuidado y se hallaba rodeado por una tapia de piedra. Beato y Eterio dedujeron que aquel complejo monástico era dúplice. Los niños, que no se separaban de ellos, les dijeron que el río se llamaba Pisoraca y apuntando hacia las montañas gritaban: «¡Vicente, Vicente!». Luego señalaron la barba de Beato y le pusieron a este las manos por encima de la cabeza, que era calva. Cuando se cansaron de jugar con el burro, los llevaron cantando: «¡El puente Vicente, el puente Vicente!». Y les indicaron un camino que se dirigía a las montañas.

Aquellos valles estaban muy poblados, los campos estaban cultivados, se estaban levantando casas de piedra y los niños salían a su encuentro por todas partes diciendo: «¡El puente Vicente, el puente Vicente!». Y se unían a ellos formando una comitiva que casi era una procesión. Y esta se engrosaba a medida que avanzaban por un soto hasta que llegaron a un riachuelo muy caudaloso que brotaba de un risco que cortaba el paso. Había que cruzarlo a través de un puentecillo de madera oportunamente dispuesto, pero el puente no estaba operativo. En el cielo sobrevolaban las águilas.

Una de las funciones de los monasterios fundados por Benito de Nursia era facilitar el tránsito y el albergue de los peregrinos cuando se encaminaban a los santuarios y también a cuidar de su salud. Así nacieron muchos de los cenobios que jalonan el Camino de Santiago. En la Edad Media, eran venerados los monjes que construían puentes y fueron llevados a los altares, como santo Domingo de la Calzada, patrón de los ingenieros de caminos, o san Juan de Ortega, que dedicó toda su vida a construir calzadas y puentes. Liébana, en aquellos tiempos, era lugar de refugio y peregrinación, los frailes del monasterio de San Martín de Turieno acometieron la tarea de facilitar el acceso al valle de Liébana a los que huían de la invasión musulmana en el siglo VIII.

—¡Allí Vicente! —exclamaron los niños señalando las cuevas del risco y extendiendo la mano solicitando una moneda. Beato miró a los chicos de modo inquisitivo y bajaron la mano todos menos uno, que dijo: «¡Denario!».

—¿Para todos? Pero tendréis que repartirlo.

—Vicente —le respondieron.

De una gruta salió una voz poderosa:

—¿No sabéis que los que trabajan en las cosas sagradas comen del templo, y que los que sirven al altar del altar participan? Así también ordenó el Señor a los que anuncian el Evangelio, que vivan del Evangelio.

—¡Corintios nueve! Danos paso por el puente, hermano, que nosotros también servimos en el altar y anunciamos el Evangelio —respondieron al unísono Beato y Eterio cuando observaron con asombro cómo un monje de seis pies de estatura salía a su encuentro con los brazos levantados.

—¡Jesús ha resucitado! —exclamó el monje—. ¡Aleluya! ¡La paz sea con vosotros, hermanos! —Después se dirigió a los chicos—: Esperad un poco, ladronzuelos, y el padre Vicente os dará el pan vuestro de cada día.

Beato y Eterio observaron con admiración el tinglado que gestionaba Vicente para facilitar la travesía del puente. Entre la roca y la muralla del recinto monástico discurría un caudaloso arroyo que solo se podía atravesar cuando Vicente o sus monjes manipulaban un ingenioso artilugio con contrapeso que, convenientemente manejado, levantaba sin dificultad una tupida barrera de troncos. En realidad, era un sencillo puente levadizo con contrapesos. Una sorpresa para los viandantes que no lo conocían y que al principio se resistían a pasar, lo que producía el regocijo de los niños. Para estos, era pura magia. Un milagro repetido varias veces al día.

Cuando Vicente repartía el pan entre los chicos se dirigió a los recién llegados.

—Ya lo estáis viendo: los que sirven al puente, comen del puente, y los que servimos al camino, vivimos de los peregrinos.

Una vez que les suministró el pan para sus familias y despidió a los chicos, Eterio y Beato pasaron con el burro, los mastines y las ovejas a un descansadero muy a propósito para facilitar el tránsito de animales y mercancías. Después, recibieron acomodo en un cobertizo que protegía la entrada de la cueva, donde Vicente les explicó que era un monje benedictino de San Martín de Turieno y que su misión era acoger y orientar a los peregrinos que se dirigían a Liébana. Fue en ese momento cuando, mostrando su anillo, Eterio se identificó como obispo de Osma, añadiendo que Beato era presbítero y profesor de teología en Toledo, entre gestos de complacencia de Vicente, que se ofreció a acompañarlos hasta el corazón de Liébana.

—Desde este momento, hermanos, haceos a la idea de que ya estáis en casa. Disponemos de las caballerías necesarias para ponernos en marcha cuando queráis.

Aquello era un buen presagio, un hecho providencial para ellos, porque la compañía de un monje benedictino del monasterio de Turieno les facilitaba sobremanera un final de viaje por las montañas que nunca estaría exento de peligros.

—¿Qué os ha traído hasta estas lejanas tierras?

—Los que escriben un libro tienen que vivir del libro, padre Vicente —respondió Eterio, que, debido a la tartamudez de Beato, llevaba la voz cantante, pero como el presbítero tenía noticias de que la doctrina adopcionista había llegado hasta el reino asturiano y era necesario mantener el máximo de discreción hasta conocer el terreno que pisaban, tomó la palabra.

—Venimos de la España musulmana y queremos comprobar cómo se mantiene la fe en el reino cristiano. Eso es lo que nos gustaría saber, padre Vicente. Solo por eso… Y el libro vendrá después, con los dibujos.

Eterio entendió el mensaje y cambió de conversación añadiendo:

—Por eso traemos las ovejas, para las pieles de los pergaminos.

—Si solo es por eso, no os preocupéis, eminencia. Ovejas y rebaños hay de sobra para elaborar pergaminos en Liébana. Podremos adelantar mucho el camino cabalgando en unas buenas mulas que pondremos a vuestra disposición. Yo me ocupo de que las ovejas y las cabras estén en Liébana sin retrasar vuestra llegada.

—Pero el burro lo llevamos, ¿verdad? —preguntó Beato, que le tenía mucho cariño al animal.

—El burro, las alforjas y todo lo que necesitéis. Pero, de ahora en adelante, vuestras reverencias son mis huéspedes, porque ni estamos en tierra de nadie ni en tierra de moros, aquí gobiernan los condes de Castilla y reinan los reyes de Asturias, que son tan reyes como el que más, aunque a veces se maten entre ellos. Aquí nos hemos hecho fuertes los cristianos, al abrigo de las montañas y de la fe de Cristo. De vez en cuando llegan los moros a dar una batida para llevarse nuestras cosechas. Si son pocos, les tendemos emboscadas; si vemos que son muchos, nos replegamos a las montañas, pero como sabemos que no aguantan los inviernos, esperamos a que se los lleve el demonio por donde han venido.

—Nos ha producido mucha alegría ver en estos valles tantos sembrados, con tantos huertos y tantos niños corriendo por todas partes, que da gusto verlos, hermano Vicente.

—«Dejad que los niños se acerquen a mí», dijo el Maestro. Eso es lo que necesitamos los cristianos, sangre nueva. Mujeres para procrear y hombres para que nos defiendan. Y aquí también estamos nosotros, los frailes, para predicarles el mandato de Dios: «Creced y multiplicados», y no solo eso, porque como bien saben vuestras santidades, los monjes estamos para atender las necesidades espirituales, las corporales y la justicia, dentro de un orden. Para dar de comer al hambriento sembramos los campos, construimos los molinos y el horno del pan; para dar de beber al sediento habilitamos las fuentes y los pozos, también cultivamos las viñas y elaboramos el vino en nuestra bodega para consolar a los afligidos. Estamos para hacer puentes y, aquí mismo, damos posada al peregrino y enterramos con dignidad a los muertos, y como no solo de pan vive el hombre, construimos iglesias y levantamos monasterios.

Y así sucesivamente, para cumplir los man-
damientos de Nuestro Señor y la regla
de nuestro padre san Benito, tanto
en el *ora* como en el *labora*.

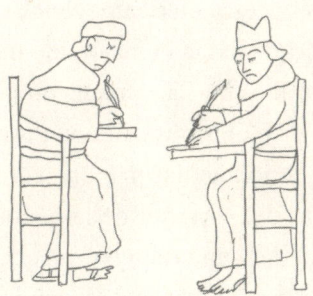

12

En la Tierra Prometida

espués de su maravillosa experiencia de ocupar la casa de Liébana y disfrutar de la sabiduría y amabilidad del sacerdote, Eulalia y Tiqui habían vuelto a clase con mucha curiosidad por saber más acerca de Beato. Don Crisógono no les había defraudado porque había enlazado de modo interesante la derrota de Roncesvalles de Carlomagno con la huida de Beato a Liébana. Ahora él y Eterio transitaban por un territorio que ellas ya conocían, y podían hacerse una composición de lugar siguiendo los pasos del narrador de la historia. No tenían que imaginar, sino recordar con gran viveza aquellos parajes y paisajes a medida que iba descubriendo su periplo don Crisógono, porque solo tenían que cerrar los ojos y escuchar.

En su humildad, Vicente, el cicerone de Beato y del obispo Eterio, no había mencionado su rango de abad hasta que esto se hizo evidente, cuando, siguiendo aguas arriba el curso del río Pisoraca, llegaron a Cervaria, al pie de la Peña Almonga, una montaña de buen porte que era el vértice de aquellos valles. Una considerable presencia humana y una frenética actividad reconstructiva se veían en torno a una pequeña roca perforada que hacía las veces de iglesia de un monasterio formado por cabañas arracimadas en su entorno. Pero para llegar hasta ella había que cruzar el río. Y allí estaban los niños gritando: «¡Vicente, el puente!». «¡Vicente, el puente y llega burro!». Y después: «¡Aquí Vicente, allí la iglesia!».

Beato y Eterio solo veían una extraña roca exenta camuflada por un curioso conjunto de edificaciones adosadas, pero no veían el templo por ninguna parte.

Al poner el obispo cara de extrañeza, Beato sentenció:

—Eso tiene que ser la iglesia porque este Vicente es capaz de cualquier cosa.

—No se extrañen vuestras santidades de que todo esté patas arriba, pero antes de que llegue el invierno necesitamos levantar todo lo que han destrozado los moros. Lo tenemos todo a mano, piedra, madera, barro y paja.

Era evidente que Vicente era un santo ingeniero de caminos, precursor de santo Domingo de la Calzada. También era ingeniero industrial, de edificación y agricultura, aunque siempre a pequeña escala. Buen ejemplo de ello era la iglesia rupestre de San Vicente, más conocida popularmente como Cueva de los Moros, que, como otras iglesias rupestres, era una catacumba. Estaba situada en la confluencia de dos ríos, el Pisuerga y el Ruesga, aflorando de la piedra arenisca del suelo. Se trataba de un extraño pedrusco rocoso de menos de cuatro metros de altura y unos cincuenta metros de superficie vaciado en su interior como un huevo pasado por agua. Primero los eremitas y después fray Vicente, con su ingenio y sus artes de construcción, lo habían convertido en un templo con entrada por el sur a la comunidad de frailes, mientras mantenía por el este, junto al ábside, la entrada de los fieles. En la parte superior, perfectamente nivelada, habían levantado con entramado de madera y mimbres, paja y barro, una casita-atalaya para las «autoridades» que, procedentes del sur, se dirigiesen a Liébana. Después de las abluciones, llevaron allí a Beato y a Eterio para que celebraran con el abad Vicente el ágape de bienvenida, con una sencilla comida a base de cangrejos y truchas que cogieron con una redecilla directamente de una represa del río y que, después de varios días de monótona comida, supieron a gloria a los viajeros. Tras saborear las delicias con miel, frutas del bosque y calostros que les había preparado el hermano lego que se ocupaba de los yantares, Beato y Vicente, con la venia del obispo Eterio, se otorgaron a sí mismos el permiso de degustar una bebida a la que llamaban orujo, que había obtenido Vicente mediante la destilación del hollejo de la uva en un artilugio que era de su propia invención y que los moros llamaban alquitara. Aquel agasajo no es que les levantara la moral, es que se la elevó hasta lo más alto de las cumbres de la cordillera que les circundaba.

Cuando atravesaron los puertos y divisaron los valles de Liébana, llenos de pueblecitos con muchas casas de piedra en construcción entre huertos y prados en los que pastaban mansamente las vacas y los ternerillos retozaban a sus anchas, Beato, que de vez en cuando le daba un sorbito a la bota de orujo, hizo un alto en el camino, se bajó del burro para pisar tierra santa y pidió al obispo Eterio que bendijera aquellos parajes en el nombre del Padre Eterno, de su Hijo Unigénito, de su Santísima Madre la Virgen María, de los santos apóstoles y de todos los santos, especialmente de Vicente, que sería proclamado santo unos cuantos años después. Dicho lo cual con toda solemnidad, allí mismo tuvo una visión, se transfiguró y lo vio todo de color de rosa. Se le desató la lengua, dejó de tartamudear y, puesto en pie, dijo a sus acompañantes:

—¡Aleluya, aleluya, hermanos, Dios está con nosotros porque hemos salido de las catacumbas! ¡Qué bello es este lugar y qué bien que hayamos venido desde tan lejos! La paz sea con vosotros, hermanos, porque el Señor ha multiplicado para nosotros los panes, los peces, los cangrejos, los montes, los prados y los arroyos, y nos nutre con frutos de los bosques al igual que a los pájaros del cielo, que tampoco siembran ni siegan y nuestro Padre Celestial les alimenta… El Señor sea con vosotros. —Se recostó sobre la hierba de un prado y continuó—: ¡Hermanos! ¡Quedémonos aquí, no descendamos de esta montaña, que el Señor está con nosotros! Hasta aquí no llegan los herejes y está empezando el mundo de nuevo para dar otra oportunidad a los cristianos verdaderos. Hay niños por todas partes, brincan y bailan los peces en el río. Saltan los ternerillos en los prados y pastan las ovejas en los rastrojos. El agua de los arroyos corre alegremente entre las piedras de las torrenteras regando de olas de blanca espuma las orillas de la mañana. Podemos hacer tres tiendas, una para Nuestro Señor, otra para Moisés y otra para Elías. Vicente que cuide el puente, Eterio y yo podemos dormir en el suelo, porque hemos venido para quedarnos. Cantad conmigo, hermanos, este salmo de David:

> *El Señor es mi pastor, nada me falta...*
> *En verdes praderas Él me hace recostar...*
> *Me conduce hacia fuentes tranquilas*
> *y repara mis fuerzas...*
> *Me guía por sendero justo...*
> *El Señor es mi pastor...*
> *Nada temo porque Tú y tú vas conmigo, Eterio.*
> *Y tú también, Vicente.*
> *Tu vara y Tu cayado me sosiegan...*

Y allí, en aquel prado, Beato recostó la cabeza sobre el brazo que había doblado previamente y se quedó dormido soñando que había llegado a una tierra prometida donde había ríos de leche, de miel y arroyos de orujo perfumado con plantas aromáticas.

Cuando Beato se despertó, le ayudaron a subir al burro para reanudar el camino. Aún no iba completamente despejado, así que de vez en cuando daba cabezadas. Vicente había mandado emisarios anunciando la llegada de un obispo, que era el joven, acompañado de un teólogo, y que este llegaría en un pollino. Que venían para quedarse y había que celebrarlo porque, finalmente, tendrían un obispo para Liébana. Muy pronto se vieron rodeados por niños de todas las edades que salían a recibirlos, con ramas preferentemente de laurel, porque allí no había palmerales. Era evidente que los lebaniegos ya estaban aleccionados para recibir con cánticos y vivas a los fugitivos que llegaban del sur, al principio más numerosos y últimamente menos frecuentes. Tenían la canción bien aprendida: «Bendito es el que viene en nombre del Señor. ¡Hosanna!».

Vicente, que era muy viajero, conocía la regla benedictina, la monotonía de la vida conventual y las mañas de los frailes, y, como buen ingeniero, sabía mucho de la fatiga de los materiales. Había comprobado que, al igual que les ocurre a los puentes y los caminos cuando no se los repara, los monasterios también se deterioraban y los frailes se relajaban en cuanto no se sentían vigilados. La acogida de los nuevos pobladores, la creación de nuevas aldeas con sus fuentes, pozos, veredas, caminos y puentes le ocupaba mucho tiempo. Contemplando a Eterio detrás del burro y a Beato aún no despejado del todo, dedujo que el Señor, que todo lo contempla y todo lo dispone para bien de las almas, había escuchado sus súplicas y le acababa de enviar un sustituto para liberarle de sus funciones de abad. Deseaba que, en adelante, gobernaran el monasterio de Turieno un obispo joven y un abad que además era teólogo.

La travesía de Potes por la orilla del río Deva, entre la muchedumbre, tuvo muchas dificultades por la estrechez del paso entre las casas y el río, pero la llegada al monasterio, que estaba en las afueras, fue apoteósica. Rodeados de cientos de fieles que cantaban:

Con sincero y filial entusiasmo
esperamos a nuestro pastor,
cual ansían las flores en mayo
las alegres caricias del sol,
las alegres caricias del sol.

Los viajeros no daban crédito a lo que veían y oían; saludaban y bendecían a la multitud. Era tan numeroso el gentío que desde el monasterio apenas se podía divisar al fraile que llegaba a lomos de un pollino, entre ramos y cánticos de «bendito el que viene en nombre del Señor. ¡Hosanna, hosanna!».

No había habido en meses o años precedentes señales extraordinarias en el cielo o en la tierra, pero la llegada de un obispo y un teólogo merecía un recibimiento similar, aunque a menor escala, que la entrada triunfal de Jesús en Jerusalén el Domingo de Ramos. En el templo no se cabía y los recibieron a la puerta con el cántico del «*Veni Creator*»:

Veni Creator Spiritus,
Mentes tuorum visita,
Imple superna gratia,
Quae tu creasti, pectora.

En la cena posterior, que se celebró en el refectorio, en silencio, se leyó un texto del Éxodo que describía la salida de Egipto del pueblo judío huyendo de la cautividad hacia la tierra prometida: «Tened memoria de este día, en el cual habéis salido de Egipto, de la casa de servidumbre, pues Yahvé os ha sacado de aquí con mano fuerte; por tanto, no comeréis nada fermentado. Vosotros salís en primavera y haréis esta celebración en este mes. Siete días comerás pan sin fermentar y el séptimo día será este para Yahvé».

Vicente pensó que acaso se había precipitado con el recibimiento y que en su afán por dejar el cargo de abad había metido excesivas prisas. Beato y Eterio formaban una extraña pareja; al fin y al cabo, eran un obispo muy joven y un teólogo de mediana edad que hablaba por boca del obispo porque aquel era tartamudo. Y como buen ingeniero, se sentía obligado a comprobar si los cimientos morales y los muros de carga que traían los visitantes eran suficientes para la tarea que pensaba asignarles, por ello pidió al prior que viniera con ellos, porque no estaría nada mal tener consigo un testigo para comprobar con exactitud, pero sin apasionamiento, los fundamentos y las verdaderas intenciones de los recién llegados.

Beato, por su parte, no ignoraba que el enfrentamiento con Elipando era subterráneo y todavía no había emergido a la superficie, pero tenía serios temores de que el arzobispo toledano hubiese extendido sus tentáculos hasta el reino asturiano y puesto oídos cómplices en algunos monasterios, lugares propicios para el envenenamiento, por ello era necesario extremar la prudencia.

Acabada la cena, el abad Vicente, que, aparte de muy activo, era un hombre sabio, invitó a los recién llegados a departir con él y con el prior en la intimidad de su habitáculo.

—Dijisteis que los que hacen un libro tienen que vivir del libro. ¿Pretendéis acaso hacer un libro en este lugar tan apartado del mundo? De ser así, decidme qué clase de libro queréis, porque deberá ser pura invención. Tenéis que saber que los libros son un lujo en este monasterio, aunque andemos muy necesitados de ellos.

—Os voy a mostrar el único que hemos podido traer con nosotros —explicó Eterio—. Es el *Comentarios al Apocalipsis* de Ticonio, un teólogo que inspiró a san Agustín. El nuestro será semejante, pero con mayor número de páginas y más vistosas pinturas.

—¿Estáis locos? ¿Pensáis hacer otro *Comentarios al Apocalipsis*? ¿No es suficiente con el libro que hizo en Patmos el discípulo bien amado? ¿O este comentario del tal Ticonio? Este Apocalipsis que nos obligan a leer es un laberinto de peligros y confusiones. No hay quien lo entienda. Es una selva impenetrable llena de precipicios y desfiladeros, poblada de bestias y dragones de muchas cabezas. Allí abundan las arenas movedizas y las sierpes y los alacranes. Son incontables los monjes que se han aventurado a sumergirse en sus páginas y no han encontrado el modo de salir de la espesura, porque han sido tragados por las bestias, devorados por el fuego, sepultados por los terremotos o ahogados en los diluvios que se han precipitado sobre su entendimiento. Es tan fatigoso y arriesgado leerlo de corrido que el cuarto concilio toledano ha tenido que obligar a su lectura bajo pena de excomunión.

—Precisamente por eso queremos aclarar el significado de todo lo que ocultan sus profecías y lo haremos con unas imágenes que lleguen donde el texto de Juan no alcanza. Que haga transparente lo que está borroso, ilumine lo que es oscuro.

—¿Dónde está la fuente de inspiración y dónde el apoyo bibliográfico para vuestro libro? ¿Tenéis acaso la ciencia infusa? Porque Liébana no es Patmos. Mostradme ese Ticonio para que haga composición del lugar al que os dirigís.

Una vez entregado el libro, Vicente lo ojeó detenidamente, se lo pasó al prior y ambos se quedaron pensativos. Beato y Eterio observaban con preocupación.

—Del texto no digo nada. Doctores tiene la santa madre Iglesia, pero para esas caligrafías y esas figuras hace falta mucho oficio y mucha maestría.

—La cera se deja modelar cuando está blanda y el maestro es sabio —replicó Eterio—. Desde la más tierna infancia, la lectura y la caligrafía las tuvimos como un juego, estuvimos ejercitándonos en esos menesteres con plumas y pinceles en la escuela de la basílica de Córdoba. Allí aprendíamos copiando libros que salían de nuestras manos como los granos de trigo de las espigas y eran el orgullo de aquellos que nos enseñaban. Siempre estuve a la sombra de Beato, que fue mi maestro en teología, en retórica, en dibujo y en caligrafía. Vos sabéis que donde hay un maestro, hay una escuela. Yo he tenido la suerte de instruir a muchos, antes de que, sin ningún merecimiento por mi parte, me hicieran obispo, y ahora estoy en disposición de enseñar a cuantos estén dispuestos y lo necesiten.

—¿Tan importante es la copia de libros antiguos? —inquirió Vicente.

—En tierras de cristianos, en los tiempos que vivimos, únicamente la Iglesia mantiene y enseña la escritura —respondió

Beato por boca de Eterio—. Los libros de los siglos anteriores al nuestro son obra de cristianos. Debemos seguir el ejemplo de san Agustín, que recomendaba conservar los libros antiguos por encima de todo. Él nos dijo que la ciencia humana nos ayuda a entender la ciencia divina plasmada en la Biblia. Por eso recomendaba el estudio del latín y del griego, de la filosofía y de las matemáticas, de la astronomía, de la historia y de la música. Para él era muy importante disponer de un buen *scriptorium* y de una

gran biblioteca. Apreciaba mucho el trabajo de los amanuenses y de los veloces copistas, de tal modo que siempre llevaba uno de estos consigo para que recogiera abreviado su discurso. Posteriormente, los amanuenses hacían múltiples copias de lo que dictaba o comentaba acerca de un libro.

»Fíjese, su reverencia, en la importancia de los códices antiguos que Melania, una de las llamadas madres del desierto, gran amiga de san Agustín, trabajaba a diario en la transcripción y

corrección de códices. Esta actividad era una de las principales ocupaciones de los monjes, que lo hacían tanto para la *lectio divina* en su propio monasterio como para intercambio o atender encargos exteriores. Y sepa que san Jerónimo pidió por carta desde el desierto a un monje de Jerusalén una copia del *Comentario al Cantar de los Cantares*, de Reticio de Autun, prometiéndole devolverle el favor, puesto que tenía una biblioteca muy bien surtida.

»En esos siglos, solo los monasterios producen libros. Fue Casiodoro, el secretario de Teodorico, quien primero propuso que los monasterios realizaran una importante labor intelectual, y predicó con el ejemplo cuando se retiró a Vivarium. Desde allí defendió la escritura como camino de perfección y ascesis, como el medio más eficaz para combatir las tentaciones que acechan de continuo a los monjes. Sus *Instituciones* conceden gran importancia a preceptos de ortografía, caligrafía y puntuación, de ello se deduce que unos frailes se ocupaban del trabajo intelectual y otros del manual, por eso, no concebimos ningún monasterio benedictino sin biblioteca y cuyos monjes no practiquen la *lectio divina*.

—¡Cuánta razón tenéis, hermanos! Me habéis abrumado con vuestro discurso. Nuestro Señor decía que la mies es mucha y los operarios, pocos. Benditos seáis, porque el Señor os ha enviado para que inundéis de sabiduría este monasterio lleno de vigor. Bastante hemos tenido y tenemos con acoger a todos los fugitivos que escapan del sur. Ya tienen fuerza en sus brazos, ahora hagamos que tengan luz en su cabeza y que sus corazones se vean henchidos de generosidad. Aceptad el cargo de abad de San Martín de Turieno y poneos de inmediato manos a la obra. Tenéis todo mi apoyo y debéis ganaros el de toda la comunidad. Mejor con la persuasión que con el castigo. Crear una gran biblioteca, esa sí que es una tarea noble para un monasterio importante. He oído hablar mucho de la de San Martín de Tours: está junto al calefactorio y dispone de dos locales separados, uno para los libros y otro para los copistas, y ocupa, al menos, a doce escribas. Pero no perdamos más tiempo y dejemos de argumentar, enseñad algo de lo que sabéis a los que no saben que no saben. Ya lo dijo Nuestro Señor: «Vosotros sois la luz del mundo. No se puede ocultar una ciudad puesta en lo alto de un monte. Tampoco se enciende una lámpara al meterla debajo de un celemín». Dejadme otra vez ese libro de Ticonio. —Vicente lo examinó de nuevo detenidamente, admiró la belleza y el colorido de sus imágenes y exclamó—: Las estampas son muy llamativas y veo que hay oro, lapislázuli, etc., que dan mucho realce a las figuras y a sus hábitos. Supongo que, aparte de su elevado precio, son mercancías muy difíciles de obtener. ¿Traéis dinero acaso? Y de no ser así, ¿cómo pensáis obtenerlo?

—Traemos todas las monedas que hemos podido reunir antes de este viaje que ha precipitado la derrota de Carlomagno. Sabíamos que no serían suficientes para la gran empresa que proponemos, pero Nuestro Señor, que viste los campos con lirios año tras año, será generoso con nosotros para ornamentar los libros con los lirios de nuestros dibujos a mayor gloria de nuestra fe verdadera. ¿Cómo se llama esa bebida medicinal que destiláis en este convento, que alegra los corazones, favorece las transacciones, mejora las digestiones, facilita las iluminaciones y provoca las erecciones? —preguntó Beato por boca de Eterio, que desbordaba en elocuencia y asombraba por su claridad en la dicción.

—Esa bebida se llama orujo, pero no hace milagros, y no entiendo qué tiene que ver el orujo con el oro y el lapislázuli.

—Todo. El orujo es oro, como su nombre indica. En nuestra vida no hemos encontrado en ninguna parte ningún licor con las virtudes del orujo. A buen seguro que sería muy apreciado por comerciantes, nobles, reyes y ricos monasterios. Es un bien escaso que podríamos vender a muy buen precio o permutar por el oro, el lapislázuli y demás productos necesarios para el adorno de los pergaminos.

—Voluntad tenéis, conocimientos no os faltan, incluso habéis hecho gala de un poco de malicia y concupiscencia, pero no os confundáis porque el orujo de que me habláis es uno muy especial que se obtiene añadiendo al licor incoloro las hierbas adecuadas. Se adultera por encargo para facilitar las visiones y lo otro. Todo lo demás es un efecto secundario que solo está al alcance de los místicos, y no siempre. No tengáis motivo de preocupación. El orujo lo sabemos hacer y lo elaboran de muy buen grado los hermanos, pero los libros son harina de otro costal. Confío en vuestra palabra, y por ello estoy seguro de que los libros que salgan de vuestras manos alcanzarán tanta fama o más que los orujos que salen de nuestras alquitaras, sobre todo aquellos que levantan los corazones.

Llegado a este punto, don Crisógono se levantó de su asiento y exclamó:

—Levanto mi corazón con Beato y Eterio y doy por terminada la clase.

Desde el momento en que don Crisógono mencionó las cualidades afrodisíacas que tenía el orujo «con hierbas» que elaboraban los monjes, Tiqui agachó la cabeza, la tapó como pudo con el brazo e hizo como que tomaba apuntes para aguantar la risa que la desbordaba.

—Menos mal que se ha dado la vuelta y no me ha visto, porque ya no aguantaba más y casi me meo —le dijo al oído a Eulalia.

—No entiendo nada de lo que me dices. ¿Qué ha pasado para que te rieras tanto?

—Como don Crisógono es tan tímido, me he imaginado que le da unos lingotazos a una botella de ese orujo con hierbas tan especial para venir colocado y sin vergüenza a clase, y por eso le ha cogido tanta afición a Beato y a Liébana. ¿Lo pillas?

—Ignoro adónde quieres llegar, Tiqui, pero pillo que eres una descarada.

—Debe de ser que a ti y a mí Liébana y Beato nos han levantado la moral.

EL CUARTO SELLO

CUANDO ABRIÓ EL CUARTO SELLO, OÍ LA VOZ
DEL CUARTO VIVIENTE QUE DECÍA:
«Ven». Vi salir un caballo amarillo; su jinete se llama Muerte
y los acompaña el que representa el reino de la muerte. Les han
dado poder para matar a la cuarta parte de los habitantes del
mundo, con la espada, el hambre, la peste y las fieras.

13

La pandereta de Tiqui y las plumas de los ángeles

Eulalia le intimidaba un poco don Crisógono y se daba cuenta de que no se comportaba con naturalidad y estaba raro con ella. A su vez, ya había estado dos veces en Liébana y lo guardaba en secreto como si aquello fuera un delito. Pensaba que no procedía levantar la mano, pedir la palabra y soltarlo delante de toda la clase, pero sabía que tenía que hacerlo cuanto antes, aunque no encontraba la manera, el lugar ni el momento adecuado para contárselo. ¿Contar qué? No había gran cosa que contar. Pero estaba segura de que tenía que decírselo pronto. Era una cosa que tenía pendiente, pero no era urgente, al igual que la renovación del vestuario, que necesitaba acometer cuanto antes porque se lo pedía el cuerpo. Había andado revolviendo el fondo de armario de su casa y se había horrorizado porque no sabía por dónde meter mano al asunto. No encontraba nada que le gustara en la situación anímica y académica en que se encontraba. Recordaba que hacía años las viudas se vestían de luto y problema resuelto. Pero ella estaba dejando atrás el duelo, había comenzado una nueva vida con proyectos que le ilusionaban y no quería enfundarse en unos ropajes que, como si fueran la ropa de un submarinista, la sumergieran en un mar de recuerdos que le resultaban dolorosos. «Que no te puedan las prisas. Tienes que buscar algo que te rejuvenezca. Cómprate unas revistas de moda para ponerte al día y mientras decides tu línea, ponte algo sencillo, cómodo y que no llame la atención. Ponte unos vaqueros, que son muy socorridos. Queda con Tiqui después de salir de clase y la invitas a comer. Le dices que te acompañe a ver unas tiendas de ropa, que quieres hacer un regalo para una amiga, y aprovechas para comprarle algo por sorpresa y, como quien no quiere la cosa, le preguntas: "¿Qué te parece esto o aquello otro para mí?". Te puede volver loca, pero también te puedes partir de la risa y de paso algo encontrarás que te sirva».

Después de asistir a dos clases de don Crisógono sin informarle de que ya habían viajado a Liébana, el profesor les convocó de nuevo en un aula aneja a la biblioteca del palacio de Santa Cruz. Cuando llegaron, Eulalia dejó a un lado estos pensamientos porque había comenzado su lección:

—Beato no ignoraba la obligación de los monjes de saberse la regla de su orden. Ustedes puede que no lo sepan, y a partir de ahora no deben olvidar, que tanto las reglas de san Agustín como la de san Benito o las de los españoles san Leandro y san Isidoro prescribían las lecturas como algo fundamental en la vida monástica, ya fueran litúrgicas para el oficio divino o lecturas de carácter espiritual individuales o colectivas en el refectorio, en el claustro o en la sala capitular. Comprenderán que, después de la llegada de los musulmanes y de la diáspora de los clérigos, era difícil que los pocos monasterios que subsistieron dispusieran de una biblioteca para que los monjes pudieran cumplir lo que prescribía la regla. Por no tener, no tenían ni siquiera un armario con unos pocos libros. En los monasterios se decía que un claustro sin armario era un claustro sin armería, porque, sin la Biblia, los Evangelios y sin los libros de los santos padres, ¿de dónde iban a sacar los monjes los argumentos para combatir las herejías y la doctrina de los invasores?

»La regla de san Benito, sabiamente, prescribía la autosuficiencia de los monasterios, prudente medida porque garantizaba la estabilidad de los mismos, sobre todo en lo que se refiere a la alimentación, y no solo la material, sino también la espiritual. Para que los monjes pudieran cumplir la obligación de la lectura surgieron los *scriptoria* monásticos, como el que Beato y Eterio propusieron crear prácticamente *ex novo* en el monasterio de San Martín de Turieno. Al ser benedictino, Beato, aunque a escala mucho más humilde, tomó ejemplo del de San Martín de Tours, que era uno de los más importantes de la cristiandad.

Don Crisógono hizo una pausa para que asimilaran todo lo que les acababa de contar y luego lanzó una pregunta:

—¿No les parece a ustedes que copiar los libros existentes, estuvieran donde estuvieran, era una necesidad imperiosa en aquel tiempo, y que escribir libros nuevos, a partir de la invasión musulmana, estaba al alcance de muy pocos? Convendrán conmigo en que Beato fue un atrevido pionero y, como todo estaba por hacer, para lograrlo envió a Vicente a recorrer el reino de

Asturias para conseguir copias de libros y dar cuerpo a la biblioteca de San Martín de Turieno.

»Beato comprobó enseguida que una parte de los monjes de San Martín de Turieno, sobre todo los de reciente incorporación, apenas sabía leer y no digamos escribir. Su experiencia en la escuela catedralicia de Córdoba le recordó la necesidad de organizar una escuela monástica con niños, tarea que cayó sobre las espaldas del obispo Eterio, que había demostrado sus dotes pedagógicas en la educación de los tres hijos del emir. "No se le ocurra a su eminencia hacer de onagro en estas montañas —precisó Beato—. Aquí os toca hacer de sabio y escoger a los más pacientes e ilustrados de entre los monjes de la comunidad que a ser posible sepan escribir, pero antes que nada necesitamos construir una estancia bien iluminada que sirva de *scriptorium* provisional, y la ubicaremos al abrigo de la iglesia, que siempre infunde respeto".

Don Crisógono, que contemplaba con satisfacción que Eulalia seguía tomando apuntes, hizo un alto en su narración mientras escrutaba con la mirada a todos los alumnos, y preguntó:

—¿Alguien de entre ustedes ha tocado alguna vez un pergamino?

Todos guardaron silencio.

—Pues tenemos que terminar con esa anomalía ahora mismo. —Abrió la cartera, extrajo de ella una pandereta que tocó con mucho salero, con la consiguiente sorpresa y el regocijo de sus alumnos, que no se esperaban nada semejante, y exclamó—: Les recuerdo que hay asociaciones de estudiantes que se hacen llamar la tuna y que manejan este artilugio con mucho más entusiasmo que los libros. Pasen de mano en mano el instrumento y toquen el pergamino lo mejor que sepan, incluso golpéenlo con mucha suavidad para no molestar, y al final me lo devuelven, no sea que alguno de ustedes tenga la tentación de apropiárselo. Si alguien sabe tocarla con cierta armonía, puede hacerlo sin miedo.

Para sorpresa de todos, cuando cayó en sus manos la pandereta, Tiqui, que solía permanecer silenciosa en clase, salió al pasillo y al ritmo del instrumento se puso a bailar y a cantar:

Una pandereta suena,
una pandereta suena,
yo no sé por dónde irá.
No me despiertes la niña,
no me despiertes la niña,
que ahora mismo se durmió.
Que la durmió una zagala,
que la durmió una zagala,
y esa zagala soy yo.

—Me la cantaba mi abuela muy bajito, y tocaba la pandereta cada vez más suave para dormirme —explicó con una gran sonrisa antes de devolver el instrumento a don Crisógono y regresar a su pupitre, y después de recibir un aplauso de sus compañeros.

Una vez recuperada la seriedad, don Crisógono reanudó la clase:

—¿Qué habría ocurrido si la pandereta en vez de pergamino hubiese tenido papiro? —preguntó.

—A nadie se le ocurre poner un papiro de membrana en una pandereta —respondió Tiqui dándose por aludida.

—No solamente eso. Además, en el papiro solo se puede escribir por una cara, sin embargo, en el pergamino se podía escribir por las dos caras de la piel. Otra razón es que la escritura en el pergamino es reversible porque se puede reutilizar si se raspa, se lava y se pule, pero no muchas veces, porque se debilita. Y otra gran ventaja del pergamino es que se puede plegar y hacer cuadernillos con él para obtener ese objeto tan maravilloso que es el libro. Y asimismo, y más importante, tiene capacidad de garantizar una larga vida a los documentos de instituciones como catedrales y monasterios, que tienen vocación de eternidad. La prueba la tenemos en los beatos que, como el de Valcavado, al cabo de los siglos siguen entre nosotros a pesar de las vicisitudes.

—O como el que tenemos en la catedral de mi pueblo —intervino Tiqui sin poderse contener.

—No me diga que también hay un beato en su pueblo. ¿De qué beato se trata?

—Del Beato de Burgo de Osma.

—Tendríamos que ir un día de estos a contemplarlo —recomendó don Crisógono—. Burgo de Osma es una pequeña ciudad soriana que tiene catedral y obispo, sucesor de Eterio, por cierto. Visitar Osma y el Burgo de Osma no sería mala idea, al fin y al cabo no está tan lejos de Valladolid y desde la universidad trataríamos de que nos mostraran el beato que se guarda en la catedral. Pero sería muy conveniente que antes de emprender este viaje fueran ustedes hasta Liébana por su cuenta. Por cierto, ¿alguno de ustedes ha visitado Liébana?

Eulalia se giró para mirar al resto de la clase y, como esperaba, nadie levantó la mano. Ella se arrepintió de no haber informado previamente al profesor de sus viajes porque no sabía cómo hacerlo a solas, y si lo hacía ante toda la clase, temía hacer un feo a sus compañeros.

Ante el clamoroso silencio que siguió a su pregunta, el profesor volvió con otra mucho más precisa:

—¿Alguno de ustedes ha visto por casualidad a don Exuperio este fin de semana pasado?

«¡Vaya, lo que me faltaba! A lo mejor tiene espías en Potes», pensó Eulalia, y recordó el consejo que le había dado el sacerdote. «No se fíe de don Crisógono, porque será mucho profesor, pero me temo que ese hombre no es trigo limpio».

Aunque se había dado cuenta de que la invasión de su territorio lebaniego por parte de don Crisógono y sus alumnos año tras año era el motivo de la exagerada animadversión de don Exuperio, Eulalia decidió decir la verdad de inmediato, comprobar su reacción y, a partir de ella, tratar de encontrar alguna pista que le llevara al chivato.

—Yo estuve en Liébana. Necesitaba depositar en el cementerio de Potes las cenizas de mi marido, que era lebaniego, y aproveché para entrevistarme con don Exuperio, que es lo que usted nos había recomendado y que me ha sido de mucha utilidad. No dude en facilitarnos el contacto de otras personas que usted conozca y nos puedan ayudar en el trabajo sobre Beato.

—Hizo usted muy bien, Eulalia, pero podía habérmelo dicho antes de empezar la clase y así habríamos comentado sus impresiones con sus compañeros. Si le soy sincero, no pensaba que fuera a ir ninguno de ustedes tan pronto. Pero celebro haberme equivocado con usted y se lo agradezco. —Tras este breve paréntesis, el profesor decidió reanudar la clase—: Continúo donde lo dejamos. Estábamos con el *scriptorium* recién estrenado en el monasterio de Liébana, necesitábamos pergaminos y seguimos a la pandereta; a continuación, Tiqui nos obsequió con un recital y nos perdimos sin haber llegado a Burgo de Osma. Así que tenemos que regresar a San Martín de Turieno, donde encontraremos a Vicente, Eterio y Beato haciendo un recuento de los ternerillos, cabritos y corderillos porque sus pieles se necesitan para hacer copias de los libros que ha conseguido Vicente. Como pueden imaginar ustedes, no es fácil transformar una piel en pergamino. Eso requiere lavar la piel con una solución de cal, quitarle el pelo, la grasa, los tendones y otras impurezas; tensar la piel en un bastidor de madera hasta que se seque; nivelar la superficie con un cuchillo por ambas caras, y cuando todo esto ocurra y la piel esté seca y completamente limpia, ya se puede llevar al *scriptorium*. En ese momento ya tenemos un soporte para la escritura y el dibujo si lo hubiere.

Don Crisógono hizo una pausa para dar un breve descanso a sus alumnos, que estaban alborotando un poco. Y para que guardaran silencio unos instantes, se llevó el dedo índice a los labios, cogió de nuevo la pandereta y se la entregó a Tiqui, que con mucha suavidad imitó los redobles del tambor que acompañan las procesiones de Semana Santa, y con ello consiguió el silencio de los compañeros.

—Como si estuviéramos en Semana Santa, tengo que pedirles perdón por haberme permitido una licencia pedagógica al no haberles advertido de que esta pandereta no es de piel fina procedente de animales muy jóvenes, ni está tan elaborada como los pergaminos, porque proviene de animales adultos cuyas pieles son tan recias que hacen muy difícil el cosido de los cuadernillos para convertirlos en libro. En cambio, cuando se tensan son aptas para producir sonidos con los golpes que reciben. Y, si no, que se lo pregunten en Semana Santa a los vecinos de Calanda o de Hellín, que golpean sus tambores durante veinticuatro horas sin que estos se rompan o den signos de fatiga. Pero para los códices más suntuarios se usa el de vitela, que se obtiene con la piel de los recién nacidos o nonatos. Ignoro si hoy en día eso se consideraría maltrato animal.

Viendo que los alumnos se distraían, decidió dejar de irse por las ramas y volver a lo suyo haciendo una recapitulación:

—Vamos a coger el hilo de la historia. Beato quiere escribir un libro para refutar la doctrina de Elipando. Huye a Liébana y ya es abad de un monasterio en el que ha construido un *scriptorium*. Ya tiene rebaños de ovejas y cabras paciendo en los prados y cumbres de Liébana, y esta mañana anda con Eterio y Vicente inspeccionando los corrales de la granja del monasterio, examinando gansos y ocas, pues, como tiene el don de la profecía, sabe que doce siglos más tarde estaremos reunidos en una biblioteca llena de libros con una copia de su códice hablando de él y de su libro. Sabe que necesitamos plumas para nuestro *scriptorium* y ha tenido el detalle de enviarme al ángel que trae plumas de sus alas para cada uno de ustedes. No son plumas Mont Blanc, pero son plumas celestiales, porque con ellas hacían las caligrafías y las imágenes los copistas, escribas e iluminadores de códices y beatos, y con su brillantez y colorido, semejante al de los pavos reales, inspiraban a los dibujantes.

»También me ha dejado este cuchillo, imprescindible tanto para dar forma a la punta de las plumas y cortarlas a medida que se van gastando como para borrar los errores o sujetar la hoja opuesta del pergamino para que no se deforme. Pero no se lo dejo usar a ustedes, por si se hieren, ya que supongo que estas cosas no las cubre el seguro.

Eulalia, Tiqui y el resto de sus compañeros estaban obnubilados con todo lo que les estaba contando don Crisógono. Atentos y callados seguían su discurso con auténtico interés.

—Perdón de nuevo, porque se me había olvidado decirles que, al igual que los carpinteros necesitan la oreja para guardar el lapicero y una especie de mandil para llevar el metro amarillo, rígido y desplegable, los iluminadores y copistas precisan un asiento con respaldo y un amplio pupitre para tener a mano y ordenado todo el instrumental menester en su pequeño taller para realizar su difícil tarea, *verbi gratia*, un tintero empotrado en el pupitre como el que teníamos en la escuela hasta que llegaron las plumas estilográficas y los bolígrafos. Imagínense que son ustedes un copista que tiene a su lado un libro precioso y carísimo, y en la mesa, un tintero y una pluma que va y viene del tintero al pergamino. ¿En qué tiene que fijar su atención el copista? ¡A ver, Eutiquia, que la veo un poco distraída! La perdono si está memorizando el párrafo que acaba de leer y tiene que copiar, pero si está mojando la pluma en el tintero, tenga cuidado de no desgraciar el libro que les han prestado, de que no se le vuelque el tintero, de que no se le caiga un borrón en el pergamino nuevo. Memorice lo que acaba de leer y tiene que copiar. Todo tiene que estar a mano y en su sitio.

»Tiene que comprobar que le quedan plumas para unos días por si el ángel coge la gripe; tenga a mano también el cuchillo para raspar si se equivoca, la tiza o yeso que utiliza como secantes, las rasquetas, punzones y algo parecido a un lápiz. Y también una regla para delimitar los espacios de las capitulares y los dibujos y para trazar los renglones de la escritura. Supongo que a ustedes no se les ocurrirá preparar un examen en una discoteca, porque el estudio requiere silencio y concentración, entonces les parecerá bien que el *scriptorium* lo emplacemos en un lugar silencioso, y que prohibamos la entrada a ociosos y curiosos y sea solamente un lugar de trabajo sin ruido, como el de nuestras bibliotecas y locales de investigación.

»Se imaginarán que, a pesar del colorido de sus plumas, el trabajo cotidiano de los copistas era duro, monótono y de muchísima responsabilidad porque exigía mucho cuidado y concentración. Dejó constancia de ello un monje de la abadía francesa de Corbie: «Aunque la pluma sea sostenida solo por tres dedos, es todo el cuerpo el que trabaja». Además, eran cuello de botella de la cadena de producción y tenían que dejar delimitados los espacios para el dibujo, para las capitulares, rúbricas y cenefas. Y no debían olvidarse de dejar los reclamos que permitieran al encuadernador ordenar con facilidad los cuadernillos que componen el libro, en esa fase en que todavía se está a tiempo de subsanar los errores. Después se recortaban los bordes y se encajaba en la cubierta, que normalmente consistía en unas tablillas forradas en pergamino o piel dura debidamente ornamentada. Todo esto corresponde al arte de la encuadernación, pero todavía no les he dicho ni una palabra del arte de la caligrafía. ¡Qué cabeza la mía! ¿Y para eso había traído conmigo un ángel que me ha permitido arrancarle unas plumas para ustedes? Ya saben que el gran reto de Beato con el *Comentarios al Apocalipsis* fue hacer visible lo invisible. Lo logró finalmente, porque veía con toda nitidez a los ángeles y también las bestias y al mismísimo Anticristo.

Sus alumnos no daban crédito a sus oídos y a sus ojos cuando adelantó la mano que tenía a la espalda y le pasó a Tiqui un puñado de plumas de pavo real para que las repartiera entre sus compañeros, diciendo:

—Este que tengo junto a mí, y que ustedes no pueden ver, es mi ángel de la guarda, que es rubio y se llama Crisoel. Les pido que le agradezcan su generosidad con un cálido y silencioso aplauso. —Todos notaron una pequeña corriente de aire cálido porque Crisoel agitó sus alas para darles las gracias—. Yo también les doy las gracias, porque al final han acabado prestándome atención, y mira que me ha costado trabajo lograrlo, menos mal que Tiqui me ha echado una mano, mejor dicho, ha echado una mano a la pandereta y les ha devuelto al redil con los corderillos del pergamino. Les prometo que iremos de excusión a Burgo de Osma, pero ustedes me tienen que prometer que irán a Liébana lo antes posible. ¡Ah! No mareen más a don Exuperio. Ya saben que Eulalia está en contacto con él.

14

Beato contraataca cuando Adosinda profesa

iqui y Eulalia eran de las primeras en acudir a clase cuando la había. Eulalia estaba totalmente enchufada al seminario sobre Beato y Tiqui cada día más, sobre todo desde que viajó a Liébana y desde que se marcó el número de la pandereta, que la había hecho ganar muchos puntos entre los compañeros y el respeto y la admiración de don Crisógono.

—¡Qué ocurrencia tuvo trayendo la pandereta y qué cara la tuya en salir a cantar y bailar en medio del pasillo! ¡Eso sí que no se lo esperaba don Crisógono! A mí se me habría caído la cara de vergüenza solo de pensarlo —se reía Eulalia.

—Es que eres una señorita de Valladolid, y vosotras sois muy miradas y le tenéis mucho miedo al ridículo. Bastante haces con estar en un seminario con aprendices. Pero si te hubieras atrevido, se tira al suelo y allí mismo te pide en matrimonio don Crisógono.

—¡Calla, insensata, que te va a oír, que ahora mismo aparece por la por la puerta!

—Eutiquia, ¡muy bien lo de la pandereta del otro día! —dijo el profesor a modo de saludo—. Eso cohesiona mucho la clase y anima a sus compañeros a valorar a Beato. No sabe usted cómo se lo agradezco.

—Lo mío era fácil: golpear la pandereta como una tuna, dar cuatro brincos cantando y se acabó. Lo difícil ha sido lo suyo. Criar un corderillo, matarlo y despellejarlo en la cocina, curtir la piel en el cuarto de baño, rasparlo en la terraza… y comérselo después de asarlo al horno. Eso tiene mérito, porque hay que tener mucho cuajo y valentía para hacer esto a un hijo adoptivo, y mucha maña para estirar el pellejo y que eso suene como es debido cuando lo golpeas con los nudillos en las fiestas del pueblo o en Semana Santa, y como remate de fiesta traer la reliquia del cordero al seminario de Beato de Liébana. ¿No le parece a usted?

Don Crisógono y Eulalia se partían de la risa.

—¡Mira que es graciosa y descarada la muchacha de los rizos! ¿No le parece a usted, Eulalia? —soltó don Crisógono sin dejar de reír.

—Qué le va a parecer a una madre adoptiva…

—Fíjese, don Crisógono, lo que hay que hacer para que la adopten a una —dijo Tiqui poniendo cara de angelito.

—No sigas por ese camino, Tiqui, que te despellejo.

Los compañeros que entraban en clase sorprendieron a los tres muertos de risa y no entendían nada de lo que pasaba. Don Crisógono se puso serio de golpe y empezó la clase de inmediato:

—Si por casualidad se les ocurre leer el Apocalipsis y no lo entienden, no se preocupen, porque es un libro poético y profético. Hoy en día es difícil de comprender el significado de su simbología, ya que quiere explicar una visión que ha tenido el autor. Respecto al *Comentarios* de Beato, les aseguro que dejarán su lectura enseguida porque les resultará insoportable y se perderán a las primeras de cambio, porque no están escritos para nosotros. La primera versión estaba dirigida a los cristianos que sufrían persecución y muerte por Domiciano, y la segunda a los clérigos cristianos de la España ocupada por los infieles para que no cayeran en la herejía adopcionista que divulgaba Elipando y mantuvieran la esperanza en que vendrían tiempos mejores. ¿Qué hace un ricacho cuando tiene joyas y mucha pasta y no quiere que se las roben?

—Meterlas en la caja fuerte —respondió una alumna.

—No tiene caja fuerte todavía y se va de vacaciones.

—Buscar un sitio adecuado y esconderlo en un lugar en el que no se pueda entrar o que no puedan imaginar los ladrones —apuntó otra.

—Los libros de Beato estaban a la vista, en el lugar más visible, pero ambos libros eran crípticos e ininteligibles para sus perseguidores, que eran incapaces de desentrañar el mensaje que profetizaba la victoria del pueblo cristiano y, además, el

merecido castigo de sus opresores o los cómplices de estos, por ejemplo Elipando, al que tampoco se cita por su nombre. Beato fue precavido y se escondió en Liébana; fue astuto al no subir al púlpito para combatir la herejía del arzobispo. ¿Quién era él para enfrentarse al arzobispo de Toledo? Fue inteligente al esconderse mediante la dedicatoria de su libro, detrás del obispo Eterio, utilizándole como escudo… humano intelectual. Fue paciente para esperar a que otros más poderosos combatieran en su lugar, como finalmente hicieron Alcuino, Carlomagno y el papa.

»Para movilizar a tan altas dignidades elaboró unos libros de coleccionista que llamaban la atención por estar relacionados con el Apocalipsis, estaban iluminados con unos dibujos alucinantes cargados de bombas y eran tan atractivos que fueron sus embajadores porque servían de lectura en los refectorios, de entretenimiento en los claustros y de argumentario en las bibliotecas de los edificios monásticos, palacios reales y catedrales a los que él no podía llegar.

Eulalia se daba cuenta de que Crisógono estaba fatigado, a pesar de ello, o por eso, no la perdía de vista y se dirigía a ella de continuo. Sospechaba en su fuero interno que su presencia en las primeras filas motivaba el esmero con que preparaba sus lecciones y la originalidad con que comenzaba sus clases. Siguió prestando atención a su discurso para no perder detalle.

—Supongo que, por esa misma razón, los haría prolijos, confusos y farragosos, porque yo he intentado meterme con ellos y he tenido que dejarlo. He leído que lo mezcla todo y cuesta diferenciar lo que dicen los santos padres de lo que aporta de su cosecha. El hambre y las ganas de comer, porque aparte de dogmático, como corresponde a un teólogo, le imagino minucioso, exhaustivo e intenso, y un poco cascarrabias con el paso de los años. Siempre se ha tenido por cierto que los primeros *Comentarios* ya estaban ilustrados y sirvieron de modelo a los que les siguieron durante cinco siglos, y que la idea de ilustrarlos provenía del propio Beato. Todas las series que han llegado a nuestras manos están representando de modo literal el tema que propone cada una de las *storiae*.

A don Crisógono se le fue el santo al cielo, pero echó un vistazo a sus apuntes y musitó:

—¡Ah! Lo de los cómics. —Y enseguida cogió el hilo de las ilustraciones y continuó con su lección—: Beato incorporó unas potentísimas viñetas, de un colorido y una expresividad que ya quisieran para sí los cómics de hoy en día, para animar a la lectura de los que supieran leer o inducir a curiosear sus dibujos a la mayoría. Según Umberto Eco, Beato tuvo una o varias visiones con un mandato que no podía soslayar: refutar la herejía adopcionista de Elipando, pero tenía que salvar el pellejo. Para ello armó un *collage* con citas de la Biblia, los Evangelios y los escritos de los santos padres, de reconocida autoridad dentro de la Iglesia, que adobó con comentarios de su propia cosecha en un *totum revolutum* sin hacer distinciones entre las fuentes y los textos y aportaciones suyas, lo cual confunde a los posibles lectores de hoy en día que están poco o nada interesados en cuestiones teológicas. En resumen, podríamos decir que se trata de un corta y pega ilustrado primorosamente.

—Entonces, con tanto corta y pega, Beato no sería muy original —observó uno de los alumnos de la segunda fila.

—En efecto, algunos eruditos critican esa falta de originalidad de Beato y tienen toda la razón en lo que se refiere al texto. Tampoco era eso lo que pretendía. Sabía que las pasiones mueven los corazones y no las razones. Con el texto razonaba y con las ilustraciones atemorizaba. En mis tiempos, y a lo mejor también ahora, a los niños que tenían un antojo o desobedecían se les reprendía; si no atendían a razones, se les amenazaba con el coco, y si a pesar de eso les daba una pataleta y se tiraban a suelo, se los castigaba o se les daba unos azotes en el culo. Esa era la función de las viñetas. Advertir, amenazar y castigar. Beato pretendía defender la ortodoxia y no hacer aportaciones innovadoras al dogma de la Santísima Trinidad. En ese jardín se metió Elipando, y al final de este seminario ya verán ustedes cómo acabó el adopcionismo que propugnaba.

En tiempos de Domiciano, el Apocalipsis era el caramelo que consolaba a los cristianos de sus sufrimientos con los azotes y castigos que caerían sobre sus perseguidores. En el siglo VIII, los cristianos que no se convirtiesen al islam tenían que pagar unos impuestos que antes solo abonaban los judíos; la jerarquía religiosa de los cristianos era objeto de toda clase de presiones por parte del poder musulmán, del que dependía la elección de los prelados; se les prohibía hacer procesiones en la calle y se veían obligados a celebrar el culto en la clandestinidad, como en tiempos de las catacumbas. En Córdoba, Sevilla y Toledo tuvieron que ceder la mitad de sus respectivas catedrales a los musulmanes. Tampoco podían tañer las campanas, reconstruir edificios religiosos o fundar nuevos monasterios, y en los existentes tenían que albergar a los musulmanes indigentes, dar techo y comida durante tres días gratuitamente a peregrinos y caminantes. Para ello se les exigía tener abiertas sus puertas día y noche. Eran una comunidad sojuzgada por unos ocupantes recién llegados que organizaban la sociedad según convenía a sus fines y a su propio beneficio. Añadiré que no les interesaba que hubiera conversiones masivas de cristianos porque, como los musulmanes no pagaban impuestos, disminuiría la recaudación. Sin embargo, a los nobles les era muy rentable convertirse al islam para gozar del mismo privilegio.

Hizo una pausa para tomar aliento. Miró a los alumnos para ver el efecto de sus palabras y mostró su satisfacción por una pregunta de una alumna que siempre permanecía callada.

—¿No nos dice nada de la situación de las mujeres?

—Esa es una buena pregunta que trataré de responder. A las mujeres musulmanas se les prohibía casarse con los cristianos y las conversiones del islam al cristianismo se castigaban con la pena de muerte. Los judíos lapidaban a las adúlteras y los cristianos hacían lo que decían las leyes y la doctrina cristiana y, por ello, seguía vigente lo que dijo Jesús ante la mujer adúltera: el que esté libre de pecado que tire la primera piedra. Estamos hablando del siglo VIII, ¿verdad, señorita? Porque, a pesar de los retrocesos que ha habido y puede haber en algunos lugares, afortunadamente algo hemos avanzado en la Península Ibérica y en los países de nuestro entorno. Dicho todo lo anterior, les recuerdo que, como había pasado poco tiempo desde la ocupación de Hispania por los musulmanes, la mayor parte de la población era cristiana y la consigna de sus clérigos era esperar tiempos mejores o escapar al reino cristiano de Asturias, que fue lo que hicieron exactamente Eterio y Beato.

»Fíjense en la importancia de la religión, que un arzobispo de Sevilla, creo que se llamaba Theudula, escribió: "La peste del adopcionismo se ha extendido por nuestra provincia y ator-

menta más cruelmente a las almas que el acero de los bárbaros",
y a continuación se apresuró a redactar una carta pastoral ame-
nazando con anatema a todo el que asegurase que Jesucristo
era hijo adoptivo de Dios. A su vez, Elipando, en carta al abad
asturiano Fidelio, escribe: «Hay que exterminar a todos los que
no reconocen en Cristo al hijo adoptivo de Dios. Los heréticos
son esclavos del Anticristo». Esto demuestra que, en unos pocos
años, Elipando ya había conseguido dividir a la Iglesia mozárabe.

Tras estas palabras, detuvo la explicación, tomó aire y dijo:

—En mis tiempos, a mitad de la proyección, se interrumpían
las películas para cambiar el rollo y aparecía un letrero que decía:
«Descanso. Visite nuestro bar». Como ustedes necesitarán un
respiro para digerir las emociones de la mañana y yo necesito una
pausa, les concedo un descanso como de una media hora para que
estiren las piernas y tomen un refrigerio en la cafetería. No va a
sonar el timbre, así que séanme puntuales y denme la alegría de
verlos de nuevo en el aula.

Don Crisógono se asombró al comprobar que tras la pausa no
faltaba nadie en el aula y con una sonrisa de satisfacción siguió
desgranando las peripecias de Beato:

—Al contrario que en las tierras dominadas por el emir, en
Liébana, a pesar de las turbulencias habidas en la monarquía del
reino asturiano, todo discurría plácidamente en el otoño del año
785, cuando Beato, que apenas salía de su monasterio, hizo una
excepción para acudir a Santianes de Pravia. Tenía que cumplir

la orden del rey asturiano, Mauregato, de asistir a la profesión
religiosa de la reina Adosinda, evento de mucha importancia, al
que había invitado a muchos presbíteros y abades de su reino
para legitimar su ascensión al trono.

»La mujer, como consecuencia de la muerte de su esposo, el rey Silo, se veía obligada a recluirse en un convento
porque Mauregato, apoyado por la nobleza asturiana, había des-
plazado al hijo de aquel, el joven rey Alfonso II, apodado el
Casto. Este, temeroso de ser asesinado como su padre, puso
tierra de por medio y escapó a tierras alavesas lejos del alcance de Mauregato.

»Beato hizo de tripas corazón porque había sido partidario
del rey depuesto, pero como sabía que Elipando, usando la influencia y el poder que le daba ser arzobispo de Toledo y primado
de la Iglesia visigoda, estaba haciendo adeptos entre los religiosos del reino asturiano, aprovecharía la ocasión para ganarse
el favor del nuevo rey haciéndole llegar en persona un poema

titulado *O Dei Verbum*, que aparentemente había compuesto en honor del apóstol Santiago, pero que en el acróstico se veía claramente que era en honor al propio rey:

O Dei Verbum

Oh verdaderamente digno y más santo apóstol,
que refulges como áurea cabeza de España,
nuestro protector y patrono nacional,
evitando la peste, sé del cielo salvación,
aleja toda enfermedad, calamidad y crimen.
Muéstrate piadoso protegiendo el rebaño a ti encomendado,
y manso pastor para el rey, el clero y el pueblo;
que con tu ayuda disfrutemos de los gozos de lo alto,
que nos revistamos de la gloria del reino conquistado,
que por ti nos libremos del infierno eterno*.

Al terminar de recitar el *O Dei Verbum*, don Crisógono añadió:

—Todo hace pensar que le daba una mano de jabón haciéndole descaradamente la pelota porque quería ganarse su favor. —Y luego siguió narrando la historia de Beato con su voz cadenciosa ante sus atentos alumnos.

Entre la alternativa de hacer un viaje algo más corto por el interior del reino o uno un poco más largo por la costa asturiana con-

---

* Acróstico: Oh rey de reyes, escucha al piadoso rey Mauregato, defiéndele y protégele con tu amor.

templando el mar, Beato eligió esta última opción para dar una alegría a su inseparable Eterio. Nunca había estado cerca del mar, pero en los claustros de la escuela catedralicia situada junto a la basílica de San Vicente, en su Córdoba natal, había soñado mil veces con el mar infinito y azul, sobre todo azul como el cielo, que los maestros de teología comparaban con la inmensidad de Dios. Desde entonces, siempre que se hablaba del mar, le venía a la memoria una historia de san Agustín. Estando un día el santo paseando por una playa mientras meditaba sobre el misterio de la Santísima Trinidad, le distrajo un niño que corría una y otra vez desde el borde del mar hasta la arena llevando agua en una concha hasta un pequeño agujero. El santo preguntó al niño qué era lo que pretendía. Este le respondió: «Vaciar toda el agua del mar en el agujero». «Eso es imposible», dijo el santo, a lo que el aludido replicó: «Más imposible todavía es entender el misterio de la Santísima Trinidad».

Desde la cumbre de alguna de las montañas que protegen Liébana, ya había divisado en el horizonte el mar Cantábrico disfrazado de neblina. Soñaba con verlo desde muy cerca algún día y caminar sobre las aguas en los arenales, pero había ido posponiendo la aventura hasta mejor ocasión. Bajaron por la senda de burros que acompañaba al río Deva en todo su trayecto, desde Potes hasta la ría de Tina Mayor. Se descalzaron al llegar a la playa de Pechón, donde caminaron por la arena un rato hasta que se sentaron a comer, para después tumbarse a echar una buena siesta acunados por el oleaje que, con sus infatigables ires y venires, abanicaba sus recuerdos como barquichuela dejada a la deriva a merced de las olas.

—Este sí que es un mar muy serio y potente —señaló Beato—. No hay más que ver cómo ruge para imaginarse cómo se pondrá cuando se encrespa. Yo creo que el mar de Tiberíades no debía de ser más que el ensanchamiento del río Jordán.

—Me gustaría saber cómo es el mar Rojo —dijo Eterio—. No creo que sea como este que tenemos delante de las narices. Ignoro yo si Moisés tendría fuerzas para separar estas aguas del Cantábrico bravío, ni si, en caso de hacerlo, los judíos tendrían valor para adentrarse entre las fauces de dos montañas de agua dispuestas a devorarlos, como los precipicios del río Deva que nos han acompañado a nosotros hasta estos apacibles valles de la costa.

—Es cuestión de fe y de necesidad, pero sobre todo que no se trate de un juego y que el milagro sea por la causa de Dios, porque con Dios no se juega. Bueno es Él para esta clase de bromas que van contra las leyes de la naturaleza.

Al llegar a Pravia, se toparon con un diácono cordobés llamado Cosmen, viejo compañero de estudios de Beato, y se fundieron en un prolongado abrazo. Tras recordar brevemente los felices tiempos juveniles en la escuela catedralicia y de charlar sobre los viejos compañeros y sobre asuntos de las respectivas familias, preguntó Beato:

—¿Qué noticias traes de las tierras cordobesas?

—Muy malas. Para los cristianos de verdad es muy duro lo que está pasando. Abderramán está demoliendo la basílica de San Vicente y nos deja sin catedral.

—No me lo puedo creer. Que yo sepa, no son tantos los musulmanes que habitan Córdoba. Cuando yo estaba allí solo eran unos pocos. ¿No tiene bastante el emir con la mitad de la basílica que ocuparon a su llegada? Eso era lo acordado. Yo mismo oí decir a Abderramán *pacta sunt servanda*.

—No le ha hecho falta incumplir los pactos. Ha sido todo mucho más fácil. Le ha bastado con comprar la mitad que nos dejó a los cristianos. Había muchas resistencias en Córdoba, pero consiguió la aprobación de Toledo, porque Elipando, el primado de España, firmó el *nihil obstat*.

—¡Ay, Señor! ¡Qué sacrilegio! Me duele en el alma —se lamentó Beato—. No sabes cuánto lo siento. No tiene perdón de Dios vender al enemigo de nuestra fe un templo venerable dedicado a san Vicente Mártir, un hombre tan elocuente que, después de ser torturado en Zaragoza en tiempos de Diocleciano, consiguió convertir a su verdugo a nuestra religión. Vicente era para el obispo Valero lo mismo que vos para mí, un apoyo imprescindible, porque suplía con su elocuencia el defecto del habla que afectaba al obispo tanto como me afecta a mí ahora, y que solo vuestra bondad y la competencia para hablar en mi nombre pueden mitigar. Era el santo de mi devoción cuando yo era niño y le pedía que me corrigiera el habla.

Con aquella funesta noticia, Beato, que siempre había mostrado una fortaleza a prueba de fracasos y desgracias, no pudo contener la tristeza y se le llenaron los ojos de lágrimas. De golpe se vio transportado al recinto catedralicio de Córdoba que acababa de desaparecer. Con aquella imaginación tan pictórica que le permitía recordar o imaginar espacios y situaciones con una viveza inusitada, revivió con toda nitidez los momentos solemnes de su infancia y primera juventud impregnados con el aroma de felicidad y de la confianza en la salvación y en la vida eterna; y todas las ceremonias celebradas junto a sus familiares, con el olor del incienso y los jazmines del altar, los cánticos de los coros, los regalos, los dulces… Y, a partir de su temprana vocación religiosa, los juegos con sus compañeros en los claustros de la escuela catedralicia. Pero se recuperó enseguida y lo hizo desde la constatación de su inmensa orfandad. Era consciente de que el tiempo de Córdoba había pasado, aunque esperaba que no fuera algo definitivo, porque siempre acarició la posibilidad de que Carlomagno derrotara al emir, pero, con el paso de los años, fue perdiendo la esperanza. Era cierto que quedaban los espacios, pero ahora no había ni tiempo ni espacios, solo permanecían los recuerdos…, la frustración y el odio. Odio a Abderramán y sobre todo a Elipando, el testículo del Anticristo, al que veía delante de él con aspecto monstruoso. El odio, que al principio era gelatinoso, se solidificó y fue el pegamento que convirtió los escombros en que habría quedado la basílica cristiana en una estatua de piedra de Elipando con la mitra episcopal y una risa demoníaca. Beato, con la fuerza que le proporcionó el odio, hizo un gran esfuerzo y se agarró a la estatua imaginaria clamando con un puño amenazador. «Ya lo dejó escrito san Agustín: el demonio ha entrado en la Iglesia mediante la herejía, el cisma, la hipocresía, los seudoprofetas, los falsos hermanos y algunos fieles sacerdotes, e incluso los obispos».

Beato quería ante todo atajar a tiempo la división en la Iglesia que conllevaría la derrota del reino asturiano. El *Comentarios* había tenido mucho impacto y en Asturias aumentaba el número de los contrarios a Elipando. Por eso, escribió en el *Apologético*: «… Ya es notorio, ya es conocido que se han suscitado dos opiniones en la Iglesia de Asturias. Y como hay dos opiniones, hay dos pueblos y hay dos Iglesias. Una parte rivaliza con la otra por un solo Cristo. Quién es el que posee la fe verdadera y quién la falsa, ese es el gran debate. Una facción de los obispos dice que Jesucristo es hijo adoptivo en su humanidad y no adoptivo en su divinidad. La otra dice: en ambas naturalezas es el único Hijo de Dios Padre. Hijo propio y no adoptivo. Nosotros, Eterio y Beato, somos de ese último grupo. Nosotros, por esa fe que defendemos, estamos dispuestos no solo al exilio, sino también a la muerte».

—Escúchame, Elipando —gritó—. ¡Yo te maldigo y juro que no descansaré mientras viva hasta que no seáis condenados por herejes tanto tú como tus secuaces y la doctrina que predicáis, y terminéis todos en el infierno! —Luego recobró la serenidad y se disculpó con su amigo—: ¡Perdona, Cosmen! Esto no tiene nada que ver contigo. Va para Elipando. Por cierto, ¿qué se te ha perdido por estas tierras? No sabía que también tú habías salido huyendo de Elipando.

—Son las cosas que tiene esta vida nuestra. Uno tiene que dormir bajo techo todos los días y, a ser posible, después de una cena caliente. No solo no he huido, sino que el metropolitano me proporciona a diario el pan de cada día. Mira por dónde, soy el correveidile de Elipando, y he venido a Asturias a traer al abad Fidel de Obona esta carta, que casualmente se refiere a ti. Acabo de comprobar que mi arzobispo y tú sois absolutamente irreconciliables, porque en cuanto leas esta misiva, te caerás de espaldas.

Beato tomó la carta en sus manos, leyó el primer párrafo y exclamó:

—¡Bien empezamos!

—«Quien no confesare que Jesucristo es hijo adoptivo de Dios —empezó Cosmen en voz alta cuando Beato le devolvió la carta para proceder a su lectura— en cuanto a la humanidad es hereje y debe ser exterminado. Arrancad el mal de vuestra tierra. No me consultan…», se refiere directamente a Eterio y a ti —puntualizó—, «… sino que quieren enseñar, porque son siervos del Anticristo. Te envío, carísimo Fidel, esta carta del obispo Ascárico. ¡Cuán grande es en los siervos de Cristo la humildad, cuán grande es la soberbia en los discípulos del Anticristo! Mira cómo Ascárico, aconsejado por verdadera modestia, no quiso enseñarme sino preguntarme. Pero esos…», lo dice por ti y por Eterio —se interrumpió de nuevo el diácono Cosmen—, «… llevándome la contraria, como si yo fuese un ignorante, no han querido preguntarme sino instruirme. Y sabe Dios que, aunque hubiesen escrito con insolencia, rendiríame yo a su parecer si dijesen verdad». Ahora se dirige de nuevo a vosotros dos —señaló una vez más—. «… Pero nunca se ha oído que los de Liébana vinieran a enseñar a los toledanos. Bien sabe todo el pueblo que esta sede toledana ha florecido en santidad de doctrina desde la predicación de la fe y que nunca ha emanado de aquí cisma alguno. ¿Y ahora solo tú, oveja roñosa, pretendes ser nuestro maestro?».

—Ya lo estás viendo, Cosmen —se lamentó Beato—. Puedes comprobar el odio que a Eterio y a mí nos tiene el metropolitano.

—«No he querido que este mal llegue a oídos de nuestros hermanos hasta que sea arrancado de raíz en la tierra de donde brotó —prosiguió Cosmen—. Ignominia sería para mí que se supiese esta afrenta en la diócesis de Toledo, y que después de haber juzgado nosotros, y corregido con el favor de Dios, la herejía de Migecio, en cuanto a la celebración de la Pascua y otros errores, haya quien nos tache y arguya de herejes. Pero si obras con pereza y no enmiendas presto este daño, lo haré saber yo a los demás obispos, y su reprehensión será para ti ignominiosa».

—Vaya con el señor arzobispo —exclamó Beato—, después de amenazarnos con el exterminio y considerarnos herejes, advierte de que se chivará a los obispos si el destinatario de la carta no obedece sus órdenes.

—«Endereza tú la juventud de nuestro hermano Eterio, que está con la leche en los labios…».

—¿Has oído esto, hermano Eterio? Elipando te está llamando mamón.

—No me interrumpas a cada paso, Beato, que me pierdo. Por donde iba… «… Eterio, que no se deja guiar por buenos maestros, sino impíos y cismáticos como Félix y Beato, llamado así por antífrasis».

—¡Vaya! Aquí me llama impío haciendo un chiste… —Beato no pudo contenerse.

—Sigo con la carta, si me dejas —se impacientó Cosmen—. «Bonoso y Beato están condenados por el mismo yerro. Aquel creyó a Jesús hijo adoptivo de la madre, no engendrado del Padre antes de todos los siglos y encamada. Este lo cree engendrado del Padre y no temporalmente adoptivo. ¿Con quién le compararé sino con Fausto el Maniqueo? Fausto condenaba a los patriarcas y profetas, y este condena a todos los doctores antiguos y modernos. Te ruego que, encendido en el celo de la fe, arranques de en medio de vosotros tal error para que desaparezca de los fines de Asturias la herejía beatiana, de igual suerte que la herejía migeciana fue erradicada de la tierra bética. Pero como he oído que apareció entre vosotros un precursor del Anticristo anunciando su venida, te ruego que le preguntes dónde, cuándo o de qué manera ha nacido el mentiroso espíritu de profecía que le hace hablar y nos trae solícitos y desasosegados».

—Mira, Cosmen, esta es la fe de Elipando acerca de Cristo —suspiró Beato—. Y no la podemos aceptar, porque ni tenemos tal fe ni apreciamos tal doctrina como verdadera ni jamás hemos leído semejante disparate ni en la ley ni en el Evangelio, ni siquiera en los libros de los doctores o los manuales, sino solamente en los dogmas de ese hereje. Y por esta causa nos ha llamado discípulos del Anticristo… Dios no quiera que por sus opiniones perdamos el nombre de cristianos y pasemos a llamarnos elipandianos. Quien asume la fe de Elipando recibe este nombre, como los arrianos de Arrio, los sabelinos de Sabelio y los demás del nombre de sus maestros. A nosotros, que somos cristianos, nos basta un solo Cristo, hijo de la Virgen, que tiene por nombre Jesús. Dejémonos de retóricas y de escribir panegíricos, y utilizando la filosofía del mundo digamos las cosas claras, que todos los que nos oigan o las lean puedan entenderlo sin preguntar a nadie. Y has de escucharlo tú también, Cosmen, para que se lo cuentes a Elipando: nuestro Buen Pastor nos dijo: «Guardaos de los falsos profetas, que vienen a vosotros con piel de ovejas, pero por dentro son lobos rapaces». Así nos lo trasmitió Mateo en su Evangelio. ¿Acaso no son lobos los que os dicen «creed que Jesucristo es hijo adoptivo, y el que no crea así, sea eliminado, y que es preciso que el obispo metropolitano y el príncipe de la tierra, uno con la espada de la palabra y el otro castigando con la vara del poder civil, eliminen en una lucha conjunta el cisma de los herejes»?

—Basta, Beato —exclamó Cosmen—, no grites, ya que nos escucha todo el mundo y podemos ser motivo de escándalo, porque viendo pelearse a los pastores algunos prefieran pasarse al partido de los lobos.

—Lobo con piel de oveja es Elipando —replicó Beato—, porque ya es notorio, ya es conocido, y no solo por Asturias, sino que se ha divulgado por toda Hispania y hasta en Francia, que se han suscitado dos opiniones en la Iglesia de Asturias. Quién posee la fe verdadera o falsa es el gran pleito, y eso no entre la gente menuda, sino entre los obispos. Ellos solo son tres: Elipando, Ascario y Fidel; con nosotros están David, Sansón, los Evangelios y los santos padres de la Iglesia. Elipando es una rana que se revuelca en las charcas y que irrita con su molesto croar. Es un falso mesonero que echa agua al vino. Un comerciante que acuña y trafica con moneda falsa. Un hipócrita que por falsedad y debido al favor de los príncipes ha llegado a ocupar la primera cátedra. En una palabra, es el testículo del Anticristo.

—Es muy fuerte lo que dices de nuestro metropolitano, al que insultas de esa manera cuando le debes obediencia —le recriminó Cosmen.

—A un pastor que lleva las ovejas a las fauces del lobo o al precipicio no se le puede respetar. A un pastor descarriado no se le obedece, se le combate. ¿Quién se cree Elipando que es cuando, con su atrevimiento, contradice la Biblia, los Evangelios y todo lo que nos han enseñado durante siglos los santos padres de la Iglesia? Dice san Agustín que si para enseñarnos no está dentro del que habla el Espíritu Santo, en vano trabajará la lengua de los instruidos. Eterio y yo, que conocemos bien a ese arzobispo, sabemos que el Espíritu Santo no habita en su corazón porque, cegado por la soberbia y por la ambición e invocando su altísima autoridad, se proclama a sí mismo fuente de una nueva doctrina poniéndose no ya a la altura de los santos padres, sino muy por encima de estos, asumiendo para su persona la infalibilidad de la Iglesia toledana por encima del papa de Roma. Y lo hace con el desenfado y la temeridad de quien, como si de una fiesta se tratara, promueve con alegría un nuevo cisma como el de Arrio, que tanto daño causó a la Iglesia.

Tras esta filípica, cogió Beato por los hombros a Cosmen y después de zarandearle ligeramente, le espetó a la cara:

—Escúchame bien, Cosmen, que todavía estás a tiempo de librarte de sus garras. Esa carta de Elipando rezuma odio y soberbia, y en su alma no hay una brizna de amor al prójimo ni de caridad cristiana. A mí me ganó Elipando por los conocimientos que tenía y lo ameno y brillante de sus enseñanzas. Me cautivó, nunca mejor dicho, y me hice de los suyos. Me embrujó con la elocuencia de sus palabras y la novedad de sus doctrinas. Ahora conozco muy bien sus artimañas. Por su culpa, Eterio y yo negamos a Cristo, al igual que hizo el apóstol san Pedro tres veces, pero cuando nos dimos cuenta de nuestro error y nuestra traición, lloramos como Pedro y nos arrepentimos y confesamos públicamente que Jesús era Cristo, el Hijo de Dios.

Cosmen no salía de su asombro viendo el coraje y la pasión que ponía Beato en su discurso sin tartamudear un ápice.

—Verás, Cosmen, que el metropolitano acusa a Eterio de estar siendo amamantado, y lo hace porque este, después de cotejar conmigo punto por punto las teorías de Elipando con la doctrina de los santos padres, a pesar de que él mismo había sido nombrado obispo de Osma por el metropolitano, se atrevió a refutarle sus ideas en una carta muy bien documentada que le hizo estallar de odio y animadversión hacia nosotros, desde la autoridad de saberse dueño y señor de la Iglesia toledana y el que enseña la doctrina verdadera. Pero nosotros, «lebaniegos indoctos», como nos llama, al ver que dos doctrinas contrarias se predicaban, siendo una e indisoluble nuestra fe, comenzó nuestra barquilla a zozobrar. Después, tranquilizándonos, Eterio y yo nos dijimos: Jesús duerme en la nave. Por eso nos azotan las olas y nos hacen sufrir las tempestades, porque se ha levantado un viento insoportable. No tenemos salvación si Jesús no despierta, hemos de clamarle con el corazón y con la boca: ¡Señor, sálvanos, estamos a punto de sucumbir! Entonces Jesús, que dormía en nuestra nave, que era la de Pedro, se despertó, mandó parar el viento y el mar, se restituyó la calma. Desde entonces, gracias a Dios, no se turba esta barquilla, la de Pedro, al contrario que la de Judas, que zozobró. ¿Cómo iba a sucumbir la nave que tiene por timonel al que es el fundamento de la Iglesia? Pero, a pesar de todo, muchos de los nuestros, aun siendo remeros de valor, temieron bastante, porque lejos de la playa nuestra barquilla navegaba por alta mar, esto es, por disputas sutiles y por el océano de las Escrituras.

Cosmen, el diácono, y Eterio, el obispo, escuchaban con admiración el inspirado e inesperado discurso de Beato, porque lo había pronunciado de corrido. Se notaba bien a las claras que el viaje a lo largo de la costa asturiana había sido muy beneficioso para él, porque las olas del mar, que le habían arrullado durante sus siestas vespertinas, se habían llevado con ellas sus miedos, vacilaciones y dudas.

Una vez que se marchó Cosmen y se quedaron solos Eterio y Beato, este se dirigió al joven obispo:

—El que calla otorga, Eterio. Después de la carta del arzobispo, no podemos guardar silencio y darnos por derrotados. Vayamos a la profesión de la reina y hagamos llegar el *O Verbum*

Dei a Mauregato, e inmediatamente escribamos un nuevo *Comentarios* aprovechando que, con esa infame carta, el arzobispo nos ha empujado con el dedo acusador al foso de los leones, como hizo Nabucodonosor con el profeta Daniel, que tuvo la valentía de adorar al Dios verdadero contraviniendo a riesgo de su vida la prohibición de adorar a ningún dios u hombre que no fuera él mismo. Lo mismo nos ha ocurrido a nosotros arrostrando grandes peligros, porque Elipando ordena en su carta eliminar a los disidentes. Pero Dios amansó a los leones y Daniel salió con vida del foso, lo que nos enseña que nosotros saldremos con bien del atolladero. Para ello, defendámonos escribiendo de inmediato una carta contra Elipando en forma de *Apologético*, que haremos circular por Asturias para dejar clara nuestra posición y, de paso, desenmascararle. Tomando como base lo que he dicho a Cosmen, que me ha venido muy bien para aclarar mis ideas, vamos a responderle de inmediato con su mismo lenguaje, pero con argumentos, Eterio. Con sólidos argumentos como los del *Comentarios*. Guarda en tu memoria todo lo que acabas de escucharme. Yo, aunque con el paso de los años a veces me sumo en la confusión y me cuesta discernir entre lo que he pensado, lo que he dicho y lo que he escrito, también espero acordarme. Nos lo sabemos de memoria… En nuestro *Comentarios al Apocalipsis* fuimos muy prudentes y respetuosos con Elipando, nadie sabía en este reino que nos referíamos a él. En ninguna parte figuraba que Elipando era el testículo del Anticristo. Sin embargo, él mismo se ha dado por aludido. Se nota que se siente respaldado por el emir Abderramán. Pero estamos en el reino de Asturias y desde aquí tenemos que ir de frente, salir a campo abierto y, pertrechados con el escudo de nuestra fe y con las armas de los

Evangelios, de la Biblia y de las enseñanzas de los santos padres, plantar batalla al hereje que divide la Iglesia…, porque si hay dos creencias, hay dos Iglesias; la navecilla de Pedro convertida en dos comenzará a fluctuar entre los escollos. Consecuencia de ello es la zozobra de los fieles, la división del pueblo y el regocijo del emir Abderramán.

El obispo Eterio asentía con la cabeza mientras Beato continuaba:

—Esto no quita para que, sin perder tiempo, elaboremos un nuevo *Comentarios* mucho más ilustrado que el anterior, porque las imágenes explican a los doctos lo que las letras no pueden y a los indoctos lo que sus ojos no descifran.

—Esa es una buenísima idea —intervino Eterio—, y de paso podríamos incorporar la historia del profeta Daniel para decirles a nuestros amigos del sur que, con la ayuda de Dios, se puede salir del pozo de los leones si se mantiene la fe y no se pierde la esperanza.

—Esa idea es mejor todavía, Eterio. De este modo, aprovecharemos ese *Comentarios* ilustrado y ampliado para incorporar una dedicatoria a vuestra santidad, que bien merecida la tiene porque ha sido el anzuelo que saca mis pensamientos cuando se resisten en el torrente y el báculo de mi lengua cuando se traba en las zarzas de mis confusiones. Así pues, todo este libro renovado y ampliado, santo padre Eterio, a petición tuya, para edificación del celo de los hermanos, te lo dedicaré a ti, de manera que haré también coheredero de mi trabajo a aquel de cuya compañía gozo como religioso.

—Vaya si presentó batalla Beato, y no ahorró calificativos —afirmó como conclusión don Crisógono recogiendo sus papeles mientras sus alumnos empezaban a hacer lo mismo—. Menéndez Pelayo califica el *Apologético* de «libro bárbaro, singular y atractivo, donde las frases son de hierro, como forjadas en los montes que dieron asilo y trono a Pelayo. Libro que es una verdadera "algarada" teológica, propia de un cántabro del siglo VIII». Y con esto damos por rematada la clase de hoy. Ya sé que ha sido un poco más densa de lo habitual. Les animo a que lean alguno de los interesantes artículos que hay sobre este tema. Empápense de las opiniones de Beato, lean, sumérjanse en herejías y debates teológicos y comprenderán la complejidad del mundo de Beato y de los beatos. —Y sin añadir nada más salió del aula, no sin antes echar una miradita de reojo a Eulalia, que se afanaba en recoger sus notas.

—Madre mía —dijo Tiqui una vez que vio salir a don Crisógono—. No sé si seré capaz de entender todo esto de las herejías.

—La verdad es que es bastante complejo —replicó Eulalia—. Tendremos que ir poco a poco para no perdernos.

—Ufff —resopló Tiqui—. Creo que necesito una cañita. ¿Nos vamos a la cafetería a sumergirnos en la realidad de este siglo y abandonar el VIII momentáneamente?

Es que me salen las herejías por las orejas.

—Venga, vamos. Yo te invito

—se rio Eulalia.

15

La casita tiene sorpresa

l número de alumnos que seguían las clases crecía a medida que avanzaba el seminario, a pesar de que algunos hablaban despectivamente del profesor y habían hecho correr la especie de que un cura, con el pretexto de explicar el arte en los beatos, iba a dar lecciones de teología explicando el misterio de la Santísima Trinidad y eso era adoctrinamiento, conculcaba la libertad religiosa y no era competencia de la cátedra de Historia del Arte.

Afortunadamente, consultados los asistentes al seminario, estos argumentaron que era todo lo contrario, porque don Crisógono dominaba a fondo el tema del seminario y se preparaba a conciencia las clases, que no solo eran amenas, sino que les permitían mirar a través y a lo lejos.

Eulalia siempre tomaba apuntes y, como no quería que la consideraran una empollona, una vez que se habían ido sus compañeros le hacía algunas preguntas. Al acabar una de las clases y antes de que don Crisógono se marchara, lo detuvo.

—¡Perdone, don Crisógono! No se vaya sin aclararme dónde expuso Menéndez Pelayo su opinión sobre el *Apologético* del que nos habló en la clase anterior —se interesó Eulalia.

—En la *Historia de los heterodoxos españoles,* que escribió siendo estudiante y que, en gruesos volúmenes y miles de páginas, vio la luz a finales del siglo XIX, y curiosamente empieza con la historia de Beato y Elipando en su disputa a causa del adopcionismo.

—¿Está a favor o en contra de Elipando?

—Se lo puede usted imaginar. Menéndez Pelayo era católico a machamartillo. Así que tomó partido por Beato desde el principio, porque Elipando y el resto de los herejes no encajaban en lo que él entendía por genuino español. Por cierto, Eulalia, es raro en estos tiempos encontrar a una alumna tan interesada como usted en un tema tan pesado como el que nos ocupa, porque no solo acude puntualmente a clase y sigue esta con la máxima atención tomando apuntes a diario, sino que se interesa por aspectos aparentemente marginales como la opinión de Menéndez Pelayo, un desconocido para la mayoría de los estudiantes. ¿Qué sabía usted de Menéndez Pelayo?

—Que es una estación del metro cerca del parque del Retiro y el nombre de la calle en la que yo vivía en Madrid cuando estudiaba enfermería, y cuando le he oído a usted mencionarlo me ha picado la curiosidad.

—Eso es lo que más me gusta de usted…, Eulalia. —Al profesor se le escapó una sonrisita—. La curiosidad, que es la fuente del conocimiento y que la puede llevar a usted muy lejos.

A pesar de que había recalcado «lo que más me gusta», ella no se dio por aludida.

—Hablando de llevar…, antes de que se marche, si tiene la bondad, acompáñeme un momento a la biblioteca que quisiera dejarle un documento que puede ser del máximo interés para usted.

A pesar de que ignoraba las intenciones de don Crisógono, Eulalia le siguió dócilmente y en silencio para ver en qué paraba el asunto, porque a aquellas horas no había usuarios en la biblioteca y las luces estaba apagadas, pero don Crisógono, que había trabajado durante muchos años en aquel recinto, sabía dónde estaba el cuadro eléctrico y encendió una fase de las luces de la sala. En la semioscuridad reinaba el silencio porque dormían en paz los tesoros bibliográficos de la universidad, entre ellos el Beato de Valcavado, pero Eulalia no las tenía todas consigo. «Este hombre me quiere llevar al huerto, se oyen tantas cosas», pensó cuando el profesor siguió de largo hasta que llegó a un despacho al final de la sala. Tal como corresponde al ámbito de un investigador, había libros por todas partes: desparramados en la mesa, en las mesitas auxiliares, en el sillón y en la mesa del despacho y hasta en el suelo por los rincones.

«No me imagino cómo puede realizar aquí su trabajo la señora de limpieza», se dijo ella, pero ¡oh, casualidad!, en una mesa de reuniones que estaba completamente despejada y bien limpia, tenuemente iluminado por la lámpara que colgaba desde la vertical del techo, brillaba con luz propia un beato abierto de par en par. Para contemplarlo se habían dispuesto dos sillas muy juntas.

—No se asuste, Eulalia. Lo he traído para su uso y disfrute, si le produce placer y es de interés para usted.

—De ninguna de las maneras. Debe tratarse de un error. Se lo agradezco mucho, pero no puedo aceptar semejante regalo —exclamó Eulalia sin atreverse a sentarse—. Es improcedente y estaríamos cometiendo un delito. Sería un sacrilegio porque el Beato de Valcavado tiene un valor incalculable y es patrimonio de esta universidad. ¿Me está usted gastando una broma?

La sala estaba en penumbra y don Crisógono soltó una carcajada que resonó en el claustro.

—Efectivamente, es un error por mi parte por no haberle avisado de que no se trata del original que les mostré por encima, sino de un facsímil de mi propiedad, una copia casi perfecta del original. Uno más de la colección que editó esta universidad y que a mí me regalaron el día de mi jubilación, y con esta luz mortecina es muy difícil de distinguir del auténtico. No se avergüence por ello, porque no es una broma. Dado su interés por Beato, he pensado prestárselo a usted para que se lo lleve consigo hasta que acabe el seminario.

Eulalia estaba muerta de vergüenza por haber tomado por original aquel facsímil, pero se moría de ganas de llevarse el volumen a casa.

—Es muy amable por su parte, don Crisógono, pero no sé si debo ni puedo…, porque debe de pesar un montón, aunque vivo a la vuelta de la esquina como quien dice.

—No se preocupe, que lo tengo todo previsto. Aquí tenemos una bolsa de esas que tienen en el súper. Dispone de asas dobles y podrá llevarse consigo el facsímil sin quebranto ni contratiempo. No sé qué me da verla marchar con semejante embolado.

Pruebe a ver cómo se las apaña, y si le pesa mucho, la acompaño hasta su domicilio.

—¡Ni se le ocurra a usted! ¿Qué pensarían los compañeros o alguno de sus colegas de la universidad si nos vieran juntos llevando esta «fardela» hasta mi casa?

La situación era embarazosa y por ello se hizo un molesto silencio entre ellos, que al cabo de unos instantes rompió don Crisógono.

—Eulalia, siga mi consejo, vuelva a Liébana en cuanto pueda y sumérjase en aquellos paisajes y respire aquellos aires, y de este modo conocerá mejor todavía el mundo de Beato.

—Gracias por su recomendación, don Crisógono. Lo haré tan pronto me sea posible. Reconozco que es una zona sobre la que flota una atmósfera muy especial, aunque ya no sé si soy yo, que voy sugestionada por el mundo de Beato que nos ha dado a conocer en su seminario. Y también le agradezco que me deje este beato. Lo estudiaré con muchísimo interés. —Agarró la bolsa del súper con cierto esfuerzo y se despidió del profesor con no poco azoramiento.

Eulalia no necesitaba que don Crisógono le recomendara viajar a Liébana. No deseaba otra cosa porque hasta Valladolid le llegaba el lamento de la casita, suplicándole que regresara cuanto antes a inscribir su propiedad en el registro para iniciar de una vez su rehabilitación. «¡A qué esperas, tienes que hacer habitables tus sueños, que se te pasa el arroz!».

Llamó a don Exuperio para garantizar la visita de un arquitecto y un constructor para encargarles el proyecto y la futura obra, y en cuanto tuvo concertadas ambas citas se puso en camino hacia Potes, a pesar de que Tiqui no podía acompañarla esta vez porque le había salido un trabajillo que le iba a proporcionar recursos suficientes para una temporada. ¡Y bien que le habría gustado su compañía!, porque después de la noche en que durmió allí, si a eso se le podía llamar dormir, le había cogido respeto a la casa.

En cuanto llegó a Potes, Eulalia se fue corriendo a su tesoro porque don Xuper había anunciado que la esperaría a pie de obra con un arquitecto y un albañil. «No le defraudarán», le había asegurado. Ella suponía que para una obrita del tres al cuatro con un arquitecto o una arquitecta con el título recién estrenado sería suficiente, porque no era necesario molestar a un gran profesional, pero el sacerdote se trajo uno tan grande y experimentado que llevaba pajarita y apenas cabía por la puerta. Era un arquitecto de los de antes. Hecho, derecho y bien alto. Al reconocer a Eulalia al otro lado de la puerta, empujado por la impaciencia, se precipitó a saludarla y al pasar de la semioscuridad del zaguán a la calle, se dio un cabezazo en el dintel de la entrada.

—¡Bueno, bueno, bueno! —exclamó el arquitecto—. Parece que en la puerta de entrada tenemos cabezada. Los monasterios y estas casas viejas de los pueblos es lo que tienen en común: la cabezada. Se nota que mejora la raza con el paso del tiempo. A mí me pasa a menudo y no escarmiento. Me puede la curiosidad. ¡Qué le vamos a hacer! —fue lo primero que dijo el arquitecto después de tentarse la frente y recolocarse el flequillo—. ¡Bueno, bueno, bueno! —repitió—. Bendita casualidad, ¿quién me lo iba a decir a mí? Tenemos aquí a la ilustre visitante de San Andrés de Arroyo, que resulta ser la recomendada de don Exuperio y la propietaria de este monumento histórico-artístico —exclamó con ironía—. Yo creo que nos vamos a entender a las mil maravillas porque es una persona de gran sensibilidad.

Ella le distinguió por la pajarita y la envergadura, y casi se desmaya porque era ni más ni menos que don Aurelio, el gigante que se encontró en San Andrés de Arroyo y le regaló una caja de raquelitos.

—No le quepa a usted duda, don Aurelio, pero permítame antes que le dé las gracias por el detalle que tuvo de obsequiarme con aquellos deliciosos hojaldres sin ningún motivo que lo justificase, que yo sepa.

—¡Qué mejor motivo que aquel venturoso encuentro entre una clienta y su arquitecto en un lugar tan delicioso como el de los hojaldres y las pastas de té que hacen las monjas! —Y sin preguntarle a ella por sus sueños, expectativas ni posibilidades económicas, se puso inmediatamente en acción—. Pues a tal honor, tal labor. Aquí no hay tiempo que perder, tenemos que comprobar en qué estado se encuentra este palacio. ¡Manos a la obra!

Y como si de un huracán se tratara, inició una actividad frenética que lo puso todo patas arriba.

«Mira por dónde nos ha salido bromista el arquitecto de la pajarita —pensó Eulalia—. Me parece que es mucho arquitecto para tan poquita casa».

Menos mal que en ese momento llegaron don Xuper y Gaudencio. El maestro de obras, que había aparcado su furgoneta junto a la puerta de la casa, trajo una alargadera y bombillas nuevas, así pudieron iluminar el interior de la casa convenientemente. Además, venía provisto de todo lo necesario para facilitar al arquitecto el diagnóstico de las patologías. Traía una escalera extensible, dos borriquetas y unos tablones, apeos, varias linternas, ladrillos de hueco doble y sencillo, unos sacos de yeso, niveles, cascos, monos de trabajo, paletas, llanas, artesas… Apenas habían intercambiado unos saludos y ya estaba dispuesto a llenar la casa de herramientas y materiales. La mayor preocupación de Eulalia era evitar que, con tanta gente en la casita, pisaran al hermano ratón y acabaran con su vida. «¡Pobre Beato!», que era el nombre que le había puesto al bicho.

—¿No sería mejor que lo dejara todo en la furgoneta un rato mientras hablamos? —se atrevió a musitar la propietaria—, porque primero tendremos que hablar del proyecto, ¿verdad, don Aurelio?

Pero el arquitecto, que casi pegaba con la cabeza en las vigas del techo, no la debió de oír o hizo como que no la oía. Después de dar una vuelta apresurada por la casa con Gaudencio para hacerse una idea cabal de lo que se traía entre manos, y de recorrerla a zancadas para calcular la superficie de los habitáculos, pidió que le trajeran un martillo de la furgoneta y, en compañía de don Xuper, que se puso la sotana perdida de polvo, procedió a golpear con mucho oficio en la pared del fondo.

—¡Bueno, bueno, bueno! A juzgar por los muros de carga, que son de piedra, aquí hubo una edificación preexistente que sirvió de cimentación a la parte de arriba, que es más reciente y liviana. Pasa a menudo en estos pueblos. Llueve sobre mojado; a lo largo de la historia siempre se aprovecha lo que se mantiene en pie, sobre todo si es de piedra. Para poder levantar los planos del estado actual necesitamos delimitar correctamente el perímetro de la casa. Pero me da en la nariz que aquí puede haber sorpresas.

Don Exuperio estaba golpeando con los nudillos la pared y se aventuró a decir:

—Por aquí parece que suena diferente, como a hueco.

—Bueno, bueno, bueno… (toc, toc, toc…). Tiene razón, don Exuperio, esto suena distinto que el resto del muro y parece ladrillo —escuchó a don Aurelio—. Esto tiene muy buena pinta. Gaudencio, tráigame usted una piqueta, un puntero. Mejor traiga una alargadera y la taladradora, que con la maza podemos hacer un destrozo muy grande. —Y unos minutos después empezó a taladrar—. ¡Bueno, bueno, bueno! Parece que estamos de suerte, porque el taladro ya no encuentra resistencia y eso es señal de que ha pasado a la otra parte. Gaudencio, hace falta otra broca de más diámetro, también un puntero y una maza para agrandar el hueco y comprobar el tamaño de la estancia que se adivina al otro lado.

Se notaba a la legua que don Aurelio era un arquitecto de la vieja escuela. Aunque estaba acostumbrado a mandar, su vestuario era acorde con sus modales. Pero lo hacía con cortesía, sin la altanería de alguno de su profesión. Era un hombre elegante y educado, mucho más alto de lo normal, y como peinaba raya al medio y las dos mitades de su cabellera gris disputaban para resbalar por la frente y le obligaban a situarlas cada una en su lugar, ese gesto repetido de domesticar su abundante cabellera leonada le daba un cierto aire de bohemio. Vestía chaqueta azul a cuadros, camisa blanca con pajarita, pantalón beis con raya perfecta y zapatos marrones recientemente embetunados. Cosas que ya no se llevan. Algo de magia tenía, porque la polvareda que levantaba la taladradora no tenía nada que ver con él. No había ninguna duda de que era el director de aquella pequeña orquesta.

«En buen lío me he metido —pensó Eulalia—. Se sabe cuándo comienzan las obras, pero no cuándo se terminan ni cuánto cuestan».

—Estas casas están arracimadas. ¿No nos estaremos metiendo en la casa de los vecinos? —intervino don Xuper haciendo un alarde de prudencia.

—No me da esa impresión. Yo creo que está pegada a la colina. Aquí la calle coge bastante pendiente —explicó don Aurelio.

Eulalia dejó de examinar al arquitecto y se dio cuenta de que estaba en el fragor de una obra en fase de demolición propiamente dicha, porque la casa temblaba como si temiera venirse abajo. Aquello se había llenado de polvo y el ruido era ensordecedor. Por ello, salió a la calle para respirar un poco de aire puro y porque con aquel frenesí de la obra no hacía otra cosa que estorbar. Estaba empezando a llover y se cobijó debajo de la balconada, disfrutando del rumor de la lluvia y de ese olor tan nutritivo que tiene el campo cuando el agua empieza a empapar la tierra. Estaba llena de temores porque el inesperado reencuentro con don Aurelio y el frenesí con que había acometido la obra habían trastocado su vida, alterado todos sus planes y puesto patas arriba sus sentimientos.

Estaba confusa, aturdida y paralizada cuando, al cabo de unos minutos, don Xuper la llamó desde la puerta.

—¡Pase deprisa adentro, Eulalia, que al otro lado hay un espacio que puede ser una cueva o una bodega y se va a llevar usted una buena sorpresa! El polvo ha desaparecido con las corrientes y lo que hay al otro lado del agujero… es muy prometedor.

Claro que era prometedor, porque al otro lado del boquete que habían abierto y que era un poco más grande que una lavadora les saludaba don Aurelio sin mancharse ni despeinarse, triunfante como una estatua de la libertad. A sus espaldas apareció, como por arte de magia, iluminado con una bombilla de cien vatios, un trampantojo con aspecto de ábside decorado con fragmentos de beatos, con un Cristo en majestad flanqueado por unos apóstoles que parecían haber sido sacados de la noche de los tiempos. A Eulalia le dio un vahído porque creyó que estaba teniendo alucinaciones. Y las tenía, ya que, cuando se acercó y metió la cabeza por el hueco abierto en la pared, confirmó que sobre el muro del fondo de la estancia había una multitud de figuras apocalípticas plasmadas por un visionario que podía ser Beato. No sabía si reír o llorar, y la naturaleza obró en ella, porque hizo las dos cosas a la vez. Lloraba de la risa o reía de las lágrimas. Entonces se acordó de lo mucho que había insistido don Crisógono en que fueran a Liébana y, al igual que los deportistas o los concursantes en televisión, a punto estuvo de gritar: «¡Lo he conseguido, tengo un beato en mi casa! Pero lo tengo en las paredes y en el techo a lo grande». Aquel Cristo en majestad que, al cabo de muchos años, gracias a la luz que proyectaba la lámpara de Gaudencio, acababa de salir de la oscuridad y del silencio, y que en el momento de su resurrección se encontró con unos desconocidos que le daban la bienvenida alborozados, se fijó en aquella mujer que desde la ventana del fondo reía de alegría y lloraba de emoción, dejó de lado su rostro justiciero y correspondió a la emoción de la mujer con la mejor de sus sonrisas. Y al igual que hizo cuando bendijo el pan y el vino en la última cena doblando el brazo derecho, lo levantó y con los dedos índice y corazón señalando hacia arriba exclamó: «Mujer de la ventana, quienquiera que seas, yo te bendigo». Don Exuperio, que saltaba de alegría, a punto estuvo de dar con la cabeza en el techo. Pero ella, que estaba en otro lugar y no se daba cuenta de nada, como hipnotizada, correspondió a la bendición del Cristo, que entendió como un saludo, moviendo suavemente la mano a derecha e izquierda al igual que los reyes cuando saludan desde el coche o los simples mortales cuando limpiamos los cristales del automóvil. Recordando sus visiones en la noche del ratón, pensó: «En esta casa pasan cosas muy raras». Solo salió de su ensimismamiento cuando notó la cálida mano de don Aurelio agarrada a la suya para que pasara a la recién descubierta estancia. A pesar de la suavidad con que lo hacía, sintió que una corriente de calor recorría su espina dorsal y duró hasta que en el interior volvió a soltar su mano con un amago de caricia que le produjo un calambrazo.

«¡Ay, Señor, cómo son los arquitectos antiguos!», pensó ella, que tenía la sensibilidad a flor de piel desde que ese mismo Aurelio, sin venir a cuento, la obsequiara con los raquelitos de San Andrés de Arroyo. Se repuso del susto cuando el arquitecto le señaló la hornacina de la derecha en la que estaban pintados los bienaventurados, y después, su correspondiente a la izquierda, los condenados. El techo albergaba un enjambre de ángeles que se sobreponían unos a otros y una serie de apóstoles alineados como para una recepción de autoridades.

—¡Es curioso! —exclamó don Aurelio aproximando la bombilla a las figuras—. Todo lo que vemos parece un ensayo, pero un ensayo de un juicio final. Observen que las almas de todos los condenados no tienen ojos, y no parece que hayan sido raspados, como ocurre en muchos beatos.

—Sí que los tienen, pero cerrados —corrigió el sacerdote, y luego preguntó—: ¿Por qué cree usted que cegaron sistemáticamente los ojos de esa fila de almas? —Y se contestó a sí mismo—: Porque el artista ha querido representar la ceguera absoluta y la pena de daño de los condenados al infierno. ¿Para qué necesitan los ojos si han sido privados de ver a Dios durante toda la eternidad? Es el mayor castigo que se puede infligir a los grandes pecadores. En cambio, las almas de los bienaventurados han sido representadas con la llama de Pentecostés sobre la cabeza. Pero fíjense que cada llama tiene un ojo. Eso significa que el sentido de la vista se encuentra en la llama de la iluminación. Ellos han sido iluminados para ver a Dios, garantía de la eterna felicidad. El que pintó o mandó pintar sabía teología y tenía mucha imaginación.

—Está usted de suerte, Eulalia. ¡Vaya regalo le han traído los Reyes escondido por cuatro paredes! —exclamó el arquitecto bromeando—. ¡Tiene usted una Capilla Sixtina detrás del zaguán de su casa! Se le va a llenar esto de turistas. ¡Qué comedor tan especial saldría en esta estancia para una casa rural!

—Este techo lleno de ángeles sobrepuestos y de todos los tamaños y posturas, más que a la Capilla Sixtina, me recuerda a las cuevas de Altamira… —intervino don Exuperio—, solo que aquí no son bisontes porque se trata de figuras aladas. Estamos muy cerca de Santo Toribio, donde consta que Beato fue abad. Las pinturas son como las de los beatos, luego…, a primera vista…, verde y con alas, blanco y en botella…

Gaudencio callaba, Eulalia todavía estaba en una nube, pero don Aurelio y don Exuperio estaban tan excitados que, a pesar de que no eran expertos en pintura mural, soltaban por la boca lo primero que se les venía a la cabeza sin pensar lo que decían.

—Está todo muy abocetado… y los colores son muy vivos… ¿no? Las pinturas están como nuevas… Claro que han podido estar ocultas durante mucho tiempo y por eso se han conservado tan bien…, me da la impresión —apuntó el arquitecto.

Por unas razones u otras, todos deseaban que las pinturas fueran originales y la pasión los cegaba. Estaban eufóricos pensando que a ella le había tocado la lotería. Para don Exuperio, que era lebaniego y sacerdote, todo lo que oliera a Beato le parecía un regalo de los cielos; a don Aurelio, que ya tenía una edad, le venía de perlas que fueran auténticas, lo necesitaba imperiosamente, porque estando en el cuarto menguante y con sus

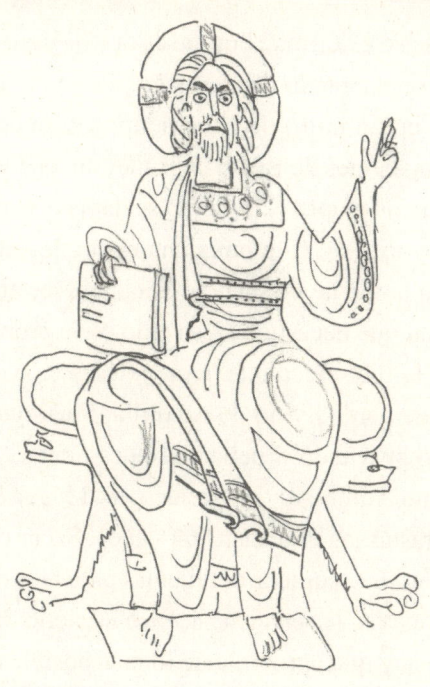

relaciones profesionales estancadas, semejante descubrimiento publicitaría su nombre, relanzaría su estudio y le abriría espacios de relación que darían un vigoroso empujón a su vida en todos los sentidos. Pero como las mujeres son muy prácticas y a veces muy cenizas, Eulalia cerró los ojos y se paró a pensar: «Son muchas casualidades. No puede ser que yo tenga semejante suerte. Mi terapeuta me aconseja buscarme una ocupación que me entretenga y me matriculo en la Universidad de Valladolid. El primer día de clase, el profesor nos recomienda viajar a Liébana y que nos entrevistemos con don Exuperio, y lo hago. Después don Xuper me aconseja que visite San Andrés de Arroyo y encuentro al arquitecto que el propio sacerdote me recomienda más tarde. ¿Es eso el karma? Porque es mucha casualidad y una infinita suerte que, cuando dan unos golpes de piqueta y meten la taladradora en un muro de la casa, aparezcan estas maravillosas representaciones de Beato el primer día que vengo con el arquitecto, con don Xuper y… ¿cómo se llama el encargado, que ya no me acuerdo…?». Con tanta emoción y los nervios, se le había quedado la mente en blanco. Sabía que estaba buscando algo o a alguien que necesitaba a su lado, y de pronto vio a don Crisógono en la biblioteca que decía: «Ustedes, si quieren ser historiadores de verdad y no de pacotilla, igual que los físicos pesan y miden buscando pruebas, ustedes tienen que hacer de detectives como Ambrosio de Morales. Ir al lugar del crimen y buscar y contrastar las pruebas. Atar cabos. Sacar conclusiones con fundamento. Las conjeturas déjenlas para la literatura, ustedes no hacen ficción, hacen ciencia. Bien es cierto que no exacta del todo, pero hay que aproximarse lo más posible a la materia, medir, pesar, hacer análisis en el laboratorio con los métodos que tenemos a nuestra disposición hoy en día. Pero tienen que viajar al lugar de los hechos y meterse en el fragor de la batalla». Pero Eulalia no buscaba a don Crisógono, ¿a quién estaba buscando? A un práctico. A Gaudencio…, el encargado. Abrió los ojos y encontró delante de ella al susodicho, que ponía cara de pasmo y la miraba como diciéndole: «¿Qué hacemos, señora, seguimos o no seguimos?, porque algo habrá que hacer en un sentido o en otro».

—¡Recuérdeme que tengo que contárselo a don Crisógono! —respondió ella pensando en voz alta.

—No sé quién es don Crisógono, pero se lo recordaré. También le recuerdo a usted que todavía no tenemos licencia y ya hemos empezado la obra. Menos mal que está presente el arquitecto y que yo he actuado cumpliendo sus órdenes, bajo su responsabilidad. Sepa que, jurídicamente hablando, usted también es responsable de lo que ocurra en su casa. Creo yo que la obra no puede seguir hasta que se aclare lo de las pinturas y nos den la licencia. A lo mejor hay que dar parte a la Guardia Civil o a Bellas Artes. En cuanto se entere el presidente Revilla, se planta en esta casa…

Eulalia tomó nota de la voz del sentido común y de la sensatez, y prestó atención a la conversación que se traían el sacerdote y el arquitecto en el zaguán de la casa; como es lógico seguían dándole vueltas al asunto.

—¿Serán originales o serán una falsificación? —se preguntaba don Xuper—. Pero ¿de qué siglo? Si fueran del siglo VIII, esto sería una bomba y sería bueno para Cantabria, sobre todo para Liébana, máxime teniendo en cuenta que pronto celebraremos el jubileo. En cuanto se entere el presidente Revilla, le va a faltar tiempo para plantificarse aquí con los periodistas.

—Falsificación no creo que sea —apuntaba don Aurelio, que pensaba en voz alta—. Aunque es muy difícil, se podrían falsificar beatos…, pero falsificar este espacio ¿para qué? ¿A quién se le puede ocurrir gastar tiempo y dinero en hacer una cosa semejante? No tiene ningún sentido encargar unas pinturas con tal virtuosismo para las paredes y el techo de una bodeguilla. No entiendo nada y es todo muy confuso… Parece que lo dejaron a medias, porque la mayoría de los ángeles celestiales solo están abocetados y sus alas parecen ser estudios preparatorios, como los brazos o las piernas que dibujaba Leonardo en sus cuadernos. Yo me inclinaría por un personaje como Goya, que pinta en la

Quinta del Sordo unos murales para entretener su locura o matar el tiempo, pero eso lleva mucha tarea, y en un sitio como este lo sabría todo el mundo. Por ello, basándome en la superposición de los ángeles de los techos, pienso que son bocetos experimentales, quizás habría en Potes un *scriptorium* cuyos artífices practicaban en muros y techos para depurar el diseño y tener listos los modelos definitivos antes de pintar en los pergaminos.

Eulalia los escuchaba con avidez para sacar alguna conclusión, pero se daba cuenta de que sus acompañantes estaban aturdidos, emocionados, sorprendidos, ilusionados, nerviosos, descolocados y no sabían qué pensar ni qué hacer ni lo que decían, porque lo ignoraban todo: si eran originales ni cuándo se pintaron ni quién lo hizo ni por qué. Todo eran conjeturas. Hablar por hablar, porque no podían quedarse en silencio. Para las preguntas que se hacían no tenían respuesta ni el cura ni el arquitecto, porque el asunto escapaba a sus conocimientos y a sus competencias. Pero lo dicho en voz alta por aquellos personajes sembraba dudas y, sobre todo, preocupación en la mente de Eulalia, que acababa de darse cuenta de que un meteorito había caído de golpe en su vida con más peso de lo que ella podía suponer; muchas incógnitas que despejar en poco tiempo y una gran responsabilidad. Pero se tranquilizó viendo que Gaudencio, que era un hombre práctico, estaba muy tranquilo a su lado, con los pies en el suelo, esperando instrucciones.

—Tenga usted un poco de paciencia, Gaudencio —advirtió la propietaria—, que ha surgido el imprevisto que acabamos de ver y voy a hablar con mis consejeros, que haciendo conjeturas no se avanza nada. ¡Por favor, señores míos! Sean quienes sean los autores de estas pinturas, estamos de suerte. Son un gran regalo para mi casa…, pero a lo mejor no está en nuestra mano decidir cuál es el destino apropiado… A juzgar por lo que hemos contemplado, lo que toca es intercambiar puntos de vista con tranquilidad y un poco de distancia. ¿No sería este el momento oportuno para hacer un paréntesis en la obra que nos permita dar descanso a los sueños y a las emociones? Salgamos de este lugar cerrando con llave la puerta y poniendo la furgoneta delante, por si acaso les da por fisgar a los vecinos… Vayamos a comer en un comedor reservado de algún bar o restaurante cercano, que están ustedes invitados a celebrar el feliz hallazgo.

Justo cuando les estaba proponiendo hacer una pausa para comer, exclamó don Aurelio jubiloso:

—Un momento, señores, que en esta esquina del ábside hay empotrada una columna con aspecto de ser muy antigua y parece que está labrada de abajo arriba. Yo diría que hay una serpiente enroscada en ella.

El hallazgo alimentó la esperanza de que estuvieran ante un descubrimiento excepcional y fue la chispa que encendió un nuevo debate, y volvieron las preguntas, las conjeturas y la ausencia de certezas. La columna estaba semioculta y a simple vista no se distinguía suficientemente. Don Aurelio acercó la lámpara, y don Exuperio y ella se acercaron para observarla lo más cerca posible. El sacerdote, después de examinar detenidamente la escultura, confirmó:

—Efectivamente, parece que hay una serpiente enroscada en un árbol y en paralelo a ella corre un zarcillo cuyos frutos pica un ave que parece ser una paloma, muy parecida a las que se pueden ver en Piasca. Lo que observamos a primera vista está lleno de simbolismo. Desde Adán y Eva, la serpiente, en el repertorio iconográfico cristiano, suele estar fuertemente vinculada con el concepto del pecado, siendo una de las manifestaciones más comunes del mal en la tierra. Además, la posición del animal, con la cabeza hacia abajo, manifiesta la idea del rechazo del camino a los infiernos. Y, al contrario de ella, fíjense en la escena de la paloma en el árbol de la vida, que simbolizaría al alma alimentándose del fruto de la vid, que es Cristo.

—Eso es lo que quería decirles yo —afirmó Eulalia—, aunque la paloma se me ha adelantado y dice lo mismo, pero con mucho arte. ¡Háganme caso! ¡Vayamos a un restaurante! Bebamos de los frutos de la vid, comamos de los frutos de la tierra y hablemos lo que haga falta y veamos con claridad el camino a seguir de ahora en adelante.

—Un momento, que saco unas fotos con mi cámara a las pinturas y a la columna, por si la comida se alarga y no tengo tiempo de volver durante los próximos días —pidió don Aurelio.

La propietaria no se atrevió a prohibírselo, porque era una de las atribuciones del arquitecto en aquella obra de rehabilitación, pero le aterraba que alguna de las fotografías saltara a los periódicos y que pudieran surgir problemas, tanto a nivel de competencias como de seguridad. Salió al exterior para obligarles a seguirla. Tan pronto echaron a andar, don Xuper y el arquitecto se enfrascaron en una acalorada discusión. Ella se dispuso a esperar a Gaudencio, que iba a mover la furgoneta para tapar la puerta de la casa. Pero el hombre, muy amable, le recomendó:

—¡Corra y vaya con ellos a comer, que yo ya me voy a casa!
Ellos no la van a esperar, porque cuando se enfrascan en una
conversación se olvidan de lo que tienen alrededor; van a hablar
de religión y de tecnicismos, y en esa conversación yo no pinto
nada. Usted sí, que le va la casa en ello.

Gaudencio se equivocaba, porque aún no había acabado la
frase cuando Aurelio se volvió, se acarició con ambas manos
la cabellera poniendo cada hemisferio en su sitio y, con ese
simple gesto y una amplia sonrisa que dedicó a la
propietaria, ambos se detuvieron para que
les diera alcance, y a ella se le
ensanchó el corazón.

16

Los temores de don Exuperio

ajaron a los soportales de la plaza de Potes y ella les pidió que la llevaran a algún bar o restaurante que diera al río Quiviesa y tuviera vistas sobre los Picos de Europa.

—Aquí mismo, en el bar Casa Cayo —apuntó don Xuper—. Se come bien, abundante y a muy buen precio.

—Están ustedes invitados —se adelantó don Aurelio.

—De ninguna manera —saltó Eulalia—. Porque me corresponde a mí. Venimos de mi casa. Mi marido era lebaniego como Beato y yo ahora lo soy por partida doble. Tendremos que celebrar, además, que con este hallazgo la casita se habrá revalorizado algo, digo yo.

—¿Por qué dice que su marido era lebaniego? —intervino Aurelio—. ¿Es que acaso ya no lo es?

—Murió de infarto hace algo más de un año. Digamos que se mató a trabajar en la clínica y en la consulta. Nunca pensó en jubilarse. Decía que moriría con las botas puestas. Dios le dio ese capricho y se fue para siempre.

—Vaya por Dios, ¡cuánto lo siento! Lo siento de veras, Eulalia. Le doy mi más sentido pésame —exclamó don Aurelio.

Lo dijo con tanto sentimiento que se le removieron emociones pasadas y a Eulalia se le saltaron las lágrimas.

—Era Hermenegildo, de la familia de los Gutiérrez —señaló don Xuper—. Desde que abrió la consulta particular, venía poco por Potes. Tampoco Eulalia venía mucho, ¿verdad, hija mía?

—Él apenas tenía familia y cuando murieron sus padres dejó de venir —musitó.

—¡Bueno, bueno, bueno! —exclamó Aurelio—. Dejemos que las tristezas se las lleve el río y hablemos de cosas más alegres. ¿Qué me dicen de este sorprendente hallazgo doble? Don Exuperio, usted sabe mucho de Beato y conoce Liébana como la palma de la mano, ¿qué opina de lo que ha visto? ¿Conoce algo semejante?

—Ni que decir tiene que he recibido una gran sorpresa y no esperaba encontrar en esa casa nada parecido. En esta región, sobre todo en Valderredible e incluso en Cervera de Pisuerga y en Olleros, cerca de Aguilar de Campoo, hay muchas ermitas rupestres. Aquí mismo, junto a Santo Toribio, hay varios eremitorios en cuevas y en Liébana algunas iglesias con pinturas, pero son más tardías. Pero en el centro mismo de Potes… encontrarse de sopetón, al fondo de un zaguán, con una casa por encima y otra alrededor, un ábside cuajado de pinturas similares a las de los beatos más antiguos, pantocrátor incluido, no me parece normal, qué quieren que les diga… Que no estamos en la Capadocia, vamos… Y que además puede ser un regalo envenenado.

—Envenenado, ¿por qué? —preguntó Eulalia con mucha preocupación.

—Porque no hay manera de gestionar la noticia —exclamó don Xuper—. Hagamos lo que hagamos, el hallazgo es una noticia bomba y saldrá en los periódicos enseguida. No se hacen ustedes una idea de lo fotogénicos y noticiables que son los beatos. Son los cómics del Medievo y una de las cumbres del arte de su tiempo, e incluso de todos los tiempos. Como no sale ninguno al mercado, tienen un valor incalculable. Muchos se perdieron, otros salieron de España en el siglo XIX, pero todavía quedan bastantes, gracias a Dios. Son el tesoro más preciado de las bibliotecas, museos y universidades que tienen la suerte de poseerlos.

—¿Dónde está el primero que salió de las manos de Beato o de su *scriptorium* de Santo Toribio de Liébana? —preguntó Aurelio.

—Beato publicó el *Comentarios al Apocalipsis* bastantes años antes de que profesara en el monasterio de Santianes de Pravia la reina Adosinda, viuda del rey Silo. Es casi seguro que lo hizo obligada por el rey Mauregato, sucesor del rey difunto. Consta que fue el 26 de noviembre del 785 cuando fue encerrada en un convento. Era costumbre de aquellos tiempos, el muerto al hoyo y la viuda al convento.

Eulalia y don Aurelio, que estaban muy a gusto porque era la primera vez que estaban juntos, necesitaban conocerse y hablaban entre ellos, y dejaron de escuchar a don Xuper cuando este se enredó tratando de hacer entender al arquitecto los pormenores de la herejía adopcionista, los peligros que esta suponía para los cristianos y el motivo por el que Beato tenía que combatir la funesta doctrina de Elipando sin que este se enterara. Al igual que Beato, que se hizo un lío en su *Comentarios* y por tratar de aclarar las cosas se perdía en disquisiciones teológicas, aburría a sus interlocutores.

—Supongo que ha hecho usted un buen reportaje de las pinturas. —Eulalia se dirigió a don Aurelio—. ¿Sería tan amable de enviármelas a mi *mail*? Porque tendría que mostrárselas a mi profesor para que me dé su parecer.

—Sin ningún problema. Apúntemelo y se las mando tan pronto las descargue de la cámara. Le doy mi móvil y me hace una perdida. Así ya tiene usted mi número por si necesita algo de mí.

Ella contempló despacio las fotografías que le mostraba don Aurelio en la cámara y exclamó:

—El reportaje es magnífico. Es usted un excelente fotógrafo.

—Es parte de mi trabajo. Los arquitectos tenemos que hacerlo todo.

Cuando el cura terminó de comer, ella se atrevió a preguntarle:

—¿Por qué cree usted que Beato optó por ilustrar los primeros *Comentarios*, con lo lento y lo costoso que pudo ser eso?

—Como deseaba entrar en polémica con el arzobispo por causa de la doctrina herética de este, necesitaba que el *Comentarios* pasara por muchas manos y lo contemplaran muchos monjes, y no solo estos, sino toda clase de personas. Por ello, siguió al pie de la letra la recomendación de san Juan Damasceno, que vivió entre los siglos VII y VIII, y que Beato conocía con toda seguridad: «Lo que es un libro para los que saben leer es una imagen para los que no leen. Lo que se enseña con palabras al oído, lo enseña una imagen a los ojos. Las imágenes son el catecismo de los que no leen».

A don Aurelio le aburrían las explicaciones sobre Beato, y Eulalia, que quería volver a examinar las pinturas, se percató de ello y con el pretexto de ir al aseo pidió la cuenta y abonó la factura de treinta euros, precio especial en atención a don Xuper por una comida en la que no faltó de nada, y regresaron eufóricos a «la casa de Beato», como había sido bautizada durante la comida.

Encontraron a Gaudencio esperándoles.

—No sabemos la importancia que tiene nuestro descubrimiento, don Xuper, pero ¿no le parece a usted que deberíamos dar parte a la Guardia Civil para que tenga vigiladas las pinturas? —propuso Eulalia, no solo por temor a que las vandalizaran en una casa deshabitada de apariencia ruinosa, sino también a que se crearan expectativas desmesuradas entre los vecinos con el consiguiente revuelo y molestias añadidas que le hicieran imposible habitar la casa incluso en el caso de que fueran una falsificación.

—Tiene usted toda la razón, Eulalia. ¡Qué irresponsabilidad la nuestra! Nos fuimos a comer sin hacerlo. No tenemos perdón de Dios. En qué estaríamos pensando.

Don Aurelio tenía una celebración familiar en casa y no podía faltar a ella y debía marcharse. Eulalia albergaba la esperanza de que se volvieran a encontrar muy pronto.

Al partir, el muy pícaro bajó el cristal y le tiró a Eulalia un beso casi imperceptible acompañado de una maliciosa sonrisa, y le guiñó un ojo. Ella se sintió muy incómoda porque don Xuper estaba siendo testigo de aquel gesto improcedente, viendo que al sacerdote le brillaban los ojillos y tenía una sonrisa de múltiples significados.

—No se impaciente, Eulalia, que volverá, porque el asunto le interesa muchísimo, y no se preocupe por la seguridad de la casa. El cuartel está aquí al lado. Ahora mismo hablamos con el comandante del puesto, que es muy amigo mío, y dejamos resuelto el asunto.

—Pidamos a Gaudencio que nos acompañe un momento —le dijo ella al sacerdote, ya un poco más tranquila—, que quiero ver más despacio las pinturas.

El sacerdote esbozó una sonrisa.

—Ya sabe usted que los trabajos inútiles conducen a la melancolía, y cuando vienen sus compañeros sin previo aviso persiguiendo una entelequia me hacen trabajar inútilmente, y yo ya no estoy para esos trotes. Con usted es distinto porque sabe comportarse, me entretiene, me ilustra, me estimula y me rejuvenece, pero mire por dónde, ya no me cae tan mal ese hombre —soltó refiriéndose a don Crisógono—. Se ve que tiene olfato. Gracias a que les envía a la buena de Dios, ha tomado usted posesión de la casa y han aparecido las pinturas. Dios escribe derecho con renglones torcidos.

Mientras ellos estaban en el restaurante, Gaudencio había ampliado el pasamuros, había puesto unos ladrillos a modo de escalera para que pudieran pasar a la bodega sin peligro, había retirado los escombros y con una alargadera y un foco había iluminado de tal modo el nuevo espacio que daba gusto verlo. Aquello era otra cosa, porque parecía un eremitorio.

—Esto tiene muy buena pinta, Eulalia —reflexionó don Xuper—. Las pinturas están muy bien conservadas, porque aquello ventila por alguna parte y no ha entrado la humedad. Me recuerdan a las iglesias rupestres de la Capadocia. —Eulalia puso cara de asombro y movió la cabeza en sentido negativo—. ¿No ha visitado usted la Capadocia? —preguntó don Xuper—. No se lo pierda. Vaya en cuanto pueda… Algunos eremitorios enterrados producen claustrofobia, pero lo tienen todo pintado y son lugares de ensueño, y cuando se sale al exterior y se respira con libertad, es un alivio escapar de aquellas angosturas. ¿Qué hace usted ahí pasmada contemplando las pinturas? Aproveche que esto está ahora mucho mejor iluminado y saque usted también unas fotografías para mostrárselas como prueba a la Guardia Civil.

A Eulalia le gustó que Gaudencio siguiera todavía por la casa ordenando las herramientas y protegiendo con un plástico los pocos muebles y enseres.

—¡Muchas gracias! Así da gusto. Lo ha dejado todo perfecto, casi no se nota que aquí ha habido un terremoto.

Una vez que Eulalia hizo el reportaje con una cámara de fotos que siempre llevaba en el bolso cuando viajaba, y después de que echaron un último vistazo a las pinturas, Gaudencio desconectó la instalación eléctrica y también cortó el agua y cerró la puerta en su presencia. Ellos comprobaron que no se podía abrir de un empujón y salieron a la calle en dirección a la Benemérita, que estaba muy cerca de la casa.

El recorrido por el cuartel fue un paseo. Era evidente la autoridad de don Exuperio, que de inmediato fue llevado a presencia del comandante del puesto.

—Venimos a dar cuenta de un hallazgo arqueológico en la casa de esta señora —explicó el sacerdote—. Han aparecido unas pinturas que hay que proteger. Hay arquitecto y constructor y se va a pedir la licencia, pero tenemos que acudir a Bellas Artes para que dictaminen acerca de la antigüedad y, a ser posible, de la autoría. De momento, está parada la obra, pero aquello puede ser muy valioso y hay que prevenir, que el arte es muy goloso… Le dejamos un momento la tarjeta de la cámara, para que saquen una copia de las fotografías y que quede constancia.

—¿Por qué no bajan a que Bustamante les haga un reportaje en condiciones y le dicen que me lo traiga cuando lo tenga?

—Porque no queremos levantar falsas expectativas si la noticia corre de boca en boca y las pinturas no son originales —precisó don Xuper.

Eulalia no había abierto la boca porque el cuartel le imponía respeto. Enseguida volvió el comandante a devolverles la tarjeta contemplando las fotocopias que había realizado para el expediente.

—¡Hostias! Digo, ¡Jesús! Son unas pinturas cojonudas. ¿Dónde coño ha aparecido esto?

—En una casita de la Solana.

—Esas pinturas parecen de Beato.

—Esa es la cuestión.

—Pues necesitamos una llave de la casa para levantar un atestado, puro protocolo.

—Hemos traído una exprofeso y además le dejo el número de mi móvil, por si me necesitan para algo —se adelantó Eulalia—. A don Exuperio le tienen ustedes a mano y él podrá facilitarles los pormenores del hallazgo cuando hagan el informe.

Cuando salieron del cuartel, don Xuper le preguntó a Eulalia:

—¿Qué piensa hacer usted en lo que resta de día?

—Acercarme al hotel para descansar un rato hasta la hora de la cena, porque después de una comida copiosa seguro que me entra un soporcillo…

—¿A estas horas? Hágame caso, Eulalia. No se meta usted en el hotel tan pronto, porque si lo hace, esta noche no va a pegar ojo. Son muchas y muy distintas las emociones del día, que va a estar usted todo el rato dándole vueltas a la cabeza. Si no tiene nada mejor que hacer, quédese un rato conmigo, que le puedo contar muchas cosas que le pueden ser de utilidad y provecho. Vayamos a una cafetería y charlemos un rato hasta la hora de la cena.

Al poco de tomar asiento en un sitio discreto, don Xuper le espetó a bocajarro:

—Sea sincera conmigo, Eulalia. A la vista del hallazgo, dígame qué es lo que más le preocupa en estos momentos.

El local estaba en penumbra; tenían una mesa de por medio, sobre ella, unos cafés humeantes y unas pastitas de té. Allí no había ningún confesionario, pero eran una viuda reciente y un viejo sacerdote, el lugar y la ocasión eran propicios para las confidencias. Ella no se atrevía a confesarle sus cuitas, pero se le escapó un profundo suspiro. Se hizo un breve silencio.

—Es muy atractivo don Aurelio, ¿verdad, Eulalia? —se animó don Xuper para tirarle de la lengua—. Usted también lo es y además tiene mucho encanto. Usted es viuda y es libre, pero él está casado y, entre hijos y nietos, tiene a sus espaldas… una prole muy numerosa. Creo que disfruta de una situación holgada, no es tan rico como dicen algunos, pero profesionalmente le ha

ido muy bien haciendo hoteles en la costa y restauraciones en el interior.

Sorprendida porque el sacerdote saliera por ese registro, enrojeció como una colegiala y solo acertó a balbucear:

—¿Por qué me dice ahora esas cosas, don Exuperio?

—Éramos tres en la mesa este mediodía. Mientras Aurelio y usted comían y escuchaban, yo hablaba de Elipando y Beato. Ustedes asentían y hacían como que atendían al rollo que les contaba, pero yo me daba cuenta de las miradas que se cruzaban. Echaban chispas por los ojos, y cuando se intercambiaron los teléfonos, con las sonrisas que se dedicaban viajaba una caricia. Yo estaba sorprendido de que no se hablara más de las pinturas que acababan de aparecer en su casa. ¿Auténticas o imitación? Un hallazgo excepcional que puede proporcionarles grandes alegrías o enormes disgustos. Y nada decían al respecto. Soy muy viejo, hija mía, y he pasado muchas horas en el confesionario conociendo aventuras y consolando penas. Las mujeres siempre acuden a mí cuando es tarde y la cosa no tiene remedio. Esto de ustedes dos ahora es como lo de los incendios forestales, si se logra parar a tiempo un pequeño fuego que acaba de nacer, el incendio no pasa a mayores, pero si le deja que tome cuerpo, y digo cuerpo en sentido literal, no figurado, no hay quien lo pare, se lleva todo por delante y al final solo hay humo, cenizas, silencio y desolación. ¿Por qué le digo estas cosas? Porque yo creía que lo de la casita era un asunto de mero trámite y no pensaba ni remotamente que nos íbamos a encontrar con un hallazgo de esta índole que ha complicado y enredado todo y que, para sacarlo adelante, haya lo que haya, les puede invitar a Aurelio y a usted a viajar mucho y a trabajar codo con codo durante bastante tiempo a solas. Ustedes dos, y yo también, tenemos un proyecto que, sea cual sea el resultado, nos atará durante bastante tiempo, y a los sentimientos no hay quien los ate cuando se desbocan. Se lo digo porque veo que ustedes dos van… como las moscas a la miel, y me siento responsable de haberles juntado para una casita que puede haberse convertido en una catedral, por el trabajo y la responsabilidad que conlleva. Le digo esto porque pienso las cosas y don Aurelio vive en Palencia y usted en Valladolid, que están a veinte minutos por autopista, y el Pisuerga desemboca en el Duero justo después de pasar muy crecido por Valladolid. Lo digo porque todavía estamos a tiempo y podemos buscar otro arquitecto que trabaje solo para la obra que nos ocupa.

A ella le contrariaba que don Exuperio hubiera descubierto tan pronto que don Aurelio la atraía y trató de cambiar el sentido de la conversación:

—No estaría nada bien hacerle esto a Aurelio, y usted lo sabe, don Exuperio. Sin siquiera conocerme, él ha puesto toda su alma en este proyecto. Además, Aurelio y yo ya somos mayores.

—En edad no lo parecen y vitalidad les sobra. Fíjese en los árboles que retoñan cuando se les poda. Lo mismo hacemos las personas cuando sufrimos una mutilación y respiramos nuevos aires primaverales. Usted misma, escuchando anhelos que salen de lo profundo, se ha embarcado en el arreglo de la casita sin necesidad de pensarlo. ¿No es eso vitalidad en estado puro? Lo hizo para echar raíces en una nueva tierra. ¿No es eso vitalidad? O, sencillamente, rehabilita su casa para darse un gusto que se puede permitir. Decía Pascal que el corazón tiene razones que la razón ignora. Pero yo le diría a Pascal que la razón tiene una báscula para pesar los peligros de las razones del corazón.

A Eulalia le molestaba sobremanera que el cura se hubiera metido en su vida personal y que se hubiera propasado con su perorata, pero no olvidaba que había sido ella misma quien le había pedido a don Xuper que le buscara un arquitecto y un maestro de obras de confianza, y lo había hecho puntualmente. Tanto el uno como el otro habían demostrado su pericia. Como la mujer se había quedado muy seria y no decía palabra, el cura se le quedó mirando y le dijo:

—Perdóneme por entrometerme en su vida sin pedirle permiso para ello, pero por el aprecio que le tengo a usted, le ruego que no se engañe a sí misma, Eulalia. ¿Piensa usted que es la primera mujer que se fija en los encantos que posee nuestro arquitecto y se resiste a sus requerimientos? Él es como es, sabe lo que vale y no desperdicia las ocasiones que le ofrece la vida en bandeja, pero mantiene su matrimonio contra viento y marea. Le he dicho todo esto porque si, por culpa de la casa, hubiera algo más serio entre ustedes, a mí se me plantearía un grave problema de conciencia. La mía es muy escrupulosa. Y eso me ocurre a mis años, cuando tengo que estar preparado para rendir cuentas de mi vida, ¿sabe? No quiero que el juez justiciero que nos estaba esperando en su casa, cuando llegue esa hora, me señale con el dedo y me recrimine: «Pero, hombre, Exuperio, ¿quién te manda a ti, a tus años, meterte a buscarle clientas a don Aurelio conociéndole como le conoces?». ¡Y cómo le voy a contradecir cuando me cante las verdades ese día!

Eulalia seguía muy molesta porque el cura la hubiese tomado por una viuda incauta. Ella no le había pedido confesión, pero él había entrado de lleno en su intimidad y ahora le venía con escrúpulos. Controló su enfado porque había sido siempre muy amable con ella y su ayuda era indispensable para encarar el problema que planteaba el hallazgo pictórico en la casa. Además, aparte de aconsejarle prudencia, le había proporcionado informaciones muy valiosas acerca de la situación matrimonial de Aurelio y su afición al trabajo extra con las «clientas». Por otro lado, las pinturas le habían abierto el apetito de conocer el mundo de Beato y los incunables. Excepto la visita relámpago a la biblioteca de Valladolid y a San Andrés de Arroyo, o la que había hecho la vez anterior al monasterio de Santo Toribio, donde había podido contemplar la exposición de paneles con fotografías de los beatos, le faltaba información al respecto, máxime teniendo en cuenta la aparición de las pinturas.

—Le agradezco mucho sus consejos —dijo ella tratando de contemporizar—. Todos sabemos que el diablo no desperdicia ninguna oportunidad, que más vale prevenir que curar y que quien evita la ocasión evita el pecado, pero estese tranquilo porque le aseguro que no pasará un mal rato por mi culpa cuando comparezca ante quien nos ha de juzgar. Pero vayamos a lo que nos urge resolver y nos interesa. Le informo de que don Crisógono supo de inmediato que yo había ido a visitarle en la residencia y estoy segura de que ya está enterado a estas horas de que estamos de conversación. ¿Le comento algo de las pinturas de la casa cuando vuelva a clase o me callo? Lo digo más que nada por guardar las formas.

—¡Pero qué cotilla es ese hombre! Todo un profesor de universidad. A quién se le ocurre ponerme espías para fisgar en mi vida… Que si entro, que si salgo… ¡Qué más le dará! Ese, en cuanto huele antigüedades, se vuelve loco. Mire, Eulalia, haga lo que le parezca o lo que más le convenga, pero le voy a dar un consejo. Procure que le muestren el original del Beato de Valcavado que está en la biblioteca de su universidad. Les dará un festín a sus ojos y aprenderá mucho desde la primera ojeada. Ya le habrán dicho que el Canon 17 del IV Concilio de Toledo, que prescribía su lectura bajo pena de excomunión, hacía de él un libro muy solicitado.

—Pues mire lo que son las cosas, el mismísimo don Crisógono nos ha llevado a la biblioteca que lo custodia, pero no nos enseñaron el original, sino un facsímil muy bien editado que daba el pego.

Eulalia pensó también en el facsímil que don Crisógono le había dejado a ella, pero se abstuvo de decir nada. Como al cura el profesor no le caía muy bien, no quería que imaginara que entre ellos había una confianza que no era cierta. Ya le había bastado con el sermón que le había soltado con respecto a don Aurelio.

—No se conforme con eso, haga lo que pueda para contemplar detenidamente el original. No tendrá otra oportunidad más favorable que yendo de la mano de ese hombre.

Estas últimas palabras del sacerdote le recordaron que tenía que contactar con su profesor lo antes posible y pedirle que le acompañara hasta Potes para que diera su opinión sobre las pinturas, y así se lo dijo a don Exuperio. Este, sorprendido por las urgencias de su interlocutora, torció el gesto, se quedó pensando y exclamó:

—¿A qué vienen esas prisas, Eulalia? No se apresure tanto, las pinturas acaban de aparecer, la casa no está ardiendo, la Guardia Civil se ocupa de su custodia, es fin de semana y la universidad está cerrada. Don Crisógono no es un sacerdote que esté disponible a todas horas para socorrer a los enfermos o consolar a los moribundos, y mucho menos para atender a los alumnos, por eso no los acompaña a ustedes en sus viajes a Liébana, aunque solo sea para presentármelos y pedirme que los atienda en lo que sea menester. A no ser que usted tenga mucha confianza, no me atrevería a molestarle. Espere hasta el lunes, lleve con usted la cámara y al final de la clase le enseña las fotografías bajo secreto profesional. No se impaciente y solo infórmele del hallazgo cuando todos se hayan ido, ¡hágame caso! No lo haga antes porque es capaz de enseñárselo a todo el mundo, y entonces no hay quien controle la noticia y la fastidiamos. Además, vaya usted a saber si está de viaje por alguna parte buscando beatos debajo de las piedras. Este hombre es muy despistado, y muy suyo, con tantos beatos en la cabeza y tantos alumnos que pasan por las aulas, a lo mejor ni se acuerda de usted.

—De mí me parece raro que no se acuerde, que soy la única de cierta edad que acude a sus clases, y eso que al principio me confundía el nombre y le dio por llamarme Eulogia. Y no sabe la rabia que me daba. Tuve que llamarle la atención.

—Lo mismo me pasa a mí, que me llama Exuperancio año tras año, y quizás sea por eso que le tengo tanta manía. Pero dejemos en paz a ese hombre y pensemos en su viaje de regreso a Valladolid. No le recomiendo que busque el monasterio de Valcavado porque es ilocalizable y allí no queda nada, pero acérquese a Saldaña, lléguese a la villa romana de La Olmeda, en Pedrosa de la Vega, que fue un hallazgo extraordinario y está señalizada por todas partes. Cuando llegue, pregunte por Javier Cortes, el descubridor de los mosaicos. Él sabrá decirle a usted qué hizo para preservar el hallazgo y cómo navegó en los despachos de Valladolid para librarse del naufragio.

EL QUINTO SELLO

CUANDO ABRIÓ EL QUINTO SELLO, VI CON VIDA
DEBAJO DEL ALTAR A LOS QUE HABÍAN SIDO
ASESINADOS POR LA PALABRA DE DIOS Y POR
EL TESTIMONIO QUE HABÍAN DADO.

Gritaban con voz potente: «Señor santo y verdadero, ¿cuándo
juzgarás a los habitantes de la tierra y vengarás nuestra sangre?».
Entonces le dieron a cada uno una vestidura blanca y les dijeron
que esperaran todavía un poco, hasta que se completase
el número de sus hermanos que, en el servicio de Cristo, iban
a ser asesinados como ellos.

17

De los socorritos a la villa romana

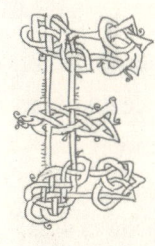l consejo de don Exuperio de visitar La Olmeda le vino muy bien a Eulalia, porque le permitiría hacer un alto en el camino. Últimamente le costaba mucho dormir y eso la preocupaba especialmente, ya que no le gustaba nada ir al volante del coche cuando no había pegado ojo por temor a dar una cabezadita inconscientemente y salirse de la carretera o estrellarse contra un vehículo que viniera en sentido contrario. Pero ¿quién se duerme después de descubrir un potencial tesoro artístico y quizás económico de valor incalculable en su propia casa? Y, además, don Exuperio se había metido en su vida sacando a la superficie sentimientos o intenciones suyas y de Aurelio que ella desconocía por completo. Estos curas son de lo que no hay, ¡qué manera de meter sus narices en las vidas ajenas! Bien es cierto que, desde el momento en que lo vio por primera vez en la sala capitular de San Andrés de Arroyo, se había fijado en él… «¡Cómo no iba a

llamar mi atención con esa estatura y esa pajarita, si era lo que pretendía, que le gusta siempre dar la nota y a cada paso se entrometía en las explicaciones de sor Angustias!».

Eulalia había tratado de explicarse el obsequio que le hizo Aurelio de los raquelitos como una simple galantería, la caricia en la mano como una casualidad, el guiño del ojo cuando se marchó en el coche como una picardía, la petición del teléfono como la cosa más natural en una relación profesional entre la clienta y su arquitecto, y, pensando que sería viudo o soltero, que este sería de ordinario su trato con las clientas. Pero don Exuperio le había dicho que era casado y con muchos hijos y familiares a su cargo. «Creo que tiene suficiente familia y trabajo como para andar tonteando conmigo, y eso me rebaja y me molesta».

Después de cenar un sándwich mixto y un vaso de leche, Eulalia se fue pronto a la habitación con la intención de disfrutar de un sueño reparador poniendo el letrero de «No molestar» y cerrando la puerta a cal y canto. «No quiero que este asunto se convierta en una obsesión y me paralice para las cosas de la vida, necesito dormir bien, porque mañana viajo sola», pensó, y enseguida se metió en la cama, pero como no cayó dormida al instante, que era lo que deseaba, no se lo ocurrió otra cosa para distraerse que llevarse con ella la cámara para comprobar la calidad de las fotografías que había realizado a toda prisa hacía unas pocas horas. «Yo de esto no entiendo mucho, pero tienen mucho colorido». Como las fotos estaban hechas sin orden ni concierto, vistas una a una no recordaban de modo preciso de dónde provenía cada una de ellas. Para orientarse encendió la luz de las mesillas y reprodujo mentalmente la capillita tratando de encajar las pinturas en el lugar aproximado que ocupaban en su casa.

Hizo mal Eulalia en llevarse las pinturas a la cama aquella noche, porque con ellas llegaron las incertidumbres, las responsabilidades y las preocupaciones, tantas que espantaron al sueño y convocaron a los temores.

El encadenamiento de las imágenes en su mente le trajo a la memoria con nitidez el razonamiento de don Exuperio pocos instantes después del descubrimiento de las pinturas: «No es normal encontrarse de sopetón, al fondo de un zaguán, en el centro mismo de Potes, en una casita, un ábside cuajado de pinturas similares a las de los beatos más antiguos, pantocrátor incluido. Que no estamos en la Capadocia. Y que además puede ser un regalo envenenado, porque es difícil ocultarlo y el hallazgo es una noticia bomba que saldría en los periódicos enseguida, y de ser una falsificación podríamos hacer el ridículo más espantoso».

«Estas pinturas no pintan nada en una vivienda —pensó—. Porque se siente una como si estuviera en una iglesia, y dan un poco de respeto, sobre todo el Cristo, que te sigue a todas partes con la mirada. Pero a todo se acostumbra una. Por lo demás, me conviene hacer caso a don Exuperio, porque ha sido razonable su recomendación de esperar al final de la clase en Valladolid para dar cuenta del hallazgo a don Crisógono, cuando estemos a solas; y sagaces los consejos y la información que me dio acerca de los peligros de la cercanía con don Aurelio: que conviene apagar a tiempo un incendio que acaba de nacer, porque si se le deja que tome cuerpo en sentido literal, no figurado, se lleva todo por delante y solo deja humo, cenizas, silencio y desolación».

Pensar en Aurelio estando en el lecho fue como frotar la lámpara de Aladino. A pesar de que la puerta de la habitación estaba cerrada con llave y el cerrojo echado, aquel hombre algo entrado en años de considerable estatura, abundante cabellera con raya al medio y hematoma reciente en la frente, que extendía sus brazos hacia ella, había tomado cuerpo al lado de la cama. A Eulalia no le cabía la menor duda porque la pajarita le delataba.

En aquel trance solo tenía dos opciones, caer en los brazos de don Aurelio y dejarse llevar por la concupiscencia con el riesgo de pasar toda la noche en vela, o llamar en su ayuda al mago de Aladino. Y se encontró una vez más hablando en voz alta:

—Necesito su ayuda, don Exuperio. Dígame, ¿qué puede hacer una mujer como yo en semejante circunstancia?

—Es muy sencillo, Eulalia, lo tiene usted a mano. No diga nada y haga como que no le ha visto. Coja la cámara, busque las fotos que ha sacado de las pinturas del techo, contemple despacio las imágenes de los angelitos que sobrevuelan su cabeza, acompáñelos en su vuelo y flote con ellos, deje que abanique sus pulmones el aire que mueven sus alas y sienta que las plumas acarician sus párpados, relájese cuanto pueda y confíe en que el sueño hará su trabajo, y olvídese de todo lo demás, que don Aurelio siempre va con prisa, se aburrirá de esperar y desaparecerá por donde ha venido.

Finalmente, las emociones, pasiones y preocupaciones de Eulalia se apagaron con un sueño reparador que le proporcionó nuevas energías. Estas le permitieron emprender el viaje a Saldaña a la mañana siguiente con una tranquila seguridad, contemplando aquel paisaje boscoso que, a buen seguro, habían transitado Beato y Eterio cuando escaparon de Elipando.

Al llegar al puerto de Piedrasluengas, se detuvo un momento en el mirador para contemplar el valle de Liébana en profundidad y los Picos de Europa en el horizonte despuntando por encima de las neblinas que festoneaban las montañas. «Por este lado del valle no creo que vinieran en el siglo VIII, porque esta carretera es bastante reciente».

Cuando cruzó el desfiladero de Piedrasluengas, pensó que si los musulmanes se hubieran adentrado en aquellas espesuras y los cristianos hubiesen estado apostados en la cumbre, aquel paraje de obligado tránsito por el que discurría el camino junto al río habría sido un sitio especialmente idóneo para las emboscadas. Por ello era la puerta de Liébana y quien tenía la llave de la puerta dominaba el territorio. Las palabras puerta y llave encendieron la alarma.

—¡Ay, Dios mío! ¡La llave! Dónde tendría yo la cabeza, tonta de mí… Seguro que estaba pensando en don Aurelio y no se me ocurrió pedirle a Gaudencio que cambiara la cerradura. Eladia o los primos de Hermenegildo pueden tener más llaves y pueden caer en la tentación de entrar a fisgar a su antojo; se darán cuenta de que lo único que hemos hecho ha sido un butrón y, al descubrir las pinturas, se imaginarán lo peor y empezarán a darnos problemas… ¡Buena la hemos hecho! Tengo que llamar ahora mismo a Gaudencio para que ponga una cerradura de seguridad.

A la primera oportunidad se detuvo en un ensanchamiento de la carretera que resultó ser Camasobres. Pero en aquel lugar entre montañas no había cobertura y, pensando que podían entrar y destrozarle las pinturas, subió al coche con la intención de regresar a Potes para subsanar el problema. Dio media vuelta. Delante de sí tenía la carretera CL 627. Hizo el *stop*. Estaba enganchada a las pinturas y muy nerviosa. Para desandar el camino, le esperaba a su izquierda el desfiladero del puerto de Piedrasluengas y una carretera interminable llena de curvas para llegar hasta Potes. Se dijo que era domingo y a saber dónde andaría Gaudencio. «Estará visitando a sus nietos… Y si le vas con lo de la cerradura, pensará que las pinturas te han vuelto loca. Reflexiona un poco, Eulalia, que puedes poner las cosas peor. Seguramente un poco más abajo ya tendré cobertura y podré hacerle una llamada. Y, además, tengo que encontrar una gasolinera porque se ha encendido la luz de la reserva. ¡Ay, madre mía, que puedo quedarme tirada en la carretera en medio de estos montes! Mejor será que gire a la derecha y baje a Cervera, que allí habrá cobertura, gasolina y todo lo que necesite».

Se perdió la posibilidad de contemplar los dulces paisajes de la Montaña Palentina y no se dio cuenta de que las espadañas de las iglesias la saludaban a su paso, porque estuvo todo el tiempo vigilando el chivato del depósito de gasolina. Solo respiró al atravesar el puente del Pisuerga y divisar el cuartel de la Guardia Civil a la entrada de Cervera, cuando ya estaba a punto de que le diera un ataque de nervios porque no veía la gasolinera por ninguna parte. «Están siempre a la entrada o a la salida, así que voy a preguntar por la estación de servicio y por Saldaña». Se detuvo cuando vio a un parroquiano, que muy amablemente le indicó:

—Siga todo recto y no se salga de esta carretera. Vaya atenta y con cuidado. La gasolinera no tiene pérdida, la encontrará antes de salir del pueblo a la izquierda. Lo de Saldaña es más complicado. No deje esta carretera, pero ande muy lista con las señales y no corra mucho, que se pasa hasta Guardo. Está bien indicado en un desvío a la izquierda que indica la villa romana.

Repostó con facilidad y ya mucho más tranquila se puso en camino. Cuando estaba saliendo del casco de la villa se acordó de que tenía que llamar a Gaudencio. La preocupación de quedarse sin gasolina lo había eclipsado todo y se había olvidado por completo de Gaudencio y de la cerradura. Se detuvo de nuevo junto al aparcamiento de una pequeña fábrica. Pero el teléfono de Gaudencio estaba apagado o fuera de cobertura. Entonces llamó a don Exuperio, que atendió su llamada de inmediato.

—Es domingo y Gaudencio habrá bajado a Panes a ver a sus nietos y a descansar junto al mar —aventuró el sacerdote—. Hágame caso, Eulalia. Esos temores no tienen fundamento. La Guardia Civil patrulla a menudo. Conozco a Eladia desde hace muchos años y no creo que vaya a meter las narices en una propiedad que ya no le pertenece. Estese tranquila que, de todas formas, mañana mismo le digo a Gaudencio que refuerce la puerta por dentro y ponga una cerradura de seguridad cuanto antes.

Mientras escuchaba al cura, llamó su atención un rótulo con letras azules que ocupaba buena parte de la fachada de la fábrica en donde se había detenido, que rezaba: «Pastas y hojaldres. Socorritos. Fabricación y venta». «¡Qué bien, hojaldres como los que me regaló don Aurelio en San Andrés de Arroyo! Voy bien de tiempo. Bajo un momento y compro una cajita para Tiqui y otra para mí».

Al entrar en la tienda de degustación y venta, se vio envuelta por el aroma de pasta recién horneada que provenía de la nave. Dio los buenos días a dos señoras algo mayores que ella que charlaban animadamente de sus cosas en medio de la tienda. Algo gracioso estaban contándose porque reían con ganas.

Mientras ella esperaba a que saliera alguien a atenderla, se entretuvo examinando los productos que se ofrecían a la venta. Eulalia contempló una bandeja colocada sobre el mostrador en la que brillaba con luz propia un abanico de hojaldres idénticos a los que le había regalado don Aurelio por sorpresa a su salida del monasterio cisterciense, y no le cabía en la cabeza que las monjas hubiesen levantado aquella fábrica en Cervera.

—¿Desea alguna cosa, señora?

—Pues sí, quería llevarme unos hojaldres y alguna cosita más que me recomienden y sea marca de la casa.

—Lo tiene usted delante. ¡Los socorritos! Más altos y ovalados, y los lazos glaseados.

—¿Podría probar uno?

—¡No faltaba más! Coja usted misma uno, que son para degustación.

Cuando Eulalia probó aquel lacito de hojaldre blanco como la nieve que le ofreció la señora, se dio cuenta de que los raquelitos y los socorritos eran hojaldres circulares bañados en azúcar, productos idénticos, tanto en la forma como en el fondo, y no solo en el sabor, sino también por su envase: unas cajitas blancas de tamaño similar y con parecidas tipografías.

—Hace pocos días estuve en San Andrés de Arroyo y me regalaron una cajita de raquelitos, que me encantaron. Yo diría que son gemelos y son de la misma madre.

—Tiene usted razón. Son de la misma madre y de la misma abuela. —La señora se rio con ganas, lo mismo que la compañera—. No se tome usted a mal las risas. No son una descortesía. Es que me ha puesto usted el chiste en la punta de la lengua. Masa madre… ¡Qué gracia! ¡Cómo no lo van a ser si la madre soy yo y también he sido madre… en San Andrés de Arroyo! Y la abuela fue mi madre, que los hizo durante toda su vida. —Y las señoras volvieron a partirse de la risa.

Eulalia entendió de golpe el chiste convertido en trabalenguas y se contagió de las risas.

—Por lo que veo, los del convento son raquelitos y estos de Cervera, socorritos. ¿No es así? Perdone mi curiosidad, es para no hacerme un lío.

—Es una historia curiosa que le puede interesar. El coche está bien aparcado. ¿Tiene usted mucha prisa?

—Voy a Valladolid, pero quiero pasar por Saldaña.

—¿A visitar la villa romana?

—Por eso vengo por esta carretera.

—Puede que la villa esté ya cerrada al público. Ya se ha fallado el concurso del museo —intervino la otra señora.

—¿Van a reconstruir la villa? —se sorprendió Eulalia.

—No, mujer. Por lo que dice el periódico, van a cubrir aquello para explicarlo como si fuese un museo, y con servicios como Dios manda.

—¡Ay, Dios mío! Me quedé sin ver la villa y sin hablar con don Javier, que era el motivo de mi viaje a Saldaña. ¡Qué contrariedad! Tendré que volver a Valladolid con las manos vacías.

—Vamos a tratar de arreglarlo. Don Javier es muy amigo nuestro. Lo llamamos ahora mismo y, si puede, le enseñará la villa encantado. Mientras resolvemos el problema, usted se toma un café con nosotras y le contamos la historia. Raquel, llama tú mientras yo atiendo a la señora.

Eulalia estaba asombrada por lo serviciales, campechanas y cordiales que eran aquellas señoras.

—Hace usted muy bien en acercarse a la villa romana. Yo me llamo Piedad y conozco a Javier Cortes desde hace cuarenta años. Y no me olvidaré nunca de la primera vez que lo vi. Yo tenía por entonces una tienda de fotografía y era la fotógrafa oficial de la comarca. Aquella mañana de verano de 1968 yo estaba a la puerta de mi establecimiento cuando apareció él. No recordaba haberle visto, así que no era de la zona, aunque tampoco me pareció de ciudad a juzgar por cómo iba vestido. Me preguntó si estaría dispuesta a desplazarme a Saldaña con él para hacer un reportaje arqueológico.

»—Para lo que haga falta. Aquí hacemos de todo y vamos adonde sea, para eso tengo la Vespa. Mire esta foto de Di Stéfano —le dije—. La acabo de hacer en el Bernabéu, aunque para ir allí no me desplacé con la Vespa, sino en tren, claro está.

»—A Saldaña la llevamos en coche y enseguida la traemos de vuelta porque es un trabajo sencillo. Unas pocas fotos al aire libre, en una finca de mi propiedad. Con la cámara y el trípode será suficiente.

»—Yo ya estoy preparada. Dejo un recado a mi marido avisando de que a lo mejor no vengo a comer y me voy con lo puesto.

»—Mejor póngase unas botas, porque tenemos que andar por los campos hasta llegar al yacimiento.

—¿Y no le dio miedo marcharse con un extraño al medio de un campo usted sola? —preguntó Eulalia.

—Tenía cara de buena persona. Soy más alta que él. Yo era muy fuerte y ya estaba curtida. En el coche habló muy poco, pero se le veía preocupado. Una vez que pasamos el puente del río Carrión, me llevó por un camino y después por unos campos recién arados. Menos mal que me había puesto las botas. La sorpresa me la llevé cuando llegamos al lugar, a punto estuve de tener un desmayo. Había una fosa rectangular recién abierta con la tierra bien amontonada alrededor de ella y con una profundidad similar a la de una sepultura. Y no podía creerme lo que había en el fondo.

—Una mujer sola… con un desconocido… en el medio del campo… con una fosa abierta… Es como para echarse a temblar —interrumpió Eulalia con temor.

—Eso fue lo que me pasó, pero de emoción, porque Javier, con su gente, había hecho las cosas a conciencia para que todo saliera bien en las fotografías. Las paredes de la fosa estaban cortadas a cuchillo. La cal había desaparecido del fondo, estaba completamente limpio. Acababan de limpiarlas con un trapo humedecido, las teselas brillaban como las escamas de los peces, y ¿adivine a quién me encontré allá abajo? No se lo va a creer usted. Al mismo Ulises… Sí, el Ulises, el de la *Odisea*, que me clavaba la vista con el ceño y la boca fruncidos —Eulalia pensó en el Cristo justiciero de su casita—, porque le había sorprendido justo cuando acababa de quitar las vestiduras femeninas que camuflaban a Aquiles y estaba a punto de entregarle la lanza y el escudo para llevarle consigo a la guerra de Troya. Bueno, todo eso me lo contó Javier Cortes, porque yo no sabía mucho de mitología, pero el mosaico era tan bonito que me quedé impresionada. Como el sol le daba de lleno en la cara a Ulises, echaba chispas por los ojos. Lo de las fotografías tenía su dificultad porque había lugares en el mosaico en sombra.

—Me imagino que estaría abrumada al hacer aquel trabajo.

—¡Qué va, mucho más difícil fue debutar de fotógrafa en el Bernabéu!

Estaban tomándose tan ricamente un café con leche y unos socorritos obsequio de la casa cuando volvió sonriente Raquel.

—Ya está resuelto. Al final he localizado a Javier y me dice que la espera a la puerta de la villa romana a la una en punto y solo la puede acompañar durante una hora.

—No sabe usted el favor que me ha hecho. Ha sido muy amable. Perdone mi curiosidad. ¿Este negocio es de las dos? —preguntó Eulalia.

Raquel y Piedad rieron con ganas.

—La mitad es mía y la otra mitad es de mi hermano Uco —respondió Raquel.

—Estoy confundida. Me llama la atención que usted haya sido monja en San Andrés de Arroyo, ¿qué le indujo a entrar en un monasterio de clausura?

—Mis padres sabían de toda la vida que yo tenía vocación y era su edad lo que me echaba para atrás, pero como eran católicos practicantes no vieron con malos ojos que ingresara en el convento. Como era la única chica de la familia, lo hice a condición de que si alguno de los dos me necesitaba porque caía enfermo, saldría a cuidarlo durante el tiempo que fuera necesario. Después volvería a clausura. Las madres lo aceptaron. Entonces, en el convento, las monjas solo bordaban manteles y servilletas, mantillas, casullas y cosas por el estilo. Muchas de ellas no podían hacerlo por culpa de la edad y de la vista. No tenían obrador ni vaquería, había poco turismo y el bordado daba poco. Yo no quería que las madres pasaran las penalidades que les obligaron a vender el Beato.

—Es maravilloso. Habría sido formidable que se conservara en el monasterio, porque son uña y carne —se lamentó Eulalia—. Sor Angustias me lo mostró y me contó que a causa de las penalidades que pasaban las monjas tuvieron que venderlo.

—Yo sabía que fue por necesidad. Si un monasterio no es sostenible, todo se viene abajo. A mí me desasosegaba la incertidumbre de nuestra vida en precario. Teníamos que valernos por nosotras mismas. Yo no tenía cuajo para quedarme mirando al cielo esperando a que nos cayera el maná. *Ora et labora*, dice san Benito, y le pedí a mi padre que nos ayudara. Yo había estudiado pastelería en León viendo cómo se hacían los nicanores de El Boñar y había aprendido a hacerlos perfectamente, y le había dicho a mi padre que teníamos que elaborar productos parecidos a los lacitos que hacía mi madre. Como era un buen albañil, les levantó una vaquería, alicatada hasta el techo, con abrevadero individual y todo, y regaló una vaca al monasterio. Y después hizo el obrador. Nuestro Señor hizo que al cabo de cuatro años tuviéramos una vaquería y unos cuantos ternerillos…

—¿Y pasó mucho tiempo en el monasterio? Da la impresión de que usted es una persona muy activa, ¿no resulta difícil estar encerrada entre cuatro paredes? —se interesó Eulalia.

—Todo lo contrario. El monasterio es precioso —replicó Raquel—. El claustro es sublime. Hay visitas a diario. La huerta es magnífica. Hay mucho que hacer. Todo está reglado y es muy sencillo. Solo tienes que obedecer. Pero enfermó mi padre y tuve que volver a casa a cuidarle. Poco después enfermó mi madre y ya no pude volver, porque junto con mi hermano Uco montamos esta empresa. Lo hicimos porque hay mucha necesidad de dar vida a estos pueblos dando trabajo a la juventud y a las mujeres, empezando por las de nuestras familias.

Eulalia estaba asombrada y no se perdía palabra de la conversación, porque no podía imaginar que aquella señora vivaracha y decidida hubiese sido monja de clausura y ahora fuese empresaria.

—¿Qué hicieron las hermanas de San Andrés de Arroyo cuando les comunicó que las dejaba? —siguió preguntando Eulalia, cada vez más interesada.

—Lo mismo que yo. Lamentarlo y resignarse, pero era la voluntad de Dios y ya estaban avisadas desde el mismo momento en que ingresé en el convento, y preparadas cuando mi padre enfermó. Pero dejé un producto que tiene mucho mercado y el obrador funcionando como si fuera una empresa.

—Y mire que es atrevida —intervino Piedad mirando a su amiga con una sonrisa— que hasta le puso su nombre a los hojaldres. Te acusarían de soberbia en el capítulo de faltas. —Y soltó una carcajada.

—¡Qué va! —respondió Raquel riendo a su vez—. Estaban encantadas porque necesitábamos algo que sonara familiar, como los miguelitos de la Roda, que son muy conocidos. Como los de las monjas se llamaron raquelitos, a estos de aquí los bautizamos como socorritos, que era el nombre de mi madre. No los íbamos a llamar igual que a los de San Andrés.

—Veo que también tienen pastas de té —dijo Eulalia mirando el despliegue de delicias—. Pónganme una caja para mí y otra envuelta para regalo. Bueno, y aparte de los socorritos para mí, pónganme otras dos para regalo.

—Se lo ponemos en dos bolsas, por separar el producto. Y le va a llevar de nuestra parte unos socorritos a don Javier Cortes.

—¿Se sigue dedicando a la fotografía o se ocupa de otras cosas? —le preguntó Eulalia a Piedad mientras Raquel hacía los paquetes.

—Hace unos años que lo dejó por la edad y por las tecnologías. Una es de Kodak y de negativos. Guardo ciento sesenta mil. Pero ahora dedico mi tiempo sobre todo a atender el museo etnográfico que hice con mi marido. Lo hicimos porque los jóvenes se marchaban de nuestra tierra. Un drama y también una catástrofe. El modo de vida durante siglos desaparecía. Yo me daba cuenta de que nuestro mundo de siempre agonizaba. Me lastimaba el alma viendo que sus enseres quedaban a merced del fuego o al albur de los chatarreros y de los chamarileros, pero que las personas no cerrarían sus ojos mientras siguieran mirándonos fijamente desde las fotografías, y algo había que hacer para dejar constancia de su paso por este mundo, de su modo de vida y de sus creencias y costumbres, por ello nos afanamos en recoger y ordenar los jirones de aquel mundo frágil y vaporoso de nuestra infancia y nuestra juventud, que se desvanecía como la ceniza entre los dedos, para que quedara registrado todo aquello y que no muriera para siempre. Resumiendo: hicimos un museíto, compendio de la vida cotidiana de un mundo que se evaporó. ¿Desea visitarlo? Porque le acompaño a usted ahora mismo.

—De mil amores lo haría, pero no podré entregar sus hojaldres a don Javier si llego demasiado tarde.

—Por cierto, nosotras no hemos parado de hablar desde que usted entró en la tienda y ha escuchado lo suficiente para saber por dónde discurren nuestras vidas. Como parece que le ha interesado mucho lo que hacemos, ¿podría decirnos a qué se dedica? Porque puede que lo que usted hace nos interese también a nosotras.

—Yo solo soy una viuda sin hijos desde hace poco más de un año, pero me he matriculado en la Universidad de Valladolid en un seminario sobre Beato de Liébana y por eso vengo de Potes.

—¿Estudiar en la universidad? ¡Qué interesante! Ese es un privilegio que tenéis las mujeres de las ciudades. Viviendo en Cervera, nosotras tenemos un mundo más reducido, pero sabemos que siempre hay tiempo para aprender y para hacer cosas al servicio de los demás o de los que más lo necesitan.

«¡Dios mío! Qué ejemplo para mí el de estas mujeres con semejante empuje en este pueblo entre montañas. ¡Cómo me gustaría conocerlas mejor para aprender de ellas! ¡Y qué bien me vendría disfrutar de compañía!», pensó Eulalia, y aunque se sentía muy a gusto, se daba cuenta de que de seguir allí no llegaría a la una y que Javier Cortes le estaría esperando, y ese era el objetivo de su viaje. Así que tocaba despedirse con harto dolor de su corazón de aquellas amigas de Cervera recién estrenadas y mayores que ella, pero de una vitalidad envidiable. Una, antigua monja de San Andrés de Arroyo convertida en empresaria y la otra, fotógrafa profesional.

La acompañaron hasta el coche llevando los hojaldres y las pastas y le recordaron que fuera despacio y tuviera mucho cuidado con las señales de los desvíos, porque de seguir todo el rato por la carretera se perdería y llegaría hasta Guardo.

—Esté muy atenta al desvío de la CL 615 y no abandone esa carretera, y pasado el puente de Saldaña, a unos cinco kilómetros, verá a su derecha la indicación a la villa romana.

No se perdió y en menos de una hora divisó un rótulo que señalaba a su derecha la villa romana, y a poco de recorrer una carretera bien pavimentada, en un desvío a la derecha en mitad de unas fincas, encontró un sencillo aparcamiento de tierra a su entera disposición. No olvidó coger el paquete de socorritos que le habían entregado Raquel y Piedad para Javier, y entró en unas naves de estructura metálica cubiertas de fibrocemento que protegían el yacimiento. La esperaba sonriente a la puerta un paisano sencillamente vestido; era tal y como le había descrito Raquel. Dio por supuesto que era Javier Cortes, su descubridor, dispuesto a mostrarle la villa a ella en exclusiva.

—Supongo que se imagina que esta caja de socorritos recién salidos del horno es un regalo de parte de dos personas que me han hablado muy bien de usted y con mucho afecto.

—¡Vaya con sor Castillo, van pasando los años y no se olvida de los amigos!

—¡Yo creía que se llamaba Raquel!

—Así se llamaba, pero en San Andrés era sor Castillo —corrigió Javier—. ¡Qué historia la suya! Cuando llegó al convento no había obrador y las monjas solo hacían bordados, pero hay que ver el tinglado que ha levantado con su hermano. Pero usted querrá visitar la villa si no la conoce… ¡Venga conmigo que se la enseño!

—Piedad me dijo que esta era una finca de su propiedad y que el hallazgo ocurrió a mediados del verano de 1968.

—Aquellos días me la traje desde Cervera para que hiciera las fotografías.

—¡Qué sorpresa y qué suerte encontrarse esta villa romana por casualidad!

—En lo de la suerte tiene razón, porque me cambió completamente la vida. Casualidad no, porque año tras año el arado solía tropezar en un obstáculo. Pensábamos que algo podía haber aquí abajo. Por eso, aquel día quedé con dos amigos para averiguar el motivo. Al poco de retirar un poco de tierra, dimos con un murete de piedra, y al profundizar como sesenta centímetros, nos encontramos con una superficie recubierta con una capa de cal. Estábamos intrigados y nerviosos, pero se hacía de noche y no teníamos herramientas para rasparla por si había algo debajo.

—¿No sospechaban nada?

—Por supuesto, imaginábamos que podría tratarse de un mosaico romano, porque en la finca solían aparecer fragmentos de ladrillo y trozos de cerámica que los arqueólogos llaman *terra sigillata*, de color rojizo, y para comprobarlo regresamos a primera hora de la mañana del día siguiente. En cuanto levantamos la capa de cal y limpiamos un poco con agua, nos dimos cuenta de que se trataba de un mosaico de gran calidad. Supusimos que estábamos sobre una villa romana, pero desconocíamos todo lo demás. Allí nos estaban esperando los mosaicos que, a primera vista, nos asombraron por su calidad.

—Qué alegría, ¿verdad?

Eulalia no se atrevió a confesarle que ella acababa de disfrutar de una experiencia semejante con su casita de Potes, aunque a una escala mucho más modesta.

—Uno no se encuentra todos los días un mosaico en una finca de su propiedad —musitó don Javier como disculpándose.

—Gran responsabilidad la suya, porque hay personas que encuentran un mosaico, se lo callan y o lo tapan o pasan por encima el arado. ¿Usted qué hizo?

—Bajar a la Diputación de Palencia y pedirles un fotógrafo para realizar pruebas del hallazgo, pero como no podían disponer de él porque estaba ocupado con otros menesteres más urgentes, me acerqué a Cervera y me traje conmigo a Piedad Isla, que era fotógrafa profesional y tenía muy buena fama. Sacó las fotos y las reveló en Cervera, delante de mí, y con ese argumento en la mano me acerqué a la Universidad de Valladolid al día siguiente y le conté del hallazgo al catedrático Pedro de Palol, que después de examinar detenidamente las fotografías que me había hecho Piedad Isla me escuchó con mucho interés. Dije que no quería que lo arrancaran para llevarlo a otro sitio porque quería que se conservara *in situ* mediante una minuciosa excavación y con la restauración a mis expensas.

—¿Qué le respondió?

—Puso cara de asombro, examinó de nuevo las fotografías y me dijo: «Amigo mío, esto tiene muy buena pinta y tiene usted un problema, porque no sabe dónde se mete. Esa villa romana le puede llevar a la ruina».

Eulalia prestaba mucha atención para no perderse en los trámites y se asustó por lo que dijo de la ruina, porque se temía que su caso con la casita de la Solana era semejante, y aunque a la vista de la magnitud de la villa le parecía una minucia, sospechaba que le daría muchos quebraderos de cabeza.

—Pero usted no se desanimó.

—Todo lo contrario, porque le dije que lo mejor que podía ocurrirnos al mosaico y a mí era que él mismo se ocupara de la excavación. De momento no me contestó, repasó una a una las fotografías, me aconsejó que detuviéramos los trabajos y labores del campo, y se quedó pensando. Me tenía en vilo, pero esperanzado porque no se negaba. Me llevé una enorme alegría cuando me aseguró que en unos pocos días visitaría el lugar para hacerse una idea y planificar la excavación. Pero ya había picado en el anzuelo, porque añadió: «¿Cuándo quiere empezar?». —Javier abrió ligeramente los brazos, dejó asomar una sonrisa de felicidad y exclamó mirando a Eulalia a los ojos—: ¿Yo qué le iba a decir? Pues que deseaba que fuera inmediatamente. «No se asuste por los trámites de los permisos, que nosotros le informamos», me aclaró. «Usted nos deja para su estudio todos los materiales que se hallen en la excavación y se le reconocerá oficialmente la propiedad del yacimiento».

Eulalia, pensando en sus pinturas, quiso saber si la burocracia dificultaba mucho las cosas.

—Todo resulta más fácil y más rápido si se hacen las cosas conforme a la ley. Así lo hicimos nosotros, y aquel mismo verano de 1968 comenzó la excavación que dirigió el propio Palol, y aquí nos tiene al cabo treinta y cinco años. Don Pedro de Palol se jubiló y murió el año pasado, pero José Antonio Abásolo, que era su ayudante al principio, ya es catedrático y sigue conmigo dirigiendo la arqueología del conjunto. Pero ahora que ya conoce usted la historia vayamos a ver los mosaicos.

Al principio, Eulalia no los distinguía por el polvo que se colaba por los lucernarios, pero cuando don Javier esparció el agua de un caldero sobre ellos, como si le hubiera caído sobre la cabeza una ducha de agua fría, sintió un escalofrío que le recorría toda la espalda, desde la nuca hasta la punta de los dedos de los pies, y temió que la pasta que unía las teselas se reblandeciera, pero ocurrió todo lo contrario. Lo que estaba apagado y casi irreconocible se transfiguró. Hasta que Javier no empezó a contar la historia, no ocurrió nada extraordinario, pero, despejadas de polvo y suciedad, las teselas mortecinas y grises resplandecieron, los perfiles de las figuras se delimitaron y no se movieron.

—Para eso está la arqueología, para iluminarnos la historia con nuestros propios ojos —dijo Javier con voz queda.

Allí mismo, entre montes, ríos y campos de Castilla, los personajes salieron por su propio pie de la noche de los tiempos y se pusieron en movimiento. Eulalia no daba crédito a lo que veía: nada más y nada menos que el comienzo de la guerra de Troya, porque todos los personajes del mosaico se animaron en el papel que les había asignado Homero. No se trataba del combate propiamente dicho, sino del momento del reclutamiento. Un adivino había profetizado que sin Aquiles los aqueos no ganarían aquella guerra. Por eso, el astuto Ulises, disfrazado de comerciante de paños, fue en su busca y consiguió entrar en el gineceo del palacio de Licomedes, donde se escondía el desertor, llevando la lanza y el escudo del prófugo envueltos junto con los artículos que pregonaba.

Todo ocurrió a la vez y Eulalia apenas se fijó en Agirtes y Diomedes que, desde una esquina del gineceo y a golpe de trompeta, despertaron a Aquiles. Este, sin dudarlo un instante, agarró con la mano derecha la lanza y con izquierda el escudo que le había entregado Ulises, cuyo enérgico rostro le recordó a Eulalia el pantocrátor de su casita y atrajo toda su atención, por lo que a punto estuvo de perderse el manotazo con que el esposo de Penélope despojó a Aquiles de las vestiduras femeninas mientras trataba de zafarse del abrazo de Deidamia y sus doncellas, que pugnaban para que no huyera con sus compañeros de armas a una guerra que iba a costarle la vida.

A Eulalia le habría gustado que se repitiera la escena a cámara lenta para captar mejor los detalles, porque todo había ocurrido muy deprisa, pero estaba entusiasmada, ya que en un solo fotograma, por medio de los colores de unas teselas agrupadas convenientemente, desde Roma hasta Saldaña, habían llegado para ella los resplandores de la guerra de Troya.

La impresión que le produjo el rociado de los mosaicos con agua la había dejado tocada. Lo suyo de las pinturas era una minucia comparado con aquello. No se podía imaginar que a ella le hubiera podido ocurrir nada semejante.

El arqueólogo le iba señalando las peculiaridades del mosaico y sus figuras, pero Eulalia le escuchaba como si estuviera en la lejanía.

—Los héroes están representados en tamaño superior al natural. Ulises mide 2,44 metros. La misma escala tienen los restantes personajes que lo acompañan: la reina Rea de Skyros, sus hijas las princesas, la nodriza de una de ellas y los amigos de Ulises, Agirtes y Diomedes…

Javier vestía modestamente y tenía un algo monacal, por no decir angélico. Destilaba bondad y sencillez. Eulalia no sabía si llamarlo modestia o humildad, tanto en los gestos, que eran muy comedidos, como en la palabra, que era suave. Era como si san Francisco de Asís en zapatillas le estuviera presentando a Aquiles justo en el momento en que Ulises le reclutaba para la guerra de Troya.

Después de haber visto la magnitud del yacimiento y la calidad de los trabajos, tuvo la tentación de preguntarle lo que podría costar la restauración de las pinturas de su casita, pero viendo tan feliz a aquel hombre contar con tanta alegría y tanto entusiasmo la recuperación de la villa, sabiendo el tiempo que había dedicado a poner en valor el fortuito hallazgo, apareció su sentido práctico y se dijo: «¡Vete pronto al banco, Eulalia, y echa las cuentas, no vaya a ser que la casita te arruine!». Por eso, preguntó:

—No le habrá arruinado a usted esta villa, ¿verdad, amigo? Porque la excavación arqueológica, más el arrancado de los mosaicos y su colocación y restauración *in situ*, la cubrición del conjunto y todos los etcéteras que conlleva le habrán costado una fortuna.

—Al principio, sí, era un pozo sin fondo, porque la villa crecía, crecía y esto se inundaba de mosaicos. En esta labor fue fundamental Domiciano Ríos, que ya trabajaba conmigo anteriormente, y aprendió enseguida a arrancar y restaurar los mosaicos. Pero lo hacíamos poco a poco, porque las cosas hay que documentarlas a medida que se hacen, controlando muy bien los gastos. Además, hicimos un museo en la iglesia de San Pedro de Saldaña para mostrar al público los materiales de uso doméstico y cotidiano, como vasos de vidrio, y ajuares funerarios de la necrópolis, procedentes de la excavación, entre ellos una estatuilla en bronce de Apolo Helios. No deje de visitarlo si tiene tiempo. Conseguimos un millón de pesetas, seis mil euros de hoy en día, para arreglar la iglesia y acondicionar aquello estirando el dinero. ¡Madre mía, aquel millón no se acababa nunca!

A ella no le parecía que aquel hombre dispusiera de una millonada para acometer todo aquello, por eso siguió indagando:

—Pues si no se ha arruinado, ¿me puede decir entonces dónde está el milagro?

—Muy sencillo. En el sentido común. Enseguida me di cuenta de que esto me sobrepasaba y como la villa era lo más importante que tenía en mi vida, llegué en 1980 a un acuerdo con la Diputación de Palencia en el que hice donación de la villa con sus correspondientes terrenos a esa institución, y se creó una fundación para, con mi presencia diaria, dar continuidad a los trabajos y poner en valor el conjunto. Y aquí me tiene todavía.

Eulalia no podía desaprovechar la oportunidad de pedirle consejo. Así que se presentó como estudiante y viuda, le informó de que estudiaba en la Universidad de Valladolid en un seminario con don Crisógono sobre Beato, le contó el hallazgo de las pinturas en la casita de la Solana y le expuso su desconocimiento acerca de su autenticidad para que le enseñara el camino a seguir en esas circunstancias.

—Las casas antiguas son un cajón de sorpresas. Han almacenado muchas vidas. Por lo que me ha contado, la casa es pequeña, pero ya han aparecido unas estancias ocultas que pueden tener continuación bajo tierra. Ándese con cuidado. Le aconsejo prudencia con los hallazgos, no echar las campanas al vuelo, consultar con los que saben y dejarse aconsejar por ellos. A mí me ha ido muy bien compartir el hallazgo con la Universidad de Valladolid y recuperar la villa con la Diputación de Palencia. Ya le he contado cómo lo he hecho y usted ha tomado nota. ¿Qué más podría decirle? —Se quedó pensativo y continuó al poco—: Si le he entendido bien, el seminario sobre Beato lo dirige don Crisógono. Pues está usted de suerte. Hable con él, porque es un gran experto en Beato y los beatos, y lo que diga de las pinturas irá a misa. Y dé cuenta del hallazgo al Gobierno de Cantabria cuanto antes.

No hacía falta que le dijera nada más. Su bondad, su sabiduría y su generosidad lo habían dicho todo. En vez de meter el arado en los mosaicos para sembrar trigo o alfalfa, había traído a tierras de Palencia los ecos de los cánticos de un rapsoda griego llamado Homero, con una cosecha de teselas de colores ordenadas de tal forma que traían la guerra de Troya desde las costas del mar Egeo hasta las orillas del río Carrión, para recordarnos que Roma y Grecia estaban al alcance de nuestros ojos y que la villa romana era el reflejo de la capacidad de aquellos patricios para disfrutar de la vida en medio de sus explotaciones agrícolas. Eso sí, con la inestimable ayuda de los esclavos y de los artistas.

—¿Cuándo podremos contemplar la villa y los mosaicos protegidos y el museo terminado?

Después de un profundo suspiro, afirmó:

—¡Eso solo Dios lo sabe! Yo no sé si lo veré. Se sabe cuándo comienzan las obras, pero se ignora cuándo terminan.

⁂

Salió eufórica de aquella visita y emprendió viaje a Valladolid lamentando que Tiqui se hubiera perdido la aparición de las pinturas y la visita a la villa romana de mano de don Javier. La imagen que guardaba de este y de los mosaicos iba asociada al agua del caldero que arrojó a Aquiles y Ulises, que continuamente le venía la memoria: «Madre mía, qué detalle tuvo al tomarse esas molestias solo para que yo lo contemplara en toda su belleza, ¡y qué susto me llevé! Todavía me dan escalofríos cada vez que lo recuerdo. ¡Cuántas cosas se aprenden yendo a los sitios y hablando con sus protagonistas! Y qué bien hizo don Exuperio recomendándome que viniera a ver a Javier. Este sí que demostró mucho sentido común actuando prudentemente desde el principio y no echando las campanas al vuelo de buenas a primeras, que es lo que hicieron don Aurelio y don Exuperio, que saltaban de alegría cuando iluminaron la capillita o lo que fuera aquello, mientras que Gaudencio, que tenía los pies en la tierra, no perdió los estribos en ningún momento».

La nómina de sus interlocutores iba aumentando a medida que se iba moviendo en la vida y en el espacio. Ahora hablaba hasta con los socorritos que llevaba a su lado: «¿Quién te iba a decir a ti que ibas a conocer a Raquel y a Piedad Isla? Fíjate qué personajes hay en esta tierra, qué bien y con qué generosidad y modestia hacen lo que tienen que hacer. Eso sí que es patriotismo del bueno, sin necesidad de envolverse en una bandera, porque lo demás es retórica. Los hechos, más aún que las palabras, son el buen camino, no solo para sobrevivir a las desgracias, sino para encarar la vida con optimismo».

Entonces se vino arriba y habló en voz alta consigo misma:

«¡Eulalia, tú puedes seguir su ejemplo! —Y se respondía con sorna—: ¿Me ves en un convento tomando los hábitos, o mejor, haciendo fotos a Di Stéfano en el Bernabéu? ¡Déjate de coñas, porque estás en el buen camino! Agua que se estanca se pudre y se llena de bichos. Pero dejemos de filosofar y vayamos a lo práctico: preguntar a los que saben. Como hizo Javier Cortes cuando encontró el mosaico».

Le recordó rociándolos con agua y le dio un escalofrío.

Aquella noche Eulalia tampoco podía dormir y repitió la jugada de la noche anterior para preparar la entrevista con don Crisógono, y como era muy concienzuda cogió su cámara, la enchufó al ordenador portátil con un cable y se los llevó a la cama para visualizar las fotografías jugando a dilucidar si eran verdaderas o falsas, sin posibilidad alguna de adivinarlo. Debió de caer rendida porque, en un momento dado, se encontró en su casita delante de las pinturas y le dio mucha rabia no saber si eran auténticas. Y de pronto apareció don Crisógono trayendo un caldero vacío en la mano.

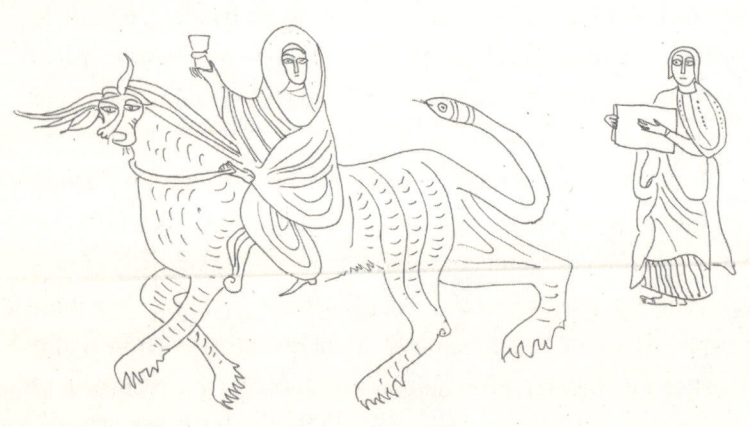

«No le dé usted más vueltas al asunto, que esto de la autenticidad o la falsificación lo arreglo yo con agua y una esponja. Hágame el favor de llenarme este caldero». Ella obedeció pensando que su profesor era un experto y sabía lo que hacía. Se acercó a la cocina y llenó el caldero, se lo entregó al experto, pero se llevó un gran susto cuando, al grito de «¡ábrete, Sésamo!», arrojó el agua sobre las pinturas, ya fueran estas del techo o de las paredes. «Ellas nos dirán de qué va la cosa». A Eulalia le volvió a dar un escalofrío cuando comprobó con espanto que las pinturas, como si fueran de cera, se deshacían en churretones, resbalaban por las paredes y caían lentamente desde el techo. «Ya lo ve usted. Son falsas de toda falsedad. Pero no se lleve un mal rato, porque si están pasadas de moda, poco importa… Supongo que estarán pintadas sobre otras más auténticas que acabarán por aparecer al cabo de unos cuantos años, y entonces empezaremos otra vez con el agua. ¡Agua va! Así son los yacimientos arqueológicos, que hay una capa sobre otra más antigua y esta a su vez más vieja que la anterior, porque en esto de la arqueología nada pasa y todo queda, y si no hay criterio y la autoridad competente no te dice que pares, pues llegamos hasta Atapuerca. Ya lo ha visto. No hay nada como el agua para restaurar las pinturas. Ahora toca demoler la casa y ver qué son esos muros que estorban el arado». «¡No siga, no siga!», gritó Eulalia, y se despertó con un escalofrío.

Como estaba empapada de sudor y quedaba noche por delante, se dio una ducha templada durante un rato, se cambió la ropa de dormir y se puso un albornoz para no quedarse fría. Después fue a la cocina, calentó un vaso de leche y se lo tomó tan ricamente mojando socorritos y pastas de té que fue degustando lentamente, dejando que su mente volara en el aire sin rumbo fijo.

Sobre la mesa solo quedaban ya las cajitas de socorritos envueltas para regalo. «Estos hojaldres nos persiguen por dondequiera que vamos. Deben de tener un filtro mágico porque, por culpa de ellos, he estado a punto de enamorarme como una tortolilla de un arquitecto casado y con muchos hijos, ¿cuántos?, no lo sé. Me olvidé de preguntárselo a don Exuperio. Mira que me avisó del peligro, pero he pensado mucho en él, a punto de caer en sus redes como la tonta más tonta de sus clientas. Lo que hacen la necesidad y la soledad… Esto se lo cuento yo a Tiqui y me dice que estoy fumada o me toma por loca».

Se quedó mirando las cajas de regalo: «Esta para Tiqui, que se lo merece. Y esta otra… para… para don Crisógono, que no sé si lo merece, pero necesito su ayuda. Además, me ha dejado el facsímil del Beato de Valcavado y ni le he dado las gracias».

18

Don Crisógono atropellado, Tiqui desahuciada y don Aurelio desenmascarado

abía sonado el despertador. Por culpa de aquel accidentado sueño despertó medio dormida, pero a Eulalia le costaba desperezarse y como vivía cerca de la universidad estuvo remoloneando agarrada a las sábanas, abriendo y cerrando los ojos. En una de esas, al darse la vuelta, abrió los ojos y constató que en la mesita de noche seguían las dos cajas de socorritos envueltas para regalo que la interpelaban: «Se ve que te da miedo encontrarte con don Crisógono porque te puede decir que las pinturas no son de Beato, ¿verdad, Eulalia? ¡No lo pienses y espabila! Sal de la cama, te aseas a toda prisa, te pones cualquier cosa y sin desayunar, que ya lo has hecho esta noche, y de qué manera, sales corriendo, que todavía puedes llegar a tiempo porque la universidad la tienes al lado de casa».

Ya estaba empezando a bajar la escalera cuando se acordó de que, junto a los apuntes, tenía que llevar el ordenador. Regresó a toda prisa al dormitorio y se dio cuenta también de que se había olvidado de los socorritos. Recogió las dos cosas y bajó los peldaños a la carrera, y ya en la calle se dio toda la prisa que pudo para llegar a tiempo a la clase. Pero ¡oh, sorpresa!, desmintiendo su escrupulosa puntualidad, don Crisógono no estaba. «Vaya por Dios, ¡qué le habrá pasado hoy a este!». Eulalia se impacientaba pensando: «Para un día que le necesito de verdad, este tío no se presenta. Pues como tarde más de la cuenta, le regalo las dos cajas a Tiqui…, si es que viene. ¡Perder el tiempo de esta manera, con lo bien que estaba yo en mi camita a estas horas!».

Cuando don Crisógono apareció finalmente, no solo Eulalia, sino todos los alumnos se llevaron un susto morrocotudo. Le costaba andar, venía con un brazo en cabestrillo, un hematoma en la frente, rasguños en la cara, cojeaba y se apoyaba en un bastón, pero iba enfundado en un traje nuevo impecable y, aunque se le veía muy desmejorado, llevaba pajarita.

A Eulalia y a Tiqui, que había llegado unos minutos antes que el profesor, les dio mucha lástima y le agradecieron que, a pesar de su estado, se hubiese esforzado tanto por acudir a clase.

—No se preocupen por mí, que no es nada grave, que hoy estoy mejor. Iba por la acera distraído leyendo esta noticia y me atropelló por la espalda con su bicicleta un repartidor de comida basura que me dejó hecho unos zorros. Tenían que haberme visto en el suelo untado de kétchup, entre hamburguesas, perritos calientes y patatas fritas. ¡Y al sujeto no le pasó nada!

Soltaron todos una carcajada y le aplaudieron con ganas, por su pundonor y por tomárselo con humor. Subió al estrado,

ayudado por dos chicas, desplegó *El Diario* ostentosamente y, mientras tenía la vista clavada en Eulalia, anunció:

—Noticia de agencia. Descubiertas en Liébana pinturas murales de Beato. El presidente Revilla afirma que, de confirmarse la autoría de Beato, puede tratarse de un hallazgo de impacto mundial. —Hubo un conato de aplausos que cortó don Crisógono—. No echemos las campanas al vuelo antes de tiempo. Revilla dijo «de confirmarse la autoría de Beato...». El descubrimiento se debe a una estudiante de Historia del Arte de la Universidad de Valladolid, cuya identidad se desconoce porque prefiere permanecer en el anonimato… —Y se quedó mirando a Eulalia con una sonrisa de múltiples significados porque no se daba cuenta de que acababa de arrojarle a su alumna un caldero de agua fría por la cabeza.

Todos sus compañeros se volvieron para mirarla.

La aludida, que no esperaba ni por lo más remoto que la noticia hubiera corrido como la pólvora, no sabía dónde meterse, y no se le ocurrió otra cosa que pensar: «¿Qué hago yo ahora con los socorritos?». Y, temiendo la que se avecinaba, musitó: «¡Quién habrá sido el cabrón que se ha chivado a destiempo y me ha dejado a los pies de los caballos!».

—¿Qué tiene que decir al respecto de la noticia, Eulalia? ¿Cómo se siente?

La aludida, que no estaba preparada para semejante cambio de guion, notó que no hacía pie y se agarró a la caja de socorritos que tenía en la mano para no ahogarse. Sería por el papel de celofán que la envolvía o porque los hojaldres crujían cuando estrujaba la caja, pero ella sentía que se rompía en pedazos. Notaba que Raquel y Piedad Isla la tenían bien sujeta por el brazo y tiraban de ella hacia arriba con fuerza. Percibía el calorcillo del obrador y un olor como de rosquillas recién sacadas del horno que le reconfortaba y le daba mucha fuerza. Entonces escuchó una voz como de trompeta que, enérgica, la animaba: «¡Mantente firme!», y que la hizo volver en sí. Y de repente sintió que se reponía del golpe y era otra.

Viendo a Eulalia pasmada y como traspuesta, don Crisógono y toda la clase permanecían en suspenso.

—Me pregunta qué tengo que decir. Muchas cosas. Lo primero y lo más importante: que todos nos alegramos de que haya salido sin lesiones graves del accidente porque podía haber sido mucho peor. También tengo que decir que le agradecemos que, tal como está, haya tenido el detallazo de venir a impartirnos la clase. Pero, por lo demás, estoy desolada, porque es un contratiempo enorme para mí y un peligro para las pinturas el hecho de que la noticia haya llegado a los periódicos antes de que usted y otros expertos garanticen que son auténticas. Esta información no tiene sentido a estas alturas de la película, cuando apenas hemos visto los primeros fotogramas. Y no le echemos la culpa al periodista, que a lo mejor es un becario sin sueldo, sino al irresponsable que filtró la noticia a la agencia.

—Perdóneme usted que haya leído la noticia en clase. El repartidor me tiró al suelo y me golpeé en la cabeza, y deseaba tanto que fueran originales que, a pesar de mi estado, he venido corriendo para escuchar su versión del asunto… Pero qué hago yo hablando de más… Así que… cuéntenos, cuéntenos, que estamos en ascuas. ¿Es cierto lo que dicen los periódicos?

Dada la penosa situación del profesor, Eulalia necesitaba ser comprensiva y respetuosa en extremo y controlar su enfado. Tiqui, que estaba a su lado y conocía su vehemencia, le tiraba de la manga y decía en voz baja: «No te pases. Hoy no te pases y piensa bien lo que dices».

—¡Vayamos por partes, don Crisógono! —exclamó Eulalia—. Es cierto que han aparecido pinturas en mi casa de Potes al hacer un pasamuros. Mire, don Crisógono, durante mi viaje de regreso me he desviado para visitar Saldaña, donde el descubridor de la villa romana de La Olmeda me ha informado de que lo primero que hizo fue contactar con esta universidad y con el profesor Pedro de Palol. Me ha recomendado que sea prudente con la comunicación para no despertar falsas expectativas y que consulte con usted. No pude hacerlo antes porque ignoro el número de su móvil. Pensaba hablar hoy con usted al terminar la clase y enseñarle las fotografías que traigo en el ordenador para conocer su opinión, e invitarle a viajar a Potes de inmediato para ver las pinturas y el espacio en que aparecen. Sé que tengo una gran responsabilidad. Veamos si se puede mantener el hallazgo bajo control. ¿Me puede usted luego dedicar un rato? Porque quiero viajar a Santander inmediatamente para hablar con las autoridades y los técnicos competentes. Necesito que me aconsejen qué debo hacer mientras se dictamina sobre las pinturas.

Toda el aula, puesta en pie, se puso a aplaudir frenéticamente. El aplauso era interminable. Eulalia no sabía qué hacer, porque se le saltaban las lágrimas de la emoción mientras Tiqui le daba un abrazo.

Una vez que cesó aquel barrullo, el profesor la invitó a subir al estrado, a contar las peripecias del viaje y a proyectar las fotografías del hallazgo en una pantalla que habían ido a buscar a secretaría. Antes de empezar la proyección, relató detalladamente que, haciendo un pasamuros de tanteo, al otro lado apareció un pantocrátor con seis apóstoles a cada lado y muchos ángeles a medio hacer en el techo al fondo y otros seis a los lados.

—No caí al suelo de milagro, porque la impresión que me produjeron las pinturas fue como para desmayarse —puntualizó—. Es lo mejor que me ha pasado en toda mi vida. Tenía a Beato en mi casa para todos y para mí solita…

Con la pantalla ya conectada al ordenador fue mostrando las fotografías, explicando la posición que ocupaba cada toma en aquel espacio que no sabían si era una bodeguilla o un ábside. Don Crisógono guardó un respetuoso silencio hasta que exclamó:

—¿Qué hace la columna de piedra en esa esquina? ¿Dijo algo don Exuperio al respecto? ¿Podríamos contemplarla con más detalle? Hágame el favor de mandarme las fotos al correo que le facilitaré cuando acabe la clase.

En el resto de las pinturas no hizo más comentarios. Acabada la proyección, que no duró mucho, y finalizados los aplausos, que duraron más de lo conveniente, Eulalia volvió a su asiento junto a Tiqui, que no cabía en sí de contenta.

Don Crisógono, que había seguido la exposición con vivo interés, aunque no había emitido opinión, dijo:

—Tengo que felicitar a Eulalia porque ha hecho un trabajo escrupuloso, aunque por sí solo no nos permite formarnos un juicio solvente sobre su autenticidad, entre otras cosas porque esa columna de la esquina puede llevarnos a confusión. Creo que lo más urgente sería hacer unos análisis de cales y pigmentos… y demás cosas. —Eulalia se puso en alerta porque don Crisógono había sido muy escueto y medía con mucho cuidado sus palabras, y escuchó con suma atención lo que decía—: Si las pinturas son originales, es cierto que ha tenido mucha suerte, pero, si no lo son, tendrá que lidiar con la decepción y acaso con las bromas o el escarnio de las gentes. ¡Que ya ha habido algún caso semejante en alguna parte! Pero puede estar muy tranquila porque usted ha obrado correctamente y no tiene culpa alguna si se trata de una noticia falsa, cosa que ocurre con demasiada frecuencia hoy en día.

Los estudiantes estaban contentos y premiaron a don Crisógono con una cariñosa ovación, mitad en broma y mitad en serio, llena de afecto y de respeto. La primera que había recogido en muchos años. Pero Eulalia estaba perpleja porque durante la proyección había estado imperturbable y ni había torcido el gesto ni mostrado alegría alguna, y solo había pedido que se ampliara la imagen de la columna de la esquina. Ella no podía dejarle marchar hasta conocer su impresión acerca de la autenticidad, porque, dadas sus lesiones y magulladuras, quizás no volvería en unos cuantos días. Comprobó que la caja de socorritos estaba más dañada que don Crisógono y la escondió en la bolsa en que tenía los apuntes y el ordenador antes de acercarse a él cuando quedó libre.

—Comprendo que estará usted hecho polvo y que no es el momento de pedirle una opinión. Solo necesito que me dedique cinco minutos para, sin paños calientes, indicarme si las pinturas son falsas o pueden ser auténticas, y qué debo hacer en cada caso.

—En ambos casos debe de ponerse en contacto con las autoridades cántabras en la materia —le contestó el profesor midiendo mucho las palabras—. Espinoso asunto y gran pregunta la que me formula y que yo debo responder con mucha prudencia. Entenderá que habría sido temerario por mi parte, a la vista de unas fotografías proyectadas en una pantalla de unas imágenes que no he visto de cerca, haber aventurado, ante toda la clase, que esas pinturas murales son verdaderas o solo un divertimento. Pensarían sus compañeros que soy un irresponsable o estoy loco. Otro gallo cantaría si no hubiese saltado el asunto a la prensa… y no estuviera en juego mi prestigio y el de la universidad. Habiendo intervenido los políticos, este es ya un asunto público, y eso son palabras mayores. Fuera de este recinto, en una conversación a solas, quizás opinaría a título estrictamente privado. Créame, no quiero echar un jarro de agua fría sobre su cabeza y le agradezco su sinceridad y valentía, pero solo me atrevo a decirle que el asunto no está claro, sobre todo porque no entiendo qué hace esa columna en aquella esquina sin venir a cuento. Me han parecido unas pinturas raras que no me atrevo a clasificar. Lamento y comprendo que usted necesita con urgencia un dictamen que le permita salir del atolladero y librarse de la angustia, pero he tenido algún pleito y muchos escarmientos por adelantarme con mis opiniones a los dictámenes futuros de expertos y peritos. Resumiendo: sería temerario por mi parte, a partir de unas fotografías vistas en una pantalla, emitir un juicio sobre un asunto espinoso. Pero es conveniente poner sordina al asunto.

—Lo que ha tenido que callar es razonable y con lo que me ha dicho es suficiente, pero ¿podría acercarse a Liébana cuando esté restablecido?

—En privado y sin testigos ni periodistas lo haré de mil amores.

—¿Puede darme un consejo?

—Uno no, le daré cinco consejos, tantos como minutos me ha pedido. No se preocupe de las clases, que creo que estaré unos cuantos días de baja. Usted no pierda el tiempo y vaya a Santander cuanto antes. No deje de entrevistarse con el consejero o el director general, y aconséjeles que en este asunto dejen en paz a Beato. Consiga que envíen a un técnico para que examine los muros y las pinturas y analice los pigmentos y las cales, y hagan un dictamen oficial cuanto antes. Procure ver a Echegaray como sea, fue mi maestro y vive en Santander, y se quedará más tranquila. Es una de las mayores autoridades en la materia y sin duda la ayudará mucho a usted. Yo le daré una carta que la acredite como alumna de esta universidad para presentarla ante las autoridades. Voy a mi despacho y se la hago en un momento.

—No sabe cuánto le agradezco sus esclarecedoras palabras, que he debido leer entre líneas —concluyó Eulalia, que se quedó con la caja que había estrujado pensando que con los socorritos haría sopas de leche. A Tiqui, que la estaba esperando a la puerta, le regaló la caja que permanecía intacta.

En cuanto se despidió del profesor, Tiqui cayó sobre ella reconcomida por la curiosidad.

—Poco habéis hablado.

—Es verdad, pero mucho hemos aclarado.

—Te veo bastante tranquila, aunque estés un poco seria.

—Certero diagnóstico. Como dijo san Juan que la verdad nos haría libres, me siento libre porque creo conocer la verdad.

—¿Qué te ha dicho don Crisógono?

—Me ha dicho la verdad entre líneas.

—¿Eso cómo se hace?

—Atando cabos entre líneas.

—¿Era un acertijo o un trabalenguas?

—Las dos cosas, pero he conseguido descifrarlo.

—¿Qué hago yo para descifrarlo?

—Toma esta cajita de hojaldres y comprobarás que está tan arrugada como yo. La había traído para él, pero habría sido un sarcasmo que se la entregara. Vámonos ahora mismo, que aquí paradas como dos tontas no pintamos nada. No vaya a ser que nos acosen los compañeros o algún becario de *El Diario* quiera hacerme un reportaje en exclusiva. Ya te contaré con pelos y señales todo lo que me ha pasado durante estos pocos días cuando estemos sentadas tranquilamente en alguna parte. Te vas a tirar de los pelos cuando compruebes lo que te has perdido por haber andado ligando por aquí mientras yo vivía una aventura increíble por allí.

Eulalia decía tonterías para desahogarse, pero, absorta en su problema, no se daba cuenta de que Tiqui tenía otro mayor. Tenía ojeras y mala cara y, además, le extrañó que al lado de su amiga hubiera una maleta y unas bolsas que acababa de recoger de secretaría.

—¿Pasa algo, Tiqui?

—Que ha habido bronca y mi tío el guardia me ha echado de casa.

—No fastidies. ¡Algo habrás hecho!

—Lo de siempre. Llevarle la contraria en política y llegar a casa un poco tarde.

—¿Cuánto de tarde?

—Mucho. A las cinco de la mañana.

—A esas horas despiertas a todo el mundo.

—Se me cayó una taza en la cocina, produjo mucho ruido. Se levantó hecho una furia y me gritó: «¡Oye, nena! Estás muy equivocada si tú te has creído que esto es una pensión. Mientras te das el lujo de ir a la universidad y andar de picos pardos, tu tía y yo trabajamos como esclavos para pagar la hipoteca y ganarnos las habichuelas. No te haces una idea de lo molesto que es te-

ner a una irresponsable como tú durmiendo en el sofá en medio
de la casa y que además la muy puta monte manifestaciones enseñando las tetas. ¡Anda, nena, en cuanto amanezca, coges la jo-
dida bicicleta y la maleta y te vas a la puta calle, que ya eres ma-
yorcita para ganarte la vida! Así vives por tu cuenta y haces lo
que te dé la gana. Se acabó la compasión, que por la caridad entra la peste, y además maleducas a tus primas, que pronto querrán seguir tu ejemplo, y eso sería lo que nos faltaba».

—Pero, Tiqui, hija mía, estando hospedada en su casa tendrías
que haber cuidado las apariencias en vez de soliviantar a tu tío.

—Tienes razón, Eulalia, tienes razón. He sido poco sensata, y poco lista. A mí me falta mundo. Hace poco que he venido del pueblo y esta ciudad me sobrepasa.

—¿Qué piensas hacer?

—Lo que haga falta.

—¿Adónde piensas ir?

—Tendré que ir a una pensión hasta que se me acaben los ahorrillos. Si encuentro algo que me dé para vivir, me quedo, y si no lo encuentro, tendré que volverme al pueblo con mi abuela, que, por cierto, no está para muchos trotes.

—De momento, puedes venir a mi casa, porque tú necesitas donde quedarte y yo tengo sitio de sobra. Puede que el asunto de las pinturas se complique y quiero a alguien de confianza que me acompañe y me ayude.

Eulalia no se había parado a reflexionar y Tiqui no se esperaba su generosa invitación. Se le ablandó el corazón y las lágrimas inundaron sus ojos, y no pudo decir ni media palabra. Iban andando a la buena de Dios y no sabía adónde la llevaba.

—Vivo aquí al lado, en la calle López Gómez. Está a cuatro pasos de la facultad. Desde que murió mi marido y quedó la consulta desierta, me sobra medio piso. Podrías venirte a vivir conmigo de momento, hasta que encuentres algo por tu cuenta. Metemos la bicicleta en el trastero y te instalas en la primera habitación que encuentres vacía.

—Es muy generoso por tu parte, pero no quiero causarte ninguna molestia.

—A mí ya me conoces y conoces mi situación en Liébana. Así estudiaríamos juntas y repasaríamos los apuntes. Además, podrías atender mi teléfono y me harías un gran favor quitándome los moscones. Sobre todo, los periodistas, al menos durante una temporada, porque cuando huelen una noticia se ponen muy pesados.

—Eso se me daría de maravilla. Pero no quisiera abusar de tu confianza. No lo hagas por compasión.

—Lo hago por compañerismo, por amistad, porque me has caído bien desde el primer día, porque me da la gana y necesito a alguien como tú para librarme de los agobios. De momento, nos compramos un poco de ropa y te vienes conmigo a Santander, que necesito hacer unas gestiones de mucha importancia para la casa de la Solana, empezando por hablar con el arquitecto para comprobar si el chivato ha sido él. Lo haremos sin falta en la primera llamada que hagamos cuando lleguemos a mi casa. Ya tienes cobijo y a lo mejor, trabajo. ¿Ves qué fácil nos lo pone san Beato?

—No sabía de ninguno que fuera santo y beato a la vez, ¡qué tío! No me extraña que hiciera milagros.

—Milagros son los que vas a ver a partir de ahora —replicó Eulalia pensando en los problemas y dificultades que tendrían que resolver por el hallazgo sobrevenido de las pinturas—. Yo vivo en el segundo. Están revisando el ascensor, así que tendrás que subir la maleta a cuestas. Hazlo con mucho cuidado, procurando no raspar las paredes para no cabrear a los vecinos. Yo te ayudo con las bolsas. Espera un minuto, voy a buscar una carta de presentación que me ha hecho don Crisógono y nos vamos.

El profesor le había redactado una carta con su acreditación como estudiante de Historia del Arte en la universidad y le entregó otra más para que se la diera a Echegaray de su parte. Eulalia le agradeció ambas cosas y lamentó en su interior que los socorritos estuvieran hechos papilla. Luego se despidió y se reunió con Tiqui, y juntas emprendieron camino a su casa. Cuando llegaron, Tiqui no pudo evitar una exclamación de sorpresa:

—Eulalia, ¡cómo me gusta este portal forrado de azulejos! Me recuerda a la escalera de la biblioteca. ¡Qué buena idea! Así está siempre limpio y los vecinos lo tratan con cuidado.

Había que ver la cara de felicidad que puso Tiqui cuando entró en el piso. Dejó la maleta y las bolsas en la habitación que Eulalia le había asignado a la entrada y realizaron una visita de reconocimiento para que se orientara.

—Yo aquí me pierdo. A primera vista, parece una casa muy grande y luminosa. Es un piso muy bueno y una suerte tener la universidad tan cerca. Y con estos techos tan altos… Es preciosa y está puesta con mucho gusto.

—Cuando murió mi marido y me dio la depresión, la casa se me venía encima y no sabía por dónde empezar el cambio. Un amigo mío, que es artista, me dijo: «¡Yo te la pinto de arriba abajo con colores que te levanten el ánimo…!». Y como no tenía fuerzas para negarme, le contesté: «Haz lo que quieras en las paredes y el techo, pero déjame los muebles y las cosas como están, que eso ya lo cambiaré más adelante. Pero lo tienes que hacer en menos de una semana». Dicho y hecho. A lo mejor, eso es lo que me animó a matricularme en la universidad. La tenía a la puerta. Total, si no me gustaba y no llegaba a tanto, tiempo tendría de dejarlo, ¿no te parece?

—Claro que me parece, hiciste muy bien. No veas el cambio que has dado desde el primer día hasta hoy, y además has heredado otra casa con unas vistas impresionantes y, por si fuera poco, has encontrado las pinturas de Beato.

—No echemos las campanas al vuelo, que don Crisógono ha llenado mi cabeza de dudas, pero, a lo que vamos: el piso está preparado para una familia numerosa, de las que ya no quedan, como correspondía a un matrimonio de médico y enfermera. Hermenegildo trabajaba en una clínica privada por las mañanas y despachaba en la consulta de nuestra casa a los pacientes particulares por la tarde. Mira, aquí a la entrada estaba el recibidor en el que he pasado yo muchos años. Atendía las llamadas y daba las citas todo el día, recibía a los pacientes, cobraba las consultas, llevaba los ficheros, etc., etc. Pero la contabilidad la llevaba él en ese despacho. Detrás del biombo está la camilla para auscultar y examinar a los pacientes. Todo está como lo dejó el día que salió para nunca volver. Aquí, al otro lado del pasillo, tenemos la cocina, con un aseo a la entrada, una galería-solana que da a un patio jardín precioso y el baño de la familia, y al fondo del pasillo, un cuarto que ahora lo tengo de trastero con las cosas que he ido quitando para despejar un poco la casa. En resumen, éramos una sociedad limitada, familiar, pero… sin hijos —le contaba mientras se dirigían al salón—. Él era un obseso del trabajo, su mundo era mi mundo y yo me sentía como una herramienta, no sé si imprescindible, pero al menos necesaria. Con el paso de los años, nuestra relación fue solamente laboral. Mi madre me decía todas las Navidades que en una casa no debían faltar nunca los niños, ya fueran hijos, nietos o sobrinos. Pero fueron pasando los años y los hijos no llegaban. Era en aquellos tiempos una anomalía que no lográbamos subsanar. Él era un poco huraño y no teníamos muchas amistades. Trabajábamos mucho y viajábamos poco, la rutina de una vida falta de estímulos terminó enfriando la relación.

Eulalia se dio cuenta de que le estaba contando a Tiqui su vida, quizás porque era la primera persona extraña que conocía desde que enviudó. Sabía que agua pasada no mueve molino, que debían salir de compras y, al día siguiente, entrevistarse con los técnicos de Patrimonio y a ser posible con las autoridades en Santander, pero antes tenía que verse las caras con don Aurelio para asegurarse de que no había sido el autor de la filtración sobre las pinturas, y sin pensárselo dos veces le llamó por el móvil.

—Pregunto por don Aurelio, el arquitecto. Sé que no son horas, pero se trata de un asunto urgente. ¿Tendría la bondad de pasarme con él?

—Está haciendo visitas de obra en una urbanización. Le daré recado en cuanto llegue. ¿Quién le llama?

—Dígale que soy Eulalia…

—La de la casita de Potes. ¡Eulalia! Qué ganas tenemos de conocerte en esta casa. Aurelio no para de hablar de ti y de las pinturas desde que llegó de Potes con las fotografías. Yo soy Pituca, su mujer. Podemos tutearnos, supongo.

—No faltaba más, Pituca. Llámame Lali, que estamos en confianza. ¿Qué te han parecido las pinturas?

—¡Qué pasada, Lali!, y qué suerte la tuya y la de Aurelio, que nada más llegar a Potes mandara picar en una pared de tu casa y, ¡hala!, aparecen unas pinturas de Beato como por arte de magia. Es que mi marido tiene mucho ojo, ¿no crees? —le dijo Pituca—, y mucho olfato, porque aquello fue llegar y besar el santo. Intuición de artista, que adivina lo que hay al otro lado de las paredes. Se habría quedado horas viendo las pinturas, pero tuvo que dejaros casi con la comida en la boca porque aquella tarde celebrábamos su sesenta cumpleaños con sus compañeros del colegio de La Salle y una merienda en nuestra casa en el monte.

—¡No sabes cuánto lamentamos que se marchara tan pronto porque es un hombre tan culto y tan ameno…!

—¡Qué bien lo conoces, Lali! Te habrás dado cuenta de que él es muy «prota», lo sabe todo y no deja hablar a nadie. Tenías que haber visto el entusiasmo con que contaba a todos el feliz hallazgo con pelos y señales, y lo hacía con tal arrebato que le preguntamos si había bebido. No veas, venía eufórico y hablaba maravillas de su nueva cliente. En casa estamos todos deseando subir a Potes para ver las pinturas de cerca y conocerte…

—Y yo también a vosotros, querida Pituca…

Y ella seguía haciendo loas de su esposo.

—Mira que Aurelio ha restaurado edificios antiguos y se ha encontrado cosas…, sorpresas imprevistas, pero como lo tuyo nada. Un yacimiento de primera encontrado a la primera sin comerlo ni beberlo. Dice que nunca ha tenido por delante una obra tan estimulante como esta, ni una cliente tan estupenda como tú.

Eulalia, que estaba encendida y se había mordido la lengua varias veces, activó el altavoz para que Tiqui escuchara la conversación mientras se desahogaba estrujando la cajita de socorritos que no quiso dar a don Crisógono, pero cuando escuchó que Pituca la llamaba cliente por segunda vez, no pudo contenerse.

—Escúchame, Pituca. Supongo que Aurelio no os dijo que tanto don Exuperio como yo habíamos acordado con tu esposo ocultar la noticia del hallazgo hasta que hablaran los expertos.

—Si las pinturas no son de Beato, qué más dará. Además, a ti te sacan en los periódicos y en la televisión y te haces famosa.

—Es que las pinturas pueden no ser de Beato.

—Pues lo parecen. Hemos mirado las imágenes de Wikipedia y son idénticas a las fotografías que hizo mi esposo.

Eulalia se dio cuenta de que Aurelio había exagerado la importancia de las pinturas de Beato, no solo cuando aparecieron para llevarse al huerto a «aquella clienta tan estupenda», sino también para darse importancia ante la familia y los compañeros, y para tener un pretexto para futuros encuentros. Pituca, que no era nada tonta, quería sonsacarla, porque seguía hablando y hablando… entre líneas y con mucho retorcimiento. Por ello, dedujo que la locuacidad de aquella mujer escondía algo que la desasosegaba porque la afectaba directamente, y era de un orden parecido a lo que le anunció don Exuperio cuando, sin venir a cuento, le importunó en la cafetería de Potes y le dijo que el hallazgo les podía invitar «a Aurelio y a usted a viajar mucho y a trabajar codo con codo durante muchas horas a solas, en un proyecto que los atará durante bastante tiempo, y a los sentimientos no hay quien los ate cuando se desbocan, y don Aurelio vive en Palencia y usted en Valladolid, que están a veinte minutos por autopista, y el Pisuerga desemboca en el Duero justo después de pasar muy crecido por Valladolid…».

Pero también bajan crecidos los celos, pensó Eulalia, sospechando que fue la propia Pituca quien, a la vista del entusiasmo que ponía Aurelio en la descripción del hallazgo, se propuso dinamitar aquella incipiente relación y por ello se apresuró a filtrarlo de inmediato a la prensa para desprestigiarla. Le había dicho bien a las claras que le daba igual que las pinturas fueran o no de Beato, porque lo importante era que la sacaran en los periódicos y en la tele para que hiciera el ridículo más espantoso.

Ya la habían sacado, pero no se dejaría machacar.

—En casa tenemos todos muchas ganas de conocerte —añadió Pituca para despedirse—. Palencia está a un paso de Valladolid. Danos una sorpresa y te vienes a casa un día, que Aurelio meriende con nosotras y así le vemos el pelo.

—Ten por seguro que te daré la sorpresa antes de lo que te esperas, Pituca. Mándame un SMS con tu dirección.

—¡Alucino a cuadros! —exclamó Tiqui cuando Eulalia colgó el teléfono, porque había escuchado el final de la conversación—. ¡Mira que es mala esta tía, que no solo ha ido con el

cuento a los periodistas, sino que además te anima a que salgas en televisión para que te arrastren por los pelos! ¡Y todavía eres capaz de presentarte en casa de esos cabronazos que te han hecho semejante putada!

—¡Yo no me presentaré, pero tú sí! Yo estoy muy contenta porque ya he despejado una incógnita. He averiguado que don Aurelio es el culpable de que estemos al pie de los caballos y me he quitado un peso de encima. Y tú estás de suerte porque acabas de llegar y ya tengo el primer trabajo para ti. Están listos si creen que han dejado la pelota en mi tejado. Recógela ahora mismo y ponte las pilas, que les vamos a meter un gol por toda la escuadra como los de Di Stéfano. ¡Qué pena que no esté Piedad Isla para inmortalizar el momento!

Tiqui no sabía quién era Di Stéfano ni Piedad Isla ni adónde quería llegar Eulalia.

—Mientras ordeno mis ideas —continuó Eulalia ante la atenta mirada de su amiga— y preparo mis argumentos para los funcionarios y las autoridades de Patrimonio en Cantabria, tú te bajas a la calle y te compras algo para que estés presentable, porque vamos a andar por los despachos oficiales sin cita previa y, si te ven con esas pintas, nos pueden decir que allí no está la comisaría o que no es la Consejería de Ganadería. Después buscas una papelería, compras un papel para regalo lo más cursi que puedas, con su lacito, etiqueta y un sobrecito, y alguna pegatina o perifollo, lo traes a casa, envuelves con mucho cuidado estos socorritos espachurrados con una notita mía muy cariñosa para don Aurelio, y mañana por la mañana paramos un momento en Palencia junto a su casa y se lo entregas en mano a Pituca de mi parte. Si te da una propina, que no creo, no dudes en cogerla.

Cuando Tiqui se fue, Eulalia cogió una cartulina de su marido, cortó el membrete y escribió con una esmerada caligrafía femenina aprendida con las monjas:

¡Querido Aurelio!
Siento no poder degustar los lacitos bañados en azúcar que me regalaste el día que nos conocimos en San Andrés de Arroyo. Fue un gran detalle por tu parte. Aunque tenían muy buena pinta y me apetecían mucho, no podía poner en peligro mi salud porque los médicos me tienen prohibido el azúcar. Sería una pena que se estropearan y por eso te los devuelvo de mil amores para que los degustes con Pituca.

19

A Dios pongo por testigo de que nunca volveré a pasar hambre

alieron a las nueve de Valladolid ya desayunadas, con Tiqui muy contenta al volante, y como estaba previsto, se detuvieron un momento en Palencia donde la «Operación Socorritos» se desarrolló puntualmente. Entraron por la avenida de Valladolid y siguieron por la avenida de la República Argentina, dejaron a su derecha el instituto Jorge Manrique y llegaron al *parking* Pío XII. La emoción del momento hacía que los corazones de ambas latieran apresuradamente. Todo ocurrió muy deprisa. Cuando Tiqui se bajó del coche, Eulalia le entregó la caja de socorritos, se puso al volante y le dijo que la esperaba abajo con los intermitentes encendidos. Tiqui echó a andar con desenvoltura bordeando el Salón de Isabel II hasta que llegó a la casa del paseo del Salón que hace esquina con la calle de Colón, que era la dirección que Pituca había señalado por SMS a Eulalia. El portal estaba abierto, se dirigió hasta el piso indicado y en

el descansillo esperó hasta recuperar el resuello, porque había subido a toda prisa la escalera por miedo al ascensor; llamó a la puerta y… ¡no se lo podía creer! Pituca, con rulos, asomaba las narices por la rendija que dejaba la puerta, retenida por la cadena de seguridad.

—Le traigo un regalo de parte de doña Eulalia.

Ella tomó en sus manos la caja de socorritos, perfectamente envuelta para regalo, y la examinó con mucha curiosidad admirando lo esmerado de la envoltura, lo refinado de los adornos y la levedad de su peso.

—Debe de ser una caja de dulces. —Y exclamó—: Qué atenta es esta mujer, y qué prisa se ha dado, pero ¡si yo apenas la conozco!

«Pues ahora la conocerá mejor», pensó Tiqui.

—Pase que le firmo el papel —le dijo a la joven abriendo la puerta.

—¡No hace falta, señora, que tengo mucha prisa!

Calculó la altura del techo, echó un vistazo al parqué del suelo, una ojeada rápida a los cuadritos del pasillo y escrutó todo lo que le alcanzaba la vista para llegar a través de las puertas con vidrieras, con una furtiva mirada, hasta el fondo del salón que daba al parque colindante. Se apresuró a hacer una inspiración profunda para catar el olor a café y bollería del desayuno que había dejado Pituca sobre la mesa del comedor de la casa, y con todo ello pudo hacer un diagnóstico del domicilio. Después, hizo una reverencia a la señora y volvió a toda prisa al coche donde la esperaba Eulalia ya con el motor en marcha.

—Todo en orden, jefa. Inmueble precioso. Portal y escalera señoriales. Piso burgués estilo antiguo y moderno. Desayuno a medias para atender al mensajero. Recibimiento temeroso virando a cordial. Señora con rulos y bata floreada, madura y pechugona, pero resultona de joven. Contenta por regalo. Entusiasta por envoltorio.

—Lo has hecho de maravilla, Tiqui, rápida como el viento y concisa como un telegrafista. Te estás ganando a pulso el trabajo de mano derecha de una madre adoptiva y el título de hija adoptiva predilecta.

Tiqui no cabía en sí de contenta. Se metió en el seminario de don Crisógono porque le gustaban los cómics de los beatos y una señora que andaba muy chunga le había dado un poco de lástima a primera vista, pero ¡leches, cómo había espabilado la tía en poco tiempo! «Ahora mola mucho y está todavía de muy buen ver. Ya quisiera yo estar como ella a sus años. No se acobarda por nada. Hay que echarle muchos huevos para meter ese paquete en casa de don Aurelio en las narices de su propia mujer con la inestimable participación de una moza del Burgo de Osma, beato incluido. Como no se le arregle rápido a la señora lo de las pinturas, seguro que me mete en nómina, y si no al tiempo, como que me llamo Eutiquia. No ha debido de pegar ojo en toda la noche porque cayó frita al salir de Palencia y empieza a rebullir cuando llegamos a Santander, justo a punto de entrar en el aparcamiento de la plaza, que nos pilla a cuatro pasos de la consejería donde no nos esperan». Todo eso pensaba Tiqui cuando aparcó el coche y decidió despertar a Eulalia.

—¡Jefa suprema! Llegados al punto de destino, ¿cuál es mi misión en la «Operación Anchoa del Cantábrico»?

—Muy sencillo. Solo tienes que hacer tres cosas, pero sin poner cara de tonta. A saber: oír, haciendo como que no oyes;

ver, haciendo como que no miras; y… callar, haciendo como que no escuchas.

Sin perder un minuto, subieron al piso que ocupaba la Consejería de Cultura en un edificio de oficinas junto al pasaje de Peña y entregaron la carta de presentación redactada por don Crisógono que acreditaba a Eulalia como alumna de la Universidad de Valladolid, y una escritura a su nombre de la casita de Potes.

—Soy la dueña de la casa de las pinturas en Potes y necesito que me reciba el director general para hablar del asunto.

Entretuvieron la espera contemplando fotos de Altamira, del Capricho de Gaudí y del Palacio de la Magdalena, carteles de paisajes de Cantabria Infinita y la preceptiva foto institucional del presidente Revilla con una sonrisa campechana y familiar. Apenas tuvieron tiempo de sentarse en la sala de espera porque enseguida llegó el consejero sonriente, que las acompañó a su despacho dando muestras de una amabilidad digna de agradecer. Nada de despachar con una mesa de por medio. Las invitó a sentarse en unos sofás que eran más de echarse una siesta o de charla informal que de reunión de trabajo. Tiqui abría los ojos como platos, pero no veía las latas de anchoas por ninguna parte, aunque no decía ni media palabra.

Se notaba que aquello iba de tanteo. Enseguida trajeron cafés con leche y corbatas de Torrelavega.

—Recién sacadas de horno y de mi pueblo —exclamó el consejero.

«Estos políticos de Cantabria, ¡qué listos son!», pensó Eulalia.

—¿Qué tal el viaje? ¿Han madrugado mucho? Porque vienen de Valladolid, ¿no? Allí estudié yo la carrera. El rector era

Fernando Tejerina y yo tenía de profesores a Germán Delibes y a José Antonio Abásolo. Discípulos de don Pedro de Palol. Entonces, Abásolo ayudaba al catedrático en la excavación de la villa romana de La Olmeda en Saldaña. Ese sí que fue un hallazgo de importancia, aunque no tanto como el suyo, de confirmarse que las pinturas de Liébana son de tiempos de Beato, claro. No quiero menospreciar aquello, pero villas romanas hay muchas en todo el Mediterráneo y no existe ninguna pintura mural relacionada con los primeros beatos. A primera vista, aquello parece muy prometedor, pero la última palabra la tendrán los expertos.

Eulalia no era muy ducha en gestiones burocráticas de esa índole y su compañera mucho menos.

—Alucino a cuadros —dijo ella en voz baja cuando el consejero se puso al teléfono para atender una llamada urgente del presidente.

Mientras él hablaba, pudieron echar una ojeada por encima a la carpeta que había sobre la mesita en la que les habían servido los cafés. Era un atestado de la Guardia Civil de Potes. En portada destacaba una excelente foto, desconocida para Eulalia, del pantocrátor de su casa. «¡Válgame Dios, qué bien sale en esta foto!».

—Me dice el presidente que nos recibe en una hora.

Eulalia apenas había abierto la boca, salvo para agradecer su rápida y amable acogida, y dijo al consejero que le habían recomendado hablar con Echegaray.

—Yo la acercaría encantado, si tiene mucho interés. Desde el primer momento le pusimos al corriente del asunto, primero por teléfono y después le enviamos una copia del atestado de la Guardia Civil. Nos dijo que tenía que ver la casa por dentro para dar una opinión fundada, y que el hallazgo necesitaba una peritación.

—Me gustaría hablar con él para saludarlo de parte de don Crisógono, que fue discípulo suyo y traigo una carta para él.

—Dentro de un rato lo llamamos. Volvamos a lo nuestro —contestó el consejero—. Ni hay proyecto ni hay licencia de obra, por lo tanto, procede detener inmediatamente las obras si las hubiera. Después tendremos que designar a un grupo de expertos para que dictaminen acerca de la autenticidad e importancia del objeto que nos ocupa y, a la vista de todo ello, actuaremos en consecuencia.

—De cuánto tiempo estamos hablando.

—Como poco, un año. Eso si no se nos echan encima los catedráticos, los bibliotecarios, los bibliófilos y eruditos de medio mundo, que todos querrán meter las narices. Y no debemos olvidar que es preciso habilitar fondos para dietas, viajes, informes, estudios químicos y arqueológicos, pruebas del carbono catorce y para cubrir los honorarios correspondientes de los expertos que no sean funcionarios. Y hay que tener en cuenta que aquello es propiedad privada y que acaso los jueces pueden exigir el reembolso de los fondos, a no ser que la propiedad quiera asumir la realización de las peritaciones, siempre, claro está, con nuestro acuerdo y supervisión.

Eulalia recordaba lo que le había dicho el arqueólogo y catedrático Pedro de Palol al descubridor de La Olmeda: «¡Amigo, no sabe dónde se mete, y tiene usted un problema, porque esa excavación le puede llevar a la ruina!».

Aquello era demasiado. Crecían las complicaciones de un asunto que la superaba y la información del consejero la había llenado de angustia. Necesitaba imperiosamente salir del atolladero y todavía le quedaba hablar con el presidente.

«Espero que Revilla no complique más las cosas y me ayude a salir de este lío».

El presidente esperaba a Eulalia a la puerta de su despacho y, con su campechanía habitual, se adelantó, la estrechó entre sus brazos y le dijo:

—Todos hemos estudiado en Valladolid. No sabe usted cuánto les agradezco esta visita y la alegría que nos ha producido ese descubrimiento.

Eulalia se dio cuenta de que solo habían pasado cuatro días desde que aparecieron las pinturas y que la bola crecía… y crecía.

—¡Pare, pare, señor presidente, nadie ha certificado todavía que las pinturas sean originales! No vendamos la piel de oso antes de matarlo.

Con su gracejo de siempre en la distancia corta, a Eulalia le parecía más cercano que los políticos habituales. Le era muy familiar porque lo conocía de la tele. Iba bien peinado, pero con los pelos hirsutos y su característico bigote mejicano.

Enseguida se vio cogida de su brazo e introducida en una reunión con el consejero y los principales cargos de la presidencia.

—Estábamos en una reunión que hemos interrumpido para que nos cuente.

«¡Bien empezamos!», pensó Eulalia. Aquello iba en serio y ni por asomo estaba preparaba para semejante momento, y tanto Tiqui como ella vestían correcta, pero informalmente. Tal como se presentaban los acontecimientos, el asunto se le iba definitivamente de las manos. Por ello quiso dejar las cosas en su sitio y, roja como una amapola, exclamó:

—Perdone, señor presidente, solo era una visita de cortesía para hablar del asunto de las pinturas. Creo que todo lo demás es prematuro y no procede ahora. No estábamos preparadas para semejante recibimiento.

—No hace falta que se excuse, Eulogia. Estamos deseando escucharla.

—Señor presidente, aunque últimamente algunos me llaman Eulogia, me gusta que me llamen Eulalia, que es mi nombre de pila.

—Perdone usted, Eulalia, que haya confundido su nombre —se disculpó la máxima autoridad quitando importancia al asunto—. No tengo perdón de Dios por esta equivocación, porque precisamente el pueblo de Santa Eulalia está a dos kilómetros de Salceda, donde nací yo, en el valle de Polaciones, vecino a Liébana. ¡Pues no habré estado yo veces en Santa Olalla, que así lo llamaba la gente! —Se notaba que tenía prisa porque enseguida entró en materia—: Si se confirma que las pinturas son de tiempos de Beato, se merece usted que le otorguemos el título de hija predilecta de Cantabria y que le hagamos un monumento, porque el hallazgo sería de una importancia similar al de Altamira. A lo mejor exagero un poco por el entusiasmo que me ha producido el asunto. No hay noticia de que hubiera pinturas murales de época de Beato en tierras de Liébana, donde había muchos eremitorios.

No tantos como en Capadocia, pero algo parecido. Los beatos fueron un fenómeno gráfico y literario y están de total actualidad. Lo de su casa parece muy frágil y usted misma lo sabe, por eso acudió a la Guardia Civil para que vigilara. Merece usted todo nuestro reconocimiento, porque cumplió con su obligación como propietaria y como ciudadana. Comprenderá que, durante algún tiempo, tomemos medidas drásticas para protegerlas. Es nuestra obligación como Administración. No le quepa duda de que llegaremos con usted a un acuerdo razonable…

Tiqui, que conocía a Revilla por la tele y de las «anchoas del Cantábrico», y nunca había pisado tanta moqueta de despachos oficiales de semejante altura, estaba encantada con tantas atenciones y «alucinaba a cuadros» entre el asombro y el vértigo en aquella reunión de altos funcionarios.

Eulalia había entendido que «acuerdo razonable y medidas drásticas» significaba que le iban a confiscar o expropiar la casa. O sea, le iban a quitar el uso y la propiedad. Y se vino abajo. Tenía el ánimo literalmente por los suelos solo de pensar que, excepto la noche en la balconada con Tiqui, contemplando las estrellas, apenas si había pisado la casa. Ya no escuchaba las palabras del presidente y le interrumpió:

—Aunque no conoce mis circunstancias personales, señor presidente, póngase usted mi lugar. Mi marido era lebaniego. Me acabo de matricular en la Universidad de Valladolid y el primer día el profesor nos recomendó viajar a Liébana para conocer la patria de Beato. También nos dio el nombre de un sacerdote por si necesitábamos ayuda.

—Seguro que sería don Exuperio —señaló el presidente—. ¡La de veces que habré estado yo con don Exuperio! ¡Aquí nos conocemos todos!

—Al regresar a Liébana al cabo de los años, me di cuenta de que aquello es como un paraíso. Mi difunto esposo me dejó la propiedad de la casita con vistas a los Picos de Europa. Tiene un gran valor sentimental para mí. No la quiero para especular, solo deseo disponer de un trozo de paraíso en exclusiva. Quiero ver caer la nieve poco a poco y verla cuajar sobre los tejados de enfrente, con los Picos sobrevolando los montes, y desde la balconada contemplar el firmamento sostenido por las montañas, y dejar que los ruiseñores vengan a despertarme y a darme los buenos días al amanecer. Y ahora, sin apenas haber pisado mi nueva casa, sin saber si son auténticas las pinturas…, ¿ustedes me la quieren confiscar privándome de la mayor ilusión de mi vida, que es vivir disfrutando de todas esas cosas que tenemos a la vista y al alcance de la mano…? Teniendo en cuenta mis derechos y necesidades, ya me dirá lo que piensan hacer, señor presidente. —Y se le quebró la voz.

Eulalia se tomó tan a pecho la posible pérdida de la casa que ya ni pudo seguir hablando ni fue capaz de contener las lágrimas, y se echó a llorar en silencio como una Magdalena. Había que ver la cara de cabreo que ponía Tiqui en vista de la situación.

—Cálmese, doña Eulalia, y no nos haga llorar a todos —le pidió Revilla compungido—. Nadie le va a confiscar la casa, así como así. Ahora mismo, nosotros queremos lo mismo que usted quiere: primero, que nadie dañe o destruya las pinturas y que los peritos hagan las atribuciones a Beato o a quien sea. Entonces, de acuerdo con usted, haremos lo que exija la ley y permitan las circunstancias. Le aseguro que, de ser originales, en ningún caso se arrancarían de su sitio y tendríamos que proceder a su restauración a nuestras expensas. Ello conllevaría su obligación de permitir las visitas, al menos un día en la semana, como se hace en todas las casas museo del mundo, aunque esta, por lo que tengo entendido, es pequeñita y los visitantes tendrían que hacer cola en la calle, por supuesto con todas las garantías para usted y para la casa, siempre y cuando usted esté ausente y no tenga necesidad de hacer uso de la misma.

—Usted me dirá cómo vamos a proceder, señor presidente. La casa tiene ratones, pero cuando yo estuve allí estaba libre de goteras. Yo quería pasar las Navidades en ella. He pensado en dejar las llaves en manos de don Exuperio para que facilite la entrada a los expertos. ¿Qué dicen ustedes a esta propuesta mía?

—¿Qué dice a esto el consejero? —preguntó el presidente.

—Mi departamento no tiene ningún inconveniente en que, con el debido respeto, no acometiendo obras sin la preceptiva licencia, con un aforo muy limitado y dejando todo como está, se use la casa sin dar fiestas en ella. —Miró de soslayo a Tiqui—. La comisión de expertos puede tardar, pero si Echegaray pudiera subir a Potes con el arquitecto de servicio y hacemos un exhaustivo reportaje fotográfico, puede que entonces dispongamos de una opinión bien fundada acerca de si las pinturas son de época o son una invención moderna o contemporánea. Pero tenemos que ser muy discretos, porque Beato y los beatos son materia sensible. Dentro de poco celebramos el jubileo y, además, el asunto tiene que ver con el Apocalipsis. Nosotros mismos hemos editado un beato moderno ilustrado por José Ramón Sánchez. Hoy en día, todo el mundo se ha puesto a hacer tesis doctorales e incluso novelas a costa de Beato. El hallazgo es un arma de doble filo, así que se imponen la prudencia y el sentido común, por lo tanto, procede aplicar lo que dice la ley para estos casos.

—Señores —intervino Eulalia ya más tranquila—, daré toda clase de facilidades y, aunque no me puedo hacer cargo de los gastos periciales que se avecinan, me doy cuenta de la importancia y la complejidad de la tarea que tenemos por delante. Les pido por favor que me concreten en un escrito el abanico de posibilidades que se me ofrecen. Cuenten con mi buena disposición para solventar el asunto de la mejor manera posible. Las obras están paradas. La Guardia Civil tiene las llaves de la casa y esta consejería podrá hacer uso de ellas. Para proteger el inmueble, sería bueno que pusieran un letrero oficial que dijera lo habitual: «Consejería de Cultura y Deportes. Casa en restauración», etc., etc. Veo que estaban reunidos y no quiero robarles más tiempo.

Y si no le parece mal al señor presidente, quisiéramos continuar el viaje hasta Potes, que nos llevará casi una hora. A las casas les gusta ser habitadas, disfrutadas y recibir el aliento y el calor de las personas que viven en ellas. Quieren sentir que las admiten tal y como son, y, por ello, agradecen mucho que se las mime. ¿No dicen por aquí que el ojo del amo engorda al caballo?

—Y las anchoas del Cantábrico encantan a las personas —saltó Revilla—. ¡Tome, Eulalia! Una lata para usted y otra para la señorita, para que se les pase el disgusto, y cuando entren en su casita las degusten a la salud de Beato de Liébana.

Mientras atravesaban el vestíbulo, Tiqui le dijo al oído:

—¡A Dios pongo por testigo de que jamás volveré a pasar hambre, ni yo ni ninguno de los míos, y nunca me quitaréis esta casa! Lo has hecho de película, tía. Parecías Scarlett O'Hara en *Lo que el viento se llevó*.

—A lo mejor exageré un poco en el discurso, pero no pude contener las lágrimas y lo sentía con toda mi alma.

Al despedirse, el consejero le dijo:

—Nos recibe Echegaray. Tengo el coche a la puerta.

EL SEXTO SELLO

CUANDO SE ABRIÓ EL SEXTO SELLO, VI QUE SOBREVINO UN VIOLENTO TERREMOTO, el sol se volvió negro como ropa de luto, la luna tomó color de sangre, las estrellas cayeron del cielo a la tierra, como caen los higos verdes de la higuera sacudida por el huracán. El cielo se retiró como un rollo que se enrolla, y todas las montañas e islas se desplazaron de sus puestos.

20

Operación
Sherlock Holmes

l profesor Echegaray, arqueólogo e historiador, hombre sobrio y austero, los recibió amablemente en un despacho repleto de libros y papeles. Después de leer detenidamente la carta-informe de don Crisógono, cuyo contenido desconocía Eulalia, exclamó:

—Este profesor la aprecia a usted mucho, cosa rara hoy en día porque se ha perdido la relación personal entre profesores y alumnos. Veo que tiene sus dudas y que no se moja en lo que se refiere a la autenticidad de las pinturas, y hace muy bien porque no es de su competencia. ¿Qué les trae aquí con tanta urgencia?

—El hallazgo ha salido en los periódicos en contra de nuestra opinión —se disculpó Eulalia—. Y como las han relacionado con Beato de Liébana, se han levantado expectativas sin fundamento. Cultura piensa integrarle a usted en una comisión de expertos para que dictamine sobre la autenticidad de las pinturas.

371

—Cuando Revilla hablaba del año santo lebaniego —intervino el consejero, que las había acompañado—, aprovechando que el Pisuerga pasa por Valladolid, un periodista le preguntó por las pinturas de Potes. Soy testigo de que el presidente nunca aseguró que las pinturas fueran de Beato porque dijo exactamente: «¡De confirmarse que son de tiempos de Beato!», y con esto de los periódicos digitales, en la redacción de papel omitieron el condicional, resaltaron lo de las pinturas de Beato en el titular y ya tenemos montado el lío, que debemos aclarar cuanto antes. Y lo debería hacer una comisión de expertos y queremos que usted la presida.

—¡Qué más quisiera yo! Me encuentro muy desmejorado. En los nidos de antaño ya no hay pájaros hogaño —dijo mientras contemplaba el reportaje fotográfico con mucho detenimiento.

Ante un experto de su talla, guardaron un silencio reverencial para darle tiempo de hacerse una idea. Miraba las fotografías como un médico que examina una radiografía. Su rostro, de por sí enjuto y severo, no exento de bondad, era impenetrable. Sabía que todos estaban pendientes de su opinión. Levantó la vista y miró a Eulalia:

—¡Beato era un teólogo metido a agitador por culpa de Elipando! O gracias a este, porque si no hubiera sido por la herejía adopcionista, no habríamos tenido los beatos. Ni Liébana sería lo que es. Fíjese usted, Eulalia, es tanta la importancia que tienen los beatos que ese monje nos ha puesto en el mapa para siempre. Pasa como con las pinturas de las cuevas de Altamira. Hasta conocidos de gran nivel cultural acuden a mí para que los acompañe a ver las originales, a sabiendas de que se pueden contemplar mejor y más cómodamente en la neocueva que tiene al lado, y lo entiendo perfectamente, porque lo que atrae de verdad es la magia del original. Lo mismo me ocurre con Beato de Liébana. La gente viene por aquí esperando contemplar el beato original y se lleva un buen chasco cuando se les dice que el beato de manos de Beato no existe. Todo el mundo piensa que todos los beatos se hicieron en Liébana y salieron de manos de Beato. Esta confusión se debe a que a todos estos incunables se les califique como Beato de Liébana, a pesar de que se les haya bautizado con el nombre de la institución encargada de su custodia, como por ejemplo el Beato de Valladolid, también llamado Beato de Valcavado, por ser este el monasterio del que procede. Estoy aburrido de explicar esto, la gente está hecha un lío y no sabe a qué atenerse.

—Nosotros tampoco sabemos a qué atenernos y por eso, siguiendo el consejo de don Crisógono, hemos venido a verle a usted, para que nos ilumine un poco en nuestra ignorancia. Su participación en la Exposición de Beatos en Europalia 85 le permitió examinar detenidamente una veintena de beatos salidos de manos muy diversas —respondió Eulalia, sospechando que el experto estaba dando un rodeo para no decir lo que pensaba.

—Compruebo que don Crisógono tiene unas discípulas muy bien preparadas —exclamó Echegaray, que, después de repasar las fotografías, torció el gesto, levantó la vista y dijo—: Raro. Muy raro todo, y muy confuso. He dedicado muchos años a estudiar los beatos. Me extrañaría mucho que, con la agitación que consumía a Beato, haciendo incunables del *Comentarios* a toda prisa, tuviera tiempo para subirse a una banqueta y pintar los techos. La pintura mural no es un asunto baladí, porque tiene sus dificultades, y ejecutarla sobre cabeza es muy trabajoso. Miguel

Ángel sufrió lo indecible con la Sixtina. Aunque lo aparecido en Potes es una minucia comparado con lo de Roma, me pregunto: ¿de dónde sacaría tiempo Beato para pintar a su edad una capillita cuando dedicaba su vida a revolver Roma con Santiago para que Carlomagno y el papa calificaran de hereje a su enemigo Elipando? Sinceramente, no me lo imagino pintando paredes y techos. Pero las pinturas están ahí, precisamente en Potes, y alguien las habrá tenido que ejecutar.

Tenía a todos en vilo porque no terminaba de soltar prenda.

—Además, en estas pinturas o bocetos veo rasgos que pertenecen a códices mucho más tardíos y que Beato no podía conocer… Hay como un refrito de formas de representar y hallazgos de siglos posteriores al VIII… Y los apóstoles son todos distintos y parecen caricaturas, cosa rara en los beatos. —Cambió su actitud y postura de pensador, y se dirigió al consejero—: ¿Qué opinan los técnicos de su consejería?

—Todo ha discurrido muy rápido. La Guardia Civil nos envió un informe durante el fin de semana y ya teníamos a la propietaria en la sala de espera cuando nos íbamos a poner en contacto con ella.

—Sean muy prudentes en lo que respecta a la comunicación del hallazgo por parte de las instituciones. No esperen a montar una comisión de expertos. Hagan que, cuanto antes, un restaurador tome varias muestras de las cales y los pigmentos y que un laboratorio especializado dictamine sobre su composición y antigüedad. Eso lleva unos pocos días y, si da negativo, se ahorran los gastos que conlleva una comisión de expertos y evitan a los lebaniegos la decepción que produce la prosa de la vida. Vamos, que pienso que no nos ha tocado la lotería, pero quizás el reintegro. Repito el consejo de que sean muy prudentes, porque pronto celebramos el jubileo y tanto los periódicos como los demás medios mirarán con lupa todo lo que hagamos deseando que cometamos una tontería para mofarse de nosotros.

—¡Qué gran favor nos ha hecho usted, profesor, poniendo cordura y dejando las cosas en su justa medida! —exclamó Eulalia—. Estábamos esperando el parto de los montes y usted me ha recordado la moraleja de Samaniego que recitábamos en el cole.

> *Con varios ademanes horrorosos*
> *los montes de parir dieron señales:*
> *después que con bramidos espantosos*
> *infundieron pavor a los mortales,*
> *estos montes, que al mundo estremecieron,*
> *un ratoncillo fue lo que parieron.*

Echegaray confirmó con más claridad lo que había apuntado don Crisógono entre líneas y advirtió del peligro que corrían si los medios de comunicación hacían pasar las pinturas por auténticas por malicia o ignorancia. «¡Qué ridículo tan espantoso!», pensó Eulalia, que por un momento se vio como la protagonista de un escarnio universal y se le vino el mundo abajo. Y todo por culpa de don Aurelio y su mujer.

—Alguien puede habernos gastado una broma hace muchos años —apuntó Echegaray compungido contemplando a Eulalia, que parecía una Dolorosa con el corazón atravesado por múltiples espadas.

Ella tomó la palabra:

—Perdone, señor Echegaray. ¡No me diga que hemos sido víctimas de una broma! ¿A quién se le puede ocurrir acometer semejantes trabajos para luego tapiarlos?

—Tiene razón —observó el profesor, que, viendo la cara que se le ponía al consejero, añadió para consolarlos—: Sepan que yo no soy infalible y a lo mejor me equivoco. Siento haber echado un jarro de agua fría sobre sus expectativas. Seguro que el artista que realizó las pinturas sabía que el arte es un juguete, se ve que era un bromista y ha querido jugar con nosotros. ¡Que Dios lo tenga en su gloria!

»Volviendo a lo que les ha traído hasta mi casa, sepan que yo solo soy un estudioso de beatos. Y ustedes dos, ya que se han puesto a investigar, traten de averiguar qué ha sido del bromista que realizó la decoración de aquella bodega, háganlo cuanto antes, porque habiendo saltado el asunto a la prensa les van a traer a ustedes de cabeza.

Le dieron las gracias a Echegaray, se despidieron del consejero y se encaminaron a Liébana.

—¡Esto es de locos!

—Así es mucho más divertido —respondió Tiqui, que iba al volante por la sinuosa y peligrosa carretera que atraviesa el desfiladero de la Hermida en dirección a Potes. Al principio conducía con mucha precaución porque había niebla cerrada, pero esta se desvanecía a medida que avanzaban hacia su destino.

—Sabrás que Beato creía a cierra ojos que Dios hablaba por la naturaleza…

—Pues yo voy más lejos. La naturaleza es Dios.

—Así que eres panteísta.

—Si tú lo dices…

—Dejemos un momento la religión y explícame con claridad dónde estamos.

—En un coche atravesando un desfiladero que asusta porque hay cabras, y vamos por una carretera llena de curvas que va pegada a un río lleno de pedruscos que caen de las montañas.

—Es curioso, porque este viaje se parece al seminario de don Crisógono sobre Beato. Empezamos el viaje con el canto de las sirenas: una fortuna considerable y fama imperecedera, pero aparecieron las pinturas y con ellas llegó la niebla. Si fueran auténticas, cosa muy difícil por no decir imposible, tendríamos que navegar por el proceloso río del mundo del arte que está lleno de pedruscos, saltos de agua, simas, troncos, etc. Si las pinturas son solo una imitación, los medios removerán pedruscos que rodarán por la ladera del desfiladero y se precipitarán sobre nosotros. Menos mal que se está disipando la niebla, dejamos el desfiladero atrás y se ensancha el horizonte; aunque el desfiladero se acaba, todavía no ha terminado la película.

—Esto no hay quien lo entienda, Eulalia. Nos han cambiado el guion a mitad de una película que empezó con la broma que nos gastó don Crisógono mandándonos *En busca del beato perdido*, y después de contemplar *Lo que el viento se llevó* en Santander, hacemos caso del consejo de Echegaray que recomienda utilizar *La ventana indiscreta* cuando vayamos *En busca del bromista escondido detrás de las pinturas de Beato*.

Entretenidas con la charla y las suposiciones, se les pasó el viaje en un suspiro. Lo primero que hicieron al llegar a Potes fue visitar a don Exuperio para ponerle al corriente de las gestiones en Santander. El sacerdote las recibió de inmediato.

—¿Qué ha dicho Echegaray?

—Que habría que esperar a que se pronunciara una comisión de expertos y que era difícil que estos se pusieran de acuerdo, por ello, recomienda prudencia hasta que haya un dictamen fiable. Como eso lleva su tiempo, sugirió al consejero que se analicen cales y pintura, y a nosotros que, de modo discreto, indaguemos por nuestra cuenta en el entorno lebaniego.

—¡Esta sí que es buena! Don Crisógono recomienda a sus alumnos que vengan a Liébana a la buena de Dios en busca de los primeros beatos y que se pongan en contacto conmigo, encontramos unas pinturas murales en la casita de la Solana, la noticia salta a los periódicos, las autoridades proponen remitir el asunto a una comisión de expertos para tratar de precisar la antigüedad y a ser posible la autoría, y como eso llevará su tiempo, les recomiendan a ustedes que busquen por su cuenta. Eso es más difícil que encontrar una aguja en un pajar. Eulalia, por favor, dígame usted ¿por dónde piensa empezar?

—Tal como están las cosas, yo no puedo volver a Valladolid sin intentar averiguar la autoría de las pinturas. ¡Hagamos caso a Echegaray e indaguemos por nuestra parte! Como don Crisógono ha sufrido una caída y no podrá dar clase durante unos días, Tiqui y yo nos quedamos una temporadita en Potes. Para ello necesito acondicionar un poco mi casa.

—Eso estaría muy bien —apuntó don Xuper.

—Revilla me dijo que podía ocupar la casita temporalmente, aunque prohibiéndome hacer obras sin licencia del ayuntamiento ni permiso de la Consejería de Cultura, pero que tengo todo el derecho de efectuar, con carácter de urgencia, el arreglo de las instalaciones y las obras imprescindibles para su habitabilidad. Y yo quiero tener los planos cuanto antes para hacerme una idea de los espacios de que dispongo. Don Aurelio está descartado. ¿Se acuerda de la prisa que tenía por marchar porque tenía un acontecimiento familiar? Pues aprovechó para ufanarse del descubrimiento de las pinturas y deduzco que a su sufrida esposa le faltó tiempo para irle con el cuento a algún periodista.

—¿Cómo lo sabe usted?

—Porque ella misma me lo contó haciéndose la graciosa.

—Ya le advertí yo que…

—Me acuerdo perfectamente: que todavía estábamos a tiempo de buscar otro arquitecto que trabaje solo para la obra que nos ocupa. Pues ahora mismo lo necesitamos más que nunca porque estamos sin arquitecto, sin proyecto, sin licencia y sin el visto bueno de Cultura, y demos gracias a que nos permiten habitar la casa con el máximo respeto y dejándolo todo tal como está.

—No se preocupe por el arquitecto, que yo les mando a un chico muy majo que además es vecino suyo. Se llama Santiago. Yo le llamaré y ya le diré que se pase por la casita.

Tras despedir a don Xuper y dejarle haciendo las gestiones para contratar al nuevo arquitecto, se dirigieron a la casa. A pesar del respeto que les daba entrar de nuevo en ella, Eulalia y Tiqui lo hicieron con contenida emoción, mucha consideración y aparente normalidad. Dejaron la puerta abierta y las contraventanas para que entrara luz en el zaguán, abrieron la llave del agua y activaron la instalación eléctrica en el cuadro que estaba junto a la puerta, y como Gaudencio había dejado la alargadera y el foco a la vista, entraron en el «santuario» para que Tiqui, que se moría de ganas de conocer las pinturas, las contemplara a sus anchas por primera vez. Al examinar aquellas imágenes tan resplandecientes y llenas color, aunque no entendía mucho del asunto, no pudo evitar una exclamación:

—¡Oh, Eulalia, son maravillosas! ¡Qué suerte has tenido! No me explico por qué dudan tanto los expertos si son iguales que las de los beatos.

—Eso mismo decía la mujer de Aurelio y fue a chivarse a los periodistas. Pero, tal como nos comentó el profesor Echegaray, parecen un refrito reciente de imágenes de diversos beatos.

—Bien que sabían pintar los que las hicieron.

—Eso es evidente, pero para deshacer el entuerto cuanto antes, nos toca averiguar quién las pintó y por qué lo hicieron, que es lo que nos ha traído hasta Potes. Para ello deberíamos montar la operación Sherlock Holmes. Empecemos ahora mismo por el piso de arriba para ver si encontramos alguna pista o una huella, querido Watson.

No solo había una, sino muchas, porque los ratones habían campado a sus anchas en la casa y habían dejado huellas de su presencia en todas las estancias de la planta.

—¡Bien empezamos, querido Holmes! Antes que nada, necesitamos contratar por una temporada al flautista de Hamelín para que se lleve tras él los ratones al río.

Después de retirar aquellas inmundicias, salieron a la balconada para contemplar el caserío de Potes. Las miradas de ambas mujeres confluyeron en los Picos de Europa. Allí se quedaron clavados los ojos de la muchacha, pero la mirada de Eulalia resbaló poco a poco hasta el cementerio, que estaba ubicado al otro lado del río.

—¿Qué te pasa, Eulalia, en qué piensas? Porque, en vez de estar disfrutando de este paisaje bucólico y agreste, te has quedado pasmada y mirando a las musarañas.

—Me gustaría llevarle unas flores a mi esposo, pero estoy tan cansada que pensaba echarme una siesta.

—Haz las dos cosas. Primero te echas la siesta y después le llevamos las flores, que no son incompatibles.

Eulalia le hizo caso a Tiqui y durmió cerca de una hora.

—La señora ha dormido a pierna suelta —exclamó Tiqui cuando vio aparecer a Eulalia tras la siesta—. ¿Salimos a por las flores o lo dejamos para mañana?

—Vamos ahora mismo, que Hermenegildo no quiere que yo le olvide y me ha estado persiguiendo durante todo el sueño para recordármelo.

Después de atravesar el puente antiguo sobre el río Quiviesa, siguiendo la calle Virgen del Camino, llegaron enseguida al cementerio con el ramo de flores en la mano.

Como Eulalia andaba ligera hacia los nichos, Tiqui, que curioseaba las inscripciones, se iba quedando rezagada. Como el nicho de Hermenegildo estaba al alcance de la mano, pasó una bayeta traída a propósito y dijo a media voz:

—¡Ay, marido, cómo eras! Te fuiste sin previo aviso y de repente dejaste huérfanos a tus pacientes en la consulta, y a tu mujer mirando al techo en ese piso grande que pensábamos para unos hijos que no han querido presentarse a la cita. Tanto trabajar y trabajar, por la mañana y por la tarde, y ¿para qué? Si nunca disfrutaste de la vida. ¡Qué reservado eras conmigo, que vas y te compras una casa en Potes sin apenas consultarme! ¿Querías darme una sorpresa? Pues buena me la has dado. Con pinturas y ratones que me dan guerra a partes iguales. Que no sabemos quién es el padre de las primeras ni dónde tienen la madriguera los segundos. Te traigo estas flores para darte las gracias. Estate seguro de que la casa va a quedar preciosa cuando acabemos unas obras que ni siquiera hemos empezado. No te preocupes, que Liébana me ha gustado muchísimo y vendré bastante a menudo a verte…

Eulalia se detuvo sobresaltada por los gritos que daba Tiqui a pocos metros de ella.

—¡Mira lo que he descubierto, Sherlock! En esta lápida figura Camilo José Cela. ¿No será el mismo Cela que escribió el *Viaje a la Alcarria* que nos obligaban a leer en el instituto?

—Nada nuevo, Watson. Esta tumba la descubrí yo cuando trajimos las cenizas de mi marido y ya ni me acordaba. La cadena que protege la tumba estorbaba la lectura. Algo me dijo Ceto de Cela. Solo lo leí a la carrera porque don Exuperio tenía prisa por llevarme al fin del mundo con Beato antes de que se nos echara encima la niebla. Léemelo tú, por favor, y así no tengo que agacharme por si se me rompen las medias.

—Pone en letras mayúsculas: «AQUÍ YACEN LOS RESTOS MORTALES DE ENRIQUE HERREROS», y por si no nos hubiésemos enterado, debajo repite: «O SEA, DON ENRIQUE GARCÍA-HERREROS CODESIDO (1903-1977), DIBUJANTE Y GRABADOR, PINTOR Y MONTAÑERO, QUE MURIÓ EN LA MONTAÑA Y

HOMBRE DE BIEN. *SIT TIBI TERRA LEVIS*», y debajo a la derecha pone Camilo José Cela en letras más pequeñas, que es lo que
llamó mi curiosidad. Dibujante, grabador, pintor y montañero...
¿No te parece que es una pista de las buenas, Sherlock?

—¿A ti te suena de algo?

—Ahora mismo no caigo, pero no te hagas ilusiones que
no vamos a encontrar al autor de las pinturas de buenas a primeras, pero don Exuperio seguro que le conocía. Tenemos que
preguntarle enseguida si conoce a alguno de sus amigos.

—Además de sacar unas fotos, tenemos que apuntarlo en tu
cuaderno de campo.

—Vámonos a casa que a lo mejor don Exuperio ha hablado con el arquitecto de repuesto y nos está esperando a la
puerta.

Don Exuperio les había dicho que Santiago vivía muy cerca. Tan cerca que las vio llegar desde su ventana. Al cabo de un rato, se acercó dando grandes zancadas y llamó a la puerta:

—Seguro que es él —dijo Eulalia, que se asomó al balcón para ver quién era—. Tiene cara de buen chico, ¿verdad?

—No tiene pinta de estar casado como el otro —precisó Tiqui—. Este parece muy natural y viste como le da la gana.

—¡Pase, Santiago, que esta es su casa! —le dijo Eulalia una vez abajo—. ¡Don Xuper nos ha hablado muy bien de usted!

—Y él tiene en un altar a las señoras de Valladolid.

—A mí nadie me ha llamado señora ni me ha tratado de usted, y como vamos a trabajar en equipo una temporada, mejor me tratas de tú —le pidió Tiqui sonriendo y dándole un par de besos.

—Gracias por llamarme para este asunto. También se las he dado a don Exuperio. Conociendo gente nueva siempre se aprende. Estoy encantado de trabajar con vosotras. Un trabajo a la puerta de casa, en mi pueblo…, ¡qué más se puede pedir! ¿Me permitís que eche una ojeada a las pinturas? Después me decís qué queréis hacer en la casa. —Se veía que era sobrio, preciso y austero.

—Te lo decimos ya mismo. Dejarla habitable. Nada de lujos, tal cual: sencilla y humilde.

—Es lo suyo. Manos a la obra.

—Espera a que venga Gaudencio.

—Hay muchas cosas que hacer antes de que venga Gaudencio. Lo primero, contemplar las pinturas, y en cuanto me haga una idea, protegerlas del polvo. Yo me ocupo de eso. Voy a una tienda y traigo una cortina de baño y unas escarpias para sujetarla. ¿Os parece bien?

Al cabo de cinco minutos, Santiago desapareció y las dejó solas.

—Majo el chaval, creo que esta vez ha acertado don Exuperio, pero ya que estamos en casa, como a mí no se me caen los anillos y tú me echas una mano, nos ponemos un chándal y vamos haciendo lo más urgente a lo tonto a lo tonto.

A Santiago, que volvió enseguida, le sorprendió encontrarlas en plena faena de limpieza y orden. En cuanto colgó la cortina, se ofreció a ayudarlas.

—Te lo agradecemos mucho, pero tú eres el arquitecto y no te corresponde hacer estas labores.

—No lo hago por unas clientas, sino por unas vecinas y amigas que vienen de parte de don Exuperio. He sido *scout* desde pequeño, estoy acostumbrado a estas cosas. Pondré en marcha el reloj cuando empecemos a medir y a elaborar los planos. Para mí esto es ahora un campo de trabajo.

—¿Qué te han parecido las pinturas? —Tiqui le interrogó para darle confianza.

—No me gusta opinar de lo que no sé. Muy nuevas. Además, no pintan nada en esta especie de cueva.

—Claro que pintan. Pintan las paredes y el techo y están nuevecitas. ¿Has entendido el chiste? —bromeó Tiqui, y se rio con ganas porque seguía en el papel de Watson, y como quería implicar a Santiago en la Operación Sherlock Holmes, le preguntó—: Hemos visto en el cementerio la lápida de un tal Enrique Herreros, dibujante, grabador, pintor y montañero. ¿Tú sabes quién era?

—Por aquí es relativamente conocido. Creo que vivía en Madrid y tengo entendido que, aparte de los dibujos, llegó a hacer pinturas murales. Estas que estamos viendo no son pinturas al fresco ni al temple, por lo que brillan. Dicen que tenía mucho arraigo en Potes y que había adoptado Liébana como patria, pero Liébana también le adoptó a él porque, en agradecimiento, le hicieron un monumento en los jardines que hay delante de la iglesia.

—Aún no es de noche. Si no tienes mucho que hacer, ¿por qué no damos un paseo y nos acercamos ahora mismo a verlo?

21

La cabeza
en el monolito

l llegar a los jardinillos junto a la iglesia nueva,
Santiago les mostró un monolito de muy buen tamaño protegido por una cerca de madera. En su
parte superior, destacaba la cabeza en bronce de un
personaje con una placa explicativa. Eulalia se detuvo y antes de que Santiago dijera nada, exclamó:

—¡Es curioso! Hemos pasado muchas veces delante de él y
no nos habíamos parado a leer la placa. Yo pensaba que por el
lugar que ocupa delante de la iglesia debía de tratarse de algún
obispo.

Se acercaron y Tiqui leyó en voz alta el rótulo que identificaba al protagonista: «La villa de Potes a su hijo adoptivo,
Enrique Herreros. Madrid 1903. Picos de Europa 1997. Pintor y
montañero en el XXI aniversario de su muerte».

—La placa dice que era hijo adoptivo de Potes —razonó
Eulalia—. Acabamos de ver que está enterrado en el cementerio

de esta villa. Si a su muerte le hacen semejante monumento, tendría muchos amigos por aquí. Y además era pintor. A falta de otro candidato, estamos ante una pista bastante segura. Ya tenemos el primer sospechoso.

Charlando a lo tonto, a lo tonto, se distrajeron, recorrieron toda la calle principal y se plantaron a la puerta de la residencia de don Exuperio. Salió enseguida.

—¡Estamos de suerte! ¡Aleluya, don Xuper!

—¿A qué se debe ese contento?

—Venimos a agradecerle que nos haya recomendado a Santiago y a comunicarle que estamos sobre una pista tan buena que hemos venido a decírselo a usted de inmediato.

—No me lo puedo creer porque eso sería llegar y besar el santo. Sería muy oportuno, porque desde que *El Diario* publicó la noticia no se habla de otra cosa en Potes y en toda Liébana. Y la gente anda frotándose las manos. Se piensan que todos los años van a ser jubilares. Y ahora a ver quién es el guapo que los desengaña. Si alguien hace eso, seguro que lo tiran del puente del río Quiviesa, que está bien alto y tiene pedruscos en el cauce. ¿Dónde han encontrado al pintor?

—En un parquecito que hay delante de la iglesia hemos visto la cabeza de un señor calvo saliendo de un pedrusco rodeado por una valla de madera.

—¿No me estará hablando del montañero Enrique Herreros? También tiene una calle, y está enterrado en el cementerio, muy cerca del nicho donde reposan los restos de Hermenegildo, su marido.

—¡Acabamos de venir del cementerio y de la plaza! El texto de las placas de la tumba y el pedrusco es parecido en ambas, solo que en la del monumento pone que es hijo adoptivo de Potes. Se ve que era muy querido por esos valles.

—Lo era y tenía muchos amigos. Venía a menudo. Se escapaba de Madrid con el Land Rover que le regaló su hijo y, en cuanto podía, se plantaba en Potes y se iba a los Picos de Europa. Precisamente allí tuvo el accidente que le costó la vida. Había reservado fosa en el cementerio. Cuando le enterramos, vino gente de Madrid, de Santander y de muchas partes. Hubo tal manifestación de duelo que, a mí, que presidía aquello, se me saltaban las lágrimas, y mira que he tenido que oficiar en funerales de conocidos y familiares, pero aquello fue bien distinto. Los Picos de Europa se tocaban con las manos, pero después del entierro, se nos echó tal niebla encima que lloraban hasta las montañas.

A don Exuperio le contrarió que, siendo ellas forasteras, hubieran averiguado la autoría. Hizo una pausa, miró a Eulalia y a Tiqui y les preguntó:

—¿Por qué contemplan ustedes esa hipótesis y yo no viviendo en Potes y conociendo a Herreros desde que apareció por aquí?

—Es solo una pista que tenemos que verificar hablando con amigos y conocidos de Herreros. Mis amigas me decían que cuando iban por la calle estando embarazadas, solo veían embarazadas. Yo ya ni me acordaba de que Ceto y yo habíamos leído la lápida de Herreros en el cementerio y que era pintor. Se ha fijado Tiqui que no había estado nunca en el cementerio —añadió riendo antes de continuar—. Echegaray nos ha aconsejado que, para evitar mayores problemas con las pinturas, deberíamos averiguar cuanto antes la identidad del, llamémosle, imitador, seguidor o pintor falsificador de Beato en el entorno de Potes. Aquí nos ha ayudado la casualidad de que el cementerio sea pequeño y el nicho de Hermenegildo esté cerca de la tumba de Herreros. Y de que Tiqui y yo salimos a la calle jugando a Sherlock Holmes. Ella estaba en el papel de Watson y como es una chica muy curiosa y se fija en todo, se detuvo cuando pasábamos junto a la tumba de Herreros.

—¿Qué fue lo que te llamó la atención?

—Mientras ella llevaba flores a Hermenegildo, yo hacía de Watson y me iba fijando en las tumbas —respondió Tiqui—, y me extrañó que hubiera dos lápidas gemelas con el mismo nombre protegidas por una cadena de hierro. En la tumba de la derecha ponía que era Enrique Herreros, hijo respetuoso y amigo inseparable de Enrique Herreros. Decía que era licenciado en Derecho, periodista y hombre de cine. Pensé que todavía vivía porque habían dejado sin labrar la fecha de la defunción. Pero lo más curioso era que en la parte de arriba de la tumba de la izquierda estuviera labrado en relieve en la piedra dos veces el nombre de Enrique Herreros, una de ellas entre comillas y, no contentos con eso, que hubieran clavado una chapa metálica en la esquina de abajo a la izquierda, con el nombre de Enrique Herreros repetido otras dos veces. Por si fuera poco, en una esquina de la lápida firmaba el autor del epitafio que era «Camilo José de Cela». Me paré y pensé: «Para ser amigo de Cela, este señor tenía que ser muy importante», y más arriba ponía que el difunto era pintor, grabador y dibujante. Fíjese, don Exuperio. ¡Seis veces escrito el nombre de Enrique Herreros! ¡Como para no enterarse! ¡Un pintor famoso estaba enterrado en Potes! Por tanto, ¡verde y con asas! Herreros era nuestro hombre y le teníamos al lado de casa.

—Cuando yo traje las cenizas, aún no habían aparecido las pinturas —intervino Eulalia—. No presté mucha atención a lo que leí en la tumba de Herreros, porque casi no sabía quién era y, por supuesto, no me afectaba. Pero igual que las gacelas se ponen alerta y tratan de escapar cuando rugen los leones, nosotras hemos hecho lo mismo cuando hemos sospechado que podían venir los depredadores a devorarnos mediante el escarnio si lo que algunos daban por original resultaba ser una falsificación. Identificar al autor era el único refugio a nuestro alcance.

Eulalia hizo un alto en su disertación y le dijo a don Exuperio mirándole a los ojos y esperando su respuesta:

—Supongo que Cela no hace un epitafio a cualquiera y seguro que Potes no hace hijo predilecto a alguien que no se lo merece. Y uno no se deja enterrar en un sitio donde ni le quieren ni le reconocen. Solo alguien que echa raíces en una tierra que le acoge decide volver a esa misma tierra para vivir en ella el sueño eterno.

—Y en la lápida del pedrusco ponía que era pintor —apostilló Tiqui sin poderse contener.

—Es cierto, y era muy ingenioso —añadió don Xuper—. ¡Tonto de mí! ¿Cómo no caí desde el principio? Herreros dibujaba en *La Codorniz. La revista más audaz para el lector más inteligente,* para la que hizo muchas portadas. Era un humorista muy famoso y muy bromista. Su hijo se preocupó de que lo enterraran en nuestro cementerio. Herreros andaba muy metido en el mundo del teatro y del cine. Se dice que fue agente de Sara Montiel en los primeros tiempos de la carrera de esta, representante o lo que fuera, antes de que se hiciera famosa. Ella era guapísima. Después lo dejaron y anduvieron en pleitos. Bueno. Hay quien asegura que fue ella la que lo dejó, si es que había algo, que no hay que hacer caso a las malas lenguas ni levantar falsos testimonios. A lo mejor le dio por la montaña para evadirse.

Don Exuperio se frotó las manos de contento porque todo parecía apuntar a que el Herreros que él conoció y enterró era el artista que buscaba.

—Así pues, ya tenemos un sospechoso plausible de haber imitado o, mejor dicho, pintado al modo de los beatos unas paredes y un techo para reírse a mandíbula batiente de quienes las descubrieran y las tomaran por originales. Hacen falta ingenio y malicia para urdir una broma de este calibre.

—¿Se acuerda usted de algún amigo de Herreros que pudiera ayudarle?

—Amigos tenía muchos. Pero la mayoría ya no viven.

—Digo yo que alguno vivirá. ¡Por favor, don Exuperio, haga memoria que tenemos que deshacer el equívoco cuanto antes!

—Déjenme que lo piense un poco.
Supongo que Wences, el del hostal, se acor-
dará bien de él porque solía hospedarse allí.
También era montañero y eran muy amigos. Ahora mismo le contactamos. —Don Exuperio llamó
al Hotel—. Me ha dicho su hija Mari Paz que no
se le puede llamar, que está pasando unas revisiones médicas en Valdecilla.

—Santi, a usted, que es arquitecto, ¿qué le
parece? —le preguntó don Exuperio.

—Aparte de arquitecto soy muy joven, ni siquiera
había nacido cuando murió. Por tanto, no llegué a conocerle, ni
fui lector de *La Codorniz*. Sé lo que he oído decir por aquí y por
allá. Pero tal como usted nos lo pinta, pienso que únicamente al
humorista llamado Enrique Herreros se le podía ocurrir gastar
su tiempo imaginando y ejecutando una broma semejante, ¿no
le parece?

Don Xuper afirmaba con la cabeza y se la rascaba tratando
de encontrar a alguien más que conociera a fondo a Herreros,
alguien que fuera muy bromista y que estuviera próximo a él.
Se le iluminó el rostro y por fin exclamó:

—¡Ceto! Tenemos a Ceto, el de la ferretería y también de la
funeraria. ¡Claro! Que se ocupó de arreglar lo de las cenizas de
su marido, como hizo con todo lo relativo al entierro de Herreros.
Ceto era muy amigo suyo. Uno de los mejores. Iba a menudo
con él, porque conocía a todo el mundo en Liébana. ¡Tenía que
haber caído antes en la cuenta!

—Ahora llamo a la funeraria para quedar con él cuanto antes
—exclamó Eulalia.

—No se moleste —dijo el sacerdote sin ocultar su decepción—. Está también en Santander, mira que tenemos mala suerte. Me parece que vamos a tener que armarnos de paciencia.

—Pues mientras usted se encarga de localizarlo, nosotras lo esperaremos en la casa. Descansaremos un poco, que con tanto ir y venir estamos agotadas. Pero contentas porque ¡menuda responsabilidad nos hemos quitado de encima una vez que hemos averiguado que, además de un Beato en el cielo, tenemos muchos Herreros en la casa.

22

Alcuino de York combate a Elipando

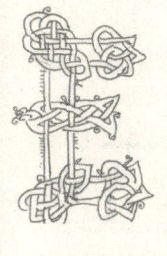sa misma noche las llamó don Exuperio para decirles que Ceto, efectivamente, estaba en Santander y que regresaría en un par de días. Así que mientras tanto se dedicaron a ayudar a Santiago para que el proyecto de obra fuera adelante. Tiqui le echaba una mano tomando medidas de la casa y Eulalia le iba diciendo lo que quería para que él se hiciera una idea e ir levantando los planos. Tiqui y Santiago hicieron buenas migas desde el primer momento.

Eulalia estaba encantada de haber conocido a Tiqui, y esta más encantada todavía por haber tenido oportunidad de tropezarse con Santiago.

—Veo que te lo estás pasando divinamente en Liébana —observó Eulalia.

—Nunca he sido más feliz en mi vida —admitió Tiqui—. Esto es otro mundo, siento que estoy viviendo en tiempos de Beato, por los pueblos, por la naturaleza, por el clima, por la gente…, y a la vez en nuestra época, por la limpieza, la alimentación, la higiene y la comodidad.

—Tienes razón. Aquí el tiempo cunde mucho más. Y la gente es tan amable… A mí ya me conocen como la de las pinturas de Beato o la señorita de Valladolid. Y en algunos sitios ni siquiera me cobran.

—Mira tú, la señorita. Gorroneando —se mofó Tiqui—. ¿Y no te piden nada a cambio?

—Sí, me piden que no venda la casa porque arrancarán las pinturas y se las llevarán a un museo del extranjero.

—¿Y tú que les dices?

—Que ni se me pasa por las mientes, y además no lo consentirá Revilla, porque seguro que las consideraría un Bien de Interés Cultural. Y eso que no saben que sospechamos que son de Herreros. Cuando pregunto por él me dicen todos que era muy querido en esta tierra, y por eso le hicieron hijo adoptivo de Potes. A ver si regresa pronto Ceto y nos aclara todo este embrollo. Bueno, su lado bueno tiene todo esto, no solo por Santiago. —Le guiñó un ojo a Tiqui—. Con tanto empaparnos de Liébana ya podemos hacer un buen trabajo para don Crisógono.

—Huy, huy, huy, mucho interés tienes en quedar bien con ese tío —se rio Tiqui.

—No seas mal pensada, Tiqui, gracias a él me he interesado mucho por el arte y pienso seguir adelante con la carrera.

—A ver dónde terminas con esa carrera. Sospecho que, en cuanto volvamos al seminario de Beato, don Crisógono no va a saber cómo vestirse para impresionarte. Como no se disfrace de pavo real…

Y las dos continuaron gastándose bromas. Eulalia tenía que reconocer que desde que había conocido a Tiqui estaba de mucho mejor humor.

Santiago era muy buen cocinero y para dar vida a la casa y contemplar las pinturas a su gusto, les propuso organizar una comida e invitar a don Exuperio. Eulalia, encantada, se apresuró a avisar al cura, a quien la imagen del Cristo-juez de la pared del fondo le parecía estupenda a efectos religiosos. Ese día, para bendecir la mesa, se dirigió al pantocrátor diciendo:

—Señor, que cuando estabais en este mundo pecador dijisteis: «Contemplad las aves del cielo, que no siembran ni siegan ni recogen los graneros, y, sin embargo, vuestro Padre celestial las alimenta», y lo mismo hacéis con nosotros. Bendecid estos alimentos que Santiago ha cocinado con mucho esmero, amén.

Una vez acabada la comida y recogida la mesa, comenzó su particular «sermón de la casita de las pinturas»:

—Se extrañarán ustedes de que Beato, habiéndose tomado muchos trabajos y asumiendo grandes riesgos, no hubiera dado señales de vida en las altas esferas de la religión y de la política a esas alturas del combate. Les aseguro que estaba esperando el momento oportuno. No olviden que los monasterios benedictinos tenían una fluida relación entre ellos, que San Martín de Tours en Francia y San Martín de Turieno en Liébana no solo tenían la misma advocación, también tendrían fraternales relaciones. Estas se incrementaron notablemente cuando Alcuino, después de emprender una ingente labor educacional por encargo de Carlomagno, fuera nombrado en el año 796 abad del monasterio de San Martín de Tours, todavía en vida de Beato, cargo que ocupó durante ocho años. Al igual que Beato, que sabía lo que quería hacer cuando lo nombraron abad y se enclaustró en San Martín de Turieno, Alcuino también encontró en el retiro monástico de Tours el tiempo y la quietud suficiente para reformar la disciplina eclesiástica, organizar una escuela y crear una extraordinaria biblioteca recogiendo en ella los incunables más importantes a través de los monjes que recorrían los dominios carolingios. Les recuerdo a ustedes que Alcuino de York fue uno de los mayores sabios de su tiempo. Había sido consejero áulico de Carlomagno, equivalente a ministro de cultura, educación y religión, y pronto advirtió al rey del peligro que suponía para la unidad de la Iglesia y del imperio la predicación por Félix de la nueva doctrina del adopcionismo.

—¿De qué Félix me habla, que me estoy haciendo un lío? —se desesperó Tiqui.

—Era un obispo que estaba en tierras fronterizas de los Pirineos. Ese Crisógono es incorregible. ¿Les manda a ustedes en busca de beatos perdidos y no les ha hablado de Félix de Urgel, el principal aliado de Elipando, el eclesiástico que terminó siendo un frontón en el que se estrellaban las sucesivas excomuniones al adopcionismo?

—Supongo que lo de Félix lo habrá dejado don Crisógono para el final del seminario —supuso Eulalia.

—O a lo mejor se le olvida, pero dejemos a un lado a don Crisógono y vayamos a lo nuestro. Cuando Elipando se vio convertido en arzobispo de Toledo, cegado por la ambición y la soberbia, no se conformó con extender su doctrina hasta Asturias y Galicia, sino que a los religiosos más fieles a su persona los convirtió en obispos, como hizo con Félix para que ocupara la cátedra de Urgel y predicara allí y en el Languedoc la doctrina adopcionista. En esto se ocupaba cuando el arzobispo escribió la carta que llegó a manos de Beato en Asturias, durante la reclusión en el convento de Pravia de la reina Adosinda. En aquel tiempo, estaba llevando su doctrina hasta Narbona, en la costa mediterránea de Francia, que, al igual que Urgel, en aquel momento formaba parte de los dominios de Carlomagno.

—De esa carta sí nos habló don Crisógono.

—Si han estado ustedes en Andorra, tienen que haber pasado forzosamente por la Seo de Urgel, que tiene una magnífica catedral románica y, por cierto, todavía tiene obispo. Está situada entre dos ríos, el Segre y el Valira, en una explanada entre montañas en los valles pirenaicos, como Potes entre los Picos de Europa y la cordillera Cantábrica, entre el Deva y el Quiviesa.

—Supongo que Félix de Urgel sería otro fanático como Elipando —aventuró Eulalia.

—Como estaba hecho de otra pasta, lo era en el fondo, pero no en las formas. El de Urgel tenía otro temperamento, era más equilibrado y no era tan soberbio como el toledano, y además le tocó defender la teoría adopcionista ante Carlomagno, ante los papas, y discutirla públicamente con Alcuino de York y los principales teólogos y sabios de su tiempo. Y lo hizo con inteligencia y con astucia. No le interesaba chocar de frente con semejantes poderes y supo entender que había pinchado en hueso y que tenía que adaptarse a las circunstancias. Era más astuto y sabía esperar. Ha dejado memoria de prelado prudente, sensato y caritativo, pudoroso e incluso fue tenido por santo en su tierra.

—Me imagino que con esas propiedades tendría muchos seguidores.

—Estás en lo cierto, con esas cualidades predicaba con el ejemplo, pero predicaba la herejía. Pero Alcuino informó a Carlomagno del peligro que podía suponer la herejía adopcionista para la cohesión de sus reinos.

—Supongo que Carlomagno se tomaría muy en serio la advertencia de Alcuino —intervino Eulalia.

—Tan en serio que, desde Ratisbona, donde se encontraba pasando la Navidad, ordenó que le trajeran a Félix de Urgel, que era súbdito suyo, para que explicara su doctrina en persona en un concilio en el que, obligado más que convencido, abjuró de su doctrina con la mano puesta en los Evangelios. Pero el monarca no se conformó con ello, sino que, para darle todavía más relevancia y solemnidad al asunto, hizo que sacaran a Félix de la cárcel y lo condujeran a Roma para que ratificara su arrepentimiento por escrito ante el pontífice Adriano I. El papa en persona le acompañó hasta San Juan de Letrán, donde Félix juró sobre los Evangelios que creía firmemente que Jesucristo no era hijo adoptivo de Dios, sino que era hijo verdadero y propio. Por si esto no fuera suficiente, lo acompañó de nuevo hasta la basílica de San Pedro, donde sobre la tumba del apóstol colocaron el escrito de la abjuración y de nuevo, con la mano sobre los Evangelios, Félix renegó de la doctrina adopcionista.

—No le quedaría más remedio porque era prisionero —apuntó Tiqui.

—Ciertamente. Al pobre obispo de Urgel no se le podían exigir más pruebas de sinceridad ni más juramento de fe, y por ello le permitieron volver a su diócesis con el cargo de obispo y los honores correspondientes.

—¿Así de sencillo se resolvió el asunto del adopcionismo y se evitó el cisma? —preguntó Tiqui.

—Todavía no, hija mía. El trámite no fue tan sencillo. Una cosa es lo que jurara, firmara y perjurara Félix en Ratisbona y Roma, obligado, y otra cosa es lo que decidiera Elipando en Toledo. Y este no se retractó. Por ello, al poco de regresar a Urgel el propio Félix, que reconocería años más tarde que había renegado *«simulatione seu velamine falsitatis»*, predicó de nuevo que Jesús era hijo adoptivo de Dios, y para no ser apresado otra vez, escapó a tierras de moros y se colocó al abrigo del manto protector del arzobispo metropolitano.

—¿Por propia convicción o por presiones de Elipando?

—Las dos cosas, porque el arzobispo no se dio nunca por vencido y convocó en Toledo a los obispos de su cuerda, entre ellos a Félix de Urgel, en un simulacro de sínodo en el que, en nombre de los obispos de Hispania, ambos redactaron un documento explicativo de la doctrina que defendían dirigido a los obispos de Francia, Aquitania y Austria, en el que vilipendiaban a Beato y le acusaban de hereje. Pero, no contentos con esto, adjuntaron una carta para Carlomagno, quejándose del daño espiritual que el *Apologético* de Beato causaba a los sacerdotes.

—Si Elipando se atrevió a escribir eso a Carlomagno, es que a sus años ya no calibraba o no estaba bien de la cabeza —sugirió Eulalia.

—Eso creo yo también, porque pretendía que el resto de la Iglesia católica, apostólica y romana, incluido el papa, cambiase los dogmas fundamentales del cristianismo. Una verdadera locura, y además se atrevieron a escribirle al propio Carlomagno acusándole de que él mismo negaba que Cristo fuera Hijo de Dios. Aparte de esto, le pedían que restaurara el honor de Félix y, ya puestos, unas cuantas cosas más.

—Eso era una enmienda a la totalidad del meollo de la fe cristiana. ¿Qué hizo Carlomagno? —preguntó Eulalia.

—Aunque no habían pasado dos años desde el Concilio de Ratisbona, no quería dejar que aquella herejía se contagiara y cogió al toro por los cuernos. Se encontraba en Fráncfort, y desde allí mismo mandó al papa una copia del escrito de los obispos hispanos y convocó a los principales prelados y eclesiásticos de sus reinos, entre ellos al famoso Alcuino de York, que enseguida escribió a Félix de Urgel una larga, razonada y cariñosa carta rogándole que volviera cuanto antes al seno de la Iglesia verdadera. Aunque el de Urgel no acudió a la llamada de Carlomagno y no podían obligarle porque estaba en tierras de musulmanes, sí lo hicieron los principales obispos y religiosos de sus dominios después de analizar el escrito de los hispanos, de refutar y condenar sus conclusiones, proponiendo erradicar el adopcionismo.

—Y entonces, ¿qué hizo Carlomagno? Porque después de lo de Roncesvalles no le quedarían ganas de cruzar de nuevo los Pirineos —insistió Eulalia, porque Tiqui no entendía nada de sutilezas teológicas.

—Escogió la vía epistolar, que conllevaba menores riesgos. Respondió cortésmente a la carta de los obispos hispanos saludándoles en nombre de Cristo, Hijo propio y verdadero de Dios,

y tal como le habían pedido, les envió las conclusiones del concilio que respondían a sus interrogantes. Les aconsejaba arrepentirse de sus errores, les recomendaba que retornaran a la fe católica y se sometieran a la autoridad apostólica, porque, de no hacerlo, serían excomulgados y tenidos por herejes.

—A la vista de lo que me cuenta, no deja de sorprenderme el trabajo que se tomó Carlomagno con una cuestión que solo afectaba de modo tangencial a sus reinos, y España no estaba entre ellos —observó Eulalia.

—No lo crea así, Eulalia. Lo hizo con visión de futuro. Aunque solo la Marca Hispánica estaba bajo el poder de Carlomagno, este no había descartado la posibilidad de hacerse con Hispania entera aprovechando la división entre los musulmanes cuando se diera otra circunstancia favorable. En aquellos tiempos, la religión era el pegamento de las sociedades, como muy bien había visto Beato cuando lamentaba la división que había surgido en la Iglesia asturiana a causa del adopcionismo.

—Supongo que después de tantos concilios, epístolas de ida y vuelta, perdones y excomuniones, Félix y Elipando darían su brazo a torcer y Beato se saldría con la suya —apuntó Tiqui.

—En absoluto, los herejes suelen ser contumaces en el error, y Beato constataba que, a pesar de que las condenas y excomuniones caían como piedras sobre la cabeza de Félix de Urgel, Elipando se iba de rositas. El lebaniego había supuesto que al haber tomado cartas en el asunto el rey de los francos, todo iría más rápido. De todos modos, como él era viejo, el problema no se solucionaba y la Iglesia asturiana seguía en crisis, aprovechó el momento en que Alcuino fue nombrado abad de San Martín de Tours y, conociendo su enorme influencia en la corte de Carlomagno, hizo una copia profusamente ilustrada del *Comentarios* y del *Apologeticum adversus Elipandum* y decidió enviársela al sabio para su biblioteca a través del ingeniero y fraile Vicente, con el encargo de que, aparte de venerar las reliquias de San Martín, pusiera a Alcuino al corriente de los antecedentes del asunto y señalara claramente con el dedo al arzobispo de Toledo que, agazapado en la sombra, ejercía su nefasta influencia sobre Félix de Urgel, que era el que daba la cara y recibía los golpes. Tan importante era para Beato aquella embajada que, a pesar su avanzada edad, decidió acompañar a Vicente hasta el puerto de Santander porque temía que su ingeniero y antiguo abad no regresara antes de que él mismo emprendiera su último viaje.

—¡Pobre Beato, toda su vida en vilo por culpa de una herejía! —se lamentó Tiqui.

—Tienes razón, Tiqui, pero gracias a ella tenemos los beatos, que no son un mal regalo de Beato.

Desde un altozano, Beato pensaba que quizá estaba viendo por última vez a Vicente, porque las frecuentes galernas del Cantábrico se tragaban muchas embarcaciones. Contempló a Vicente, que llevaba los incunables en un baúl del que no se separaba ni un segundo. El fraile que le propuso como abad y le había apoyado incondicionalmente en la titánica tarea de montar un *scriptorium* le despidió desde la popa del barco que le conduciría a Burdeos o La Rochelle, y de allí caminaría después hasta San Martín de Tours. La bahía de Santander, con el mar en calma, le parecía a Beato aquel día el mar de Tiberíades que había imaginado en sus meditaciones. Veía a Jesús de Nazaret al timón del barco y esto le aseguraba que aquella nave no podía zozobrar, por ello estaba convencido de que había valido la pena esperar el momento oportuno para lanzar el ataque definitivo contra Elipando y sus seguidores.

Un anciano Beato esperó con impaciencia el regreso de Vicente, que, al cabo de cuatro meses, llegó felizmente al monasterio lebaniego con una sonrisa de oreja a oreja diciendo:

—¡Tocad a rebato, que traigo buenas noticias! La primera de todas es que Alcuino me ha entregado una carta para el padre abad. La segunda, que ha enviado en mi presencia otra a Elipando urgiéndole a que se convierta, y la tercera, que no descansará hasta que el arzobispo y Félix abjuren de su herejía por escrito y pidan lo mismo a sus seguidores.

Había gran expectación entre los frailes, que, sin haberle permitido descansar, escuchaban ávidos las noticias que traía Vicente.

—Vamos a capítulo y leed la carta en voz alta a todos los hermanos, que siempre hay algún Tomás en las comunidades religiosas que necesita confirmación de lo que se cuenta —sugirió Beato.

A Vicente le temblaban las manos de la emoción cuando empezó a leer la misiva de Alcuino de York:

> *Habiendo oído la venerable fama de vuestra piedad en el amor de Cristo, estoy deseando hace ya mucho tiempo integrarme en el grupo de los que gozan de vuestro santo afecto, y encomendarme a las oraciones de vuestra santidad. Por eso te ruego, santísimo hermano, que no permitáis que brote en el pueblo cristiano, a cuyo servicio junto con los sacerdotes os ha destinado la gracia divina de Cristo el Maestro, nada nuevo ni contrario a las tradiciones apostólicas. Confieso que en él te amo, y suplico ser amado por ti.*

Y añadía grandes elogios y deseos coincidentes con los de Beato:

> *Hemos conocido en las cartas de cierto Félix, obispo de la sede de Urgel, palabras de represión hacia vos, el cual asegura que vos fuisteis el primero de todos en contradecir el nombre de adopción referido a Cristo. Esta represión en vuestro nombre, como digo, me ha complacido en gran medida al oír que eres defensor*

*de la fe católica y al conocer en ti el predicador de la
doctrina apostólica que condena todas estas novedades
en el horror de un claro anatema…*

Efectivamente, Alcuino, que estaba a Dios rogando y con el mazo dando, necesitaba sondear la personalidad de Elipando, y escribió al arzobispo una elogiosa misiva para halagar su vanidad, en la que le suplicaba que se serenase y volviese a la fe católica. A continuación, desgranaba los errores de la carta de Félix de Urgel, rogaba al arzobispo que volviese al buen camino y finalmente le pedía que enviase copias de la carta a los prelados y sacerdotes de la península, que son la «sagrada luz de Hispania».

Es fácilmente imaginable el tenor de la respuesta de Elipando cuando se cercioró de que Beato tenía comunicación directa con el de York. La carta le produjo un ataque de soberbia y no pudo contener su cólera y rencor al comprobar que Beato había conseguido un aliado formidable que pondría muy difícil para él y sus seguidores imponer sus tesis adopcionistas. Al comenzar la carta al reverendísimo hermano «Albino» (confundía el nombre a modo de insulto), en vez de llamarle abad le rebajaba a diácono, y añadía: «No ministro de Cristo, sino discípulo del fetidísimo por antífrasis Beato deseándole salud eterna en el Señor si se desdice de su error y condenación eterna si no lo hace». Le decía que no sostenía la verdad…, «sino que muestras que estás lleno de mentira, como tu maestro, por antífrasis, el fetidísimo Beato, nefando presbítero de Asturias, de palabra viperina y hedor sulfúreo, seudocristo y seudoprofeta de una doctrina pestilente, entregado a la lascivia de la carne, y al onagro Eterio, doctor de bestias: maloliente por la inmundicia de la carne, alejado del altar de

Dios, falso Cristo y falso profeta». Después de toda esta catarata de insultos, acusaba a Alcuino de perseguir a Félix de Urgel por los montes y cuevas de la tierra, le emplazaba para que Carlomagno dejase en paz a Félix si no quería ser castigado por Dios.

Pero lo que más enfureció a Elipando fue que Alcuino alabara a Beato y a Eterio por defender la verdad. El de York, además, por encargo de Carlomagno, escribió con mano de hierro y guante de terciopelo el *Adversus felicis haeresim libellus,* rechazando razonadamente la doctrina del adopcionismo apoyado en los textos de los santos padres y acusando a Félix de haber retorcido a propósito el sentido de los mismos.

Podría pensarse que con ello se dio el asunto por concluido, porque *Roma locuta, causa finita.* Pues no. Carlomagno quería que Félix de Urgel, súbdito suyo, abjurase públicamente en su presencia y delante de las máximas autoridades de la Iglesia para acabar de una vez por todas con un problema doctrinal que infectaba las relaciones entre sus súbditos en Languedoc, y como ni las cartas de Alcuino ni los concilios papales habían doblegado la voluntad del hereje, envió a los más prestigiosos prelados de sus dominios con la misión de convencerle de que fuera con ellos a una reunión con el emperador en el palacio y capilla palatina de Aquisgrán, donde podría exponer su doctrina públicamente y sin cortapisas ni represalias. No le quedaba más remedio que acudir, porque, en caso contrario, le llevarían a la fuerza. Félix de Urgel se encontraría entonces solo, en medio del boato cortesano y los oropeles de la fastuosa corte carolingia, heredera del imperio romano, confrontándose con Alcuino, que se había preparado a conciencia durante años para el combate teológico. El encuentro se desarrolló con Alcuino ejerciendo de fiscal, atacando los puntos débiles de la doctrina adopcionista, y Félix, que era súbdito de Carlomagno, erre que erre, encastillado en sus argumentos. Por ello, no solo fue condenado de nuevo por hereje, sino que, desprestigiado definitivamente cuando se supo que había sobornado al encargado de la biblioteca real de Aquisgrán para alterar el texto de un códice de san Hilario, le pusieron bajo la custodia del arzobispo de Maguncia.

No es de extrañar que, en esa situación de presión extrema, Félix confesara públicamente su error y jurase que profesaba y profesaría la fe católica para siempre de modo sincero y de todo corazón. Pero eso no fue suficiente, porque esas cosas había que ponerlas por escrito, y se vio obligado a hacerlo en una carta al clero de la diócesis de Urgel. Lo hizo con elocuencia, afirmando que había sido indigno obispo, relatando las razones de su conversión y recomendando el credo que habían de enseñar. También les pidió que rogaran por él, para poder obtener el perdón de Dios antes de su muerte si conseguía reparar el daño causado por su doctrina.

¡Cuán grande no sería el prestigio de Félix ante sus seguidores que, sincera o no, su retractación y la carta subsiguiente consiguieron, según Alcuino, que veinte mil adopcionistas dejaran de serlo! Pero, no obstante, el sabio inglés, que conocía la resistencia de Elipando a dar su brazo a torcer, recopiló una nueva refutación contra su doctrina que tituló *Adversus Elipandum libri IV*.

—No hay noticia de que Elipando se retractara de sus ideas —dijo don Xuper concluyendo con la historia de Elipando y su herejía—. Según su propia confesión, había nacido en el año 717. Debió de morir en el primer decenio del siglo IX, y con él desapareció el rastro del adopcionismo. Si algún día visitan la sala capitular de la catedral de Toledo, no dejen de contemplar el retrato de Elipando (imaginario, por supuesto) en la galería de arzobispos de la diócesis toledana. El obispo Félix no volvió a Urgel, murió en el año 817, se supone que en el convento de San Martín de Lyon, donde había sido recluido. Sin embargo, Beato sigue vivo en sus beatos y en los jubileos.

23

Carlomagno coronado emperador en el Reino de los Mil Años

 ulalia, Tiqui y Santiago disfrutaban de aquella sobremesa como un momento auténticamente mágico. Don Exuperio les hablaba con conocimiento, pasión y entusiasmo de un tema que estaban empezando a amar y que se había convertido en un vínculo entre ellos. Eulalia no pudo menos que pensar que así debían sentirse los primeros cristianos en las catacumbas; Tiqui se acordó de los artistas bohemios de París que salían en las películas, y se maravillaba del privilegio de haber acabado ahí; y Santiago…, bueno, a Santiago cualquier rato pasado en compañía de Tiqui le sabía a gloria, aunque fuera escuchando aquellas cosas tan peregrinas de hacía tanto tiempo. Don Exuperio, espoleado por el interés de la audiencia, continuó su relato:

—Todavía flotaban en el ambiente episodios como el anuncio por Beato de que la segunda venida de Cristo tendría lugar en la vigilia de la Pascua de Resurrección del año 800. De Beato de Liébana no hay noticias más allá del año 800, pero sus *Comentarios* se siguen editando después de doce siglos —les explicó—. Los políticos siempre sacan partido a las situaciones comprometidas. Eso hicieron Carlomagno y el papa.

—¿De qué manera?

—Interpretando las escrituras y el Apocalipsis a su conveniencia. Además, la convocatoria de Beato para el fin de los tiempos, según algunos, fue propaganda de Elipando, lo hizo para desacreditar a su oponente.

—¿En qué se basaba la creencia en el reino de los mil años? —indagó Eulalia. Tiqui permanecía callada, pasmada ante tal cantidad de datos que estaba proporcionando don Exuperio.

—En qué iba a ser, hija mía, en el Apocalipsis —afirmó el cura—, que asegura que el diablo permanecería encarcelado en el abismo por mil años, entonces Cristo volvería y reinaría junto a los que habían sido decapitados a causa del testimonio de Jesús y de la palabra de Dios. Añadía que el diablo, liberado por un breve tiempo, al finalizar ese período levantaría contra Cristo las naciones de Gog y Magog, marcharía por toda la tierra hasta rodear el campamento de los santos, pero caería fuego del cielo y los consumiría. El diablo sería arrojado a un estanque de azufre junto al falso profeta. A continuación, ocurriría el juicio de las naciones o juicio universal: todos los muertos resucitarían y comparecerían ante Cristo, quien los juzgaría según sus acciones. Los que no estuviesen en el Libro de la Vida serían arrojados también al estanque de fuego, lugar que indica una destrucción eterna.

—Lo que pinta el libro es un escenario estremecedor. —Eulalia no pudo evitar un escalofrío.

—Precisamente, para conjurar los terrores de las gentes e inaugurar el reino de los mil años, el papa, con anuencia de Carlomagno, preparó un monumental espectáculo propagandístico. Si se quieren hacer una idea de cómo fue aquello, visiten la basílica de San Pedro en un día de solemnidad. No es el edificio que levantó el emperador Constantino, de cuyo interior dejó testimonio el divino Rafael en un fresco de 1520 titulado *La donación de Constantino,* porque, alegando ruina, lo demolió Julio II para conseguir un templo más robusto y espacioso, capaz de albergar grandes multitudes en el interior y en el exterior. La magnificencia del primitivo San Pedro sería superior a la de la basílica de Santa María la Mayor, que también deberían visitar ustedes, porque les vendrá muy bien para esparcirse y para su carrera.

—Yo estuve en las dos basílicas e hice algunos dibujos durante el viaje de fin de carrera —intervino Santiago, que hasta entonces había permanecido en silencio, atento a la erudita exposición de don Exuperio, y que recibió la mirada de admiración de Tiqui—, lo recuerdo perfectamente.

—Cuando estén allí, abran la imaginación y piensen en la ceremonia que tenía preparada el pontífice para también agradecer públicamente a Carlomagno que le hubiera otorgado su protección después de que el papa saliera vivo de un atentado que perpetraron sus enemigos contra su persona. Tengan en cuenta que la Iglesia es maestra en el ceremonial. Lleva veinte siglos en el oficio. No se extrañen de que León III tirara la casa por la ventana en aquella histórica circunstancia.

—Perdone, don Xuper —le interrumpió Eulalia—. Estuve en Roma hace muchos años, en un viaje organizado, y me acuerdo bastante bien del Vaticano, pero no sabría decirle en cuál de las otras basílicas estuvimos, porque, aparte de San Pedro, me parecieron todas iguales. Perdone el inciso, siga con lo de la coronación.

—Carlomagno, el protagonista de la coronación…

—¿Me permite que lea lo que dice Wikipedia al respecto? —interrumpió Tiqui.

—Me parece lo más oportuno y se lo agradezco por mi parte porque me permite recuperar el resuello —dijo don Xuper.

—«Carlomagno era de cuerpo ancho y robusto, de estatura eminente —leyó la joven—, sin exceder la justa medida, pues alcanzaba siete pies suyos; de cabeza redonda en la parte superior, ojos muy grandes y brillantes, nariz poco más que mediana, cabellera blanca y hermosa, rostro alegre y regocijado; de suerte que, estando de pie como sentado realzaba su figura con gran autoridad y dignidad. Y aunque la cerviz era obesa y breve, y el vientre un tanto prominente, desaparecía todo ello ante la armonía y proporción de los demás miembros. Su andar era firme, y toda la actitud de su cuerpo, varonil; su voz, tan clara que no respondía a la figura corporal».

—¿Quién le describe de este modo? Alguien que estaba allí y pudo verle de cerca, supongo.

—Aquí pone que eso es lo que dice en su *Vita Karoli Magni* Eginardo, su biógrafo, que para eso le pagarían.

—Analicemos lo que dice el documento —propuso don Xuper—. Veamos, lo que significa cerviz obesa y breve es cuello corto y ancho. ¡Y cómo tendría la barriga para que su biógrafo lo deje en un tanto prominente! Como un saco de harina. Que su voz era tan clara que no se correspondía con sus firmes andares y su figura corporal quiere decir voz meliflua o de pito. Pues

414

menos mal que tenía un cuello de toro y la barriga le sujetaba los pectorales, porque llevaría sobre la cabeza una corona de oro cuajada de pedrería. E imagínense a aquel hombre de estatura eminente acompañando a un papa bajito, recorriendo a paso lento bajo palio los cien metros de la nave principal de la basílica de San Pedro, revestido de ceremonial para su coronación.

Don Xuper se llevó las manos a la cabeza haciendo como que sujetaba la tiara pontificia y exclamó:

—¡Y qué ceremonial! Traigan a su mente la última coronación papal que recuerden. Agiten con su mano el ramo de olivo como hacen los privilegiados asistentes y la multitud enfervorizada que se congrega en el exterior, similar a la que acude a la Cibeles cuando el Real Madrid gana una copa de Europa, y no se conformen con eso, porque ustedes pueden aspirar el perfume que brota de cientos de incensarios agitados por jóvenes diáconos mientras se regocijan con la música de los coros y la trompetería de los músicos. Contemplen extasiados los oropeles y las colgaduras de la basílica. Déjense deslumbrar por la abundancia de hachones y velas ardiendo para el emperador, pero, sobre todo, en directo, no se pierdan el instante en que el papa se coloca detrás de un Carlomagno que hace como que reza, levanta la corona y, tal como lo habían preparado de antemano, se la encasqueta sobre una cabellera blanca y hermosa que sobresale de una cabeza redonda que se asienta sobre una cerviz breve y obesa.

Los asistentes a la cena correspondieron al relato de don Xuper con un aplauso multitudinario.

—En el sermón que vino a continuación —prosiguió el cura tras un breve paréntesis para beber un poco de agua—, el papa León recitó el capítulo 20 del Apocalipsis dirigiéndose a Carlomagno: «Bienaventurado y santo el que tiene parte en la primera resurrección, sobre estos no tiene poder la segunda muerte, sino que serán sacerdotes de Dios y de Cristo, con el que reinarán mil años». Después, el papa le recordó al emperador lo que el profeta Daniel le había anunciado a Nabucodonosor interpretando el sueño que le traía en un sinvivir: «Tú, oh, rey de reyes, a quien el Dios del cielo ha dado el imperio, la fuerza, el poder y la gloria… Tú eres la cabeza de oro que ha surgido después de otros imperios que se han desvanecido. El tuyo es el cuarto imperio y será fuerte como el hierro… Y en los días de estos reyes, el Dios del cielo levantará un reino que no será jamás destruido, ni será el reino dejado a otro pueblo; el tuyo desmenuzará y consumirá a todos estos reinos y permanecerá para siempre… Y ese reinado que ahora comienza es el reino de Dios en la tierra».

»Así se conjuraba el fin del mundo que anunciaban las profecías y Beato, así quedó inaugurado el imperio de los mil años y de allí cogieron fuerza los Estados Pontificios, desligándose definitivamente de Bizancio, hasta que llegó Garibaldi a unificar Italia y solo nos dejó el Estado Vaticano.

—¡Madre mía, toda aquella pompa debió de ser absolutamente impactante! —se dignó a intervenir Tiqui, que hasta entonces había estado callada escuchándolo todo con cara de asombro.

—Pues sí. Carlomagno se puso en pie y, acompañado por el papa y el estruendo de tambores, clarines y trompetas, y por las mil voces del coro que cantaban *«Hosanna, hosanna in excelsis»,* algo parecido a lo que hoy sería el «Aleluya» del *Mesías,* de Haendel, la «Marcha triunfal» de *Aida* o el «Coro de los esclavos» del *Nabucco,* de Verdi, o el cuarto movimiento de la *Novena sinfonía* de Beethoven…, llevado en volandas por aquella estruendosa polifonía, se dirigió solemnemente hacia el altar para confirmar la donación de territorios que hizo su padre, Pipino el Breve, al papa Esteban II.

»Allí se detuvo Carlomagno y con la voz meliflua que le caracterizaba, que no se correspondía con su majestuosa figura realzada por la corona que le acaban de imponer, dijo que junto al documento de la donación de Pipino, su padre, donaba todas aquellas ciudades y depositaba las llaves del reino sobre la tumba de San Pedro, porque pertenecían a San Pedro y a la Iglesia de Roma. De este modo, Carlomagno transfería al papa unos territorios considerables que iban de costa a costa de la península itálica, asegurándole su protección contra los enemigos del papado y de la Iglesia. Por su parte, el emperador lograba la bendición de la Iglesia para legitimar su reinado y consolidar su imperio.

—Afortunadamente, Jesucristo no se presentó en Liébana durante la vigilia de Pascua del año 800 a la supuesta cita con Beato, pero Carlomagno sí acudió a Roma a su coronación por el papa León en la Navidad del mismo año —apostilló Eulalia.

—Dios escribe derecho con renglones torcidos —afirmó don Xuper—, por algo Carlomagno es el patrono de Europa. Aquella coronación, que amalgamaba muchos pueblos y naciones con el pegamento del cristianismo, se celebraba justo en el lugar en que se suponía que había sido crucificado san Pedro hacía más de siete siglos y significaba en la mente de Carlomagno y del papa León III, principales protagonistas de aquella ceremonia, el renacimiento del Imperio romano, pero faltaban muchos siglos y se padecerían muchas guerras todavía hasta que se fundara la Unión Europea con el pegamento de las libertades y los derechos humanos. Y ya veremos cómo termina el invento. Supongo que estas cosas no se las cuenta a ustedes don Crisógono, ¿verdad, Eulalia?

—A veces, también él es muy ameno —replicó ella—. Pero se aprende mucho más yendo a los sitios y hablando con personas como usted. ¿Qué nos dice del jubileo lebaniego? ¿Celebra también que seguimos en el reino de los mil años?

—Ustedes me han preguntado de muchas cosas, pero siendo yo un sacerdote lebaniego, ya era hora de que se interesaran por el año santo lebaniego, que ya he pasado yo algunos.

—Ahora que intuimos la identidad del autor de las pinturas, aunque aún esté por confirmar, creemos que ha llegado el momento de que nos cuente qué es eso del jubileo —intervino Tiqui, cada vez más interesada en todo lo que relataba el cura. Santiago callaba y escuchaba.

—En el monasterio de Santo Toribio se venera desde el siglo VIII el *lignum crucis*, que, según la tradición, trajo en el siglo V desde Jerusalén santo Toribio, obispo de Astorga, que aseguraba que era el trozo más grande que se conservaba de la cruz de Cristo. Y convirtió a nuestro monasterio en un importante centro de peregrinación, visitado con frecuencia por algunos de los que iban o volvían de Compostela. Gracias a la famosa reliquia, capaz de curar a los endemoniados, en la bula de 1512, el papa Julio II concedió el privilegio del jubileo, una práctica que venía desde muy antiguo, y su sucesor, León X, ratificó la celebración del año santo cuando el día 16 de abril, fiesta de santo Toribio, cayese en domingo. El papa Pablo VI concedió en 1967 indulgencia plenaria a lo largo todo el año jubilar lebaniego, esto es, el perdón de todos los pecados. Es posible que esta famosa reliquia procediera de Astorga, de donde fue obispo Toribio, y al igual que otras muchas las llevarían consigo los obispos y abades que huyeron a Galicia y Asturias a partir de la invasión del año 711.

Se había hecho de noche y don Exuperio, que no había parado de hablar, estaba cansado e hizo ademán de levantarse, pero en ese preciso instante sonaron fuertes golpes a la puerta que les sobresaltaron.

—¿Quién puede ser a estas horas? —se preguntó Eulalia—. No esperábamos a nadie. Abra usted, don Exuperio, que le conoce todo el mundo e impone mucho respeto.

El sacerdote se levantó, abrió lentamente la puerta y exclamó:

—¡Vaya por Dios, pero si es Ceto en persona, y viene bien acompañado! ¡Vaya sorpresa se va a llevar usted, Eulalia! —pronunció el sacerdote riendo maliciosamente.

—Estaba recién llegado de Santander cuando me encontré a este señor por el pueblo preguntando por las pinturas, pero a quien quería ver era a la señora. A lo mejor quiere comprarle la casa o solo las pinturas. Viene de Valladolid y aquí lo tienen, que es de noche y no quería que se perdiera por las callejuelas —explicó Ceto haciendo ademán de entrar y señalando a un atribulado don Crisógono, que venía con él—. Como me dijeron en casa que querían verme ustedes, aproveché para traerlo conmigo. Así mataba dos pájaros de un tiro.

—¡No se queden ahí en la puerta! ¡Pasen, pasen! —les pidió Eulalia asombrada, con un hilillo de voz, levantándose a toda prisa y procediendo a iluminar las pinturas.

—Esto parece una sacristía —observó Ceto recorriendo el recinto con la mirada—. ¡Qué pena que no lo disfrutara tanto como ustedes mi amigo Enrique Herreros!

Al oír la última frase de Ceto, Eulalia, Tiqui, don Exuperio y Santiago se miraron y esbozaron una sonrisa de complicidad. No habían estado desencaminados en sus pesquisas.

—¿Qué le trae por aquí a mi amigo don Crisógono? —exclamó don Exuperio con mucha sorna, porque la situación le producía verdadero regocijo.

—Ya saben que, si la montaña no va a Mahoma, Mahoma va la montaña. He cogido el tren hasta Aguilar y de ahí me he gastado una fortuna en un taxi, porque esto está dejado de la mano de Dios…

Ceto sonreía malicioso porque, visto el interés del «extraviado», se había dado cuenta de lo embarazoso de la situación.

—Siéntense donde puedan, porque esto es lo que tenemos —se lamentó Eulalia—. Las sillas son cada una de su padre y de su madre. —Miró al profesor, que venía vestido de Coronel Tapioca, con un brazo en el cabestrillo y una mochila de explorador—. Esto es de película… Perdone que le reciba así, ¿cómo me iba a imaginar yo… que iba a venir sin avisar… y además de la mano de Ceto? Pues aquí estamos todos: don Crisógono llovido del cielo… Don Exuperio haciendo de profesor… Ceto volviendo al lugar del crimen… Aquí están las pinturas y el Cristo que nos ha de juzgar… Tiqui, que es mi asistente… Santiago, el arquitecto, y yo, Eulalia, alumna de don Crisógono, estoy de cuerpo presente, porque me va a dar algo… —Y le dio la risa.

Le había producido tanta sorpresa y tanta tensión aquella inesperada y absurda llegada de su profesor, la situación era tan chusca que le dio la risa, sí… Pero no una risa tonta o sonrisilla de conejo como la de quien ha hecho una tontería y le han sorprendido, sino una risa avasalladora como de catarata, porque soltó una carcajada estrepitosa que se llevó su vergüenza por delante y arrastró la de todos los demás, primero como un torrente y poco a poco como los ríos que se precipitan desde un acantilado y caen ruidosamente.

Estuvieron un buen rato dando rienda suelta a esa risa liberadora mientras el Cristo justiciero los miraba con asombro, porque no entendía nada de lo que pasaba, hasta que se cansaron de reír y llorar a la vez, momento en que don Crisógono, ya repuesto del recibimiento de Eulalia, sacó de la bolsa un paquete.

—Es muy grande y pesa mucho —exclamó Eulalia cuando lo tuvo en la mano—. Usted es muy exagerado. ¿No será otro beato?

—¡Qué inteligente es usted, Eulalia! ¿Cómo ha podido adivinarlo? —se sorprendió el visitante.

—Porque tiene el mismo tamaño y pesa tanto como el facsímil de Valcavado que usted me prestó.

—Este beato con aspecto de facsímil lo ha editado Valnera con motivo del año santo. En la portada, de tapa dura, con letras estampadas en oro, hay una leyenda que reza «Beato de Liébana, *Comentarios al Apocalipsis*. José Ramón Sánchez. Visiones del siglo XXI». Las iluminaciones que acompañan al texto están estampadas en oro y plata.

—Es muy original y una pasada de hermoso. Pero ¡qué detallazo el suyo, don Crisógono, hacerme este regalo y atreverse a traérmelo hasta Potes estando como está!

—Tenía que haber venido mucho antes, justo en el momento en que tuve noticia de la aparición de estas pinturas, pero, como sabe, sufrí un funesto atropello. A pesar de que le aconsejé cautela, en vez de dejarla con la incertidumbre tenía que haberme acercado a Potes para comprobar yo mismo las pinturas.

Después de aquella cálida acogida, las miradas se dirigieron hacia Ceto. Les corroía la impaciencia de saber si habían atinado en sus suposiciones y las pinturas eran obra de Herreros.

—Ceto —empezó Eulalia—, queríamos verle porque ya nos imaginamos que las pinturas no son de Beato y hemos descubierto que Herreros, pintor y grabador, tenía gran amistad con usted y pasó mucho tiempo en Potes. Así que quisiéramos saber si es el autor de estas hermosas imágenes que adornan mi casa.

—Pues han dado ustedes en el clavo —sonrió Ceto—. Les explicaré con mucho gusto y con todo detalle la vida y milagros de Herreros, cómo y por qué se hicieron y el motivo por el que se tapiaron. Al fin y al cabo, Herreros era un bromista y me dijo: «Ni tú ni yo lo veremos, pero si algún día las descubren, se van a llevar un buen susto, sobre todo si las toman por originales. ¡Cómo me gustaría estar allí presente para decirles que nosotros fuimos los pintores!».

Todo esto lo escuchaba con suma atención don Crisógono, que había llegado de noche, a la buena de Dios, y no había reservado habitación, pero se encontraba muy a gusto en aquella tertulia improvisada. No le quitaba el ojo a Eulalia, pero, entre risas y veras, se estaba haciendo tarde y don Crisógono, a pesar de que se acababa de enterar de la participación de Ceto en las pinturas, se acercó para examinarlas de cerca, haciendo resbalar los dedos sobre ellas. De pronto, el profesor fijó la vista en la columna de piedra empotrada en la esquina del ábside, la examinó detenidamente y exclamó presa de gran agitación:

—Cuando le rogué a usted en clase que volviera a pasar una de las fotos, hice una pregunta que repito: ¿qué pinta junto a las pinturas esta columna labrada con una serpiente cabeza abajo enroscada en un árbol y un zarcillo cuyos frutos pica un ave que parece ser una paloma…? Puede ser tardorromana o incluso mozárabe.

—No se rompa la cabeza, señor catedrático —intervino Ceto—. Esta columna se la compró Herreros a un anticuario para dar el pego y la empotramos en la pared como referencia. Otra muy parecida se encontró en Torices, en una finca que llaman del Palacio. Es lo único verdadero que hay en esta habitación, me refiero a las paredes, no a las personas.

—Tendríamos que sacarla de aquí y buscarle un lugar apropiado —dijo Eulalia—. Lo mismo que a don Crisógono, a no ser que quiera dormir en este viejo sofá. Mantas tenemos, y también ratones, porque le advierto que en esta casa hay muchos y trasnochadores, que duermen por el día y se pasean por las noches con las visiones apocalípticas.

Ceto, cuyo relato había quedado en suspenso ante lo más urgente, que era buscar acomodo a don Crisógono, y en vista de que el profesor estaba como pasmado y ni se iba ni se quedaba, tomó las riendas del asunto y dijo:

—No se preocupe usted, que hoy es un día laborable. Cobijo no le ha de faltar y si no hubiera habitación en un hotel, lo llevo a mi casa o a la residencia de don Exuperio, que siempre hay alguna cama de sobra. Ahora mismo llamo al hotel de mi amigo

Paco Wences, donde se quedaba Herreros cuando venía a Potes, que siempre tiene una *suite* sin ocupar, y le digo quién es usted y le pido que no le cobre nada.

Ceto llamó de inmediato y después de recibir explicaciones de su interlocutor, informó:

—Tranquilo todo el mundo. Asunto arreglado. Paco Wences ha encontrado una solución provisional para esta noche. El profesor ya tiene habitación, pero tengo que darles otra noticia que no sé si será buena o mala. Me ha dicho que en el hotel también se albergan dos escritores que han llegado esta tarde. Uno es italiano y el otro asturiano, y les ha contado lo poco que sabe. Conocen el asunto de las pinturas y les gustaría hablar cuanto antes con don Xuper y con ustedes, si no es molestia.

EL SÉPTIMO SELLO

CUANDO ABRIÓ EL SÉPTIMO SELLO, SE HIZO EN EL CIELO UN SILENCIO DE MEDIA HORA. Vi a los siete ángeles que estaban delante de Dios: les entregaron siete trompetas. Otro ángel vino y se colocó junto al altar con un incensario de oro, le dieron incienso abundante para que lo añadiese a las oraciones de todos los santos, sobre el altar de oro, delante del trono. De la mano del ángel subió el humo del incienso con las oraciones de los santos hasta la presencia de Dios. Después tomó el ángel el incensario, lo llenó con brasas del fuego del altar y lo arrojó a la tierra. Hubo truenos y estampidos, relámpagos y un terremoto.

24

Umberto, yo no soy digna de que entres en mi casa

ulalia estaba en un apuro. Gracias a la mediación de Ceto, Paco Wences acababa de reservar habitación para don Crisógono, y el hotelero le pedía a su vez que recibiera a unos clientes que habían preguntado por las pinturas de Beato. No podía negarse, pero quería saber qué clase de personas eran. Por ello pidió a Ceto que le pasara el teléfono para hablar con el hotelero.

—Viniendo de su parte, estoy encantada de recibirles, pero mire, señor Wences, a estas horas no tengo nada que ofrecerles. Si los acompaña usted mismo, traiga algunas bebidas, vasos y algo para picar, por favor. Pero, para orientarme un poco, ¿podría decirme quiénes son esos señores?

—Ahora se lo digo porque tengo los carnés de identidad a la vista. Son Juan Cueto y Umberto Eco, sin hache. Creo que son profesores y escriben novelas o algo parecido.

—¡Válgame Dios! ¡Esta sí que es gorda! —A Eulalia, que había leído *El nombre de la rosa* y había visto la película de Sean Connery, se le pararon los pulsos y se sentó en una silla—. Hay mucho ruido en mi casa. No le he oído bien, señor Wences, ¿podría repetirme los nombres despacio?

—Ju-an Cu-e-to… y Um-ber-to E-co.

—Usted podrá acompañarlos, ¿verdad?, y traer con ellos algunas sillas…

—No se preocupe. Yo los acompaño en persona y llevo las bebidas, las sillas y algo de picar para que no falte de nada. Llegaremos en diez minutos.

—Apretaos un poco y haced sitio, que tenemos una visita importante y muy sustanciosa…, y nos traen la cena…, espero. —Y mirando a Ceto y de soslayo a don Exuperio, a don Crisógono y a Santiago, exclamó—: Porfa, Tiqui, refréscanos la memoria. Mira en Wikipedia quiénes son Juan Cueto y Umberto Eco.

—Juan Cueto es licenciado en Derecho por la Universidad de Oviedo, en Ciencias Políticas por la de Argel y en Periodismo por la Complutense de Madrid —leyó Tiqui diligente—. Columnista y crítico de televisión de *El País* en sus inicios, fue fundador y director de la Enciclopedia Temática de Asturias, la revista *Los Cuadernos del Norte* y Canal Plus España y sus satélites. Formó parte en 1977 de la primera junta directiva de la Sociedad Asturiana de Filosofía. —Se detuvo unos instantes mientras buscaba la información sobre Umberto Eco—. ¡Madre mía! Umberto Eco tiene tantas páginas que no va a dar tiempo a leerlas todas. Y es tan grande, y tan importante, que no va a caber por la puerta, y mucho menos por el pasamuros de las pinturas. Es un semiólogo, filósofo y escritor italiano, autor de numerosos ensayos sobre semiótica, estética, lingüística y filosofía, así como de varias novelas, entre ellas *El nombre de la rosa,* que tiene una película que supongo que hemos visto todos. Mejor que lo cuente don Crisógono, que es colega suyo.

El aludido estaba abrumado, no sabía por dónde empezar y se quedó en blanco pensando: «En buen lío nos hemos metido», pero se alegró mucho de que le dieran protagonismo.

—Les he hablado mucho de Umberto Eco en los pocos días de clase que hemos tenido —empezó poniéndose en modo profesor—, y estoy seguro de que ustedes acabarán brillantemente la carrera y querrán hacer un doctorado. Así que les recomiendo que lean su librito *Cómo se hace una tesis.* —Se pasó la mano por la frente y suspiró—. Es un milagro de Beato lo que está ocurriendo, porque gracias a estas pinturas vamos a asistir en Liébana a la segunda venida de Cristo, porque Umberto Eco no solo es un gigante amante de Beato, sino mucho más. Es Dios para nosotros sus seguidores, y teniendo en cuenta su biografía, sus publicaciones, títulos, honores y sobre todo su pasión por los beatos, tendríamos que recibirle de rodillas diciendo: «¡Señor, nosotros no somos dignos de que entres en esta humilde morada!». Tiene razón Eutiquia: es tan grande ese hombre que no cabe por esa puerta. Y además viene acompañado de Juan Cueto, que ha sido su precursor en España, el que ha preparado los caminos del Señor dando a conocer sus libros en nuestro país. Ya en 1982 dedicó buena parte de uno de los números de *Los Cuadernos del Norte* a Umberto Eco, en el que aparecía un artículo del italiano titulado «Beato de Liébana, el Apocalipsis y el milenio» y algunos estudios más dedicados a su obra.

—Traiga el incienso, don Xuper, para recibir a Eco como se merece —le dijo Eulalia al sacerdote al oído.

Ceto no sabía dónde esconderse porque había llegado la hora de la verdad. Y se reía por dentro acordándose de Herreros pintando las paredes y el techo. «¡Qué pena que Herreros no pueda contemplar el espectáculo que se avecina cuando entren estos doctores llegados de tan lejos y se den cuenta de que las pinturas no son de Beato!».

—Ya están aquí. Se ha detenido un vehículo a la puerta.

—Ahora toca morderse la lengua, que llegan los escritores —exclamó don Xuper en voz baja rompiendo el silencio.

No necesitó Wences golpear dos veces la puerta, porque Eulalia sujetaba el resbalón de la cerradura y abrió de inmediato. Allí estaba Eco de cuerpo entero, armado con una amplia sonrisa y toda su bonhomía y sapiencia, inconfundible con su barba encanecida y disimulando su calva con una pincelada de cabellos que trepaba desde la raya situada en el límite de la oreja izquierda. Se apoyaba en un bastoncito que, más que ofrecer soporte, añadía la elegancia y la levedad de su espíritu a una imponente envergadura. Su gran humanidad ocupaba toda la puerta; en la casa los techos eran bajos y las puertas, tan ajustadas que a lo alto no cabía, y menos con sombrero. Pero para eso estaba el bastón, que golpeaba suavemente la piedra como pidiendo paso, pero por si acaso, desde el interior, Eulalia le señaló el dintel de piedra…

Una vez que pasó Juan Cueto, cuyo generoso mostacho descansaba en una agradecida sonrisa, entró Paco Wences portando una ligera y confortable butaca del gusto del profesor y a la medida de sus necesidades. Detrás de él venían dos de las hijas del hotelero con manteles, sillas, menaje y algo para picar. No faltaron las bebidas ni unas botellas de *whisky* ni hielo, mucho hielo.

Al hacer las presentaciones, Eulalia se percató de que Eco no podría atravesar el pasamuros que había hecho Gaudencio.

—¿A qué debemos el honor de recibir en esta humilde casita a tan ilustres visitantes?

—Sencillamente, me he dejado llevar por la pasión por Beato, por la amistad con Juan Cueto y por la curiosidad por las pinturas. Al jubileo me había invitado el catedrático Ramón Teja, pero compromisos ineludibles me impidieron pronunciar un pregón que tenía escrito sobre el monje lebaniego. Hace un rato,

estábamos en Santillana del Mar visitando las cuevas de Altamira cuando mi amigo Juan me informó de este hallazgo. Que
yo sepa, nunca se ha encontrado un primer beato, y menos unas
pinturas murales suyas en su entorno. De ser así, sería un acontecimiento excepcional. «No sé si serán verdaderas o falsas —me
dijo Juan—, pero no creo que tengas muchas oportunidades de
contemplarlas. Potes está a poco más de una hora, podemos anu-
lar tu billete de vuelta y reservar habitación en un hotel». No les
extrañe que hayamos llegado sin avisar, porque no podía perderme por nada del mundo la posibilidad de estudiar de cerca
las pinturas, y aquí me tienen.

«La que se va a liar aquí cuando se descubra el pastel»,
pensó Ceto.

El escritor echó un ojo desde fuera, visto que no entraba por
el hueco. Miró con interés, aunque desde donde estaba no podía
examinarlas con detenimiento.

—¿Y bien? ¿Cuál ha sido su impresión al verlas? —se atrevió Eulalia a preguntar.

—Ese hueco no está hecho para mi edad y mucho menos
para mi envergadura, a lo más, puedo meter la cabeza, así que el
tamaño del agujero me impide contemplarlas de cerca. Solo les
he echado una mirada por encima, pero en principio me sorprende mucho la mirada de ese Cristo justiciero, de una fiereza nunca
vista. Se diría que nos condena sin habernos juzgado siquiera. El
resto me parece que lo han realizado con lo que tenían a mano
unas gentes que conocían la pintura mural y tenían la cultura
suficiente para valorar e imitar beatos precisamente en una casa
de Potes, aunque no comprendo por qué decidieron tapiar esta
estancia.

Ceto estaba comprobando que la noticia de su aparición al cabo de casi cuarenta años estaba dando la vuelta al mundo. Se daba perfecta cuenta de que aquel equívoco era de una comicidad apoteósica que crecía a medida que pasaba el tiempo y pensó en las palabras de Herreros cuando las tapiaron: «Si el que lo descubra en el futuro pregona a los cuatro vientos que ha descubierto en su casa unas pinturas de Beato, buen chasco se va a llevar. Esa sí que sería una broma morrocotuda, sobre todo si aparece en los periódicos. ¡Quién pudiera estar allí para partirse de la risa!».

Ceto apenas podía contener la risa. Miró a Eco, a Cueto y a don Crisógono, y como sabía que no debía reírse delante de sus narices, trató de sujetar la carcajada y se puso rojo, rojo, se le agitaba el vientre y estaba a punto de reventar. Pero la risa ya había iniciado su carrera como un caballo desbocado, al igual que el agua busca su camino después de una tormenta y se lleva todo por delante y, aunque aguantaba a duras penas, se le saltaban las lágrimas, le temblaba todo el cuerpo y ya no podía más. Cueto, que estaba junto a él, se dio cuenta de que algo raro le pasaba y exclamó alarmado:

—¡A este hombre le va a dar algo!

Y al fin estalló la risa. Una risa liberadora como una explosión que se extendió en oleadas sucesivas por todas las estancias de la casa dejando perplejo a todo el mundo.

Cuando las aguas volvieron a su cauce, pudo decir a duras penas:

—Perdonen ustedes, pero todo este asunto viene de una ocurrencia de Herreros. —Y a partir de aquel momento, la risa ya no le permitió pronunciar palabra. Cuando se repuso ligeramente, prosiguió—: ¡El emplaste, las brochas, los pinceles y el aguarrás los traje de mi ferretería, ¡¡¡¡ja, ja, ja, ja, ja!!!!, y además no le cobré nada por ellas a mi amigo Enrique Herreros, y por eso esas pinturas son mías. —Sus carcajadas eran de nuevo incontenibles…

La situación era tan cómica y la intervención de Ceto tan verdadera y su risa tan contagiosa que todos los allí presentes arrancaron a reír.

Umberto Eco, con su carácter festivo y el enorme humor que le caracterizaba, captó de inmediato la comicidad intrínseca de la situación por haber saltado a los medios prematuramente dándose por seguro que las pinturas eran originales de Beato, y el plus de comicidad que añadía su presencia en el lugar junto a Cueto, y contagiado por las risas de Ceto, explotó también a reír, y para secarse las lágrimas tuvo necesidad de sacar su enorme pañuelo blanco que ya no soltó en toda la noche.

La risa de Eco contagió a todos, sobre todo a Eulalia, que tampoco pudo reprimir las carcajadas. Cuando se calmó, se dirigió a Cueto y le conminó:

—No se le ocurra contar esto en el periódico, porque es una broma de ultratumba.

Ceto, que se había venido arriba, insistía:

—Las pinturas son mías, pero la casa es suya y, por eso, a partir de ahora, dejan de serlo, porque se las regalo a esta señora, que es la dueña de la casa, y además se las merece porque es clienta mía. Yo soy el artista que pintó los ángeles del techo —continuó el ferretero y funerario—, ayudado por unos papeles que me daba mi amigo Enrique, que no podía hacerlo porque tenía la espalda averiada.

Ceto se partía de la risa. Y los demás no se quedaban atrás, porque la risa es contagiosa y una válvula de escape, ya que libera las tensiones, y el humor es el ungüento que cura las decepciones.

Cuando se calmaron, tomó la palabra don Exuperio para explicar que Ceto era el único testigo vivo de la elaboración de las pinturas y contó brevemente quién fue Herreros, dibujante y humorista de *La Codorniz*, y su vinculación con la villa de Potes. Les invitó a que visitaran el monumento levantado en su honor delante de la iglesia y les recitó el epitafio que escribió para él Camilo José Cela.

—Si les parece, nos sentamos en la mesa para que todos escuchemos por igual las explicaciones de Ceto, que estará encantado de dirigirse a tan distinguida concurrencia.

—Por aquel entonces, Herreros se quedaba en el hostal Picos de Valdecoro, de su amigo Paco Wences, aquí presente —empezó Ceto—. Esta casa la alquiló mi familia para dejársela a Herreros. En el bajo había una cuadra y una cueva que servía de bodega. Los días que no paraba de llover o había niebla y no podíamos subir a los Picos, se aburría porque no le gustaba estar encerrado todo el tiempo. Él necesitaba un estudio para dibujar, pintar, escribir o reunirse con los amigos. Le dije yo, por ayudarle: «Te alquilamos esta casa por cuatro perras y la arreglas como quieras». Yo le facilité los albañiles para que dejaran habitable la cuadra y la cueva… ¡Vaya broma que nos gastó, señores!

—¿Cómo se le ocurrió a Herreros pintar esa estancia? —preguntó Cueto.

—Coincidió que Arrabal y Lastra, dos jóvenes alpinistas de la Real Sociedad Peñalara, se proponían abrir una vía invernal en la cara oeste del Naranjo de Bulnes y que el propio Herreros, presidente de dicha sociedad, estaría en la cordada de apoyo junto con Francisco Rodríguez, más conocido como Paco Wences, aquí presente. Estábamos en febrero de 1970. Para una persona de sesenta y siete años, era el más difícil todavía y él sabía que era una temeridad. Si volvía con vida, quería celebrar aquella hazaña junto a los amigos con una cena sorpresa incluida. No era para menos. Como el espacio es pequeño, incorporamos la bodega al zaguán. «Esto ha quedado muy soso —se lamentó—, es agobiante y desangelado. Tenemos que darle vida y ensancharlo con un trampantojo decorando las paredes con algo que no se esperen ni remotamente». Era muy ingenioso y se pasaba el día haciendo chistes y gastando bromas. Va y me dice: «Se me ha ocurrido una muy gorda: ¡hacemos unas pinturas como Beato y decimos que nos las hemos encontrado picando los yesos de esta pared, y para que se entere todo el mundo les hacemos jurar que guarden el secreto!».

Ceto meneó la cabeza, se echó a reír y luego, más calmado, continuó:

—Se creía que aquello era como pintar unos decorados. Lo hicimos en secreto, retratándonos entre los bienaventurados. ¿Veis? Este que está a la derecha en el cielo soy yo. No se me distingue muy bien porque estoy un poco borroso. También hizo a Sara Montiel montada en un caballo de Babilonia, pero luego la tapó y la metió en el infierno. Se sabía las caras de memoria, le daba igual que se parecieran mucho o poco, porque nosotros no conocíamos a ninguno.

—¿Dices que los ángeles del techo los pintaste tú?

—«Hay que levantar este techo —me dijo—, y para darle profundidad y que no quede desangelado, lo llenamos con unos ángeles». ¿Entienden el chiste?, porque yo no había pillado el juego de palabras.

Se podía escuchar el vuelo de una mosca. Ceto estaba encantado de tener una audiencia tan selecta y entregada.

—Como el arreglo era un capricho suyo, todo eran «ya-ques»: «Mira, Ceto, ya que hemos hecho el Cristo, vamos a hacer los apóstoles. Ya que tenemos el frente, vamos a hacer los laterales con el cielo y los infiernos, después nos metemos con el techo y pintamos los ángeles». Pintura no nos faltaba. Como la teníamos en la ferretería, pues le parecía que era gratis. El techo fue lo último que hicimos. Yo solo di la pintura de dentro de las figuras de algunos dibujos suyos. El dibujo de base lo había hecho él mirando un libro con láminas de Beato de Liébana, que había comprado en uno de sus viajes al extranjero. Para pintar por encima de la cabeza teníamos que estar retorcidos y se nos quedó a medias porque se le echó encima la fecha de la subida al Naranjo de Bulnes en invierno. Como se publicitó a bombo y platillo que Herreros formaba parte de la expedición y los periódicos enviaron corresponsales, había una enorme expectación.

Ceto interrumpió el relato y se quedó pensativo, dejando intrigados a todos.

—Nos tiene a todos en vilo. ¿Cómo acabó aquella aventura? —lo animó Eulalia.

—Mejor que lo cuente Paco Wences, que vivió aquello y lo puede contar en primera persona.

Todas las miradas se dirigieron al hostelero.

—No me miren de esa manera. Herreros era entonces presidente de la Asociación Peñalara. De aquello han pasado treinta y siete años, la mitad de mi vida. En aquellos tiempos, la montaña, que apasionaba a ambos, era la cuerda que unía nuestras vidas. Se pueden imaginar cómo acabó la aventura: inacabada, como las pinturas. Entonces las previsiones meteorológicas no eran tan exactas como ahora. Cambió el tiempo y se desató una tormenta terrible cuando Arrabal y Lastra estaban cerca de la cumbre. Herreros y yo, que como ha dicho Ceto estábamos en la cordada de apoyo en el Refugio Urriellu, pudimos comunicarnos con ellos y, aunque todavía estaban a sesenta metros, creímos entenderles que ya habían llegado a la cima. Por ello regresamos al campamento base situado en Arenas de Cabrales. Había mucho viento, nieve, hielo e incluso tormenta con gran aparato eléctrico, y, para colmo de males, se echó encima la niebla dificultando las tareas de rescate en las que participaron experimentados montañeros como César Pérez de Tudela. Pudieron rescatar con vida a Lastra y, con muchas dificultades a causa del viento, también a Arrabal, aunque fallecería algunos días más tarde en el hospital.

—¿Y Herreros? —preguntó Eulalia.

—Aquello fue un golpe muy duro para él —musitó Paco Wences bajando la cabeza—. Anduvo un tiempo muy desanimado y, aunque siguió yendo a la montaña, dejó la presidencia de la Real Sociedad de Alpinismo Peñalara.

Ceto asentía con la cabeza:

—Cuando volvía a Potes, yo le animaba a que terminara las obras de la casa y las pinturas de Beato. «¡Déjalo ya de una puta vez, Ceto, y no me molestes más! Yo a esta casa no vuelvo ni loco, que está embrujada. Y, además, nos comen los ratones. Los muy cabrones salen de todas partes. Esos malditos roedores pueden conmigo, y si no nos vamos pronto, esta casa o nos mata o nos arruina. O peor todavía, porque puede hacernos las dos cosas, arruinarnos y después matarnos. Ese Cristo me ha salido muy fiero, me ha cogido manía y me acusa de temerario por haber aportado la mayor parte del material y haberme metido en la expedición; me sigue con los ojos a todas partes preguntando que dónde está Arrabal. Pero no me atrevo a destruirlo porque le tengo mucho miedo. Sería bueno para la capilla de un penal, o de un reformatorio, pero no pinta nada en el comedor de una casa vigilando lo que comes y lo que dejas. Se me ocurre que mejor tapiamos esta capilla y nos vamos. Si el que lo descubra en el futuro pregona a los cuatro vientos que ha descubierto en su casa unas pinturas de Beato, buen chasco se va a llevar».

Y a Ceto le dio un nuevo ataque de risa contagiosa que inundó aquellas estancias porque la situación no podía ser más chusca y surrealista.

Eulalia respiraba aliviada después de las risas y estaba muy contenta porque, a pesar de la indiscreción de don Aurelio, el asunto no había ido a mayores gracias a que fue prudente y buscó el consejo de Javier Cortes y el parecer de don Crisógono y de Echegaray, y, alertada por las reservas de estos últimos, había podido descubrir que Herreros y Ceto eran los responsables de aquella obra.

—¡Genial, inesperado, apocalíptico, excepcional, cómico, trágico, fantástico, mundial y esclarecedor! —exclamó Umberto Eco viendo que el ayudante del autor, que también era el proveedor de pinturas, aguarrás, andamios, emplastes, brochas y otros menesteres, explicaba *in situ* el suceso y se regocijaba de su hazaña, y que la anfitriona no se sentía afectada, sino todo lo contrario, y que su presencia allí con Ceto y Cueto había desactivado una broma descomunal, una broma de ultratumba, porque traspasaba el espacio y el tiempo. Y como se dio cuenta de que de aquel suceso se podían derivar muchas lecciones para los jóvenes estudiantes que participaban en aquel acontecimiento, exclamó:

—Este relato ha encendido una chispa en mi cabeza porque me ha ayudado a comprender que el *Comentarios* es una provocación, un chiste descomunal y una ironía permanente. Se trata de un libro de humor escrito entre líneas de una astucia incomparable, porque detrás de una seriedad tan absoluta como la de Buster Keaton, como corresponde a un asunto teológico, Beato tira la piedra y esconde la mano para provocar la respuesta de Elipando con el mayor insulto posible, que es señalarle como hereje y Anticristo y también como tonto, si se da por aludido y responde públicamente. Pero no lo hacía Beato personalmente, sino a través de un texto y de unos dibujos. Y él lo cuenta en el *Apologético* cuando escribe que Eterio y él, al igual que Pedro, negaron a Cristo seducidos por Elipando, y ayudaron a este a levantar un muro que ocultaba la divinidad de Cristo. Como esto les hacía sentirse culpables, decidieron echar abajo el muro de la doctrina de Elipando, que era la Bestia para ellos, y con un libro lleno de imágenes le tendieron una trampa de elefantes para cazarlo. ¡Se necesita ingenio, astucia, determinación y paciencia para urdir y llevar a cabo una respuesta semejante!

Se limpió el sudor, tomó un sorbito de *whisky* con hielo y se dirigió de nuevo a los presentes, que aguardaban expectantes lo que dijera tan docto visitante:

—Fijaos en el poder que tienen las imágenes que sustituyen al objeto que representan. Ceto nos acaba de recordar que Herreros le dijo: «Este Cristo me sigue con los ojos a todas partes preguntando por Arrabal». Y yo os pregunto: ¿era el todopoderoso Hijo de Dios en persona el que miraba a Herreros y le atemorizaba? Evidentemente, no. Lo acaba de decir Ceto. Era un sustituto que actuaba por delegación, porque solo era un trampantojo para una cena de celebración, pero cuyo significado cambió drásticamente tras la tragedia del Naranjo de Bulnes. El mito bíblico de Caín y Abel, que le recordaba la reciente muerte del alpinista, le perseguía desde su propia pintura y no podía soportar la mirada que le hacía sentirse culpable, y tapió la estancia para huir de la culpa.

Eco gesticulaba mientras hablaba, alargaba los brazos como si quisiera agarrar las ideas para que no se le escaparan. Y en este combate, su cuerpo desbordaba la mesa. Se sentó de nuevo para secarse el sudor que manaba de su frente, tomó otro sorbito del *whisky* y volvió de nuevo al combate.

—¡Felicidades, Eulalia, porque tiene en su casa unas pinturas murales originalísimas! Que cobran más valor aún si cabe porque se conoce al autor y los motivos y condiciones en que fueron realizadas. Extraordinario trabajo de investigación, y la puesta en escena es impecable. Puede estar muy tranquila, porque no son ni copia ni falsificación. Son unas pinturas de autor inspiradas en el mundo de Beato. Todos ustedes se habrán preguntado: ¿dónde están los originales de Beato? Todos los beatos que se conocen, y son muchos, son originales de Beato, porque son ediciones únicas, con un mismo texto e ilustraciones muy personales de artistas que, inspirándose en sus predecesores de siglos anteriores, no se limitan a copiar, sino que se expresan con las formas y el estilo de su tiempo.

»Y, además, realizadas con *animus jocandi interruptus,* porque lo que empezó en comedia y terminó en tragedia vuelve a ser

443

comedia en honor a todos nosotros gracias a Ceto, que nos acompaña. Así, nosotros celebramos con él la resurrección de las pinturas y él nos acompaña en tan memorable acontecimiento. Tenemos que agradecerle que nos haya dado una lección práctica de lo que significan significante y significado cuando son contradictorios. El terror convertido en humor. Están ustedes de suerte, señores, porque esto que nos cuenta Ceto es lo máximo que se puede pedir hoy en día al *Comentarios* de Beato. La risa refuta y anula los terrores del año 1000 y los que tenemos en el 2000. Aunque solo sea momentáneamente, nos libera de la angustia y el miedo al futuro. Y para esto sirve el humor. Esto solo lo puede provocar una obra abierta que, siendo profética y apocalíptica, por lo tanto, pavorosa, cuando está fuera de contexto se convierte en cómica por mor de una creación pictórica, por cierto, bastante fidedigna y respetuosa, de unas pinturas a la vez ingenuas y terribles, que en los originales transmiten la impresión de angustia, terror y grandiosidad, pero que son una réplica festiva que, al dar el pego, al cabo de los años son de una hilaridad incontenible.

Eulalia contestó a Umberto diciendo:

—La llegada de ustedes dos, más la anterior de don Crisógono, bibliotecario emérito de la Universidad de Valladolid, y las explicaciones de Ceto, que cuentan la verdad sobre estas pinturas en presencia de un testigo de excepción que es Paco Wences, también gran amigo y compañero de aventuras de Herreros, me liberan por fin de todo atisbo de culpa, porque yo quería guardar en secreto el hallazgo de las pinturas hasta que los expertos dieran su veredicto, pero alguien, sin nuestro consentimiento, hizo saltar la noticia.

—Es que vivimos en la época de la inmediatez y el exhibicionismo —añadió Eco—. ¡Qué razón tenía este amigo que me acompaña invitándome a venir con él a Liébana, y cuánto les agradezco a ustedes que me hayan abierto las puertas de su casa y hayan sazonado la visita con la presencia de los artífices de este curioso suceso! —exclamó el catedrático de Bolonia—. Sostuve hace bastantes años que el Apocalipsis de San Juan parece hecho a propósito para mofarse de las lecturas definitivas, como han visto todos sus lectores. Sobre todo, los de beatos, con sus múltiples ilustraciones. —Tomó un sorbito de *whisky* y añadió—: He afirmado en escritos y conferencias que Beato tiene una personalidad propia, neurótica quizás, quiere explicarlo todo y pretende que todo sea claro y transparente. Si el texto del Apocalipsis es ambiguo, Beato quiere evitar cualquier ambigüedad explicándolo todo, no dejando ninguna imagen en el vacío o en la penumbra. Todo lo que es confuso lo adscribe al reino del mal, anatematiza todo lo indiferenciado e incomprensible. Identifica con el demonio al pueblo, a la Bestia y a todo lo elemental. Beato es exhaustivo y necesita seiscientas cincuenta páginas para expresar lo que otros hacen en ciento veinte avanzando con rapidez en el relato. Beato no pasa por alto ningún detalle, invierte diez páginas en un versículo porque intenta resolver de modo racional todos los problemas, dado que nada en el texto puede quedar oscuro.

Tomó otro sorbito de *whisky*, se secó el sudor con su gigantesco pañuelo blanco y añadió:

—Lo resumiría diciendo que, al considerar las escrituras y el Apocalipsis como una ciencia exacta, pretende explicar, reloj y calculadora en mano, la precisión de los números y la exactitud de las fechas, obviando la inconcreción de la profecía. La misma locura en que han caído, con consecuencias muy trágicas, muchos visionarios a lo largo de los siglos…

Don Crisógono asentía con la cabeza. Eulalia estaba emocionada y se le saltaban las lágrimas porque en su casita una personalidad como Umberto Eco estaba impartiendo una lección magistral sobre Beato en el seminario de don Crisógono. La cuadratura del círculo.

—Ya en tiempos de Beato, y más aún de Beato en adelante —continuó Eco con su lección—, el pensar en imágenes era la forma preferida de pensar. Y para grandes masas de analfabetos, incluso ricos y poderosos, que posaban los ojos sobre el manuscrito miniado o sobre cualquier otra representación figurativa, era la única manera que tenían de comprender y memorizar el texto sagrado. Era, por tanto, necesario concebir acontecimientos y personajes visualmente descritos en todos sus detalles. Cuanto más monstruoso o sorprendente era el detalle, más se estimulaba la imaginación y más aumentaba la pasión por descifrarlo. La nemotécnica exigía que un conocimiento, para ser almacenado en la memoria, estuviera asociado con una escena lo más sorprendente y terrible posible. En la Edad Media, época sin libros ni grabaciones, no quedaba más remedio que confiar a la memoria el almacenamiento de los datos y de los conocimientos.

Aprovechando la proximidad que ofrecían el espacio recoleto y las viandas y bebidas que había traído consigo Paco Wences, don Crisógono, que seguía el discurso de Umberto Eco con la máxima atención, se animó a intervenir:

—He leído en alguna parte que usted era un gran aficionado al cómic y que aseguraba que Superman era el personaje que mejor expresaba nuestro tiempo, y por ello proponía que el cómic fuera materia de estudio y enseñanza en la universidad.

—Cierto. Por eso dejé un montón de ejemplares de Superman de mi colección particular en una mesa de la biblioteca. Desaparecieron de inmediato, mientras que otros libros que había allí ni siquiera los tocaron. Prueba evidente de que los cómics interesaban como producto cultural popular y como material para el análisis académico. Pero mi intento solo cosechó críticas de los colegas y se quedó en nada.

Tiqui quería hacerle una pregunta a Eco, para lucirse ante Santiago, sobre la memorización y se acordó de la lección de don Crisógono acerca de la *locatio*, la *divisio* y la *collatio*, pero no se atrevió.

—¿Cómo es posible que nadie se enterara, ni siquiera Paco Wences? —preguntó Juan Cueto a Ceto.

—Porque yo le juré guardar el secreto y se lo guardé mientras vivió porque no quería perder su amistad. Y una vez que falleció, ¿qué sentido tenía dejarlo a la vista para que encalaran aquello?

25

En el nombre de la risa

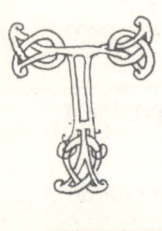odos los allí presentes eran conscientes de que Beato, con la ayuda de Herreros y la presencia de Ceto, los había reunido allí para que celebraran el jubileo cada uno a su manera. Unos enseñando, otros aprendiendo, otros atendiendo, otros sirviendo la cena, pero todos sintiéndose privilegiados, porque eran conscientes de que, en aquella inesperada reunión, asistían y eran partícipes de un acontecimiento único e irrepetible, de una hondura de muchos siglos, que no olvidarían durante el resto de sus vidas. Paco Wences no había escatimado ni en los manjares ni en el orujo de Liébana, incluso preparó una queimada. Por unos motivos o por otros, todos rebosaban de satisfacción porque de la alegría del corazón habla la boca. Pero no perdían de vista las pinturas, que eran lo que les había convocado allí.

—Echando una ojeada por encima, hemos reconocido a algunos de los compañeros de Herreros en *La Codorniz* —intervino Cueto—. A Tono, Mihura, Gila, Cebrián, Álvaro de la Iglesia,

Mingote, Chumy Chúmez, Máximo, Serafín y a Forges entre los apóstoles… Y suponemos que en el cielo, entre los ángeles, o en el infierno, habrá colocado a Madrigal, Pablo, Abelenda, Munoa y a alguno de ustedes…, siguiendo el ejemplo de Miguel Ángel en el *Juicio final* de la Sixtina. Puede que también emulando a Dante en la *Divina comedia*. En época de Franco, muchos de ellos solo hacían humor blanco o suavemente erótico y misógino —precisó el periodista—. Quizás Gila sea una excepción con aquel chiste de un fusilado de la Guerra Civil que decía: «Yo no es que sea cojo, lo que pasa es que me fusilaron mal».

Risas.

—El más político era Chumy Chúmez —dijo don Crisógono—. Tiene uno en el que se ve a dos pobres envueltos en harapos en la meseta castellana en medio de una copiosa nevada, y el uno le dice al otro: «Tengo unas ganas de que llegue el verano para pasar solo hambre…».

Más risas.

—Tono era el rey del humor blanco y tontorrón —apostilló Juan Cueto—. Hay un tío que está en la cama y dice: «Yo cuando me acuesto llevo dos vasos a la mesita, uno lleno de agua por si tengo sed y bebo, y el otro vacío por si no tengo sed y no bebo».

—Este es de Mingote —intervino don Exuperio—: un señor y una señora de luto ya muy mayores salen de una iglesia diciendo: «Al cielo, lo que se dice ir al cielo, iremos los de siempre».

—Como nosotros —saltó Umberto Eco.

Y así siguieron un buen rato.

—Uno de Máximo —se atrevió Paco Wences—: un emigrante con boina, bufanda y maletas, y a pie de imagen: «He decidido exportarme a mí mismo». Y otro dibujo con dos caballeros con bigotito, y al pie: «Los jóvenes que hagan una guerra. Después, que hablen».

—Yo contaré uno de Herreros, para que no se diga —dijo Cueto—. En aquellos tiempos del hambre, un matrimonio de burgueses orondos, él con pajarita, ella con collares de perlas, le dice a un hombre flaco que se ha quitado el sombrero respetuosamente: «Cuando quiera puede venir a casa a vernos comer».

Con el Cristo justiciero como anfitrión y convidado de piedra, siguieron tomando chupitos y contando chistes. Por ello no es de extrañar que, en ese ambiente festivo, cantaran el «*Sapore di mare*», «*Arrivederci Roma*», «Que viva España» y el «*Bella, ciao, Bella, ciao, ciao, ciao*», y Eulalia, que había sido toda su vida la enfermera de su marido, se animó y contó un chiste de Mena:

—Dos enfermeras presumen de novio. Mi novio es tocólogo, pues el mío meteorólogo.

Risas estruendosas de los comensales.

Pasaban las horas y don Xuper no se iba a dormir porque aquella velada era una experiencia única para él y le tenía agarrado de tal modo que se olvidó completamente de sus metódicos hábitos y de que en la residencia estarían esperándole, pero él estaba jubilado y no tenía que dar cuentas a nadie. Para lo que le quedaba de vida, no podía perderse la oportunidad de compartir aquella tertulia con aquel sabio que agitaba las manos mientras hablaba y con cuya energía atrapaba a los que le rodeaban. Esta vitalidad se reflejaba en sus ojos inteligentes y llenos de curiosidad, que capturaban todo lo que decían sus compañeros de velada. Era evidente que Eco necesitaba, como los grandes hombres imperiales, media mesa para él solo, porque tomaba nota de lo que decían Ceto, Cueto, Eulalia o don Crisógono, y lo hacía extendiendo sus manos para capturar su parlamento. No había vuelto a guardar su pañuelo grande y blanco con el que retiraba de su generosa frente el sudor que sin cesar resbalaba por ella.

Como el médico le había prohibido el alcohol, don Xuper solo tomaba *whisky* con hielo en vaso corto a modo de medicina, pero él era un sacerdote que cenaba poco y no bebía nada mientras reía, escuchaba e incluso cantaba, intentando entender el misterio de lo que ocurría en aquel pequeño espacio mitad religioso y mitad mundano, que podía parecer una profanación.

—¡Que conste que no he bebido, señores! —se atrevió don Xuper—. A la llamada de estas pinturas de Herreros y de Ceto realizadas al modo de los beatos, nos hemos juntado en este lugar, yo diría que una muchedumbre, porque aquí no se cabe. Aparte de algunos lebaniegos como Ceto, Paco Wences y un servidor, han venido hermanos de Valladolid, periodistas desde Madrid y el profesor Umberto Eco desde Bolonia. Con esta cena que no pudo organizar Herreros, estamos recordándole como a él le habría gustado hacerlo, celebrando la vida con alegría y con humor. ¿Quién le iba a decir a Beato, al que imaginamos muy serio, que al cabo de doce siglos, gracias a su *Comentarios,* íbamos a celebrar la comunión de los santos partiéndonos de la risa? —Dicho lo cual, se sentó entre los aplausos de sus contertulios.

En ese instante, levantó toda su humanidad Umberto Eco.

—¿Se dan cuenta de la trasgresión que cometió Herreros al decorar esta casita lebaniega con el *Comentarios* de Beato, con el cielo y el infierno incluidos y el Cristo justiciero tan feroz que produjo espanto a su autor? ¿Y lo que significa el que nosotros hayamos pasado la velada contando chistes de *La Codorniz* y de sus autores? Sencillamente, que hemos dado la vuelta por completo al mensaje que quería transmitir Beato en aquel cómic tan ricamente ilustrado… Y lo hemos hecho quitándole terror y solemnidad, y metiendo diversión y vida cotidiana. Si no es esto una obra abierta…, ¡que baje Dios y lo vea! Aquí hay una cadena de comunicantes. ¡Por favor, Ceto, sigue contando la historia! ¿Qué fue de Herreros a partir de entonces?

—Fíjense ustedes lo que son las cosas. Poco después se cumplió la profecía —explicó Ceto—. Yo, hasta ahora, me he salvado porque solo dibujé los ángeles. Sería su destino, porque su hijo Enrique le había regalado poco antes un Land Rover para que se desplazara con seguridad a todas partes. Yo, que entonces era joven, le acompañaba casi siempre y llevaba el volante porque conocía muy bien el terreno por haberlo recorrido muchas veces, con lluvia, con niebla y hasta con viento… Supongo que Herreros no pensaba subir ese día porque habría contado conmigo…

Eco estaba prendido en el relato. Ceto, que tenía muy buena memoria y era un narrador formidable, tenía a todo el mundo en vilo. Se notaba que había vivido todo con mucho dramatismo y lo contaba como si le pasara en ese momento, y lo hacía de tal manera que se emocionó, se le quebró la voz y no pudo seguir con el relato. Solo pudo añadir:

—Mejor que siga Paco Wences, que vivió todo aquello en primera persona.

—Ceto lo cuenta muy bien y lo hemos hablado mil veces. Es cierto que Herreros no pensaba subir, pero… andaba por allí Paco Caro, un escalador al que llamaban el Manoteras. Con él estaba una americana muy llamativa, porque, aparte de ser muy guapa, llevaba un suéter muy ajustado. La tía se llamaba Barbara y estaba bárbara. El tío le pidió a Herreros que les subiera a los Picos porque quería hacer el Naranjo de Bulnes. Puede que fuera de farol. Aquella aventura era todo un aliciente para el artista, porque había surgido de improviso y podía matar dos pájaros de un tiro, dando gusto a sus mayores aficiones: las mujeres y las montañas. Estaba más contento que unas pascuas, porque en aquel tiempo estaba viviendo una segunda juventud y estaba lleno de fuerzas.

El relato que hacía Paco Wences de la aventura de Herreros con el Manoteras y Barbara avivó la curiosidad de sus oyentes, que estaban deseosos de saber detalles del desenlace. El hostelero continuó:

—«¿Llevamos comida?», preguntó Herreros. «De sobra», respondió el Manoteras. «Cómo no vamos a llevar comida… Llevamos comida para hartarnos… ¡y un postre que está como para chuparse los dedos! Y no te preocupes porque de sobra sabes que donde comen dos, comen tres». —Se notaba que Wences tenía restaurante—. Perdone, don Xuper, pero las cosas fueron así más o menos. Esa vez no cogieron el Land Rover de Herreros, sino el todoterreno de otro vecino, pasaron por Espinama, subieron hasta el refugio de Áliva por un camino de cabras por el que transitan tanto los todoterrenos como los carros, los animales o las personas. Desde allí continuaron la marcha para llegar hasta la cabaña Verónica, pero al llegar a la fuente del Resalao, alguien o algo distrajo al conductor. Puede que fuera un socavón o una piedra, y dio un volantazo, el vehículo volcó y se quedó temblando fuera de la pista que, por cierto, señalaba «Peligro. Barranco» en ese punto. El Manoteras y la chica americana cayeron o saltaron al camino y no sufrieron daños, que yo sepa, pero Herreros se quedó aprisionado dentro del coche. Este se desequilibró y bajó rodando con él bien sujeto por el cinturón, hasta que llegaron al fondo del barranco.

—Imagino que Herreros murió en el acto —apuntó Eulalia.

—Pues no. Estaba con vida y era consciente de la gravedad de sus heridas. La chica fue presa de un ataque de nervios, pero el Manoteras, que era un montañero muy curtido, bajó arrastrándose para auxiliarle, y como le encontró con vida, salió corriendo hacia el refugio de Áliva en busca de ayuda. Acudieron de inmediato Manolo, el conductor de vehículos del refugio, y Ángel de la Lama, gerente del establecimiento hotelero. Entre ellos y el personal que les siguió habilitaron una camilla para trasladar al herido hasta el refugio de Áliva. Enrique, que había perdido mucha sangre, pero no el conocimiento, les pidió que me avisaran al hotel Picos de Valdecoro, donde él se hospedaba siempre que venía a Potes.

Paco Wences hizo una pausa para tomar aire, porque para él el asunto también era muy doloroso.

—Si han estado en Fuente Dé, se harán cargo de la situación —prosiguió al cabo de un rato—. Pasaron varias horas hasta que pude llegar hasta el albergue-refugio. Yo llevaba conmigo al doctor Eleuterio Ralea, más conocido por Tello, que le practicó las primeras curas, pero dada la gravedad de las heridas, decidió su traslado a Valdecilla en una ambulancia. Estábamos en 1977. Entre desandar el camino y bajar a Potes, subirle a la ambulancia y llegar a Santander por aquellas carreteras de entonces, se le iba la vida a Enrique… Nada más llegar al hospital de Valdecilla, le ingresaron en la UCI, donde permaneció veinte días luchando entre la vida y la muerte. Su hijo Enrique, que estaba en California, se enteró de la noticia del accidente en el aeropuerto de Río de Janeiro por personal de su empresa. Salió en el primer vuelo hacia Madrid y después a Santander, donde todavía le encontró con vida. Cuando los médicos le dijeron que no había nada que hacer, viajó hasta Potes con intención de localizar una sepultura adecuada para su padre y para él mismo. Quería que estuviera cerca de la entrada del cementerio, para que siempre estuviese acompañado por los visitantes. Casualmente, encontró dos fosas contiguas. Herreros hijo nos dijo que era un lugar sobrecogedor en el que las cumbres de los Picos de Europa montarían guardia, estarían vigilantes y harían compañía a su padre en su eterno descanso por los siglos de los siglos.

Ceto, que estaba al lado de Paco Wences y se había ocupado del sepelio de su amigo Enrique, echó mano a su cartera y desdobló una fotocopia que llevaba consigo. Se trataba de una carta que le había dirigido Enrique Herreros hijo, con un membrete que rezaba: «Enrique Herreros. Licenciado en Derecho y periodista». Pidió que circulara por la mesa.

Madrid, 11 de octubre de 1977

Querido Ceto:

Pasadas las últimas horas de la vida de mi padre, resignado a aceptar mi encuentro con la realidad, intentando iniciar otra vida sin él, lo cual me será muy difícil, lo primero que hago es contestar, agradecido y emocionado, a tu pésame ahora y a la zozobra que sentiste durante el esfuerzo que mantuvo contra la muerte, que entonces te hizo preocuparte y ahora llorar por él.

Contesto con emoción ante tu comportamiento, sabiendo lo que le quisiste, pero rogándote que, de ahora en adelante, pienses en él como si siguiera entre nosotros, será la única manera de que no se entristezca si te ve sufrir. Su bondad y su humor estuvieron contigo en muchas ocasiones, por ello, su recuerdo debe traerte nuevos y nostálgicos momentos de felicidad. En su nombre y en el mío, te estamos muy agradecidos.

Como posdata, su hijo Enrique había escrito a mano y firmado:

¡Qué te voy a decir, mi querido Ceto! Cuando reco-
rras en tu coche esos bellos paisajes, piensa que, siem-
pre, mi padre irá contigo.
Gracias.
Enrique

Después de las risas, los recuerdos y las emociones que esos conllevan, Ceto, que tenía un lago en los ojos y ya no estaba para chistes ni bromas, balbuceó:

—Eso es todo lo que puedo decirles tanto sobre estas pinturas como sobre mi amigo Enrique Herreros. Que la cena les sea leve y tengan buena digestión.

Ceto se levantó, se despidió de todos y se esfumó en la oscuridad de la noche entre los aplausos de los asistentes. Como se hizo un embarazoso silencio, Eulalia tomó la palabra para romper el hielo:

—Don Crisógono, habrá comprobado usted que el testimonio de Ceto es concluyente. Lo incluiremos junto a unas fotografías de las pinturas que, con gran resolución, hizo Santiago, el arquitecto que rehabilitará la casa, que nos acompaña. De este modo, quedará constancia de la autoría de las pinturas y de los motivos y circunstancias de su ejecución. Como apéndice, incorporaremos la lección magistral del profesor Eco, cuya milagrosa presencia aquí ha sido providencial y un regalo de Beato para todos nosotros. Aunque deploro que este asunto saltara prematuramente a la prensa, estoy muy contenta porque un artista como Enrique Herreros se tomara, con la inestimable ayuda de

Ceto, la molestia de regalarme unas pinturas que ya quisieran para sí muchos de sus múltiples seguidores de aquellos tiempos en que el artista dibujaba una buena parte de las portadas de *La Codorniz*. Y más contenta todavía porque hemos disfrutado lo indecible con la presencia de personalidades como Umberto Eco, Juan Cueto, usted mismo y, cómo no, don Exuperio, que no podía faltar a este evento. Hemos cantado el «*Arrivederci Roma*», el «Que viva España» y, además, el «*Bella, ciao*». Y encima hemos degustado un ágape copioso y sobrenatural, obsequio de Paco Wences, en una mesa como la que habría preparado Herreros para sus amigos. Esta ha sido también nuestra manera de celebrar el jubileo en sentido literal, porque la velada ha transcurrido jubilosamente.

Don Crisógono, que era un hombre tímido por naturaleza, estaba a su derecha, y no pudo articular palabra porque lloraba de contento y de emoción, pero Umberto Eco, que estaba a la izquierda de Eulalia y era un hombre imponente, de una inteligencia fulgurante, cuya memoria era una cosechadora ingeniosa siempre nueva, su talento, poliédrico y avasallador, y su discurso, risueño e integrado sin dejar de ser apocalíptico, no permitía que la melancolía frenara la viveza de su pensamiento y se reía del mundo cuando explicaba sus miserias y podredumbre. Así que se puso en pie con toda su humanidad, estrechó a Eulalia entre sus brazos, la besó y dijo:

—Un libro es una obra abierta que deja de pertenecer a su autor una vez que lo publica y empieza a tener vida propia. Habría sido formidable que las pinturas fueran originales de Beato, pero esta obra de Herreros demuestra que el beato es una obra abierta porque añade al comentario nuevos significados, y a es-

tas alturas es un regalo para la semiótica. Partiendo de las ilustraciones del *Comentarios* que se hicieron durante cinco siglos,
viendo las interpretaciones que de él hizo Enrique Herreros en
estas paredes, y comprobando lo bien que nos lo hemos pasado celebrando su descubrimiento, a nuestra manera y al modo
en que lo habría hecho el humorista en compañía de Ceto
y sus amigos, me permito preguntarles, queridos amigos míos, ¿conciben ustedes una forma mejor que la nuestra de celebrar el jubileo EN EL NOMBRE DE
LA RISA?

26

Sabe esperar, Crisógono, deja que la marea fluya

on Xuper había roto por completo su disciplina de vida, no tanto en las comidas, sino en lo relativo a la puntualidad en el sueño. Y a pesar de que estaba como en la gloria, ya tenía sus años; no quería que por su culpa se acabara aquel jubileo improvisado, pero el cuerpo dijo ¡basta! Como se dormía irremisiblemente, a duras penas y con ayuda se pudo levantar de la mesa para pronunciar unas breves palabras de despedida.

—El espíritu es fuerte, pero la carne es débil y reclama un descanso reparador. El fiero Cristo de Herreros me mira como diciendo: «A ver qué vas a decir ahora, Exuperio». Solo unas breves palabras, señores: gracias por el regalo que nos ha hecho el profesor Umberto Eco con esta visita tan inesperada como gozosa y fecunda. Pero no podemos despedirnos sin más ni más, porque queda mucho por descubrir. Sobre todo, a las alumnas del seminario que organiza don Crisógono, quien año tras año manda a sus discípulos a estas tierras en busca del beato perdido. Una misión tan imposible como la que el abad de Turieno emprendió contra Elipando. Difícil lo tenían los artistas. Representar a Cristo Dios y hombre a la vez para colocarlo en un friso de doce apóstoles, pero lo hizo el Maestro de Carrión. No dejen de pasar por allí en su viaje de vuelta a Valladolid, que don Crisógono se ocupará de explicarles la proeza de los artistas. Siento perderme el viaje y sus explicaciones, pero este sacerdote ya no da para más.

Después de despedirse de todo el mundo, Umberto Eco, pensando que quizás sería la última vez que estaría en Liébana, se olvidó de los compromisos de agenda —a sus setenta y cuatro años podía permitírselo— y, de acuerdo con Cueto, decidió darse un descanso para después transitar a sus anchas por los mismos caminos que Beato y contemplar con tranquilidad los paisajes que recorrió su mirada.

Una vez disuelta la reunión, todos se fueron a dormir. El grupo de Valladolid se citó al día siguiente delante del monumento a Enrique Herreros, a la puerta de la iglesia, donde Eulalia y Tiqui se reafirmaron en la idea de que era el autor de las pinturas, y así despedirse de él.

Ya por la mañana, cuando se concentraron delante del monumento a Herreros, guardaron un respetuoso silencio que rompió don Crisógono:

—Tenía que ser un pintor que dispusiera de tiempo y con raíces en Liébana, y tenía que hacerlo por *hobby*. De haber sido por encargo, ¿quién en su sano juicio iba a invertir su tiempo y también su dinero en realizar esta, digamos, parodia de los beatos sin que nadie lo supiera?

En un principio, Eulalia tenía pensado regresar directamente en su propio coche a su casa de Valladolid dejando a Tiqui al volante, pero no pudo ni siquiera intentarlo porque se le adelantó don Crisógono que, aparte del brazo en cabestrillo, llevaba a cuestas todas las magulladuras que le había provocado el atropello.

—No me puede abandonar usted, así como así. Porque todavía no le he agradecido su hospitalidad. No se hace usted a la idea de lo fructífero y placentero que ha sido este viaje para mí. La velada en su casita de Potes ha supuesto un acontecimiento inolvidable en mi monótona vida académica, más incluso que si me hubiesen nombrado doctor *honoris causa*, porque no me merezco ni lo uno ni lo otro, como tampoco me merezco su compañía, pero me sigo acogiendo a su hospitalidad para el viaje.

Eulalia se dio cuenta de que con la inesperada y avasalladora irrupción de Umberto Eco y atraída por la cegadora luz de sabiduría que desprendía su imponente humanidad, habían levantado los pies de la tierra. Era consciente de que apenas si había prestado atención a un eclipsado don Crisógono, un sabio doméstico tenido por loco que sacaba pecho tirando de un fondo de armario pasado de moda para llamar la atención, pero que, al llegar a clase, se convertía en un maestro nada engreído que se esmeraba en dar unas lecciones magistrales con parábolas al alcance de todo el mundo.

Eulalia no tenía delante de sí la imagen implacable de mirada feroz y dominadora del Cristo justiciero de Herreros, que no le había quitado ojo en toda la noche, o la lastimosa imagen de un eccehomo del divino Morales, sino la del Cristo de Gregorio Fernández del cercano Museo Diocesano de Valladolid que, con la cabeza ladeada hacia abajo, el pelo ensortijado, boca entreabierta, golpe en la frente y una mirada de «allá vamos y que sea lo que Dios quiera», había adelantado la pierna izquierda para dirigirse al aparcamiento contiguo, cuya dirección señalaba el brazo derecho tapando una mano izquierda que ponía sordina a los latidos del corazón, y todo envuelto en un sudario del Coronel Tapioca que ocultaba la desnudez de su cuerpo y la fragilidad de su alma.

Aquella imagen le produjo mucha ternura porque le mostró a Eulalia la realidad de un hombre como otros muchos que, trastocados los roles ancestrales y perdidos los privilegios masculinos, había caído en combate atropellado por un repartidor de comida basura y le suplicaba, con una mirada de «allá vamos y que sea lo que Dios quiera», que le llevara con ella, se pusiera al volante y le diera unas migajas de cariño durante el viaje hasta que le devolviera a Valladolid.

Este hombre un poco raro y peculiar, que ocultaba la fragilidad de su cuerpo y la desnudez de su alma, estaba allí a su lado mirándola de abajo arriba de una manera especial que le taladró el alma, porque le recordaba la mirada de los pacientes en la consulta de Hermenegildo, cuando necesitaban escuchar por boca de ella la palabra salvadora de la esperanza.

—¿Quién habla de abandonar? —mintió piadosamente—. Voy a decirle a Tiqui que me siga en el coche de Santi hasta Cervera, que no quiero viajar con el depósito a medias.

Don Crisógono no dijo nada, pero su sonrisa de satisfacción delataba su ardiente deseo de viajar con Eulalia. Estaba contento porque era la primera ocasión en que se encontraba a solas con ella, con muchas horas por delante para declararse, pero no sabía cómo hacerlo con naturalidad. Pero oyó una voz interior que le decía: «Para el carro, Crisógono, que a lo mejor la asustas, jorobas el seminario y la espantas para siempre».

Eulalia no sabía a ciencia cierta de qué materiales y en qué proporciones estaban compuestos sus propios sentimientos: ¿admiración, agradecimiento, compasión, amistad o amor? Enamoramiento no había porque esa pólvora la gastó en salvas durante el espejismo que sufrió con los hojaldres de don Aurelio, pero era práctica y sabía que, a esas alturas del seminario, no podía desairar al profesor y tampoco le interesaba hacerlo, porque tenía muchas cosas que aprender sobre Beato y sus estudios futuros, y él podía darle mucha información respecto a la carrera, no tanto para enterarse de las salidas profesionales, sino por su interés por saber y viajar. Deseaba seguir la senda del descubridor de la villa romana de Saldaña para dar un nuevo sentido a su vida, en principio sin ataduras de ninguna clase, para disfrutar del arte con todas sus posibilidades y consecuencias.

Subían el puerto de Piedrasluengas y don Crisógono le iba nombrando los pueblos que transitaban y el posible itinerario que siguieron Beato y Eterio cuando arribaron por primera vez a Liébana.

—La carretera es posterior, claro, a buen seguro que ellos siguieron el camino lebaniego desde Casavegas, en Palencia, porque esta carretera debe de ser de principios del siglo xx.

—¡Mire, mire, Peña Labra, don Crisógono! Con ese penacho de niebla que asciende empujado por el viento, parece un volcán. Es una nube que se ha agarrado a la cumbre y no se separa de ella, que bien podría ser el lugar de la segunda venida de Cristo. Imagínese usted a millares de fieles esperando a subirse a lomos de esa nube a dos mil metros de altitud para ser arrebatados por ella a los cielos. Algo parecido hizo Beato con los lebaniegos en San Martín de Turieno en la vigilia de Pascua del año 800, con la niebla que ocultó el monasterio durante unas cuantas horas.

—¿Les cuenta a ustedes don Exuperio estas cosas? No pensaba que tuviera tanta imaginación, y no carece de sentido narrativo. Cuando estaba activo, ese cura daría buenos sermones.

Eulalia estaba apurada porque se sentía prisionera de su profesor, porque le veía muy pensativo y no le daba conversación. Solo recitaba los nombres de los pueblos y las montañas, los valles y los ríos, y sintió curiosidad por saber el motivo.

—Me sorprende que el fuerte de un bibliotecario sea la geografía.

—Y también la historia, de la cual soy huérfano porque me mandaron al seminario de Carrión y me quedé sin infancia. Después estuve en Comillas… y seguí estudiando historia. ¡Cómo no voy a conocer estos paisajes que me fueron tan familiares, yo que soy expatriado y un desterrado a la fuerza, que busca un rincón en esta sociedad para decirle que existo!

Después de repostar en la gasolinera, aparcó de nuevo delante de la fábrica de socorritos, quería que don Crisógono conociera a Raquel, la exmonja de San Andrés de Arroyo, y a Piedad Isla, la fotógrafa. Preguntó por ellas, pero no estaba ninguna de las dos. Compró varias cajas de socorritos y pidió que le envolvieran una de estas para regalo. Y tomó el camino de Carrión de los Condes.

—Hacía años que no venía —exclamó don Crisógono—, pero como el pueblo ha cambiado muy poco desde mis tiempos, me puedo orientar perfectamente. En el seminario menor del monasterio de San Zoilo estuve unos cuantos años. Pero ahora vamos hasta la iglesia de Santiago, que allí nos esperan Tiqui y Santiago.

Cuando llegaron, Crisógono continuó con sus explicaciones:

—Si no fuera por la cornisa bajo la que los apóstoles rendían honores al Cristo triunfante, y por la sencilla y bien ornamentada portada que perfora el sobrio muro de piedra, nadie diría que estamos ante una de las joyas escultóricas del románico. Hay mucho del Apocalipsis y de Beato en ese friso que protege el alero. No se asusten si les digo que esa composición se la debemos en buena parte a Beato de Liébana, por las representaciones que hizo del pantocrátor y de los cuatro vivientes. Dije que al imponerse Beato en su disputa teológica con Elipando, se alejó del principio que decía que a Dios no se le puede representar. ¿Qué impresión les produce a ustedes ese Cristo? —preguntó don Crisógono.

—Este Cristo que vemos enfrente representa exactamente lo que Beato sostenía —respondió Eulalia—. Es un hombre como nosotros que muestra el aplomo de quien sabe que su poder no le llega por delegación, y por ello no tiene pinta de ser hijo adoptivo. Esa majestad tan natural, esa calma, esa autoridad, esa serenidad, esa apacible bondad y esa bondadosa seriedad, esa energía bajo los pliegues de su ropaje que vibra de poderío, esa mirada hacia adentro para recordar nuestras buenas acciones y tratar de entender que todos somos hijos pródigos, solo pueden ser de un hijo verdadero que se sabe Hijo unigénito de Dios.

—Me imagino que recordaréis con nitidez la esquemática rigidez del Cristo de Herreros en la casita de Eulalia —apuntó Tiqui— y la fiereza del rostro que nos miraba, pero este de aquí, aunque está ejerciendo de juez, tiene apacible el semblante y nos hace confiar en que, al menos, nos dará un aprobado. ¿A que sí, don Crisógono?

—Lo que un teólogo no explica acudiendo a razonamientos lo remite a la fe y lo envuelve en el misterio, pero el artista tiene que expresarlo con la piedra y el cincel, y el poeta con la pluma y el papel. Y esta dificultad la resolvió el artista de Carrión con mucha sensibilidad y mucho talento cuando consiguió reflejar en la piedra la divinidad y la humanidad de Cristo en esta escultura tan lograda —concluyó don Crisógono.

—¡Qué cosas tan bonitas han dicho ustedes de este Cristo que nos acompaña! —exclamó una señora que, desde el balcón de enfrente, no se perdía palabra de lo que explicaban—. Yo tendría que haber tomado apuntes para contárselo al pie de la letra al señor cura y a los vecinos.

—¿Y a usted qué le parece?

—¡Que es Dios y hombre verdadero! —respondió la señora que, como la calle era estrecha, casi tocaba con la mano al Cristo desde su balcón.

—Muy bien, señora, se ha adelantado usted a mis alumnas, y era una pregunta bien difícil.

—No para mí, que me entretiene mucho escuchar lo que dicen los visitantes, y siempre se aprende algo de lo que dicen sus guías. Están en pleno Camino de Santiago y supongo que son peregrinos. Los invito a subir para que lo vean justo enfrente, porque desde abajo se deforman las figuras. Pero no suban todos a la vez, háganlo en dos grupos, que si no es mucho barullo. El matrimonio mayor que suba primero. Después que suban los jóvenes.

Ni Eulalia ni don Crisógono la desmintieron, pero él esbozó una sonrisa de satisfacción y ella se puso roja como una amapola.

—¡Qué bien! Esto es otra cosa. Desde aquí casi podemos dar la mano a los apóstoles —exclamó Eulalia cuando se asomó al balcón y comprobó que, sin decir palabra, el Cristo de Carrión participaba en la conversación del mismo modo que lo hacía el que pintó Herreros.

—¡Qué suerte la suya tener un invitado de esa categoría, que la acompaña por el día y la protege por la noche! —dijo don Crisógono.

—No se hace usted una idea de las conversaciones que nos traemos cuando él no tiene turistas que le incomoden y yo no tengo otra compañía que la suya. Diga lo que me diga, nunca le llevo la contraria. Tengo miedo de que se vaya, de que cuando abra un día la ventana ya no esté ahí. Por eso todos los días, cuando me asomo a este balcón y compruebo que sigue de guardia frente a mi casa, le pregunto lo mismo que Lope de Vega:

¿Qué tengo yo que mi amistad procuras?
¿Qué interés se te sigue, Jesús mío,
que a mi puerta cubierto de rocío
pasas las noches del invierno oscuras?
¡Oh, cuánto fueron mis entrañas duras
pues no te abría! ¡Qué extraño desvarío
si de mi ingratitud el hielo frío
secó las llagas de tus plantas puras!
¡Cuántas veces el ángel me decía:
«Alma, asómate agora a la ventana,
verás con cuánto amor llamar porfía!».

»Y de buena gana cogía una escalera para llevarle un café con leche caliente y unos bollos, y echarle una manta por encima de los hombros, pero no me atrevo por si me toman por loca o le rompo la otra mano. ¡Dios no lo quiera! Son ustedes muchos y no les puedo dar de comer a todos, de buena gana lo haría, porque me pasaría un buen rato y aprendería mucho. Pero ya es tarde y no he preparado comida para tantos. Les recomiendo que vayan a San Zoilo, que han arreglado aquello para hotel y lo han dejado muy curioso. No se pierdan el claustro, que no hay otro que le iguale en toda la provincia. Si necesitan que se lo enseñen, pregunten por Perrino, que es el director, y digan que van de mi parte.

—¡Díganos su nombre, por favor!

—Explíquenle dónde vivo, que él me conoce de sobra.

Don Crisógono se emocionó cuando llegó a San Zoilo, y solo acertó a decir:

—¡Eran tiempos de posguerra y en casa éramos muchos! Yo no tenía vocación y a mi hermano y a mí nos mandaron a este seminario. ¿Qué alternativa tenían mis padres si querían que estudiáramos una carrera? ¡Cuántos años, cuántos recuerdos y cuánta soledad y tristeza, cuánta hambre y cuántos sabañones por el frío entre estas paredes! Nos enteramos de lo que era la vida cuando ya era demasiado tarde. A ver si nos dan una mesa pronto y así nos resarcimos un poco.

«¿De dónde saca este hombre la energía para iluminar a Beato y dar tanto brillo a unas clases que, en principio, deberían ser aburridísimas?», se preguntaba Eulalia.

Desde Carrión hasta Valladolid fueron comentando la sabiduría y la sencillez de Eco y la brillantez de sus intervenciones, y el viaje se les hizo muy corto. Había una niebla espesa de esas que regala a menudo el río Pisuerga a la ciudad de Valladolid.

—Dígame dónde le dejo, que no sé ni dónde estamos. Me parece que le he llevado a usted al fin del mundo. Así no podemos seguir. Creo que hemos vuelto a Santo Toribio de Liébana.

Paró el coche y cuando bajó la ventanilla se dio cuenta de que estaban a la puerta del palacio de Santa Cruz.

—¡Perfecto! Aquí me viene bien —dijo el profesor—. Que tengo que pasar por la biblioteca para consultar unos documentos y dejar por escrito los discursos de Eco ahora que los tengo frescos en la memoria.

—No se olvide usted: *¡Divisio, collatio y locatio!* Un sencillo corta y pega. Usted escribe lo que recuerda y yo paso a limpio mis apuntes, y después nos juntamos como Beato y Eterio y hacemos nuestro propio *Comentarios al Apocalipsis de San Umberto*. ¡Por cierto, don Crisógono, no sabe usted la sorpresa y la alegría que me llevé cuando le vi aparecer vestido de Coronel Tapioca de la mano de Ceto a la puerta de mi casa a esas horas de la noche!

—Más sorpresa me llevé yo cuando la vi a usted aterrizar en la clase el primer día con la cara de susto del que se cuela en una fiesta y no sabe cómo disculparse cuando le pillan. Y qué vergüenza pasé cuando comprobé que había tomado en serio mi recomendación de ir a buscar el beato perdido para conseguir una fortuna considerable y fama imperecedera. «Verdura de las eras», que diría Jorge Manrique. Me admira usted, Eulalia, porque ha conseguido una cosa mucho más importante con sus viajes, porque ha sido una maestra a la hora de conseguir lo que se proponía. Aprender, conocer, saber. Dar un sentido a su vida. «Todo lo demás se os dará por añadidura». Espero que no se le ocurra abandonar el seminario de Beato y continuar la carrera, porque se ha dado cuenta de que nunca es tarde, tiene curiosidad y hay muchos mundos a su alcance.

Estas palabras de don Crisógono, dichas a la puerta de la biblioteca, le trajeron a la memoria los consejos de su terapeuta: «Vives al lado de la universidad, allí hay una gran biblioteca. El arte es muy entretenido. Seguro que hay cursos y seminarios para personas mayores. ¿Por qué no te apuntas a alguno, aunque solo sea para probar? A lo mejor encuentras algo que te guste, unas buenas amigas o un novio en buen estado». «Aquí lo tienes, rendido a tu lado, y no quiere bajarse del coche».

El enamorado, para darse ánimos, se dijo: «¡Allá vamos, Crisógono, y que sea lo que Dios quiera!», y adelantando la pierna izquierda para caminar en la dirección que señalaba el brazo derecho y mientras con la izquierda ponía sordina a los latidos del corazón, y aparentando una seguridad que no tenía, hizo ademán de abrir la puerta para cruzar la calle atravesando una niebla vallisoletana que apenas dejaba ver.

«Este hombre es incorregible», pensó Eulalia, y viendo que se precipitaba sobre un coche:

—¡Para, que no has salido de una y te vas a meter en otra! ¡No tengas prisa para subir a la biblioteca y espera a que te dé un regalo que tiene una pequeña sorpresa! Quédate en el coche y te la resumo, porque tiene que ver con lo que hicieron Beato y Eterio cuando se llevaron los libros en la memoria para recomponerlos en Liébana. Estos socorritos que te regalo han resucitado a los que te llevaba el día en que te iba a comunicar discretamente la aparición de las pinturas y tú te lanzaste a la piscina sin averiguar si estaba llena o vacía. Con el cabreo que pillé cuando me interpelaste delante de toda la clase, hice *divisio* de los hojaldres porque estrujé la caja para no estrangularte. La *locatio* la hice cuando, yendo hacia Saldaña, localicé en Cervera una fábrica que hacía estos hojaldres. Y la *collatio*, cuando los compré delante de tus narices esta mañana en Cervera para hacerte una *regalatio* delante del palacio de Santa Cruz, donde nos conocimos y fue cuando empezó toda esa historia. Hay que ver cómo se tuercen las cosas y ¡qué difícil es saber enderezarlas!

Don Crisógono estaba abrumado, contemplaba la caja que tenía en la mano y andaba buscando las palabras adecuadas para la ocasión. A juzgar por la envoltura, ella le regalaba una cosa muy apetitosa. Más dulce le sabía que le regañara y le tuteara.

—Eres un sabio distraído y no puedes andar así por la vida. Ten cuidado de que no te atropellen y te hagan la *divisio*, y después la *locatio* en un hospital, y yo tenga que volver a mi oficio de enfermera para hacer la *collatio* junto a la cabecera de la cama mientras me das clases particulares.

—Para eso no necesitas que me atropellen. Basta que me lo pidas para que lo tome en consideración, porque presiento que este es el principio de una hermosa amistad. Y que sea lo que Dios quiera.

—Así debe ser, pero sabe esperar, Crisógono.

Aguarda que la marea fluya
—así en la costa un barco—
sin que el partir te inquiete.
Todo el que aguarda sabe
que la victoria es suya,
porque la vida es larga
y el arte, un juguete.
Y si la vida es corta
y no llega al mar mi galera,
aguarda sin partir
y siempre espera,
que el arte es largo
y, además, no importa.

FIN

Agradecimientos

A Ana Rosa Semprún y Miryam Galaz, que me animaron a escribir una novela sobre Beato de Liébana con la intención de publicarla, si era de mi agrado y les daba permiso para ello.

A Enrique Herreros (hijo), que me pidió un artículo sobre su padre para el libro *La Codorniz de Enrique Herreros,* y me otorgó la venia para hacer al humorista protagonista de la novela.

A Ramón Teja, que, en ausencia de Umberto Eco, me invitó a dar el pregón del Año Jubilar Lebaniego en 2006.

A Loles y Ceto, en cuyo domicilio pasaba buena parte de las vacaciones en Potes a principios de los años cincuenta del siglo pasado, y que a estas alturas de la vida me han dado ánimos y argumentos para escribir esta novela.

A Wences Rodríguez, que me facilitó una información muy precisa de la relación de Paco Wences con Enrique Herreros.

A Cesarín, por proporcionarme las fotografías de las tumbas de Herreros padre… y Herreros hijo.

A Manolo Cabo, lebaniego de pro, que refrescó viejos recuerdos de mi visita a Liébana.

A Julio Porres de Mateo, que me envió el libro editado por su padre Julio Porres Martín-Cleto titulado *Historia de Tulaytuya (711-1085)*.

A Antonio Pareja, que me obsequió el libro *El adopcionismo en España (s. VIII),* de Juan Francisco Rivera, y otros trabajos de mucha utilidad para conocer la figura de Elipando y el problema del adopcionismo.

A Santiago Sáenz de Samaniego, que me dió referencias precisas de Ambrosio de Morales e información biográfica de Eterio y Elipando.

A Esteban Sainz Vidal, que me facilitó el estudio arqueológico de la cueva de San Vicente en Cervera de Pisuerga, me llevó a la fábrica de los socorritos en el pueblo y me ayudó a configurar el personaje de don Exuperio, el de Raquel y también el de Piedad Isla.

A sor Sagrario y a toda la comunidad de monjas cistercienses de San Andrés de Arroyo, que me han permitido la entrada en su monasterio en infinidad de ocasiones a lo largo de muchos años.

A Raquel y a Piedad Isla, que han promovido el conocimiento del patrimonio de su tierra durante toda su vida.

A Javier Cortes Álvarez de Miranda, cuya ejemplar trayectoria en la recuperación y divulgación de la villa romana de La Olmeda seguí muy de cerca durante varias décadas y que, además, me honró con su amistad desde el día en que nos conocimos.

A Fernando Tejerina, que me puso sobre la pista del *Beato de Valcavado*.

A Elena Sánchez Caballero, que en un momento clave de la novela me prestó el *Beato de Liébana* de Umberto Eco, que me fue muy útil para los capítulos finales.

A Dolores Molina Salas, que me invitó hace muchos años a contemplar el Cristo de Carrión desde el balcón de su casa en Carrión de los Condes.

A Ricardo Olmos y Carmen Albacete, que me prestaron el facsímil del *Beato de Fernando y Sancha*.

A Pura Ramos, que hizo lo mismo con el facsímil del *Beato de San Andrés de Arroyo* y lo tuve alojado en mi casa durante una temporada.

A Juan Cruz, que me relató aspectos muy interesantes de las costumbres de Umberto Eco y me fueron de gran utilidad para finalizar la novela.

Bibliografía

ABÁSOLO, Juan Antonio, *Los mosaicos de La Olmeda,* Palencia, Diputación Provincial de Palencia, 2013.

Beato de Liébana, texto y comentarios de Umberto ECO; introducción y notas de Luis Vázquez de Parga Iglesias, Milán, Franco María Ricci, 1983.

Beato de Liébana. Comentarios al Apocalipsis. Visiones del siglo XXI, traducción de Joaquín González Echegaray, óleos y dibujos de José Ramón Sánchez, Santander, Ediciones Valnera, 2006.

Beato de Valcavado (facsímil), Valladolid, Universidad de Valladolid, 1993.

CORTES ÁLVAREZ DE MIRANDA, Javier, *Rutas y villas romanas de Palencia*, Palencia, Diputación Provincial de Palencia, 1996.

ECO, Umberto, *Obra abierta,* Barcelona, Planeta, 1984.

GARCÍA DE ENTERRÍA, Eduardo, *Liébana. Tierra para volver,* Santander, Estudio Santander, 2006.

GONZÁLEZ ECHEGARAY, Joaquín; CAMPO HERNÁNDEZ, Alberto del y FREEMAN, Leslie G. (eds.), *Obras completas de Beato de Liébana,* Madrid, Biblioteca de Autores Cristianos y Estudio Teológico de San Ildefonso, 1995.

HERREROS, Enrique (hijo), *La Codorniz de Enrique Herreros,* Madrid, Edaf, 2005.

MENTRÉ, Mireille, *El estilo mozárabe*, Madrid, Encuentro, 1999.

PALOL, Pedro de, *Villa romana de La Olmeda,* Palencia, Diputación Provincial de Palencia, 1982.

PEÑA SUÁREZ, Raquel y FERNÁNDEZ VEGA, Pedro Ángel (coords.), *Apocalipsis: el ciclo histórico de Beato de Liébana,* Santander, Gobierno de Cantabria, Consejería de Cultura, Turismo y Deporte, 2006.

STIERLIN, Henri, *Los Beatos de Liébana y el arte mozárabe*, Madrid, Editora Nacional, 1983.

VV. AA., *Los beatos (Europalia 85 España),* Madrid, Luis Revenga Editor, 1985.

VV. AA., *Año Jubilar Lebaniego*, Santander, Ediciones de Librería Estvdio, 2017.

YARZA LUACES, Joaquín, *Beato de Liébana. Manuscritos iluminados*, Barcelona, Moleiro Editores, 1998.

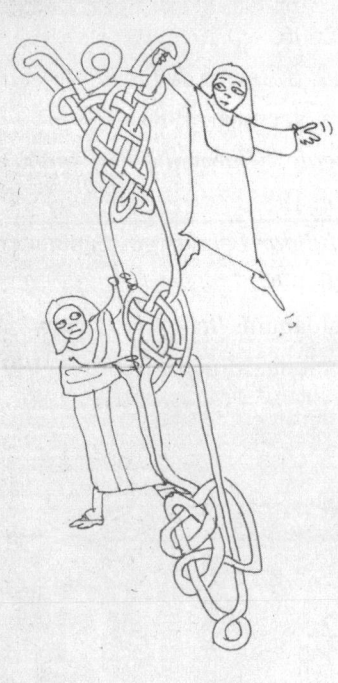